Harper
Collins

Zum Buch:

Liebe Lucy,
ich hoffe, du bist jetzt bei mir. Mir gefällt der Gedanke, dass du von Zeit zu Zeit an meiner Seite bist.
Ich sitze gerade in einem Zug von Belfast nach Dublin.
Weißt du, Lucy, ich bin in dieser verrückten Mission unterwegs, um den Jungen zu finden, den du vor so vielen Jahren im Urlaub kennengelernt hast – Tiernan Quinn, der Gitarrist, dein allererster Schwarm.
Wenn du weitergelebt und nicht diesen tragischen Unfall gehabt hättest, wärst du als Erwachsene höchstwahrscheinlich nie auf die Idee gekommen, das zu tun. Vielleicht hättest du das Tagebuch sogar komplett vergessen. Zweifellos hättest du diesen Tiernan längst vergessen, aber ich will versuchen, ein paar von den Dingen zu tun, die du gerne getan hättest, mit dem Ziel, in meinem Leben weiterzukommen, und auch mit dem Ziel, dich loszulassen.
Unabhängig davon, ob ich Tiernan finden werde oder nicht, möchte ich dir gerne dafür danken, dass du mich auf diese kleine Reise geführt hast.
Wahrscheinlich werde ich bei diesem ganzen Unternehmen den Überblick verlieren, aber was solls.
Bitte, Lucy, bleib bei mir. Bleib nur noch ein klein wenig länger an meiner Seite. Ich denke an dich bei jedem Schritt auf diesem Weg.
Deine Freundin
Maggie

Zur Autorin:

Emma Heatherington liebt romantische Komödien, Rotwein, gemütliche Abende vor dem Kamin, Musicals und Nashville. Sie schreibt nicht nur Bücher, sondern auch Drehbücher, Songs und Theaterstücke und lebt mit ihrem Mann, dem Künstler und Singersongwriter Jim McKee, und ihren fünf Kindern in Donaghmore, Irland.

Emma Heatherington

Zehn Wünsche bis zum Horizont

Roman

Aus dem Englischen von
Claudia Geng

Harper
Collins

HarperCollins®

1. Auflage: April 2019
Ungekürzte Ausgabe im HarperCollins Taschenbuch

Originaltitel: »The Legacy of Lucy Harte«
erschienen bei: HarperImpulse,
an imprint of HarperCollins *Publishers*, UK

Published by arrangement with
HarperCollins *Publishers* Ltd., London.

Umschlaggestaltung: HarperCollins Germany / Birgit Tonn,
Artwork zero-media.net, München
Umschlagabbildung: FinePic / München
Lektorat: Carla Felgentreff
Satz: GGP Media GmbH, Pößneck
Printed in Germany
Dieses Buch wurde auf FSC®-zertifiziertem Papier gedruckt.
ISBN 978-3-95967-274-0

www.harpercollins.de

Für Ciaran und Ashley
#donatelife

PROLOG

Einmal glaubte ich, dich in einem Zug nach Dublin zu sehen.

Da warst du etwa sechs Jahre alt. Du hast ein Eis geschleckt, das Gesicht voller Schokostreusel, und hast so heftig über den kleinen Jungen neben dir gelacht, dass ich schon dachte, du verschluckst dich gleich.

Ein paar Jahre später glaubte ich wieder, dich zu sehen, aber diesmal warst du ein lockiges Kleinkind in einem Park und stießt gerade ein schrilles Wutgeheul aus, weil du nicht an die Schaukel herankamst. Ein gut aussehender Mann nahm dich auf seine großen, starken Arme und setzte dich in einen Kinderwagen; du hast um dich getreten und geschrien, die kleinen Hände immer wieder zu Fäusten geballt und dabei die Ärmchen nach dem Spielplatz hinter dir ausgestreckt.

Eines sonnigen Nachmittags glaubte ich, dich als schlaksigen Teenager in London zu sehen, wo du mit deiner Mutter shoppen warst. Ihr habt euch gestritten: Du wolltest ein Paar Jeans im Used-Look, sie ein hübsches geblümtes Kleid.

Ich glaube ständig, dich zu sehen, auch wenn ich keine Ahnung habe, wie du aussiehst, wer du bist oder was du für ein Leben hattest.

Du bist in mir. Du bist ein Teil von mir. Du bist in jeder meiner Bewegungen.

Ich habe das Gefühl, dich zu kennen, Lucy Harte, wirklich.

Aber du wirst mich nie, niemals kennenlernen.

KAPITEL 1

Ich sterbe.

Ich ertrinke, oder vielleicht ist es ein Herzinfarkt. Woran es auch liegen mag, ich bekomme keine Luft, und diesmal sterbe ich wirklich. Welche Ironie des Schicksals, wenn ich ausgerechnet heute sterben würde …

O Gott, bitte hilf mir.

Ich setze mich in meinem brandneuen Bett auf, sinke aber unwillkürlich zurück aufs Kissen, die Augen, die ich einfach noch nicht öffnen kann, zusammengekniffen, weil mein zitternder Körper mehr Zeit benötigt, um sich von meiner letzten „Soloparty" zu erholen.

Das ist kein normaler Kater. Verdammt, nein. Mein Kopf fühlt sich an wie eine Bowlingkugel, den ausgetrockneten Mund bekomme ich nicht auf, und das Handy klingelt wie blöde. Ich wünschte, der Anrufer würde einfach aufgeben, denn ich will mit niemandem reden.

Nicht mit Flo, nicht mit meinen Eltern, nicht mit meinem Chef und garantiert nicht mit meinem erbärmlichen Ehemann.

Ich kann mir jetzt wirklich keine Vorträge, kein „Ich hab's dir doch gesagt" anhören, nicht heute, ganz besonders nicht heute, bitte nicht. Außerdem … kann ich mich nicht daran erinnern, wo ich gestern Abend war oder was ich getan habe, und das macht mir Angst. Ich habe solche Angst, zu erfahren, was gestern Abend passiert ist, wenn ich ans Telefon gehe, denn damit könnte ich jetzt überhaupt nicht umgehen.

Habe ich Mist gebaut? Habe ich die Wohnung verlassen? Ich weiß es nicht mehr!

Nein, das habe ich nicht getan. Garantiert nicht. Diesmal nicht.

Zu meiner Erleichterung stellen sich lückenhafte Erinnerungen daran ein, wie ich den Fernseher ausgeschaltet habe und im Schlafanzug ins Bett gewankt bin (immer ein gutes Zeichen, wenn man im Schlafanzug aufwacht), also kann ich doch nicht allzu viel Schaden angerichtet haben, oder?

Es sei denn, ich hätte jemandem geschrieben, wie mies es mir geht, oder meinen Kummer auf Facebook geteilt. Bitte nicht! Oder schlimmer noch: Ich könnte *ihm* geschrieben haben.

Oh, warum mache ich so was immer? Das war nicht ich, das war der Wein. *Um Himmels willen, Maggie, krieg dein Leben in den Griff!*

Aber ich bekomme es nicht in den Griff, und das Handy hört einfach nicht auf zu klingeln. Warum können die mich nicht in Ruhe lassen? Ich will mit niemandem reden, und ich kann mich einfach nicht dazu überwinden nachzusehen, wer mich aus meinem alkoholseligen Tiefschlaf gerissen hat, also schubse ich das Handy von seinem Stammplatz auf dem Nachtschränkchen und sehe erleichtert zu, wie es auf den Schlafzimmerboden prallt und in drei Teile auseinanderfällt – Vorderseite, Rückseite und Akku.

Na bitte. Endlich still.

Doch mein Schädel, der vom Flüssigkeitsentzug mörderisch wehtut und von den Stimmen meiner Lieben widerhallt, lässt mich nicht vergessen, dass ich in letzter Zeit keinen inneren Frieden finde, egal, wie still es hier ist.

„Geht es dir wirklich gut, Maggie? Wir machen uns große Sorgen, dass du mit diesem Stress nicht fertigwirst.“ (Mein/e Mutter/Vater – Unzutreffendes bitte streichen.)

„Zieh doch für eine Weile zu mir. Ich habe ein Gästezimmer.“ (Meine beste Freundin Flo.)

„Willst du dich umbringen oder was? Reiß dich zusammen, Maggie!“ (Mein stets mitfühlender Bruder John Joe.)

„Was? Ach, Maggie! Warum musst du denn schon wieder von zu Hause aus arbeiten?“ (Mein/e Chef/Kollegen.)

„Irgendwann musst du die Vergangenheit ruhen lassen, Mags! Komm drüber weg! Komm über dich und mich weg!“ (Mein Mann, ich meine, mein Exmann Jeff.)

„Du musst wirklich aufhören, so viel zu trinken. Das bringt dich nicht weiter.“ (Alle oben Genannten.)

Ich sollte wirklich aufhören zu trinken. Ich sollte aufhören, ihnen allen aus dem Weg zu gehen.

Ich sollte mich ihren Sorgen stellen oder zumindest zugeben, dass ich natürlich eine beschissene Zeit durchmache wegen dieser ganzen Trennungsgeschichte, und ja, ich weiß, dass meine Arbeit darunter leidet, und ja, ich muss mich zusammenreißen und wieder auf Spur kommen, aber ich bin einfach noch nicht so weit. Noch nicht.

Ach du lieber Gott, nicht auch noch das Festnetztelefon! Mein unbekannter Anrufer ist verdammt hartnäckig!

„Stopp! STOPP!“, schreie ich in die Leere meiner neuen Wohnung.

Das glänzende, anonyme IKEA-Mobiliar weckt in mir den Wunsch, alles zu zertrümmern; ich könnte aus der

Haut fahren oder wenigstens unter die Bettdecke kriechen, wo ich nicht ständig daran erinnert werde, dass dies jetzt meine Wohnung ist, sich aber nicht wie zu Hause anfühlt. Ich fühle mich nicht wie ich selbst.

Ich weiß nicht mehr, wer zum Teufel ich eigentlich bin.

Ich bin allein, „*getrennt*", verzweifelt und unglücklich, in einem trüben, trunkenen Schwebezustand zwischen der Ehe und der gefürchteten Scheidung gefangen, und ich habe keine Ahnung, wer ich bin oder was von mir erwartet wird.

„Bitte, hör auf, mich anzurufen! Bitte, *hör auf*!", schluchze ich in das weiche neue Kopfkissen, das nach Lavendel riecht – ein Tipp meiner Mutter, damit ich besser einschlafen kann, aber von diesem Geruch wird mir nur übel.

„Das ist viel besser als Wein, Liebes", sagte sie, aber woher will sie das wissen? Sie ist schon ihr ganzes Leben lang abstinent.

Das Telefon läutet weiter, das Geräusch bohrt sich in meinen angeschlagenen Schädel, und ich stelle mir vor, dass der Anrufer sich vorgenommen hat, „für die arme Maggie da zu sein" und bei jeder unerwarteten Wendung nach mir zu sehen.

Haben die kein eigenes blödes Leben? Bombardiere ich sie etwa jedes Mal, wenn sie abkacken, mit Anrufen und Sorge? Nein, das mache ich nicht.

Andererseits kacken sie eigentlich auch nicht ab.

Und dann wird mir klar, dass heute Montag ist. Verdammt. Es ist Montag.

Ich weiß nicht, wie spät es ist oder ob ich schon bei der

Arbeit sein sollte. Normalerweise wäre ich längst panisch unter die Dusche gestürmt und würde darum beten, dass die Zeit stillsteht, damit ich pünktlich zu meinem nächsten Termin komme oder ins Büro hetzen und alle davon überzeugen kann, dass es mir gut geht, aber heute ... heute ist es anders.

Es ist mir egal, ob ich zu spät komme, weil ich anderswohin muss, auch auf die Gefahr hin, dass ich meinen Job verliere. Womit zweifellos demnächst zu rechnen ist, aber was ich heute vorhabe, ist viel wichtiger. Ich hasse meine Arbeit. Im Moment hasse ich sowieso alles, aber am meisten hasse ich Jeff und seine neue Freundin, und dass er mich in diese leere Hülle verwandelt hat, verzweifelt, ausgehöhlt, alkoholbenebelt und traurig.

Erneut setze ich mich auf und konzentriere mich.

Das Telefon klingelt nicht mehr. Es gibt doch einen Gott.

Langsam schlage ich die Augen auf, stütze mich mit den Händen ab und überlege, was ich anziehen soll, aber eigentlich ist mir auch das egal.

Es ist Zeit zu gehen. Zeit, mit Lucy Harte zu reden.

Es ist seltsam, jemandem aus tiefster Seele zu danken, wenn man denjenigen nicht sehen kann, ihm nie begegnet ist, wenn derjenige einen nicht hören kann und keine Ahnung hat, wer man ist.

Ich schätze, es ist ein bisschen so, als würde man mit Gott sprechen. Es erfordert Glauben und Vertrauen, und so befinde ich mich jetzt, eine Stunde nach meinem neuesten Anfall von akuter Einsamkeit, in einer Kirche, entzünde Kerzen, spreche Gebete und danke Lucy Harte für mein Leben – und sie kann kein Wort davon hören.

Ich hoffe, sie ist hier irgendwo, schwebt unsichtbar wie ein kleiner Engel mit lächelndem Gesicht über mir und bekommt alles mit, froh darüber, dass sie mir einen Teil des Lebens geschenkt hat, das sie hinter sich ließ.

Ich spreche gern mit Lucy, auch wenn es nur im Stillen ist, nicht laut, auch wenn ich nur einmal im Jahr Gelegenheit habe, richtig aus dem Nähkästchen zu plaudern, wie man so schön sagt. Ich denke jeden Tag an sie, aber am stärksten verbunden fühle ich mich ihr immer an diesem Datum.

Ich spreche mit ihr wie mit einer alten Freundin. Na ja, sie ist auch eine alte Freundin, wenn man bedenkt, dass unsere Unterhaltungen heute auf den Tag genau seit siebzehn Jahren stattfinden. Nicht viele Freundschaften halten so lange, besonders wenn sie wie unsere ganz und gar einseitig sind.

Nicht mal meine Ehe hat so lange gehalten – siebzehn *Monate* und zehn Tage, um genau zu sein –, aber andererseits war die ebenfalls eine ziemlich einseitige Angelegenheit.

Ich wollte mit ihm verheiratet sein. Er wollte nicht mit mir verheiratet sein. Ziemlich simpel, wenn man es so betrachtet.

„Elizabeth Taylor war achtmal verheiratet und hatte sieben verschiedene Ehemänner", rief mein Vater mir in Erinnerung, als ich ihm erzählte, dass Jeff mich verlassen hatte. „Und du bist sogar noch schöner als Elizabeth Taylor, das habe ich immer schon gesagt, ich würde mir also wegen diesem verfluchten Jeff Pillock keine grauen Haare wachsen lassen."

Ja, Pillock. Sein Nachname ist ein Synonym für Schwachkopf. Zum Glück habe ich meinen Namen behalten.

Er ist ein klitzekleines bisschen voreingenommen, mein Dad, aber andererseits bin ich seine einzige Tochter. Da muss er so nette Sachen sagen. Das ist sozusagen sein Job.

Meine Mutter dagegen hat ein bisschen traditioneller reagiert.

„Aber er kann dich doch nicht einfach verlassen!"

„Er kann, und er hat", erwiderte ich.

„Aber doch nicht so schnell!", sagte sie konsterniert, als wir beide tagelang bei ihr in der Küche unbeherrscht in unsere Teetassen schluchzten. Gleich darauf prophezeite sie Jeff ein unglückliches Leben ohne mich und behauptete, das Karma werde ihn eines Tages noch in seinen bedauernswerten Hintern treten. „Die Ehe ist heutzutage so ein Wegwerfartikel. Das ganze Geld für das Hotel und die eleganten Kleider zum Fenster rausgeworfen. Skandalös. Versprechen und Träume einfach zum vermaledeiten Fenster rausgeworfen."

Natürlich hat sie recht. Er hat all die Versprechen und Träume einfach aufgegeben, bevor überhaupt echte Lebenshürden aufgetaucht waren. Und was das Geld angeht … Ich will gar nicht daran denken, was unsere Hochzeit gekostet hat. Sie war wundervoll, hat sich aber für siebzehn Monate und zehn Tage eigentlich nicht gelohnt.

Es ist kalt in der Kirche, und ich ziehe die Jacke enger um mich. Außer mir sind noch eine paar andere hier, hauptsächlich ältere Leute, deren Geflüster wie Pfeifen klingt, während sie mit fest um die runzligen Hände gewickelten Rosenkränzen beten.

Ich schließe die Augen und konzentriere mich wieder auf Lucy. Heute ist unser besonderer Tag. Heute ist der Tag, an dem sie mir mein Leben schenkte, ein Leben, so kostbar, dass ich jedes Mal daran erinnert werde, wenn ich ihr Herz in meiner Brust schlagen spüre. Der Liebeskummer, den ich im Augenblick habe, erinnert mich, so qualvoll er auch ist, an das Geschenk des Lebens, das ihre Familie mir machte, als sie mir vor siebzehn Jahren ihr Herz spendete.

Ich möchte Lucy für alles danken, woran ich mich während des Dreißig-Minuten-Zeitfensters erinnere, das ich mir für diesen Anlass zugestehe. Es ist wichtig für mich, ihr jedes Jahr an diesem besonderen Tag und um diese Uhrzeit zu danken. Damit komme ich einer positiven Lebenseinstellung so nahe, wie es mir möglich ist, bleibe geistig gesund und zuversichtlich.

Ich versuche, mich auf die guten Zeiten in den zwölf Monaten seit unserer letzten Unterhaltung zu konzentrieren, und lächele unwillkürlich über die Ironie. Die guten Zeiten sind nicht so leicht zu finden, das könnt ihr mir glauben – aber nach einer Weile sprudeln sie doch aus mir heraus, im Stillen natürlich. Die alten Leute, die mit geschlossenen Augen in der Nähe sitzen, wollen sich bestimmt nicht meine Lebensgeschichte anhören, und ich finde einen eigenartigen Trost in den Gedanken, die ich mir zu ihrem monotonen Gemurmel mache.

Ich danke Lucy für meine Beförderung im Januar, die megacool war und bedeutet, dass am Monatsende tatsächlich Geld übrig bleibt und ich Ersparnisse habe. Echte *Ersparnisse*. Mein Vater hat immer gesagt, ich könnte mein Geld nicht zusammenhalten – entweder würde ich einfach alles ausgeben oder davon alle möglichen Geschenke für Hinz und Kunz kaufen, aber jetzt, wo ich tatsächlich auf mich allein gestellt bin in der bösen weiten Welt, habe ich angefangen, etwas für schlechte Zeiten zurückzulegen.

Ich danke ihr für meine Wohnung. Allmählich gewöhne ich mich daran, wieder allein zu leben *(das ist so was von gelogen, aber ich sage es mir immer wieder, und eines Tages wird es wahr sein)*. Ich habe sogar einen Garten. Na ja, einen Blumenkasten auf der Fensterbank und einen kleinen überdachten Balkon mit Topfpflanzen, das reicht mir fürs Erste. Ich schaffe es in letzter Zeit kaum, mich um mich selbst zu kümmern, geschweige denn um einen Garten mit Unkraut und einem Rasen und anderen lebenden Dingen.

Dann komme ich zum besten Teil, wo ich ihr von all dem Mist erzähle, der letztes Jahr passiert ist und mein einst so verdammt schönes Leben auf den Kopf gestellt hat.

Ich erzähle ihr von dem Abend, an dem ich mich vor der Familie meines mittlerweile Exmannes zum Affen gemacht habe, indem ich nach deutlich zu viel Prosecco mit der Krawatte seines Vaters und hochgezogenem Rock Britney Spears' *Hit Me Baby One More Time* sang – mit der kompletten Choreografie. Ich mag gar keinen Prosecco. Wenn ich ehrlich bin, weiß ich nicht mal, ob ich Britney Spears eigentlich mag. Weiß der Himmel, woher die Idee kam, sie zu imitieren.

Ich habe das Gefühl, jener Abend war der Anfang vom Ende für Jeff und mich. Wer weiß? Mittlerweile habe ich mehr oder weniger alles, was mir einfiel, dafür verantwortlich gemacht und kapiere es noch immer nicht. Aber geben wir fürs Erste Britney und dem Prosecco die Schuld.

Ich erzähle von meinen letzten Monaten als Jeffs Frau, in denen ich im Wesentlichen a) sein Telefon kontrollierte und b) fand, was ich nicht sehen wollte, und ich bete zu Lucy, sie möge mir helfen, zu akzeptieren, dass er jetzt mit *ihr* zusammen ist, mit der, derentwegen er mich vor gerade einmal zehn Wochen verlassen hat. Sie heißt Saffron, ist Flugbegleiterin und lispelt, und sie haben sich auf Facebook kennengelernt. Wirklich reizend.

Das ist alles, was ich bis jetzt weiß, obwohl ich mich in Vollzeit der Mission verschrieben habe, ihr durch Stalken in den sozialen Netzwerken auf die Spur zu kommen, aber ihre verdammten Seiten sind alle privat, und ich habe nur herausgefunden, dass sie Katzen mag. Das freut mich. Jeff ist allergisch gegen Katzen – er bekommt davon Ausschlag. *Großartig.*

„Sie muss etwas falsch gemacht haben", hörte ich Mum vor einer Weile zu Dad sagen, als sie dachte, ich könne sie nicht hören, während ich in Wirklichkeit in der Küche lauschte. „Ein Mann verlässt seine Frau doch nicht ohne Grund. Da muss etwas gewesen sein."

Die Logik meines Vaters warf auch diesmal ein anderes Licht auf die Sache.

„Ich konnte ihn sowieso nie leiden", sagte er hinter seiner Zeitung. „Seine Haare sind gefärbt, weißt du das?

Komisches Schwarz-Braun. Ich könnte nie einem Mann vertrauen, der sich die Haare färbt, schon gar nicht in der Farbe von Kuhdung. Und er trägt Absätze an den Schuhen."

Mein Vater ist echt auf Zack. Jeff färbt sich tatsächlich die Haare und er hat einen speziellen Schuster, zu dem er immer geht, wenn er neue Schuhe kauft.

„Jeff? Absätze? Bist du sicher, Robert? Das ist mir gar nicht aufgefallen."

„Ja, Absätze", sagte Dad. „Sagen wir mal so: Ein Mann, dem dort Zentimeter fehlen, dem fehlen sie wahrscheinlich auch an anderer Stelle. Nee. Konnte ihn nie leiden. Soll er doch machen. Unsere Maggie spielt weit oberhalb seiner Liga."

Von Saffron, der Flugbegleiterin, habe ich meinen Eltern nicht erzählt und werde es vermutlich auch nie tun. Das würde meine Mutter fertigmachen, und das kann ich gerade gar nicht brauchen. Sie mag sich fragen, ob irgendetwas daran meine Schuld war, aber sie gehört noch zur alten Schule und ist ziemlich naiv, was moderne Lebensweisen angeht. Sie würde nie verstehen, wie Jeff sich in eine Frau verlieben konnte, die er nur einmal in einem nach Schweiß riechenden Fitnessstudio getroffen hatte und dann mit Privatnachrichten auf Facebook umwarb, während ich noch unsere Hochzeitsfotos bewunderte und Namen für unsere zukünftigen Kinder aussuchte.

Anstatt meinen Eltern den wahren Grund für das grandiose Scheitern meiner Ehe zu verraten, schütte ich mein Herz einem mit vierzehn gestorbenen Mädchen aus, genau wie jedes Jahr an diesem Tag um diese Uhrzeit, während der Rest der Welt Kinder zur Schule fährt, im Berufsverkehr zur Arbeit pendelt oder zum Frühstücksfernsehen Kaffee trinkt.

Ich erzähle das alles Lucy Harte, einem Mädchen, das ich nie kennengelernt habe, das mir aber eine zweite Chance verschafft hat, obwohl sie nicht einmal von meiner Existenz weiß. Ich bete für ihre Familie, wo sie auch sein mag, ich danke diesen Leuten mit meinem ganzen geborgten Herzen für den Tag, an dem sie der Organspende zustimmten.

Dann bekreuzige ich mich rasch. Jetzt möchte ich raus aus der Kirche, bevor mich noch jemand für eine echte Christin hält, und so überlasse ich Lucy dem, was tote Vierzehnjährige im Himmel so tun, während ich zu meinem neuen Singledasein mit den Mahlzeiten für eine Person und den Immobilien zurückkehre, einem Leben unter Hochdruck, das mit dem in der sanften irischen Landschaft, in der ich aufwuchs, nicht viel zu tun hat.

Ich schlage mich tapfer.

Ich schlage mich tapfer, aber ich bin es nicht.

Ich bin überhaupt nicht tapfer. Genau genommen habe ich eine Scheißangst.

Fick dich, Jeff.

Ich möchte kreischen und schreien und treten und laut heulen, aber ich bin in einer Kirche, also darf ich das nicht, und das ist so verdammt frustrierend.

Fick dich dafür, dass du mich verlassen hast, Jeff, und fick dich, Saffron, dafür, dass du ihn mir weggenommen hast. Warum? Was habe ich denn so falsch gemacht, verdammt noch mal?

Ich glaube, ich muss gleich weinen. Ich will auf keinen Fall in der Öffentlichkeit weinen.

Mit geschlossenen Augen atme ich ein und aus, ein und aus, ein und aus und konzentriere mich auf Lucy Harte. Ich bin nicht hier, um an Jeff zu denken. Ich bin hier, um Lucy zu danken.

Es ist lange her, Lucy Harte. Die siebzehn Jahre, die du jetzt in mir schlägst, sind eine lange, lange Zeit. Warum habe ich nur das Gefühl, dass uns nicht mehr viel Zeit bleibt?

Ich sollte zur Arbeit fahren.

KAPITEL 2

„Geht es dir *wirklich* gut, Maggie? Du *klingst* nicht so. Ich habe das ganze Wochenende versucht, dich anzurufen!"

Als ob ich das nicht wüsste! Die Stimme meiner Mutter ist immer leicht schrill, aber heute ist sie besonders aufgelöst.

„Mir geht's gut, Mum. Ich fahre gerade Auto", erzähle ich ihr. Ich hätte nicht drangehen sollen. Mein Kopf ...

Ich fahre natürlich nicht Auto, aber das ist das Einzige, womit ich sie vielleicht abwimmeln kann. Meine Mutter kann einem ein Ohr abkauen, und leider durchschaut sie Ausreden wie *„Tut mir leid, die Verbindung bricht ab"* oder *„Ich bin in einer Gegend mit schlechtem Empfang"* oder *„Da kommt gerade ein wichtiger Anruf rein"*, mit denen ich normalerweise versuche, sie abzuwimmeln.

„Es geht dir nicht gut. Ich weiß, dass es dir nicht gut geht. Robert, sie sagt, sie fährt gerade Auto, und es geht ihr gut."

„Lügen!", ruft mein Vater. „Es geht ihr nicht gut. Maggie, du verträgst keinen Stress! Du musst dich ausruhen. Kein Stress!"

„Du hättest dir den Tag freinehmen und etwas Nettes unternehmen sollen, Maggie. Sogar dein Vater sagt das. Diesen Stress kannst du dir nicht leisten."

„Ja, sie hätte sich den Tag freinehmen und etwas Nettes unternehmen sollen", höre ich ihn im Hintergrund wiederholen. Ich sehe ihn vor mir, wie er in seinen grünen Gummistiefeln, dem karierten Hemd und der ausgebeulten Altmännerhose mit den Hosenträgern in der Nähe des

Telefons wartet, das in der Küche unseres alten Bauernhauses an der Wand hängt. Er kaut garantiert auf etwas, auf dem Mundstück seiner Pfeife vermutlich, hat sich bestimmt einen Bleistift hinters Ohr gesteckt (ebenfalls abgekaut), und sicher riecht er schon jetzt nach Dung und Sägemehl.

„Ich gehe nach der Arbeit mit Flo essen, und sie holt mich um sechs vom Büro ab, also ist es am besten, wenn ich dort bin", lüge ich. „Ich freue mich schon richtig darauf."

„Ach, das ist nett. Wo geht ihr denn essen? Robert, sie geht essen. Mit Flo."

„Wir gehen ins ... ähm, wir gehen in dieses neue Lokal", improvisiere ich. „Du weißt schon, mein neues Lieblingslokal. Auf der George Street." Noch mehr Lügen. „Schau, ich beschäftige mich, Mum. Ich bin viiiel beschäftigt."

„Tja, das ist wohl besser, als wenn man zu viel Zeit zum Grübeln hat. Warst du in der Kirche?"

„Ja."

„Robert, sie war in der Kirche."

Herrgott noch mal.

Ich höre es rascheln: Dad kommt an den Apparat.

„Hoffentlich hast du dich vor diesen Leuten nicht zum Affen gemacht", sagt er erregt.

Mit „diese Leute" meint er einen Geistlichen. Mit „zum Affen machen" meint er das, was Katholiken Beichte nennen. Nichts verabscheut mein Vater so sehr wie die Geistlichkeit.

„Nein."

„Du könntest Lucy doch auch in deiner Wohnung sagen, was du auf dem Herzen hast, das wäre genauso gut, wie den Pfaffen deine Probleme zu erzählen. Geht die verdammt noch mal nichts an, diese neugierigen –"

„Ich habe nicht mal einen Priester gesehen, Dad. Ich habe Lucy nur gesagt, was ich ihr sagen wollte, ein paar Kerzen angezündet und bin wieder gegangen. Ich bin jetzt gleich im Büro, ich muss also Schluss machen."

Das ist nicht gelogen. Ich stehe vor unserem Bürogebäude, und Davey, der Portier, zwinkert mir wie jeden Morgen zu, während er mir auf die Titten, die Beine, den Hintern und überall dazwischen glotzt. Davey ist ein leidenschaftlicher Spanner.

„Du bist ein gutes Mädchen, Maggie O'Hara", sagt mein Vater, und seine Stimme bebt. „Ein wirklich gutes Mädchen, du verdienst nur das Beste, und du verdienst es, hier zu sein. Gott segne Lucy Harte, aber auch du verdienst es, ein Leben zu haben, und zwar ein großartiges. So, und jetzt schiebst du diese Schuldgefühle beiseite und machst dir einen schönen Tag, hörst du? Außerdem, sieh dir Prinzessin Diana an. Charles wollte sie nicht, aber das hat sie nicht davon abgehalten, wieder einen Mann zu finden, oder?"

„Nein, aber dann ist sie gestorben", erinnere ich ihn.

„Tja, du stirbst aber nicht, oder? Du bist noch hübscher als Prinzessin Diana. Du bist sogar hübscher als Prinzessin Diana und Elizabeth Taylor zusammen. Du bist hübscher als der ganze verdammte Haufen zusammen, vergiss das bloß nicht!"

Ich kehre Davey den Rücken zu und spüre, wie sein Blick sich in meinen Rücken bohrt.

„Ich hab's gehört, Dad", sage ich, und mir brennen Tränen in den Augen. „Es geht mir wirklich gut. So gern ich aussehen würde wie Lady Di oder Liz Taylor oder der ganze verdammte Haufen, einen Mann zu finden, ist meine kleinste Sorge, das kannst du mir glauben. Jetzt hör auf, dir Sorgen zu machen! Ich bin dreiunddreißig Jahre alt. Ich werde damit fertig, wenn mich jemand sitzen lässt und mir das Herz bricht. Ich bin schon mit Schlimmerem fertiggeworden."

„Nun, ich sage ja nur, dass du keine Probleme haben wirst, wenn es an der Zeit ist, eine neue Liebe zu finden", erwidert er, und ich sehe ihn vor mir, wie er beim Reden mit dem Finger in die Luft zeigt. „Also mach dir keine Sorgen, dass du allein bleibst, denn du wirst nicht lange allein sein. Du hast in deinem Leben schon genug durchgemacht, und wenn ich mit dem Mann da oben reden würde, falls es überhaupt so was wie einen Mann da oben gibt, dann würde ich ihm sagen, dass es jetzt reicht und er dich endlich in Ruhe lassen soll! Es reicht!"

Und da breche ich in Tränen aus.

„Ja, und *das* reicht jetzt auch, Robert!", ruft meine Mutter im Hintergrund. „Genieß dein Essen mit Flo und grüß sie lieb von uns, Maggie! Weint sie?"

„Ich weine nicht", sage ich und schmiere dicke Mascara-Klumpen auf meinen Handrücken. „Ich liebe euch beide, okay? Bis bald. Ich komme euch bald besuchen."

„Tu das. Ja, bis bald, Liebes", sagt mein Vater, und ich höre ihm an, dass auch er weint.

Da fühle ich mich noch schlechter, denn jedes Mal, wenn mein Secondhand-Herz bricht, leiden meine Eltern darunter noch mehr als ich.

„Morgen, Maggie“, zwitschert Bridget, unsere langjährige Rezeptionistin, die für alle sechs Unternehmen im Gebäude zuständig ist, Anrufe weiterleitet, Termine vereinbart und ihre Nase im Grunde in alles steckt, was sie nichts angeht. „Mein Gott, was ist denn passiert? Sie sehen furchtbar aus. Und Sie sind sehr spät dran!“

Bridget ist eine Seele von Mensch, aber sie wäre selbst dann nicht zu einer Notlüge fähig, wenn es um ihr eigenes Leben ginge. Ich weiß, dass ich scheiße aussehe. Sie muss mich nicht daran erinnern. Ich weiß auch, dass ich zu spät komme! In diesem Augenblick hasse ich den ganzen Laden.

Dann bleibe ich wie angewurzelt stehen. Ich komme nicht nur zu spät zur Arbeit. Ich komme zu spät zu einem richtig, richtig wichtigen Meeting. O Scheiße!

„Können Sie oben Bescheid geben, dass ich gleich da bin? Und bitte entschuldigen Sie mich. Ich hatte einen schwierigen Start in den Tag.“ Bridget erwidert meinen Blick eine Spur widerstrebend.

„Die zwei Minuten, um schnell das Make-up aufzufrischen, machen jetzt auch nichts mehr, oder?“, sage ich.

Sie zuckt die Achseln und greift zum Telefon, während ich rasch auf die Toilette schlüpfe und im Spiegel dem Auslöser ihrer unverblümten Worte begegne. Ich sehe aus wie ein Kinderschreck, kreidebleich und überall verschmierte Mascara. Na ja, nichts, was eine Bürste und ein bisschen Kriegsbemalung nicht beheben könnten. Gott sei Dank gibt es Make-up. Ich muss mich beruhigen und vergessen, was für ein Tag heute ist. Lucy Harte, für den Moment werde ich versuchen, die schöne Erinnerung an dich loszulassen.

Wenige Minuten später stehe ich im Aufzug. Meine Augen sind leicht geschwollen, aber es ist mir gelungen, so normal auszusehen, wie es mir unter den gegebenen Umständen möglich ist.

Ich komme eine halbe Stunde zu spät zu einem Meeting mit Will Powers junior. Eigentlich müsste ich völlig aufgelöst sein. Kann der Aufzug denn nicht schneller fahren? Ich bekomme Herzrasen. Na bitte, mein Herz funktioniert. Es mag gebrochen sein, aber es funktioniert, und ich werde täglich an seine Anwesenheit erinnert, wenn es wegen Jeff und dieser katzenliebenden Tussi in immer kleinere Stücke zerbricht.

Aber jedenfalls ... Will Powers, der Sohn vom Chef, der glattzüngige, Anzug tragende, stereotype reiche Sohn, mit einem Silberlöffel im Mund geboren und obendrein mit einem düsteren guten Aussehen gesegnet, wartet auf mich und hat wahrscheinlich mittlerweile Schaum vor dem Mund.

Will lebt in Spanien, kommt aber zwischendurch zurück, hauptsächlich, um sich um Personalangelegenheiten zu kümmern. Er ist immer braun gebrannt und gibt sich große Mühe, nett zu sein, aber er würde einem sofort in den Rücken fallen, wenn man mal nicht auf der Hut ist. Man könnte sagen, er hat alles, was man sich wünschen kann ... bis er den Mund aufmacht und den größten Scheiß von sich gibt, den man je mit falschem amerikanischen Akzent gehört hat. Er hat also alles, was man sich wünschen kann, bloß kein Herz. Auch er könnte eine Transplantation brauchen, denke ich oft. Seinen versteinerten Klumpen gegen etwas austauschen, das zu echtem Mitgefühl fähig ist.

„Tut mir leid, dass ich zu spät komme", sage ich, hoffentlich überzeugend, dabei bin ich mir gar nicht sicher, ob es mir wirklich leidtut. Bedauern kann ich neuerdings nur noch mich selbst.

Will sieht auf seine Armbanduhr, und die übrigen machen es wie bei einer La-Ola-Welle genauso. Nachmacher. Fünf Gesichter starren mich an, und ich spüre, dass ich erröte.

Sie warten auf eine Erklärung. Ich merke es an ihrem Schweigen.

„Ich … ich war …"

„Setzen Sie sich, Maggie", sagt Will.

Mit einer solchen Versammlung habe ich nicht gerechnet, und ich habe keine Ahnung, worum es bei diesem Meeting überhaupt geht. Vermutlich wurde ich im Vorfeld darüber informiert, aber – Überraschung – ich kann mich nicht daran erinnern.

Sämtliche Direktoren des Unternehmens, wirklich alle, befinden sich hier im Raum. Ich wette, ich habe dicke rote Flecken auf der Brust, wie immer, wenn ich unter Druck stehe. Was um alles auf der Welt ist hier los?

Will zieht einen Stuhl vom Tisch ab, und ich setze mich brav hin. Er duftet nach einem edlen Aftershave und schenkt mir ein viel zu weißes Lächeln. „Ich weiß, das ist ein schwieriger Tag für Sie."

„Wie bitte?"

„Versuchen Sie einfach, sich zu entspannen, Maggie. Wegen einer halben Stunde Verspätung geht die Welt nicht unter. Setzen Sie sich und chillen Sie."

Chillen? Für wen hält der sich? Jay-Z? Und wer sagt heutzutage noch „chillen"?

Warum starren mich alle an? Was um alles in der Welt weiß er über meinen schwierigen Tag und was er für mein Leben bedeutet? Ich habe niemandem erzählt, dass heute mein Herzgeburtstag ist, und ich achte sehr darauf, dass mein Privatleben auch privat bleibt. Es weiß nicht einmal jemand, dass ich nicht mehr mit Jeff zusammen bin. Na ja, abgesehen von Bridget unten, deren Bruder Jeffs Familie kennt, und ja, ich habe es Diane erzählt, die mir gegenübersitzt und ... na gut, möglicherweise habe ich ein paar Leuten davon erzählt. Vielleicht wissen sie alle mehr über mich, als ich dachte. Aber was zum Teufel soll das hier?

„Sie haben sich bestimmt schon gefragt, worum es in diesem Meeting geht, Maggie", sagt Will. „Hoffentlich haben Sie deswegen keine schlaflosen Nächte gehabt."

Schlaflose Nächte? Ich habe nicht mehr durchgeschlafen, seit Jeff mich sitzen gelassen hat. Es ist nicht einfach, zu schlafen und gleichzeitig gemeinsame Freunde auf Facebook zu stalken, um herauszufinden, wo er sich rumtreibt.

„Ich schlafe in letzter Zeit nicht gut, aber ..."

Die fünf Gesichter sehen mich an.

Will betrachtet mich, die dunklen Augenbrauen zusammengezogen. Sie sehen genauso aus wie die seines Vaters, fällt mir auf. Nein, die von Will senior sind buschiger. Aber auch grauer. Warum denke ich eigentlich über Augenbrauen nach?

„Maggie?"

„Mir geht's gut. Nur hin und wieder eine schlaflose Nacht, aber doch, es ... es geht mir gut", sage ich und verziehe das Gesicht. Ich glaube, das habe ich für heute oft genug gesagt, aber mehr fällt mir nicht ein. Ich verschränke die Hände auf dem Tisch und wünschte, ich hätte Papiere, auf die ich schauen könnte, oder irgendetwas anderes, um mich zu beschäftigen.

„Sie müssen nicht so tun, als ob es Ihnen gut geht", sagt Sylvia Madden, eine der CEOs, auf der anderen Tischseite. „Sie haben in letzter Zeit persönlich viel durchgemacht, und niemand erwartet von Ihnen, dass es Ihnen gut geht."

Sie starren mich wirklich alle an. Ich muss hier raus. Ich will nicht mehr hier sein. Es fühlt sich an, als zöge der Raum sich um mich herum zusammen.

„Ich kann das nicht mehr", sage ich, und ich erkenne meine Stimme selbst kaum wieder. Ich stehe auf. „Ich muss gehen … Ich muss kündigen. Ich kann das nicht. Tut mir leid."

Gleich fange ich an zu weinen. Will schüttelt den Kopf. Er lächelt. Warum lächelt er?

„Ich verstehe, warum Ihnen danach ist, alles aufzugeben, zu kündigen", sagt er. „Aber Sie sind keine, die aufgibt, Maggie."

Jetzt weine ich wirklich. Ich schluchze heftig, genau wie vorhin, als ich mit Dad telefonierte. Ich setze mich wieder.

„Ich muss … Ich brauche einfach Zeit, um das durchzustehen."

Es gelingt mir, die Worte halbwegs verständlich herauszubringen, während Sylvia mir ein Papiertaschentuch über den Tisch reicht.

„Ja, das sehe ich", sagt Will. „Ihre Leistung hat seit der Beförderung nachgelassen, und nachdem wir uns ein bisschen schlau gemacht haben, glauben wir, dass Sie eine

Pause brauchen, aber nur für eine Weile, aus gesundheitlichen Gründen."

„Nachgelassen?", stottere ich. „So kann man es wohl auch nennen. Ich komme mir vor wie ein Versager. Wahrscheinlich sollte ich gehen."

Ich versuche, mir ins Gedächtnis zu rufen, inwiefern meine Leistung „nachgelassen" hat, und krümme mich innerlich, als mir das Ausmaß klar wird. Sicher, ich habe mir ein paar Tage freigenommen nach der Trennung von Jeff, und davor, als es zwischen uns nicht gut lief, bin ich ein paarmal früher gegangen, und dann war da der Tag, an dem ich im Aufenthaltsraum einen Zusammenbruch hatte, aber das war's eigentlich. Oh, abgesehen von dem Tag, an dem ich einem Kunden eine Immobilie zeigte und weinen musste, weil er mich an Jeff erinnerte, und vielleicht habe ich ein bisschen heftiger mit ihm geflirtet, als professionell noch ratsam gewesen wäre ... Mist. Und der eine Tag letzte Woche, an dem ein potenzieller Käufer aus Amerika warten musste, während ich mich im Bad des Boutiquehotels, das ich mit ihm besichtigte, übergeben musste, nachdem ich den armen Mann vorher mit den Wodkaausdünstungen vom Vorabend eingenebelt hatte. Ach du Scheiße.

„Ja, Maggie, es war dürftig in letzter Zeit und sah der dynamischen, tatkräftigen Person, die wir kennen, gar nicht ähnlich", sagt Will, aber er lächelt noch immer. Er ist nicht wütend. „Fehlzeiten, ‚von zu Hause arbeiten', Verspätungen, nicht eingehaltene Termine ... Aber Ihre Gesundheit kommt an erster Stelle, und Sie sind eine zu wertvolle Mitarbeiterin, als dass wir da ein Risiko eingehen würden. Sie wirken sehr gestresst und aufgewühlt, daher möchte ich Ihnen gerne eine Auszeit anbieten, damit Sie sich wieder fangen können, bei einer gewissen Gehaltsfortzahlung natürlich, und wenn Sie sich in der Lage sehen, zurückzukommen, steht die Tür immer offen."

Gestresst? Na ja, natürlich bin ich gestresst. Mein Mann hat mich wegen eines jüngeren Modells sitzen gelassen, heute vor siebzehn Jahren lag ich auf einem Operationstisch, die prognostizierte Lebenserwartung habe ich schon übertroffen, und das alljährliche Gedenken eines weiteren überlebten Jahres bedeutet eine schwere Bürde, das könnt ihr mir glauben, weil ich mittlerweile eine ganz ansehnliche Dankesschuld mit mir herumschleppe.

Aber eine Auszeit ... Gehaltsfortzahlung? Es schnürt mir die Luft ab, und die Wände bewegen sich wieder auf mich zu. Warum werfen sie mir diese Rettungsleine hin? Das habe ich nicht verdient.

„Soll ich Ihnen ein Glas Wasser holen?", fragt Sylvia. Ich wünschte, sie würden aufhören, mich anzusehen und zu lächeln. Warum müssen sie so nett sein? Da geht es mir gleich noch schlechter.

Als ich aufblicke, kommt gerade Will Powers senior herein und entschuldigt sich für seine Verspätung. Du lieber Himmel, das ist wirklich ernst. *Sehr* ernst. Beide Wills zusammen in einem Raum deutet immer auf eine Krise hin. Genau genommen jagt dieser Anblick jedem Mitarbeiter einen Riesenschreck ein.

Sylvia reicht mir ein Glas Wasser, und ich leere es in einem Zug. Mir war gar nicht klar, dass ich solchen Durst hatte.

Will senior setzt sich rechts von mir an den Tisch und ergreift meine kalte, verschwitzte Hand. Ich habe ihn immer sehr bewundert, das weiß er, und er hat mich gefördert, seit ich in der Firma bin, hat mir eine Chance nach der anderen gegeben. Mir ist, als hätte ich ihn im Stich gelassen.

„Maggie, wir wollen Sie nicht verlieren", sagt er sanft und erinnert mich dabei an meinen Vater. Sie sind ungefähr im selben Alter, aber ansonsten liegen Welten zwischen ihnen. Mein Vater fährt einen Traktor, Will Powers senior einen Jaguar. Mein Vater macht Ferien mit dem Caravan in Donegal, während Mr. Powers mit seiner Frau Karibikkreuzfahrten unternimmt. Trotzdem hat er etwas an sich, was mich an den alten Robert auf seiner Farm erinnert, mit den Kühen und Schafen, seiner Vorliebe für ein deftiges Frühstück am Wochenende und seiner derzeitigen Fixierung auf Promi-Scheidungen.

„Es tut mir leid, Mr. Powers. Es tut mir so leid, wenn ich Sie in irgendeiner Weise enttäuscht habe. Ich weiß, ich habe einige Tage gefehlt, und meine Leistung hat vermutlich, ähm, *nachgelassen*, aber ich versichere Ihnen, dass ich das wiedergutmache. Für Sie. Für Sie alle."

Da sitze ich nun, beinahe vierunddreißig Jahre alt, in meinem schicken Kostüm und den teuren Schuhen, fast auf dem Höhepunkt meiner Karriere, und fühle mich wie ein Schulmädchen, das seine Hausaufgaben nicht gemacht hat oder beim Schummeln erwischt wurde.

„Sie haben niemanden enttäuscht", sagt Mr. Powers. Die anderen nicken wie Wackeldackel. „Und geraten Sie nicht in Panik und denken, wir hätten nur Ihretwegen eine Krisensitzung einberufen. Wir haben heute ein paar größere Projekte zu besprechen, deshalb sind wir alle hier, aber weil Sie uns so wichtig sind, wollten wir Ihnen unsere volle Unterstützung bezeugen, indem wir Ihnen helfen, das durchzustehen, was Sie durchstehen müssen."

Mir fallen weitere Vorfälle ein: der Autounfall, den ich beinahe gehabt hätte, als ich noch ein bisschen angeschickert vom Vorabend zur Arbeit kam; die Tage, an denen ich so verkatert im Büro erschien, dass ich kaum einen zusammenhängenden Satz zustande brachte ... Da waren so viele Kleinigkeiten, die ich lieber verdrängt hatte, und jetzt kommen sie mir alle wieder in den Kopf wie ein schmutziger Schneeball, der hügelabwärts auf mich zurollt. Der Tag, an dem ich eine E-Mail an den falschen Kunden schickte und mit einem X wie für einen Kuss beendete, wieder mal nach einem alkoholseligen Mittagessen; und das Meeting, in dem ich jemanden die ganze Zeit mit falschem Namen anredete, weil ich zu durcheinander und zu wütend auf Jeff gewesen war, um mich auch nur minimal vorzubereiten.

Und sie werfen mir eine Rettungsleine zu. Anstatt mir zu sagen, ich solle meinen Schreibtisch räumen und nie mehr wiederkommen, geben sie mir eine Chance, mein Leben wieder in den Griff zu bekommen. Wow.

„Wir dachten für den Anfang an sechs bis acht Wochen", sagt der junge Will Powers am Kopf des Tisches. „Falls das nicht genügt, lassen Sie es uns einfach wissen. Wir brauchen alle mal eine Auszeit, Maggie. Himmel, ich brauche die jedenfalls von Zeit zu Zeit. Ich will nicht erleben, dass jemand von unserem Personal einen Burn-out hat, schon gar nicht jemand, der so wertvoll für unser Team ist wie Sie."

Meine Güte, der Mann aus Stahl hat doch ein Herz, und auch noch ein ziemlich großes.

„Ich ... ich weiß nicht, was ich sagen soll."

„Sind Sie ebenfalls der Meinung, dass das helfen könnte?", fragt Sylvia mir gegenüber. Ich habe sie immer für einen selbstverliebten kleinen Snob gehalten, aber jetzt könnte ich schwören, dass ihre Augen sich vor Mitgefühl mit Tränen füllen.

„Ja", murmele ich, nicke und putze mir die Nase. „Ja, ich glaube schon. Ich hätte nicht gedacht, dass es so schlimm ist, aber jetzt, wo ich hier sitze ... na ja, doch, ich glaube, das würde mir helfen."

„Das ist gut", sagt Will senior. „Ich möchte Sie so bald wie möglich wieder mitten im Geschehen bei *Powers Enterprises* sehen, und falls es noch etwas anderes gibt, womit wir Ihnen helfen können, dann rufen Sie mich einfach an."

Ich sehe auf die Visitenkarte, die er mir in die Hand drückt, und drehe sie um. Auf der Rückseite steht in seiner eigenen Handschrift seine Privatnummer. Ich werde von heftigen Gefühlen überwältigt, alles läuft wie ein Zeitlupenfilm vor mir ab, während ich ungläubig zuschaue.

„Danke, Mr. Powers", flüstere ich und starre immer noch auf die Visitenkarte. „Danke. Ich danke Ihnen allen."

Er bringt mich zur Tür, doch anstatt dort stehen zu bleiben, begleitet Will Powers senior mich durch das Großraumbüro, an meinen Kollegen vorbei, die nicht einmal die Köpfe heben (das wagt niemand, wenn er in der Nähe ist) und runter in die Eingangshalle. Gott sei Dank ist Bridget gerade nicht an der Rezeption. Wir gehen nach draußen. Der Regen hat aufgehört, und Davey macht wohl eine Zigarettenpause, sodass der Weg zu meinem Wagen frei ist, aber Mr. Powers bleibt stehen, bevor wir am Auto sind.

„Manchmal, Maggie, ist das Leben zu schnell, und wir können nicht mithalten, egal, wie sehr wir uns bemühen. Ehe man sichs versieht, steht man vor dem Ruhestand, beißt sich in den Hintern und fragt sich, wie um alles auf der Welt man nur die einfachen Dinge des Lebens versäumen konnte. Nehmen Sie sich etwas Zeit und atmen Sie durch. Unternehmen Sie jeden Tag mindestens einmal etwas Schönes, etwas für sich selbst. Sammeln Sie neue Kräfte, und dann will ich Sie wieder hierhaben, wo Sie hingehören. Hören Sie?“

Ich nicke und lächele. Wenn es diesen Mann nicht gäbe, müsste man ihn erfinden.

„Sie sind ein ganz besonderer und sehr gütiger Mann, Mr. Powers“, sage ich. „Das werde ich Ihnen nie vergessen. Danke.“

„Wir sehen uns sehr bald wieder hier“, sagt er, und ganz kurz glaube ich, er will mich väterlich in die Arme nehmen, aber er bremst sich und klopft mir nur auf die Schulter. Dann geht er zurück zu dem Bürohochhaus, in dem ich in den vergangenen fünf Jahren einen Großteil meines Lebens verbracht habe.

Eine Weile sitze ich im Auto, atme tief in meinen Bauch und versuche, zu verdauen, was gerade passiert ist, und das ausgerechnet heute. Ich spüre, wie sich eine Last von meinen Schultern hebt, ein Teil des Drucks sich bereits gelöst hat, und ich lasse mir Zeit, ehe ich schließlich losfahre und erst beim Spirituosengeschäft wieder anhalte.

Ich brauche was zu trinken.

KAPITEL 3

Es ist fast zehn Uhr abends, ich sehe mir ganz allein meine Hochzeits-DVD an und spule immer wieder zu dem Teil zurück, wo Jeff das Gedicht vorliest, das er eigens für mich geschrieben hat. Dann folgt eine große Nahaufnahme von mir, auf der meine Augen vom Weinen vor Rührung über seine überwältigende Liebe gereizt und rot sind.

Jetzt sind sie gereizt und rot von meiner überwältigenden Liebe für Sauvignon Blanc. Ist es nicht erstaunlich, was ein, zwei Jahre ausmachen können?

„Du richtest mich auf, wenn ich niedergeschlagen bin. Du lächelst, und die Sonne geht auf. Du bist die Einzige für mich, die eine, die ich liebe, und die eine, mit der ich alt werden will.“

Kotz ...

Jetzt, wo ich unsanft aus meiner rosaroten, romantischen Verliebtheitsphase gerissen wurde, erkenne ich, dass er das vermutlich aus dem Internet hat oder aus einem Ronan-Keating-Song. Ich bin gerade in einer ganz finsteren Xanthippe-Phase, nachdem ich den gesamten Nachmittag über geschlafen und getrunken, geschlafen und getrunken und weitere Anrufe ignoriert habe. (Diesmal war es Flo. Die kommt damit schon klar.)

Ich schalte die DVD aus, stelle im Radio einen Sender mit Popklassikern aus den Achtzigern ein und schwanke im Takt zu Rick Astley. Dann sehe ich aus dem Fenster auf die Stadt unter mir und hebe das Glas auf meine Freiheit und meine Zukunft. Ich muss optimistisch sein. Ich bin angesäuselt und optimistisch und „Aussteigerin auf Zeit“ –

so nennt man das jetzt. Die Welt liegt mir zu Füßen und wartet nur auf mich, angefangen bei dieser Stadt, in der ich zu Hause bin.

Außerdem ist es immer noch mein Herzgeburtstag, oder? Genau auf den Tag vor siebzehn Jahren stand ich an der Schwelle des Todes, und dann bekam ich durch das wundersame Geschenk des Lebens, das ein junges Mädchen in Schottland und ihre unglaubliche Familie mir machten, die Chance, zur Frau heranzuwachsen. Was soll's, wenn ich keinen Mann mehr habe? Was soll's, wenn ich beinahe meinen Job verloren hätte, weil ich mich in letzter Zeit total danebenbenommen habe? Ich habe immer noch ein Leben! Ich weiß nicht, wie lange noch, aber einstweilen habe ich es, und es ist dazu da, gelebt zu werden!

„Ich habe immer noch ein Leben!“, schreie ich zum offenen Fenster hinaus, und ein Pärchen unter mir schreit zurück, ich solle mich verpissen. Lächelnd winke ich ihnen zu. Ich bin wieder mal betrunken. Und ich finde es toll! Im Augenblick finde ich alles toll!

Vor allem finde ich Belfast toll. Ich finde die Lebendigkeit der Stadt toll, das Beobachten der Leute, das kulturelle Leben, die vielen verschiedenen Akzente, das Shoppen, das Nachtleben und das Gemeinschaftsgefühl, das es hier noch gibt, obwohl Belfast für ein Mädchen vom Land wie mich eine ziemlich große Stadt ist mit ihren Universitäten, den kosmopolitischen Stadtvierteln und der düsteren, blutigen Vergangenheit.

Ich denke an alle Männer, die ich geliebt und verloren habe, seit ich zum Studieren hierherzog, und da muss ich lachen. Ich kann gar nicht mehr aufhören zu lachen.

Da war Bob, der Maschinenbaudoktorand (oder Bob der Baumeister, wie wir ihn alle nannten), der nach Australien ging, als ich mitten im Studium war, und nie zurückkehrte. Da war Martin, ein Buchhalter aus Dublin, der sagte, er liebe mich, aber mit meinen Hennatattoos und den lila Haaren, die ich damals trug, könne er sich mich vom Typ her nicht als Ehefrau vorstellen. Da war Andrew, der im Vertrieb arbeitete, aber, wie sich herausstellte, ein Strafregister hatte, das so lang war wie meine bekanntermaßen langen Beine; und schließlich war da Jeff, der Lehrer, der mich, wie bereits erwähnt, schneller wegen Saffron, der Flugbegleiterin, verließ, als sein Ehering matt werden konnte.

Mein Liebesleben war … sagen wir einfach, schillernd und kompliziert.

„Ich finde es toll, schillernd und kompliziert zu sein!“, schreie ich und tanze weiter allein vor mich hin.

„Verpiss dich!“, schreit der Klugscheißer von unten noch einmal. Diesmal zeige ich ihm den Stinkefinger, und dann gehe ich lachend zum Sofa, ganz vertieft in den Wham!-Song, der gerade läuft. Das macht Spaß. Keine Arbeit morgen, ein Weißweinschwips und Wham! Was will frau mehr? Wer braucht schon einen Mann und einen Job? Ich bin betrunken, und ich bin total gut drauf! Ich packe das! Ich packe das endlich!

Mein Blick fällt auf meine Post auf dem Couchtisch. Wie aufregend! Ich habe Post! Echte Schneckenpost. Ich schnappe sie mir und versuche, sie beim Tanzen zu sortieren, aber mir verschwimmt alles vor Augen, und ich muss erst mein Weinglas abstellen, bevor ich mich auf die Briefe konzentrieren kann.

Einer vom Mobilfunkanbieter, eine Kreditkartenabrechnung ... Ich werfe beides auf den Boden.

Ein Prospekt mit Sonderangeboten vom örtlichen Supermarkt, ein Ein-Pfund-Gutschein für Waschpulver. Wie aufregend? Das fliegt gleich hinterher.

Aber dann erregt ein handschriftlich adressierter Brief meine Aufmerksamkeit, und ich bleibe wie angewurzelt stehen.

Ich sehe mir den Umschlag genau an und weiß sofort, dass er immens wichtig ist, aber die Worte bewegen sich, tanzen vor meinen Augen. Ich kneife sie zusammen. Hilft auch nicht. Ich schließe ein Auge. Die Handschrift ist akkurat, die Adresse mit schwarzer Tinte in Druckbuchstaben geschrieben. Das erinnert mich an die Briefe, die ich früher von meiner Brieffreundin in Brighton bekam. Sie zog zuerst mit Bleistift und Lineal Linien auf dem Umschlag, sodass sie ihn ganz gerade und regelmäßig beschriften konnte, und dann radierte sie die Linien wieder aus. Schräg.

Ich versuche, den Poststempel zu entziffern, was mir nach einer Weile auch gelingt. Demzufolge wurde der Brief im Städtchen Tain in der Nähe von Inverness in Schottland aufgegeben.

Schottland? *Tain?* Ach du Scheiße!

Mir bleibt das Herz stehen. Ziemlich ironisch eigentlich, aber es setzt buchstäblich einen Schlag aus, und als ich wieder atmen kann, greife ich nach meinem Wein und leere das Glas in einem Zug.

Es gibt nur einen Menschen, den ich in Tain kenne. Einen Menschen, den ich kenne, dem ich aber nie begegnet bin und auch nie begegnen werde.

Dieser Mensch ist Lucy Harte. Und Lucy Harte ist tot.

KAPITEL 4

Ich wache bei Tageslicht mit dem noch immer ungeöffneten Brief in der Hand auf. Ich muss im Vollrausch einfach umgekippt sein – wieder mal –, oder vor lauter Panik vor dem, was sich in diesem Briefumschlag befinden könnte.

„Mach ihn auf, Maggie", sagt Flo, als ich sie anrufe. Sie ist nicht sauer, obwohl es erst sieben Uhr morgens ist; andererseits ist ihr Sohn vermutlich seit mindestens einer Stunde wach, also ist es für sie schon mitten am Tag. „Bringt doch nichts, ihn bloß anzustarren und rumzurätseln. Soll ich wirklich nicht rüberkommen?"

Ich halte noch immer den Brief in der Hand und trinke einen Schluck von meinem letzten Glas Wein von gestern Abend. Er schmeckt wie Essig. Ich muss würgen. Wirklich nüchtern bin ich noch nicht. Aber unglücklicherweise kann Flo nicht einfach rüberkommen – so sehr ich das auch möchte. Als alleinstehende Mutter kann sie um diese Tageszeit nicht einfach alles stehen und liegen lassen und mit ihrem Zweijährigen auf der Hüfte aus dem Haus rennen. Er geht zur Schule. Nein, er ist erst zwei, also geht er noch nicht zur Schule. Er geht in die Kindertagesstätte. Ich bin echt eine miserable Freundin.

„Sei nicht albern", sage ich, auch wenn ich meinen rechten Arm dafür hergeben würde, wenn sie jetzt neben mir sitzen könnte. „Du musst Billie fertig machen. Glaubst du wirklich, er ist von ihnen?"

Ich höre Flo tief durchatmen. Schließlich antwortet sie.

„Wenn sich nicht jemand einen kranken Scherz erlaubt hat, dann wird er wohl von ihnen sein. Ich meine, Tain ist nicht gerade das Zentrum des Universums, und so, wie du den Umschlag beschreibst, ist es weder eine Rechnung noch eine Werbesendung oder ein Bettelbrief von einer Spendenorganisation. Das müssen sie sein."

„Sie" sind die Familie Harte, Lucy Hartes Familie. Ich weiß nicht, wie viele von ihnen es gibt, ob es sich um Männer, Frauen oder Kinder handelt, um Lucys Großeltern oder ihre Eltern. Obwohl ich mit Anfang zwanzig versucht habe, sie auf dem offiziellen Weg über Krankenhäuser und die Behörden zu kontaktieren, weil ich ihnen danken wollte, ist dies das erste Echo, das ich erhalte, und ich hätte niemals damit gerechnet, auf diesem Weg von ihnen zu hören.

Aber warum sollten sie mir schreiben? Warum jetzt? Warum nicht damals, vor vielen Jahren, als ich es wollte?

„Sie dürfen mich nicht direkt kontaktieren, Flo." Jetzt sehe ich mich in der Küche um und durchsuche sämtliche Ecken und Winkel nach einer Zigarette. Ich rauche nicht, habe es nie getan, aber ich brauche etwas, um meine Nerven zu beruhigen. Jeff hat früher manchmal geraucht, wenn er angespannt war, also funktioniert es bei mir vielleicht auch. „Das ist eine heikle Sache. Man soll über die Krankenhäuser gehen, wenn man sich miteinander in Verbindung setzen will."

„Das bedeutet aber nicht, dass sie dich nicht finden, wenn sie das wollen", sagt Flo. „Die Welt ist klein, Maggie. Du kennst Lucys Namen, also können sie auch deinen herausfinden. Eine schnelle Google-Suche oder ein bisschen Rumschnüffeln auf Facebook, *et voilà*. Dafür muss man kein Genie sein."

„Stimmt wohl“, murmele ich. „Aber was wollen sie von mir?“

„Na ja, was wolltest du denn immer von ihnen?“, fragt Flo zurück.

„Damit abschließen vielleicht? Eine Gelegenheit, mich für mein beschissenes Leben zu bedanken.“

„Du hast kein beschissenes Leben“, versichert mir Flo. „Es ist nur vorübergehend scheiße.“

Ich zünde mir die Zigarette an, die ich schließlich in einer Schachtel in einer Schublade gefunden habe. Ich wusste doch, dass da noch eine von meiner Einweihungsfeier sein musste. Am nächsten Morgen fanden sich alle möglichen Hinterlassenschaften einer rauschenden Party.

„Rauchst du?“, fragt Flo.

„Kannst du hellsehen?“, gebe ich zurück. Mein Gott, ihr entgeht aber auch gar nichts.

„Manchmal glaube ich, ein bisschen schon. Denkst du das auch?“

„Nein. Und ja, ich rauche. Ich würde auch was Stärkeres nehmen, wenn ich was in die Finger kriegen könnte, glaub mir.“ Das stimmt nicht so ganz, denn in Wirklichkeit habe ich panische Angst vor allem, was stärker ist als eine Mentholzigarette, und Flo weiß das.

„Wie auch immer. Machst du den Brief jetzt auf oder nicht?“, fragt sie. „Egal, ob das der offizielle Weg ist, du musst ihn öffnen, sonst machst du dich völlig verrückt und mich gleich mit.“

„Okay, okay, bin schon dabei.“

Ich lege die Zigarette in den Aschenbecher und stoße den Rauch aus. Ich muss husten. Mein schlechtes Gewissen und ein akuter Brechreiz veranlassen mich, die Zigarette nach nur einmal Paffen auszumachen. Widerlich.

„Ich dachte, es wäre das, was du dir immer gewünscht hast, Maggie."

„Es ist das, was ich mir immer gewünscht habe", flüstere ich. Dann klemme ich mir das Telefon zwischen Ohr und Schulter, und meine Finger reißen wie auf Autopilot den Briefumschlag auf. „Aber ich habe auch Panik, Flo. Ich glaube, ich stehe unter Schock."

„Okay, warte eine Sekunde. Warte!", sagt Flo. Ich bin fest davon überzeugt, dass sie mich sehen kann. Diese Frau hätte Kriminalpolizistin werden sollen. Sie liest in mir wie in einem Buch.

„Was? Ich bin dabei, ihn aufzumachen, Herrgott noch mal!"

„Ich möchte doch nur, dass du dir überlegst, was du von diesem Brief erwartest. Was hattest du dir erhofft, wenn du der Familie Harte begegnest oder mit den Leuten redest? Du sagst, damit abschließen zu können. Sonst noch was?"

„Ich glaube … ich glaube, ich möchte sie einfach loslassen", sage ich und schließe die Augen, während mir die Bilder, die ich mir von Lucy gemacht habe, durch den Kopf schießen. „Ich möchte die Tür hinter Lucy Harte schließen und mit meinem eigenen Leben weitermachen. Und ich glaube nun mal, dass ich das nur schaffe, wenn ich denjenigen danke, die damals beschlossen haben, Leuten wie mir Lucys Organe zu spenden, nachdem sie gerade erst ihr Kind verloren hatten."

„Tja, das bringt es auf jeden Fall auf den Punkt", sagt

Flo, und schon habe ich den Brief auseinandergefaltet, und die Worte verschwimmen mir vor Augen. Er ist genau wie die Adresse in akkurater Handschrift mit schwarzer Tinte geschrieben. Ich bin beeindruckt.

„O Gott, Flo."

„Was ‚o Gott, Flo'? *Was?*"

„Er *ist* von ihnen. Er ist wirklich von ihnen! Soll ich vorlesen?"

„Tja, ich kann den Brief von hier aus nicht selbst lesen, oder? Ja! Lies vor!" Sie hält kurz inne. „Natürlich nur, wenn du willst. Ich kann auch später noch mal anrufen, wenn du dabei lieber allein sein willst."

Ich will dabei auf gar keinen Fall allein sein, deshalb habe ich Flo ja angerufen. Die ersten zwei Zeilen habe ich schon gelesen, aber noch nicht ein Wort davon erfasst.

„Okay, los geht's", sage ich und räuspere mich, als stünde ich vor einem riesigen Publikum. „Liebe Maggie ..."

Liebe Maggie,

ich hoffe, ich erschrecke Sie nicht zu sehr, indem ich direkt und unter Ihrer Privatadresse Verbindung mit Ihnen aufnehme, aber ich habe in Belfast berufliche Kontakte, und mit ein paar Nachforschungen habe ich Sie schließlich finden können. Wir haben eine gemeinsame Bekannte, ob Sie es glauben oder nicht, und sie hat mir Ihre Adresse gegeben. Jedenfalls hoffe ich, dass Sie es sind und nicht irgendeine andere Maggie O'Hara, die keine Ahnung hat, wovon ich rede.

Ich heiße Simon Harte und bin der ältere Bruder von Lucy, die am 10. April 1999 starb und die Ihre Organspenderin war. Ich erinnere mich an jenen Tag und die Tage davor, als wäre es gestern gewesen, aber ich werde Sie nicht mit Einzelheiten über ihren Tod belasten, weil ich nicht in erster Linie deshalb mit Ihnen Kontakt aufnehme.

Ich weiß, Sie haben vor einigen Jahren versucht, uns zu kontaktieren, und es tut mir leid, dass wir nicht darauf eingingen, aber mein Vater, nun ja, er war dazu nicht in der Lage, Maggie. Er war zu vielem nicht in der Lage, nachdem unsere Familie an jenem Tag auseinandergerissen wurde. Seit jenem Tag war er ein gebrochener Mann – ein gebrochener Mann, der nie wieder ganz wurde.

Er dachte damals, die Organspende sei das Richtige, aber danach hat er sich noch jahrelang dafür verflucht und hatte Albträume wegen seiner Entscheidung. Ich hoffe, Sie verstehen, dass eine Begegnung mit Ihnen ihm keinen Trost geschenkt hätte. Im Gegenteil, es hätte ihm den Rest geben können.

Doch jetzt liegt die Entscheidung, ob wir Ihnen antworten, nicht mehr in seinen Händen. Traurigerweise ist mein Vater letzten Monat nach jahrelangem Leiden verstorben, und jetzt bin nur noch ich übrig … nur noch ich, meine Erinnerungen an meine Familie und an eine Irin, die das Herz meiner toten Schwester in sich trägt. Ich nehme an, da sind noch andere irgendwo, aber Sie sind die Einzige, die je nach uns gesucht hat.

Diese Woche war Lucys Todestag, der erste, dem ich mich allein stellen musste. Und jetzt schreibe ich Ihnen …

Ich will Sie nicht aus der Fassung bringen, Maggie. Ich erbitte nichts von Ihnen, und falls Sie nicht antworten, werde ich versuchen, zu vergessen, dass es Sie gibt, und mir Mühe geben, nach vorn zu blicken.

Aber Sie haben als Erste mit uns Kontakt aufnehmen wollen, und jetzt, wo der nächste Schritt in diesem Prozess ganz in meinen Händen liegt, sollen Sie wissen, dass ich für ein Gespräch zur Verfügung stehe, falls Sie glauben, dass Ihnen das helfen würde, nach vorn zu blicken oder ein Kapitel abzuschließen, das Ihnen, wie ich mir vorstelle, all die Jahre nachgegangen ist, ebenso wie mir. Ich würde sehr gerne sehen, wie das Vermächtnis meiner Schwester weiterlebt.

Meine Kontaktdaten stehen auf dem beigefügten Blatt. Wir könnten telefonieren oder auch mailen, falls Ihnen das lieber wäre. Keine Sorge – ich werde nicht einfach bei Ihnen vor der Tür stehen. Sie können mein Angebot annehmen oder auch nicht.

Ich hoffe, Sie nehmen es an.

Mit den allerbesten Wünschen

Simon D. Harte

Ich lege den Brief auf den Tisch und lasse ihn langsam los, aber mein Blick klebt an seiner Unterschrift. *Simon D. Harte.* Lucy Hartes Bruder.

„Großer Gott“, sagt Flo. „Was hältst du davon, Maggie? Alles in Ordnung bei dir?“

Ich bin mir nicht sicher, ob bei mir alles in Ordnung ist. Ich bin mir nicht sicher, ob ich überhaupt noch atme. Ich muss diesen Brief noch einmal lesen und noch einmal. Er ist herzzerreißend und atemberaubend und ganz anders, als ich es mir vorgestellt habe. Ich habe nie richtig daran geglaubt, dass einmal der Tag kommen würde, an dem ich von den Hartes höre, aber jetzt ist er da, und es ist noch aufwühlender, als ich gedacht hätte.

„Wirst du dich bei ihm melden? Mich würde es in den Fingern jucken, wenn ich du wäre. Aber denk zuerst darüber nach. Er klingt nett. Aber andererseits fand ich auch Damien nett, und der war weg, bevor Billie aus den Windeln raus war. Ich hoffe, er ist nett", sagt Flo. Sie redet zu viel. Flo redet immer zu viel, wenn sie nervös ist.

„Ja, ich werde mich bei ihm melden", sage ich, und da bin ich mir sicher. „Genau genommen werde ich keine Sekunde verschwenden. Ich melde mich jetzt gleich bei ihm."

Ich stehe auf, aber das Zimmer dreht sich um mich, also setze ich mich wieder hin und versuche, mich ein wenig zu sammeln. Bin ich verrückt? Bin ich überhaupt bereit dazu? Ich habe immer davon geträumt, dass das passiert, aber ich habe mir gerade erst eine Auszeit von der Arbeit genommen, um mein Leben wieder in den Griff zu kriegen, und ich weiß nicht, ob das hier der richtige Weg ist. Oder vielleicht ist er es gerade. Vielleicht soll es so sein …

„Jetzt? Du willst dich jetzt sofort bei ihm melden?", fragt Flo. „Vielleicht solltest du noch warten … du weißt schon, darüber schlafen."

„Darüber schlafen? Ich kann nicht darüber schlafen!“

„Schon gut, schon gut. Was willst du ihm denn sagen?“

Ich stehe auf, langsamer diesmal, und lehne mich an die Arbeitsfläche. Was will ich ihm sagen? Ich habe absolut keine Ahnung.

„Ich erzähl's dir dann. Danke, Flo.“

„Halt es schlicht, Maggie. Höflich und schlicht.“

Sie verabschiedet sich und legt auf, und ich bleibe allein in meiner leicht verqualmten Küche zurück, mit einem leeren Weinglas und einem Kopf, in dem sich die Gedanken überschlagen. Ich habe ihm so viel zu sagen, aber wo um alles in der Welt fange ich an? Ich habe absolut keine Ahnung.

Um acht Uhr liege ich im Bett und bin beim dritten Entwurf einer, wie ich auf Flos Rat hin beschlossen habe, möglichst höflichen und schlichten Antwort – in der ich Simon Harte für die Kontaktaufnahme danke, meiner Hoffnung, es gehe ihm gut, Ausdruck verleihe und ihm mein Beileid zum Tod seines Vaters ausspreche. Danach sehen wir weiter. Sprich: Ich warte auf eine Antwort und schaue, wie es läuft. Ganz einfach.

Aber es ist überhaupt nicht einfach. Ich habe so viele Fragen an ihn, und die sprudeln einfach so aus mir heraus. Wie war Lucy? Was ist ihr zugestoßen? Ist sie plötzlich gestorben? Hat sie gelitten? Grollt er mir wie sein Vater? Laufen noch mehr Menschen mit Lucys Organen herum? Was ist mit ihrer armen Mutter? Wo ist sie jetzt? Lebt sie noch? Gibt das Wissen um mich ihm das Gefühl, Lucy sei nicht richtig tot? Hat er schon einmal versucht, Kontakt zu mir aufzunehmen oder auch nur daran gedacht, es hinter dem Rücken seines Vaters zu tun? Wie lange hat er gebraucht, um mich zu finden? Von wem hat er meinen Namen? Wer zum Teufel ist unsere gemeinsame Bekannte? Hat die Trauer den Anstoß dazu gegeben, sich zu melden, oder hat er sich das vorher gut überlegt? Hat er sich professionelle Hilfe gesucht, bevor er eine solche Entscheidung auch nur in Erwägung zog?

Ich schreibe und lösche, schreibe und lösche, bis mir allmählich die Augen zufallen, aber bevor ich auf Senden geklickt habe, kann ich der Müdigkeit nicht nachgeben. Schließlich entscheide ich mich für diese Variante:

Lieber Simon,

zunächst möchte ich Ihnen mein Beileid aussprechen. Ich kann Ihnen gar nicht sagen, wie aufregend es für mich ist, von Ihnen zu hören.

Aufregend. Nein, ich finde es nicht aufregend. Das klingt verzweifelt. Ich fange noch einmal von vorn an.

Lieber Simon,

vielen Dank, dass Sie sich mit mir in Verbindung gesetzt haben. Wie tapfer von Ihnen, mir diesen Brief zu schicken. Sie haben tatsächlich die richtige Maggie O'Hara gefunden, und ich freue mich sehr, nach so langem Suchen und Rätseln von Ihnen zu hören.

Der Tod Ihres Vaters tut mir sehr leid.

Es gibt so vieles, was ich Sie fragen und Ihnen sagen möchte, und ich habe diese E-Mail immer wieder von vorn angefangen, weil ich nicht schwafeln wollte, und jetzt mache ich genau das … ich schwafele.

Jedenfalls, ja, ich bin es.

Ich habe meine Kontaktdaten ebenfalls unten aufgeführt für den Fall, dass Sie den Austausch fortführen möchten.

Gott segne Sie.

Maggie

Ich klicke auf *Senden*. Was? *Gott segne Sie?* Anscheinend werde ich allmählich fromm. Aufgewühlt klappe ich den Laptop zu und rolle mich in einer Mischung aus Euphorie und Erschöpfung unter meiner Bettdecke zusammen. Dann lese ich die E-Mail noch einmal. Scheiße, die ist ja grauenvoll. Sie ist unzusammenhängend, unsicher, überstürzt. Mist. Aber es ist getan.

Ich muss schlafen.

Simon D. Harte. Wofür wohl das D steht? Derek? David? Daniel? Ja, ich wette, für Daniel. Warum frage ich mich das eigentlich? Ändert das was?

Ich frage mich alles Mögliche. Ich frage mich, wo er jetzt gerade ist. Na ja, vermutlich in Tain. Aber wo genau?

Ist er ein trauriger, einsamer Mann, der sich an seine letzte Hoffnung auf eine familiäre Bindung klammert und sich mit mir treffen will, als wäre ich ein lange vermisstes Familienmitglied? Liegt er gerade im Bett und hat die Arme um eine Frau geschlungen, die nichts davon ahnt, dass er hinter mir her ist, und durchdrehen würde, wenn sie es herausfände, weil sie befürchten würde, dass ihn ihr das entfremdet? Vielleicht ist er ja schon lange davon besessen, die Menschen zu finden, die Teile seiner toten Schwester in sich tragen.

Das Gedankenkarussell in meinem Kopf dreht sich weiter.

Vielleicht wurde Lucy Harte ermordet oder kam bei einem tragischen Unfall ums Leben, und jetzt ist er auf Rache aus und stöbert mich in einem Anfall von Wut und Eifersucht auf, weil ich lebe und sie nicht. Ach, du lieber Himmel!

Vielleicht lauert er gerade jetzt draußen vor meiner Wohnungstür, weil er jede meiner Bewegungen verfolgt wie ein Stalker, und gleich bricht er bei mir ein und entführt mich, und dann fordert er Lösegeld!

Oder meine Eltern! Was ist, wenn er sie auch aufgespürt hat, sie auf irgendeine kranke Art erpressen will und droht, sie umzubringen?

Vielleicht bin ich ja diejenige, die durchdreht!

Vielleicht hatte Flo doch recht, und ich hätte erst mal darüber schlafen sollen.

Ich lege mich hin und starre an die Decke. Es wird ein langer, langer Tag.

Irgendwann am Vormittag wache ich mit steifem Nacken und mordsmäßigen Kopfschmerzen auf und sehe mit diesem gewissen Grausen aufs Telefon, das mit einem Kater einhergeht.

Ich drehe mich um und will Jeff einen guten Morgen wünschen, aber er ist natürlich nicht da.

Hier sind nur ich, das flauschige, neue Kopfkissen neben mir und dieser fremde Raum, an den ich mich noch immer nicht gewöhnt habe, mit dem neuen hellgrau-weißen Gingan-Bettüberwurf, den dazu passenden Gardinen und den sauberen weißen Wänden, an die ich mein neues Ich verzweifelt anzupassen versuche.

Ich scrolle durch Facebook, ärgere mich aber bloß, weil ich von Leuten, die ich kaum kenne, und ihrem angeblich perfekten Leben lese; dann hole ich mir bei Twitter eine Momentaufnahme beliebiger Gedanken von Leuten ab, die ich genauso wenig kenne. Schließlich checke ich aufgeregt meine E-Mails, als mir die Nachricht wieder einfällt, die ich Simon D. Harte vorhin geschickt habe.

Ich habe zwei neue E-Mails in meinem Posteingang und vermute, dass sie von Simon sind, oder zumindest eine davon.

Aber das sind sie nicht. Eine stammt von einem Finanzunternehmen, das mir Darlehen zu einem absurd hohen Zinssatz anbietet, und in der anderen will man mir Viagra zu einem Sonderpreis von fünf Dollar verkaufen. Ich bin enttäuscht. Warum hat er mir nicht geantwortet?

Wahrscheinlich, weil er meine Mail noch nicht gelesen hat und bei der Arbeit ist oder das tut, was die Leute in Nordschottland jetzt tun, zum Beispiel spät frühstücken oder früh lunchen oder die Zeitung lesen oder zu einem Meeting fahren.

Ja. Wahrscheinlich.

Ich werfe noch mal einen verstohlenen Blick auf Facebook, obwohl mich das in letzter Zeit so fertigmacht. Jeff und ich haben jede Menge gemeinsame Freunde, und ich weiß, ich laufe Gefahr, dass sein Foto in meinem Newsfeed auftaucht und ich erst recht in Selbstmitleid versinke. Besonders falls es eins mit ihr darauf ist. Ich frage mich, ob sie Selfies machen und posten, so wie wir früher? Ich frage mich, ob er sie fotografiert, wo sie geht und steht, so wie mich früher?

Dann signalisiert mein Telefon, dass ich eine neue Mail habe, und ich schaue hoffnungsvoll nach.

Diesmal ist es kein Spam. Die Mail ist von ihm. Von Simon D. Harte.

Ich bekreuzige mich und öffne sie, dann bekreuzige ich mich noch einmal. Wenn ich so weitermache, sitze ich bald bei den Alten in der Kirche und bete den Rosenkranz, aber irgendwie kommt es mir gerade angemessen vor.

Liebe Maggie,

Ich atme tief durch.

ich weiß nicht, wann ich das letzte Mal geweint habe.

Ich glaube, ich habe nicht einmal damals bei der Beerdigung geweint, aber ehrlich gesagt, ist meine Erinnerung daran verschwommen. Ich war erst siebzehn, und ich glaube, ich stand danach noch mindestens ein Jahr unter Schock. Was ich damit sagen will: Ich bin eigentlich kein Mann, der leicht weint, selbst dann nicht, wenn er an seine Grenzen stößt, und glauben Sie mir, ich bin häufig an meine Grenzen gebracht worden. Meine Frau bekommt gerade unser erstes Kind und ist sehr emotional, daher muss ich das Weinen im Augenblick größtenteils ihr überlassen!

Aber als ich Ihre Mail las, habe ich geweint. Noch nie im Leben war ich über irgendetwas so erleichtert, wie ich es jetzt bin, da ich Ihre Antwort erhalten habe und Sie nicht wütend sind oder mir sagen, ich solle mich aus Ihrem Leben raushalten, oder mich der Transplantationsbehörde melden, weil ich Sie direkt kontaktiert habe. Auch ich bemühe mich, nicht zu schwafeln, aber es gibt so viel, was ich Sie fragen, so viel, was ich Ihnen sagen möchte. Geht es Ihnen auch so? Bitte seien Sie ehrlich. Ich kann es gar nicht genug betonen: Ich erwarte nichts von Ihnen. Sie müssen mir nicht noch einmal antworten, wenn Sie nicht wollen. Ich freue mich einfach, von Ihnen zu hören und zu wissen, dass es Ihnen gut geht. Es geht Ihnen doch gut, oder? Ich hoffe es sehr.

Jetzt schwafele ich wirklich.

Ich werde Schluss machen und wünsche Ihnen einen fantastischen Tag.

Herzliche Grüße und vor allem danke, dass Sie sich bei mir gemeldet haben.

Danke.

Simon

Kein D diesmal. Einfach Simon. Schlicht und formlos. *Simon.*

Ich lese die Mail noch einmal. Und noch mal. Und noch mal.

Er wirkt ziemlich normal, oder? Nicht allzu serienkillermäßig, also bin ich wohl fürs Erste sicher. Er hat eine Frau. Sie bekommen ein Baby. Ich stelle ihn mir vor, wie er am Frühstückstisch sitzt oder vielleicht im Zug. Er ist irgendwo, hat auf *Senden* geklickt und wartet jetzt genauso gespannt wie ich auf Antwort. Sogar in meinen Träumen habe ich auf eine Antwort gewartet. Wie sieht er aus? Wie sah Lucy aus? Meine Gedanken überschlagen sich. Ich habe so viele Fragen! Wo soll ich anfangen? Ich bin noch nicht einmal aufgestanden, in meinem verkaterten Zustand.

Sofort formuliere ich eine Antwort.

Lieber Simon,

wie schön, noch einmal von Ihnen zu hören. Falls Sie mit mir reden möchten, bitte, nur zu, jederzeit. Meine Telefonnummer steht in der Signatur unten in dieser Mail, also rufen Sie mich gern an.

Wir müssen alle reden. Ich muss auf jeden Fall reden.

Bis bald am Telefon,
Maggie

Ich schicke die Mail ab. Und warte.

KAPITEL 5

Am Nachmittag ruft meine Mutter mich an, als ich gerade im Tesco stehe und zwischen einem Strauß Lilien und einem Strauß Tulpen abwäge.

„Und dann habe ich ihr gesagt, dass John Joe macht, was er will und wann er es will, und dass niemand, nicht einmal sie, ihn daran hindern kann", erzählt Mum.

„Wem gesagt?"

„Vivienne!"

Ich bin nicht klüger als vorher. „Wer?"

„*Vivienne*! John Joes Freundin!"

Ich habe keine Ahnung, warum meine Mutter glaubt, dass die Privatangelegenheiten meines Bruders und seiner neuesten Flamme mich auch nur im Entferntesten interessieren könnten, aber ich bemühe mich trotzdem, ihr zu folgen.

„Richtig, okay", murmele ich, während ich als Entscheidungshilfe die Preisschilder an den Blumensträußen vergleiche. Die Tulpen gewinnen.

„Ich meine, sogar dein Vater sagt, dass John Joe selber sein größter Feind ist, was Beziehungen angeht. Unser Junge hat Schwierigkeiten damit, sein Leben mit jemandem zu teilen. Er hat schon Schwierigkeiten damit, eine vermaledeite Packung Chips mit jemandem zu teilen, ganz zu schweigen von etwas, das es wagen könnte, länger zu halten! Also fand ich es richtig, dem armen Mädchen die Augen zu öffnen. Was denkst du? Habe ich zu viel gesagt?"

„Was?"

„Habe ich zu viel gesagt? Ich meine, es ist ja nicht so, als würde ich das Mädchen persönlich kennen, aber sie hat mich angerufen, um sich bei mir Rat zu holen. Ich hatte Mühe, sie zu verstehen, weil sie mit einem starken Akzent spricht. Ich glaube, sie ist Französin. Ich versuche immer, gute, unparteiische Ratschläge zu geben, selbst den Partnern meiner Kinder, egal, welche Nationalität sie haben."

Ich stelle die Tulpen zurück und nehme stattdessen die Lilien. Vielleicht sollte ich mir einen Einkaufskorb besorgen. Ich habe Lust, in der Kinderabteilung nach Sachen für Billie zu stöbern.

„Du hast das Richtige getan, Mum", versichere ich ihr, obwohl ich immer noch nicht ganz verstehe, worum es geht. „Ist die Französin diejenige, die sich seinen Namen auf ihre Brust tätowieren ließ?"

„Grundgütiger, nein!", sagt Mum. „Das war dieses Model im letzten Jahr. Vivienne hat er über seinen Freund Clive kennengelernt, den Countrysänger. Dein Bruder hat doch ein paar Wochen lang auf Clives Ranch in der Nähe von Nashville als Hufschmied gearbeitet, dort sind er und Vivienne sich zum ersten Mal begegnet. Das arme Mädchen. Sie rennt in ihr Verderben."

„Ach, Männer! Das sind allesamt dreckige, verkommene, verlogene Scheißkerle!", sage ich ein wenig zu laut, und ein Mann wirft mir im Vorbeigehen einen bösen Blick zu.

„Genau!", sagt Mum. „Ich hätte es nicht besser ausdrücken können. Da wir gerade von Männern sprechen … Hast du was gehört von –"

„Nein, Mum, nichts“, sage ich rasch. „Ich will auch nichts von Jeff hö- … o nein!“

Ich erstarre. O Gott, bitte nicht.

„Maggie?“, sagt meine Mutter. „Maggie, bist du noch da?“

Bitte nicht. Tu mir das nicht an. Nicht jetzt. Nein.

Meine Haut fühlt sich plötzlich eiskalt an. Ich wusste nicht, dass das physisch tatsächlich möglich ist, aber Angst durchströmt meinen gesamten Körper, bis tief hinein in meine Finger- und Zehenspitzen. Ein brennendes, stechendes, kribbelndes Unbehagen.

„Ich muss aufhören, Mum. Ich habe gerade jemanden gesehen … jemanden von früher. Ich melde mich wieder.“

Ich stehe da, in der Kinderabteilung meines Supermarkts, den Lilienstrauß in der einen Hand, mein Handy in der anderen, und beobachte, wie Jeff, mein „Ehemann“, und seine neue Perle nichtsahnend auf mich zukommen.

Ich glaube, ich muss gleich kotzen, eine unsichtbare Faust umklammert meine Eingeweide.

Jeffs Freundin stützt sich auf den Einkaufswagen, er läuft hinter ihr und legt seine Hände auf ihre Hüften, während sie mit einem verliebten Lächeln im Gesicht die Regale überfliegt.

Das hat er früher mit mir gemacht.

„Ist alles in Ordnung, Engelchen?“, fragt mich eine kleine alte Dame. „Sie machen ein Gesicht, als wären Sie gerade einem Geist begegnet.“

Jeff sieht mich.

Unsere Blicke treffen sich, und er hebt zaghaft seine Hand, während der selbstzufriedene Ausdruck der Verliebtheit in seinem Gesicht einem verzweifelten Ausdruck der Schuld weicht. Ich kann mich nicht bewegen. Ich will nicht hinsehen, aber wie bei einem Verkehrsunfall kann ich nicht anders, als zu starren und zu starren, und dann folgt sie seinem Blick und entdeckt mich. Ihre Miene verzieht sich missmutig, und sie schaut ihn panisch an, und ich möchte nur noch nach Hause. Sofort.

„Hier, ein paar Lilien für Sie", sage ich zu der alten Dame und gebe ihr den Strauß. „Sie haben recht. Ich habe gerade einen Geist gesehen. Ich muss sofort hier raus."

Ich schaffe es noch rechtzeitig in meinen Wagen, bevor ich in Tränen ausbreche. Verzweifelt schlage ich auf das Lenkrad ein.

„Bastard! Siebzehn verdammte Monate! Was hat sie, was ich nicht habe? *Was?*"

Ich drehe den Zündschlüssel, obwohl man meinen Zustand beim besten Willen nicht als fahrtüchtig bezeichnen kann. Ich möchte nach Loch Tara, weit fort, mich in meinem alten Zimmer einschließen und unter meiner Decke verkriechen, meine Eltern umarmen und einfach aus meiner Haut herausschlüpfen.

Ich möchte Jeff schlagen. Ich möchte Jeffs Freundin schlagen.

Ich habe nicht genug Kraft, um irgendjemanden zu schlagen.

Auf meinem Handy kommt eine Nachricht an, aber ich traue mich nicht nachzuschauen. Falls sie von Jeff ist … falls er die Dreistigkeit besitzt, sich per SMS zu entschuldigen, weiß ich nicht, was ich tun werde. Ich will nichts von ihm hören. Ich will von ihm hören, aber gleichzeitig auch nicht.

Ich schaue doch auf mein Handy. Es ist keine SMS, sondern eine E-Mail, und sie ist von Simon Harte.

Kann ich Sie anrufen? ist alles, was darin steht.

Ich fahre rückwärts aus der Lücke und brause mit Vollgas vom Parkplatz.

Höchste Zeit für ein verdammtes Glas Wein.

Ich haste zu meiner Haustür, um einem plötzlichen Aprilschauer zu entkommen, und könnte mich dafür treten, dass die Begegnung mit Jeff und seiner giraffenähnlichen Schnalle, an der er wie ein Ausschlag klebte, mich dermaßen mitnimmt.

Ich bin größer und besser als das, sage ich mir, während ich voller Rachsucht die Treppe zu meiner Wohnung hochstampfe. Wie kann er es wagen? Wie *kann* er es wagen?

Ich schleudere meine Jacke in die Ecke und lasse meine Tasche auf den Boden fallen, dann beuge ich mich zu ihr hinunter, um mein Handy herauszunehmen. Ich weiß nicht, ob ich Simon zurückschreiben soll. Ob ich die Energie für Simon und Lucy Harte habe.

Ich werde unter die Dusche gehen und mich frisch machen, und danach werde ich ihm antworten. Vielleicht.

Ich trockne gerade meine Haare mit einem Handtuch, als mein Handy klingelt. *Er* ist es. Seine Nummer leuchtet mir entgegen, drängt mich, dranzugehen und zu … nun ja, zu reden, schätze ich. Richtig miteinander zu sprechen, statt beherzte Fragen und Nachrichten zu tippen.

„Hallo?“

„Maggie!“, sagt eine sehr volle Stimme, reifer und selbstsicherer, als ich erwartet habe. Aber im nächsten Moment wird sie brüchig. „Mein Gott, Maggie.“

Ich sage nichts. Ich kann nicht. Ich lasse mich auf mein Bett sinken.

„Sind Sie okay?“, fragt er, aber ich weiß nicht, wie die Antwort darauf lautet. Bin ich okay? Wahrscheinlich nicht. Hat es etwas mit ihm zu tun? Wahrscheinlich nicht.

Oder vielleicht doch. Ich weiß gar nichts mehr.

„Ich checke gerade die Flüge nach Belfast“, sagt er schließlich. „Haben Sie dieses Wochenende Zeit für einen Kaffee? Ich muss Sie sehen, Maggie. Persönlich.“

Ich stehe auf. Dann setze ich mich wieder. Ein Kaffee? Mit ihm? Hier? In Belfast? Jetzt schon?

„Flüge?“

„Ja“, sagt er lachend. „Sie wissen schon, man steigt in ein Flugzeug und wird in ein anderes Land befördert. Flüge. Zumindest nennen wir das in Schottland so.“

Ich habe meine Sprache verloren. Simon und ich haben uns erst gestern gefunden, und nun will er herkommen und sich auf einen Kaffee mit mir treffen? Sein Akzent ist herrlich. Er klingt wie Gerard Butler. Er ist nicht Gerard Butler, halte ich mir vor Augen.

„Sind Sie sicher, dass Sie mich treffen wollen? Ist das nicht ein bisschen –“

„Früh?“, sagt er.

„Ja, früh.“

„Maggie, ich warte seit Jahren darauf, Sie zu treffen.“

Seine Stimme bebt vor Emotionen, und im nächsten Moment schlägt sie in eine beinahe übertriebene Begeisterung um. „In Belfast ist dieses Wochenende ein Fußballspiel, über das ich berichten muss – na ja, das ist nicht ganz die Wahrheit. Ich muss den Job nicht übernehmen, aber ich kann, wenn ich will, also dachte ich mir, ich könnte das Berufliche mit, na ja, damit verbinden, Sie endlich kennenzulernen. Natürlich nur, wenn Sie das möchten. Wenn Sie danach beschließen, dass Sie nie wieder etwas von mir hören wollen, ist das okay. Es ist einfach schon ein tolles Gefühl, dass ich jetzt mit Ihnen reden kann."

Ich weiß nicht, was ich sagen soll. Warum sollten wir uns nicht auf einen Kaffee treffen? Es ist das, was ich mir immer gewünscht habe. Eine Chance, mich bei jemandem zu bedanken, der mit der geheimnisvollen Lucy Harte verwandt war. Ein Abschluss.

Aber dieses Wochenende … das ist verdammt schnell. Ich muss mich vorbereiten. Ich muss meine Wohnung vorbereiten. Will Simon hier übernachten? Ich blicke mich in meinem Schlafzimmer um. Es ist ein richtiger Saustall. Auch das Gästezimmer ist ein Saustall, genau wie das Wohnzimmer, und in der Küche sieht es aus, als hätte eine Bombe eingeschlagen. Andererseits weiß Simon ja gar nicht, dass ich ein Gästezimmer habe.

„Ich kann mir eine Unterkunft in der Nähe suchen", sagt er, als habe er meine Gedanken gelesen.

Oh, Gott sei Dank.

„O-okay", sage ich erleichtert. „Gut, dann … ja. Warum nicht? Treffen wir uns auf einen Kaffee. Ich kenne ein gutes B&B auf der Lisburn Road. Das Haus ist wirklich hübsch, mit echten Kronleuchtern und einer eigenen Bibliothek. Ja, da ist sicher nichts dabei."

Echte Kronleuchter und eine Bibliothek? Habe ich das gerade gesagt?

„Perfekt", sagt Simon. „Mit den Kronleuchtern haben Sie mich überzeugt. Schicken Sie mir doch den Namen, dann kann ich mich um ein Zimmer kümmern. Sobald ich für Freitagnachmittag einen Flug gefunden habe, schreibe ich Ihnen meine genaue Ankunftszeit. Ich kann es kaum erwarten, Sie persönlich kennenzulernen und Ihnen alles über Lucy zu erzählen."

Ich entspanne mich. Simon ist cool. Der Druck, den ich kurz gespürt habe, verschwindet.

„Und ich kann es kaum erwarten, mehr über Lucy zu erfahren", erwidere ich, und ich meine es wirklich so.

Ich sitze in Flos Küche, frisch geschminkt im natürlichen Look und mit Lockenwicklern in den Haaren. Ja, Lockenwickler. Nicht die kleine Sorte, die alte Damen benutzen, sondern die ganz breiten, die Volumen für mein pflegebedürftiges Haar versprechen. Flo überprüft und richtet die Lockenwickler, während Billie sich wie ein Wurm an meinem Bein hochwindet, bis er auf meinem Knie sitzt und sofort wieder herunterwill. Dann lässt er mich für Peppa Wutz stehen.

Aber für ein Schwein stehen gelassen zu werden, ist ja keine große Überraschung mehr für mich.

„Okay, lass uns das Ganze noch einmal durchgehen", sagt Flo. Sie klingt allmählich wie meine Mutter.

„Das ist wirklich nicht nötig. Es ist ja kein dubioses Online-Date", sage ich. „Du bist überängstlich."

„Ich bin vernünftig und klar", entgegnet sie, während sie einen Lockenwickler löst und dann wieder feststeckt. „Also, du zupfst an deinem rechten Ohrring, wenn du Hilfe brauchst, und ich werde dich sofort anklingeln."

„Wer hat gesagt, dass ich Ohrringe tragen werde?"

„Du trägst immer Ohrringe. Durch meinen Anruf hast du einen Vorwand, um rauszugehen, falls der Typ dir wie ein Psycho vorkommt. Ich komme dann sofort nach und überlege mir einen Fluchtplan."

Das wird ja immer absurder.

„Flo! Simon ist kein Psycho! Es geht ihm nicht anders als mir", sage ich und klaube eine Aufmerksamkeit von Billie in Form eines klebrigen Cheerios von meiner Jeans. „Er möchte einfach nur mit dieser Geschichte abschließen, und außerdem klang er ziemlich nett am Telefon. Du musst uns also nicht hinterherspionieren wie eine Undercover-Agentin. Wie willst du das überhaupt machen, mit Billie? Unser Sonnenschein wird nie und nimmer lange genug still sitzen, und wahrscheinlich wird er auch deutlich zeigen, dass er mich kennt."

Billie schenkt mir einen wissenden Blick. Er flippt schon aus, wenn er meine Stimme am Telefon hört, und erst recht, wenn er mich sieht. Ich schätze, das hat mit den Süßigkeiten und den Spielsachen zu tun, die ich ihm immer mitbringe, aber als seine Patentante halte ich das für meine Pflicht.

Flo rollt mit den Augen. Sie wird sich auf keinen Fall von ihrem Plan abbringen lassen.

„Billie bringe ich zu Ursula. Du weißt schon, Jacks Mutter aus der Spielgruppe. Wir organisieren ständig spontane Playdates, wenn einer von uns kinderfreie Zeit braucht. Ich weiß nicht, was ich ohne Ursula tun würde."

Nun bin ich an der Reihe, mit den Augen zu rollen. Ein *Playdate*.

„Du meinst, Ursula ist dein Babysitter für alle Fälle? Warum sagst du das nicht gleich? Was soll dieses New-Age-Mami-Geschwafel? Was passiert mit dir?"

Flo lacht. Sie weiß, dass ich nicht unrecht habe. Früher, bevor Billie auf der Welt war, haben Flo und ich über solche Dinge gespottet, natürlich nur, weil wir insgeheim neidisch waren und dem Babyclub liebend gern beigetreten wären. Flo ist inzwischen Vollzeit-Mitglied, obwohl es ein wenig anders gekommen ist, als sie geplant hatte.

„Oh, dein Tag wird auch noch kommen, Miss Businesskostüm", sagt sie. „Ich wette, du wirst sogar deine eigenen Begriffe für Mami-Angelegenheiten erfinden, wenn du selber einen kleinen Knöchelbeißer hast. So, und jetzt lass dich mal anschauen."

Sie hat inzwischen alle Lockenwickler herausgenommen. Ich muss sagen, meine Haare sehen toll aus, und mein Make-up wirkt ganz dezent und natürlich, genau so, wie ich es für heute haben wollte. Flo war zehn Jahre lang eine der meistgefragten Stylistinnen und Kosmetikerinnen in der Stadt, bis sie gezwungen war, weniger und von zu Hause aus zu arbeiten, als Billie auf die Welt kam und Billies Erzeuger mit dem treffenden Namen Damien (denkt an *Das Omen*) sich aus dem Staub machte. Ich habe Flo durch ihren Job kennengelernt. Sie hat mir für mein Bewerbungsgespräch bei Powers die Haare gemacht, und seitdem sind wir beste Freundinnen.

„O Flo, du bist ein Genie!", sage ich, während ich meine Locken mit den Fingern auflockere. Meine Haare sind inzwischen recht lang, so wie es mir gefällt, und die Locken verleihen ihnen ein bisschen mehr Sprungkraft. „Das hätte ich in einer Million Jahre nicht hinbekommen. Okay, bist du immer noch für Jeans und ein hübsches Top? Oder lieber ein Sommerkleid? Draußen ist es nicht sooo kalt. Oder vielleicht sollte ich mich doch ein wenig in Schale werfen? Du weißt schon, mir richtig Mühe geben?"

Flo ist beunruhigt. Ihre Nase zuckt ganz leicht, wie immer, wenn sie Bedenken hat oder ängstlich ist. Ich versuche, meine Nervosität unter Kontrolle zu halten, aber Flo und ich kennen uns zu gut, um etwas voreinander zu verbergen.

„Vergiss nicht, Maggie, das ist kein Date."

„Das weiß ich doch! Simon hat eine Frau, um Himmels willen, und noch dazu eine schwangere! Außerdem, falls du es noch nicht bemerkt hast, bin ich gar nicht in der Verfassung für ein Date. Ich will einfach nur hübsch aussehen. Das würdest du auch wollen!"

„Ich will nur, dass du vorsichtig bist", erwidert sie, während sie den kleinen Billie auf ihre Hüfte hievt, als wäre es das Natürlichste der Welt. Ich staune immer wieder darüber, wie die Mutterschaft eine Frau völlig verändern kann, und ich verspüre selbst jetzt den Wunsch, mich in naher Zukunft auch so zu verändern. Allerdings hätte ich auch gerne den Mann dazu, aber im Moment ist das nicht die Richtung, die ich einschlage – mit einer frisch gescheiterten Ehe im Gepäck.

„Es ist so", erkläre ich Flo, in der Hoffnung, sie zu beruhigen. „Simon ist der Bruder des Mädchens, das mir das Leben gerettet hat. Seit mittlerweile siebzehn Jahren versuche ich, die Tür hinter Lucy Harte zu schließen. Sie verfolgt mich mein halbes Leben, und dieses Treffen ist meine Chance, sie loszulassen."

Ich stoße einen tiefen Seufzer aus und gehe meine Jacke holen. Billies Schokoladenfinger-Abdrücke auf dem Stoff ignoriere ich. Nur gut, dass die Jacke nicht Teil meines geplanten Outfits für später ist.

„Simon wird um zwei in der Stadt sein. Wir treffen uns im *John Hewitt Pub*, essen dort und reden, mehr nicht. Es ist alles absolut harmlos, aber wenn du uns unbedingt im Auge behalten willst, dann mach das. Ich weiß schon, was ich tue, Flo. Glaub mir."

Sie begleitet mich mit Billie an die Tür, und ich umarme sie nur ganz vorsichtig und gebe Billie ein schnelles Küsschen auf die Wange. Mein frisch aufgetragenes Make-up soll auf keinen Fall mit Kinderrotz oder Sabber in Berührung kommen.

„Sag, was du willst, aber ich werde da sein, für alle Fälle", beharrt Flo.

„Sag, was du willst, aber du bist einfach nur neugierig", erwidere ich und gehe hinaus. „Du willst doch nur Simon abchecken."

Flo zwickt fachmännisch Billies Rotzfahne ab und entsorgt sie auf ihrem T-Shirt.

„Glaub mir, Sonnenschein“, sagt sie ernst, „einen Mann abzuchecken, ist das Letzte, wonach mir gerade der Sinn steht. Und nun geh und mach dich fertig. Ich werde die Frau in dem langen Trenchcoat sein. Nenn mich einfach Jessica Fletcher.“

KAPITEL 6

Ich bin früh dran. Zu Hause habe ich keine Ruhe gefunden, und ich war schon mindestens eine Stunde „fertig“, also warte ich lieber im Pub. Es fühlt sich an wie ein peinliches Blind Date, obwohl ich weiß, dass es nicht weiter davon entfernt sein könnte. Ich habe mein Outfit sorgfältig gewählt, vielleicht ein wenig zu sorgfältig, aber ich finde, dass ich schließlich genau die richtige Balance gefunden habe – nicht zu schick und nicht zu lässig. Draußen scheint die Sonne, und es lag ein Hauch von Sommer in der Luft, als ich zum Pub fuhr, sodass meine weiße Jeans und die pastellblaue Chiffonbluse sich für diesen Anlass genau richtig anfühlten.

Dieser Anlass … wie soll man das hier überhaupt nennen?

Ich denke gerade über diese Frage nach, als ich sehe, wie Flo in den Pub kommt, sich an einen Tisch setzt und ihr Gesicht hinter einer Speisekarte versteckt. Ich fange ihren verstohlenen Blick auf und schüttele lachend den Kopf. Sie bestellt etwas und zeigt mir dann ihren erhobenen Daumen. Auch wenn ich sie vorhin belächelt habe, beruhigt mich ihre Anwesenheit tatsächlich ein bisschen. Immerhin treffe ich gleich unter sehr emotionalen Umständen einen wildfremden Mann. Da ist es gut zu wissen, dass ich Flos Rückendeckung habe, sollte es aus irgendeinem Grund furchtbar schieflaufen.

Ich mache den Kellner auf mich aufmerksam und bestelle einen großen Gin Tonic. Ich muss mir ein bisschen Mut antrinken – nötiger als je zuvor.

Sind Sie schon da? Eine SMS von Simon.

Ja, antworte ich. *Ich bin früh gekommen.*

Gut, ich auch, schreibt er zurück. Der Kellner kommt wieder und stellt meinen Drink auf den Tisch, als ich Simon entdecke.

Lieber Gott.

Er ist es wirklich. Nicht der liebe Gott, nein, aber Simon Harte, Lucys Bruder, der nun auf mich zukommt, genau hier, genau jetzt. Ich lächle. Ich atme. Ich werfe einen Blick zu Flo, die Simon anstarrt, als wäre er die Wiederkunft des Herrn.

Ich winke ihm. Er winkt lächelnd zurück und fährt sich mit der Hand durch die Haare. Dabei wirkt er so nervös, wie ich mich fühle.

Das hier ist unglaublich surreal. Ich stehe auf, um Simon Harte zu begrüßen. Er ist groß. Junge, ist der Mann groß. Ich schlucke einen Regenbogen von Gefühlen hinunter, und die gedämpfte Geräuschkulisse aus klirrendem Besteck und Musik und Stimmen verblasst im Hintergrund. Alles klingt undeutlich, alles wirkt verschwommen. Ich kann nichts sehen, und ich kann nichts hören. Nichts. Nur ihn. Es ist, als wäre die Zeit stehen geblieben, und es macht mich ganz benommen.

„Maggie", sagt Simon mit seinem weichen schottischen Akzent. „Maggie, Maggie, Maggie."

Seine Augen füllen sich mit Tränen, genau wie meine. Er sagt immer wieder meinen Namen, flüstert ihn, dann küsst er mich leicht auf die Wange.

„Ich … ich möchte Ihnen danken, Simon", murmele ich. „Ich möchte Ihnen und Ihrer Familie einfach nur Danke sagen für das, was Sie für mich getan haben."

Er weicht ein Stück zurück und umfasst leicht meine Handgelenke. Seine Augen funkeln, als hätte er diesen Moment genauso lange herbeigesehnt wie ich. Ich habe Angst, dass ich umfalle, wenn er mich loslässt. Der ganze Raum dreht sich. Ich konzentriere mich auf Simons Gesicht. Auf sein schönes, freundliches Gesicht.

„Sie sind echt", sagt er. „Du bist echt. Du bist Maggie."

Ich spüre, wie mein Herz klopft. Mein einsames, geborgtes Herz. Ich muss an Lucy denken, und ich frage mich, ob sie uns gerade sieht. Fühlt sie, was ich fühle, was Simon fühlt – ihr eigener großer Bruder, den sie zurückgelassen hat, als sie noch viel zu jung war, und der mich nun gefunden hat? Ein Stück von ihr ist in mir. Ich empfinde Schuld und Dankbarkeit zugleich.

„Ich kann nicht glauben, dass du hier bist", bringe ich flüsternd heraus.

Aus irgendeinem Grund ist es, als hätte meine Welt endlich einen Sinn, als hätte ich endlich einen Sinn. Lucy Hartes Bruder und seine Familie sind der Grund, warum ich noch am Leben bin.

„Ich kann es selber kaum glauben", sagt Simon, und ich weiß, dass er es so meint. „Dass ich hier bin ... hier bei dir, das ist ... das ist ... ziemlich abgefahren."

Ich fühle mich ganz wackelig auf den Beinen. Mein Gesicht ist bestimmt totenblass. Wenn Flo mich jetzt sieht, wird sie den Notarzt rufen.

Simon schürzt die Lippen und atmet tief ein. Beim Ausatmen lächelt er, und ich kann sehen, dass er genauso überwältigt ist wie ich.

„Danke, dass du gekommen bist", sagt er. „Ich habe so

oft an dich gedacht. Ich schlage vor, wir setzen uns. Einverstanden?"

„Mein Herz rast wie wild, weil ich total nervös bin", murmele ich, und ich sehe den Schmerz in seinen Augen, als er realisiert, dass es Lucys Herz ist, das rast.

Er geleitet mich zu meinem Stuhl. Langsam lasse ich mich daraufsinken und nehme einen Schluck von meinem Gin Tonic, in der Hoffnung, dass mich das wieder zu Sinnen bringt. Simon und ich starren uns an und lächeln, starren und lächeln und starren.

„Ich habe dich mir anders vorgestellt", sagt er. „Nicht besser oder schlechter, einfach anders. Gott, ich fange schon wieder an zu schwafeln."

„Na ja, und du bist ... du bist gebräunter, als ich dachte", sage ich mit einem nervösen Kichern. „Warst du im Urlaub? Ich komme mir sehr blass vor und ... na ja, irisch, verglichen mit dir."

Er nimmt mir gegenüber Platz, immer noch lächelnd, immer noch starrend.

„Ja, ich war im Urlaub. Ich dachte, ich hätte das schon erwähnt", sagt er.

„Nein, hast du nicht", sage ich. Ich zittere, aber es ist beruhigend, Simons Stimme zu hören, und ich spüre ein echtes Gefühl von Vertrautheit in seiner Gegenwart.

Es ist, als würde ich ein lange verschollenes Familienmitglied treffen, jemanden, der jahrelang nach mir gesucht hat, so wie ich nach ihm, und nun haben wir uns endlich gefunden, und es ist so verdammt überwältigend.

Ich mache den Kellner auf uns aufmerksam, und Simon bestellt sich ein Bier. Danach erzählt er mir, dass er eine

Woche in Griechenland war, gleich nach der Beisetzung seines Vaters. Er war alleine dort, was mich sehr beeindruckt.

„Reist du häufiger alleine?", frage ich. „Ich bin in dieser Hinsicht nämlich ein kleiner Feigling. Ich schleife immer Jeff mit, na ja, früher jedenfalls, oder meine Eltern oder eine Freundin. Aber manche Leute machen ja lieber alleine Urlaub. Du auch?"

„Nein, normalerweise nicht", antwortet er, und sein Blick schweift kurz ab.

„Habe ich etwas Falsches gesagt?", frage ich. Simon wirkt plötzlich so traurig. „Gott, ich rede zu viel. Tut mir leid, ich bin einfach –"

„Nein, tust du nicht, überhaupt nicht", widerspricht er rasch, und seine Miene hellt sich wieder ein bisschen auf. „Es war kein richtiger Urlaub, eher eine Zeit, um in Ruhe zu trauern, mehr nicht."

Der Kellner unterbricht glücklicherweise unser darauffolgendes Schweigen und serviert Simon sein Budweiser. Ich rühre in meinem Gin Tonic und spüre ein nervöses Flattern in meinem Magen. Wie um alles in der Welt soll es jetzt weitergehen? Nahrung. Ja, Nahrung wäre der nächste Schritt, obwohl ich nicht weiß, ob ich im Moment etwas hinunterbringe.

„Du hast sicher Hunger", sage ich und gebe Simon die Speisekarte. „Ich habe schon mal einen Blick in die Karte geworfen, als ich auf dich gewartet habe, darum weiß ich eigentlich schon, was ich will. Obwohl ich so nervös bin, dass ich nicht weiß, ob ich überhaupt etwas essen kann."

„Ich bin auch nervös, aber ich kann immer essen", erwidert er. „Meine Mutter hat früher immer gesagt ..."

Er verstummt, und ich sehe, dass er sich auf die Unterlippe beißt.

„Ja?"

„Ach, unwichtig", sagt er. „Ich möchte dich nicht jetzt schon mit alten Geschichten langweilen. Also, was kannst du mir hier empfehlen? Ich bin normalerweise der Steak-mit-Pommes-Typ."

Ich schaue hinüber zu Flo, die ihre Undercover-Mission offenbar vergessen hat und gerade über einen Riesenburger herfällt. Im Gegensatz zu mir brauchte sie keinen Small Talk zu halten und konnte sofort bestellen, was ihr einen großen Vorsprung verschafft hat. Aber wir sind ja auch nicht wegen des Essens hier.

Mir wird bewusst, dass Simon auf meine Antwort wartet.

„Oh, tut mir leid", sage ich. „Ich dachte gerade, ich hätte eine Bekannte gesehen, aber es ist nur jemand, der ihr unheimlich ähnlich sieht. Nun, ich nehme den Lachs. Ich habe aber auch schon mal das Steak probiert, und es war echt lecker, darum würde ich sagen, bleib einfach beim Alten."

Simon lässt ein Lächeln aufblitzen und klappt die Speisekarte zu. Wir werden langsam etwas lockerer. Ich spüre mit großer Erleichterung, dass mein Magen sich wieder beruhigt und meine Sinne zurückkehren. Ich war in meinem ganzen Leben noch nie so aufgeregt, nicht einmal vor meinem ersten Treffen mit Jeffs stinkreichen Eltern, und glaubt mir, das war wirklich nervenaufreibend, weil sie mich von Anfang an hassten und ich das wusste – und das war lange vor meiner Britney-Spears-Imitation.

„Dann also Steak mit Pommes“, sagt Simon. „Verzeihung, wenn ich dich so anstarre. Du zitterst. Bist du wirklich so nervös?“

„Eher überwältigt“, gestehe ich. „Aber ich kriege mich langsam wieder ein, so nach und nach. Und du?“

„Geht mir genauso“, sagt er. „Ich bin einfach ergriffen davon, dass wir uns endlich treffen. Es ist, als wäre es immer vorherbestimmt gewesen.“

Er zappelt ein wenig auf seinem Stuhl hin und her, bevor er weiterspricht.

„Maggie, ich hoffe, ich habe dir keine Angst gemacht, weil ich so schnell nach Belfast gekommen bin.“

„Nein … um Gottes willen, nein.“

„Ich befinde mich wieder einmal in tiefer Trauer“, erklärt er. „Momentan bin ich sehr verwundbar und empfindlich, aber ich musste dich einfach sehen. Ich wollte sehen, dass ein Teil meiner Familie auf eine seltsame Art immer noch weiterlebt. Klinge ich wie ein durchgeknallter Freak?“

Flo attackiert immer noch ihren Burger. Als Jessica Fletcher hätte sie nach der Nummer keinen Job mehr.

Ich schaue wieder zu Simon, auf den Tisch, auf meine Hände. Und dann finde ich meine Stimme.

„Nein. Ich halte dich nicht für einen durchgeknallten Freak“, sage ich sanft. „Ich habe mir immer gewünscht, dich zu treffen. Jemanden, der mit Lucy verbunden ist. Ich wollte dir danken, Lucy danken, dass ihr mir mein Leben geschenkt habt.“

Jetzt macht er wirklich ein Gesicht, als würde er jeden Moment losheulen. Ich mag mich verletzlich fühlen, er ist es definitiv noch mehr.

„Meine Frau findet das alles ein bisschen verrückt, aber ich muss es tun", sagt er. „Ich schätze, mit meinem Vater ist auch ein Teil von mir gestorben, und ich musste einfach etwas finden, an das ich mich klammern konnte. Ich weiß, das klingt alles ziemlich verzweifelt, aber Lucy war etwas ganz Besonderes für mich, und ich wollte sehen, wie sie ... nun, wie sie weiterlebt. In dir."

Ich schürze meine Lippen, und er hält sich bekümmert die Hände vor das Gesicht. O Gott, wir hätten uns an einem privaten Ort treffen sollen. Das hier ist zu viel für einen Pub. Ich weiß nicht, was ich tun soll. Ich weiß nicht, was ich sagen soll.

„Simon, ist alles okay? Möchtest du woandershin? Wir könnten im Park spazieren gehen."

„Nein, nein, schon gut", sagt er und atmet tief durch. „Tut mir leid. Ich habe irgendwie schon geahnt, dass das passieren würde, aber ... Sorry, dies ist ein großer Moment für mich. Ich bin zurzeit furchtbar dünnhäutig, Maggie."

Natürlich ist er dünnhäutig. Das ist absolut logisch. Es muss wirklich sehr schlimm sein, seine kleine Schwester so früh zu verlieren, und nun sieht er mich, wie ich lebe, atme, trinke, rede, ihm gegenübersitze. Sicher ist das ein großer Moment für ihn. Und auch für mich.

„Ich hoffe, ich gehe mit Lucys Herz vernünftig um", sage ich leise, „aber um ehrlich zu sein, hat es mir vor Kurzem jemand ziemlich schlimm gebrochen, und ich muss es wieder heilen."

Er hebt den Kopf und sieht mich mit Tränen in den Augen an. Ich hätte das nicht sagen sollen.

„Lass uns erst mal in Ruhe essen“, sagt er, als der Kellner mit unserer Bestellung kommt. „Ich möchte dieses Treffen positiv gestalten, weil es etwas Gutes ist, und es wäre doch schade, wenn wir beide dasitzen und in unser Essen heulen.“

Er versucht ein Lächeln.

„Es wäre ein Jammer, das Essen zu vergeuden“, sage ich mit einem Blick auf die köstlichen, dampfenden Speisen vor uns.

„Das ist wahr. Bon appétit, Maggie“, sagt Simon. „Ich möchte dich nicht zu früh mit allem bombardieren, aber ich kann dir jetzt schon verraten, dass ich etwas für dich habe, das dir vielleicht helfen kann, dein gebrochenes Herz zu reparieren. Oder das dich zumindest in die richtige Richtung lenkt.“

KAPITEL 7

Nach dem eher ruhigen Nachmittag im Pub beschließen Simon und ich, woanders hinzugehen, und während wir durch die Abendsonne schlendern, spüre ich dieses warme, benebelte Gefühl, als die Wirkung des Alkohols einsetzt.

Vorhin im Pub gab ich Flo diskret das Daumen-hoch-Zeichen, als sie schließlich mit ihrem Burger fertig war, dem etwas folgte, das aussah wie ein Schokoladen-Eisbecher. Während Simon zur Toilette ging, schickte ich ihr noch rasch eine SMS, in der ich erklärte, dass Simon sehr nett sei und sehr gebunden und dass sie ganz beruhigt sein könne, weil ich sicher nicht vorhätte, in die nächste chaotische Beziehung zu sprinten, bevor ich überhaupt wieder krabbeln kann.

Sie antwortete mit der Ermahnung, dass ich nicht zu viel trinken und beim ersten Treffen nicht zu viele Informationen preisgeben solle, aber ich sah ihr an, dass ihre Zufriedenheit über den Verlauf des Treffens noch größer war als meine.

Wenn Simon Harte nur wüsste, wie sehr ich meinem untreuen Ehemann erlaubt habe, auf Lucys kostbarem Herz herumzutrampeln und mich ins Elend zu stürzen, denke ich, als wir am Rathaus vorbeikommen. Ich gebe unterwegs mein Bestes als Fremdenführerin, weise Simon auf diverse Straßen und Gebäude und interessante Fakten über Belfast hin. Ich erzähle ihm auch von Jeff und Saffron, von meinem Job und davon, wie sehr mir die Trennung von Jeff zugesetzt hat. Mein zunehmendes Alkoholproblem erwähne ich natürlich nicht. Simon braucht nicht *alles* zu wissen.

„Tut mir leid, aber Jeff klingt für mich wie ein Vollidiot", sagt Simon, als wir die Straße zum Europa Hotel überqueren. Ich habe das Europa vorgeschlagen, weil es dort nicht so laut und so eng ist wie in den Pubs im Zentrum und weil man sich in Ruhe unterhalten kann, ohne dass einem eine Liveband oder eine Musikbox in den Ohren dröhnt. Außerdem gibt es im Europa eine Piano-Lounge, die zu einer angenehmen Stimmung beitragen wird, denke ich.

„Vollidiot ist *eine* Bezeichnung für Jeff", erwidere ich spöttisch. „Mir fällt noch eine ganze Reihe von anderen Bezeichnungen für ihn ein. Aber vielleicht ist er jetzt glücklich. Vielleicht habe ich ihn nicht so glücklich gemacht, wie ich wollte. Ich glaube eigentlich an das Schicksal und daran, dass alles aus einem bestimmten Grund geschieht. An irgendetwas muss ich ja jetzt glauben."

Wir betreten das Hotel, setzen uns in die Piano-Lounge und bestellen uns etwas zu trinken – Simon bleibt bei seinem Budweiser, und ich beschließe, mir einen Cucumber Cooler von der Cocktailkarte zu gönnen.

Der Pianist klimpert im Hintergrund in genau der richtigen Lautstärke, und nach einer kurzen Diskussion darüber, was der Mann gerade spielt, die Simon gewinnt – es ist kein klassisches Stück aus dem neunzehnten Jahrhundert, sondern eine ziemlich reduzierte, funkige Version von einem Ellie-Goulding-Song –, kommen wir schließlich zur Sache.

„Möchtest du deine Geschichte zuerst erzählen, oder soll ich anfangen?", fragt Simon. „Ich möchte sehr gern erfahren, wie es dazu kam, dass ein junges Mädchen in Irland ein neues Herz brauchte, und du willst sicher wissen, was auf unserer Seite des Teichs geschehen ist."

Da meine Geschichte weniger kompliziert ist, beschließe ich, den Anfang zu machen.

„Nun, statt dich mit meiner ganzen Lebensgeschichte zu Tode zu langweilen, spule ich direkt vor in die Zeit, zu der unsere Story beginnt - als ich sechzehn war und scheinbar ein gesunder, normaler Teenager."

„Du warst normal?", sagt Simon mit gespielter Überraschung. Offensichtlich hat er Sinn für Humor.

„Sehr lustig", sage ich, und ich nehme einen Schluck von meinem köstlichen Cocktail. Die Stimmung lockert sich mithilfe des guten alten Alkohols allmählich. „Tatsächlich bin ich am selben Tag geboren wie Amy Winehouse. Und im selben Jahr."

„Cool", sagt Simon. „Kannst du singen?"

„Unter der Dusche bin ich ein Rockstar."

„Stark!", sagt er mit einem Lächeln, und dann ist es Zeit, ihm meine Geschichte zu erzählen.

Ich habe nie wirklich ausführlich mit jemandem darüber gesprochen, wie ich zur Hüterin eines geborgten Herzens wurde – es mag zwar wie eine gute Anekdote erscheinen, mit der man auf Partys die Leute unterhalten kann, aber die meisten Menschen schrecken bei dem Thema genauso schnell zurück, wie sie ihre Augen von der langen hellen Narbe abwenden, wenn ihr Blick auf mein Dekolleté fällt. Darum ist es für mich eine ganz neue Erfahrung, mit Simon, der aufmerksam zuhört und aufrichtig interessiert ist, ins Detail zu gehen.

„Ich war früher eine richtige Sportskanone", beginne ich. „Ich habe auf den Schulsportfesten immer die meisten Urkunden gewonnen, und unser Farmhaus sah irgendwann aus wie eine Art Kultstätte für meine Leichtathletik-Erfolge."

„Wirklich?", sagt Simon, diesmal ehrlich überrascht. „Ich hatte immer die Vorstellung, dass du mit einem Herzfehler auf die Welt gekommen bist und schon als Kind sehr krank warst."

„Ganz im Gegenteil", sage ich. „Hätte es vorher irgendwelche Warnsignale gegeben, wäre das, was passiert ist, nicht so ein Schock gewesen. Es geschah alles sehr plötzlich. Aus heiterem Himmel."

„Erzähl weiter."

„Ich habe einen Bruder, John Joe, der ein bisschen älter ist als ich", erkläre ich. „Meine Eltern sind damals, es war ein Samstag, auf den Wochenmarkt gefahren und haben uns die Verantwortung für den Hof übertragen, so wie sie es seit Jahren taten."

Der Pianist spielt nun einen Hit von Elton John, und unter anderen Umständen würde ich mich unterbrechen und der Musik lauschen, aber ich weiß, wenn ich nicht weiterrede, werde ich nie zum Ende kommen, und ich möchte so schnell wie möglich meine Seite der Geschichte hinter mich bringen und mehr über Lucy erfahren.

„John Joe und ich, nun, wir standen uns sehr nahe, bevor ich krank wurde. Im Nachhinein betrachtet, glaube ich, er konnte es gerade so ertragen, dass ich als Zweitgeborene seinen Status als Einzelkind ruinierte, aber eben nicht, dass ich so viel Aufmerksamkeit von unseren Eltern beanspruchte, als mein Leben auf der Kippe stand." Mir wird bewusst, dass ich sehr, sehr schnell spreche. „An jenem Samstag habe ich John Joe auf dem Hof geholfen, und ich weiß noch, dass ich mich elend fühlte, richtig krank."

Ich spreche nun wieder langsamer, und Simon lauscht hoch konzentriert, während er an seinem Bier nippt.

„Ich ging ins Haus, obwohl John Joe wollte, dass ich weiterarbeite", fahre ich fort. „Er behauptete, ich würde simulieren, ich sei bloß faul und solle mich nicht so anstellen … Ich nehme an, er wollte mich nur ärgern, aber …"

„Lass dir Zeit, Maggie", sagt Simon. Alles fühlt sich an wie in Zeitlupe. Das Klavier ist verstummt, die Umgebung ist verschwommen. Simon legt seine Hand auf meine.

„Diese … diese Symptome", wispere ich. „Es fühlte sich an wie eine richtig schwere Grippe, und es wurde immer schlimmer. Ich konnte nicht richtig atmen. Ich schwitzte so sehr und glühte förmlich. Es kam mir vor, als würde mein inneres System herunterfahren. Weil es das tat. Mein ganzer Körper fuhr herunter."

Ich merke, dass meine Stimme leicht bricht, und beschließe, direkt fortzufahren und die Schmerzbarriere zu durchstoßen, die die Erinnerung an jenen dunklen Tag begleitet. Wenn ich jetzt aufhöre zu reden, werde ich nie wieder in der Lage sein, diese Geschichte zu erzählen.

„Ich musste mich hinlegen, und als es so richtig schlimm wurde, rief ich nach meinem Bruder, aber er kam nicht." Ich spüre, dass meine ganze Kränkung und Verbitterung wieder hochkommt. „Er sagt, er hat mich nicht gehört, aber ich weiß, dass das nicht wahr ist. Er hat mich gehört, Simon. Er hat mich gehört, und er ist nicht gekommen."

„O Maggie, vielleicht täuschst du dich. Vielleicht hat er dich wirklich nicht gehört."

Meine Tränen fließen nun, und ich blicke mich scheu um. Ich möchte in so einer freundlichen und kultivierten Umgebung keine Szene machen. Jetzt kann ich das Klavier wieder hören. Ich beruhige mich ein wenig.

„Das sagen alle, aber ich glaube, John Joe hat mich gehört. Es spielt ja auch keine Rolle ... na ja, eigentlich schon ..."

Das hier ist schwerer, als ich es mir vorgestellt habe.

„Atme ruhig mal tief durch, Maggie", sagt Simon. „Wir haben noch den ganzen Abend. Lass dir Zeit."

Seine Hand liegt immer noch auf meiner, und ich sehne mich danach, dass er mich in den Arm nimmt. Ich möchte mich an ihn lehnen und weinen und weinen und nie wieder aufhören.

Aber das geht nicht. Also tue ich, was er sagt. Ich atme tief durch und mache weiter, so gut ich kann.

„Offenbar habe ich irgendwann das Bewusstsein verloren, und als ich wieder zu mir kam, konnte ich buchstäblich mein Herz sehen. Es war in meiner Brust dick angeschwollen", erkläre ich. „Es sah aus, als würde es jeden Moment platzen. Ich habe versucht zu schreien, aber ich konnte nicht richtig Luft holen. Und dann wurde alles wieder schwarz, und ich wachte irgendwann im Krankenhaus auf, wo ich fast zwei Monate lang an eine Maschine angeschlossen war und auf eine Transplantation wartete – bis ein Wunder geschah. Und dieses Wunder war das Geschenk deiner Schwester. An mich."

„Wow ..."

„In der Tat, wow." Ich starre in mein Glas.

„Und wer hat dich damals gefunden?", fragt er. „Wer hat dich gerettet? War es John Joe?"

Ich sehe einen beschützenden Ausdruck in Simons Augen, spüre seine Hand auf meiner und wünsche mir, dass er mich nie wieder loslässt.

„Meine Eltern haben mich gefunden", sage ich. „Als ich in die Notaufnahme eingeliefert wurde, machte mein Herz ziemlich schnell schlapp. Es stellte sich heraus, dass ich einen angeborenen Herzfehler hatte. Er hätte mich getötet, wenn meine Eltern nicht rechtzeitig zurückgekommen wären. Ich war nur wenige Zentimeter vom Tod entfernt, und ich brauchte ein Spenderherz, um zu überleben. Im Grunde brauchte ich jemanden, der starb, damit ich weiterleben konnte. Und dieser Jemand war deine Schwester. Es tut mir so leid."

Wir sitzen beide schweigend da und verarbeiten den Moment. Ein Wirrwarr von Emotionen durchströmt mich: Erleichterung, Dankbarkeit, Liebe, Trauer, Kummer … aber vor allem Schuld. Warum musste Lucy sterben, und ich durfte leben? Das ist doch nicht fair, oder?

„Und wie ging es danach weiter? Kann dir das noch einmal passieren? Könnte Lucys Herz versagen?"

Das ist die Frage, die mir am häufigsten gestellt wird, und deren Antwort ich nicht ertragen kann.

„Ich nehme alle zwölf Stunden Medikamente zur Immunsuppression, und ich werde sie mein ganzes Leben lang nehmen müssen", sage ich. „Ich brauche sie, damit mein Immunsystem nicht versucht, die fremden Zellen anzugreifen, was zu einer Organabstoßung führen würde – meinem absoluten Super-GAU."

Simon weiß, was ich meine. „Gibt es denn eine Prognose zu deiner Lebenserwartung? Tut mir leid, das hätte ich nicht fragen sollen."

„Ist schon okay, Simon", sage ich. „Ich weiß, dass mein zweites Herz nicht ewig halten wird und dass ich eines Tages ein neues brauche, um weiterzuleben. Ich gehe regelmäßig zum Arzt, um die Sache im Auge zu behalten. Wenn es beim nächsten Mal nicht klappt, bin ich trotzdem dankbar für alles, was ich habe, und für alles, was ich sehen und machen durfte. Lucy und ich, nun, wir leben einfach von Tag zu Tag, und bis jetzt schlagen wir uns ganz gut."

Simon ist zur Toilette gegangen, und ich sitze da und warte. Ich hoffe, dass ihn meine Geschichte nicht zu sehr mitgenommen hat. Es kommt mir vor, als hätte ich ihn betrogen, als hätte ich Lucy betrogen und die ganze Familie Harte. Warum durfte ich überleben und Lucy nicht?

Als Simon schließlich zurückkehrt, sind auf seiner Stirn kleine Wasserperlen. Es ist kein Schweiß, weil er sie noch nicht hatte, bevor er verschwand. Bestimmt hat er sich im Waschraum kaltes Wasser ins Gesicht gespritzt.

„Wird dir das zu viel?", frage ich.

„Nein, ich bitte dich", sagt er ganz ernst. „Schließlich bin ich genau deswegen hier. Ich will es schon so lange wissen. Erzähl mir von deinem Bruder. Erzähl mir den Rest."

„Ich fühle mich so schuldig, Simon. Ich habe ein schlechtes Gewissen, weil ich anstelle von Lucy hier sitze und mit dir rede. Du nimmst mir das sicher sehr übel."

„Maggie, Maggie, Maggie“, sagt er, genau wie vor ein paar Stunden im Pub. „Lucy ist gestorben, und ihr Tod hat nichts mit dir zu tun. Du hast mir Hoffnung gegeben. Es ist, als hätte ich ein fehlendes Puzzlestück gefunden, das ich vor all den Jahren verloren habe. Lucy lebt in dir weiter, und ich habe immer davon geträumt, dich im richtigen Leben zu treffen. Bitte, erzähl mir den Rest deiner Geschichte, und dann werde ich dir meine erzählen. Ich hoffe, dass uns das beiden auf irgendeine Art helfen wird. Bitte, fahr fort.“

Und das tue ich.

„Es hat sehr lange gedauert, bis ich die ganze Geschichte über jenen Tag erfahren habe und noch länger, bis ich meinem Bruder verzeihen konnte“, sage ich. „Jahre eigentlich. Mum hat John Joe immer vergöttert und ihm als Erste verziehen, nachdem meine Operation und die Transplantation erfolgreich verlaufen waren. Mein Dad hat dafür deutlich länger gebraucht, aber bei der Arbeit auf dem Hof rissen die beiden sich zusammen und gingen einigermaßen zivilisiert miteinander um. Dann ging John Joe nach Amerika, wo er sich seitdem durchschläft … ich meine, durchschlägt.“

Simon macht ein verwirrtes Gesicht.

„Das sollte ein Scherz sein“, sage ich mit einem Achselzucken. „Mein Bruder hat offenbar einen ziemlich hohen Frauenverschleiß. Jedenfalls meide ich seitdem den Kontakt zu ihm, und er meldet sich auch nicht. Mit dieser stillschweigenden Vereinbarung kommen wir alle ganz gut zurecht. Wenigstens gab es bei uns ein Happy End, dank deiner Familie und der mutigen Entscheidung, die deine Eltern getroffen haben.“

Wir sitzen einen Moment schweigend da und verdauen das Ereignis, das ich gerade wieder durchlebt habe – ein Ereignis, über das ich jahrelang nicht gesprochen habe und das mich dennoch viele Nächte wachhielt.

„Ich würde dich jetzt gern in den Arm nehmen", sagt Simon.

„Ich würde mich darüber sehr freuen", sage ich. Ich brauche jetzt wirklich dringend eine Umarmung.

Wir stehen auf, ich beuge mich zu ihm, und er hält mich fest. Ich schließe die Augen, und meine Brust hebt und senkt sich, während ich mich darauf konzentriere, ein- und auszuatmen, ein und aus.

„Ich kann dein Herz spüren", flüstert er, und ich lasse meine Augen geschlossen und atme weiter.

Kurz darauf entschuldige ich mich und verschwinde auf die Toilette. Ich muss mich erst sammeln, bevor ich mir Simons Teil der Geschichte anhöre. Abgesehen von meinem Groll auf meinen Bruder hat meine Geschichte wenigstens ein glückliches Ende.

Die von Simon nicht.

KAPITEL 8

„Meine Schwester Lucy war für ihr Alter sehr klug“, beginnt Simon wenig später, und ich stütze mein Kinn auf die Hände und beobachte, wie seine Augen die glücklichen Erinnerungen widerspiegeln. „Sie war so schlau, so aufgeweckt, und sie behandelte mich und Henry, unseren kleinen Bruder, wie kostbare Juwelen. Sie war wirklich ein ganz besonderes Mädchen. Ich weiß, ich bin voreingenommen, aber es stimmt.“

Er schluckt, und seine Miene verdüstert sich.

„Ihr Tod kam für uns zu einem merkwürdigen Zeitpunkt“, erzählt er weiter. „Meine Schwester, mein Bruder und ich waren damals ein eingeschworenes Team und verstanden uns blendend. Unsere ganze Familie hatte gerade eine richtig gute Phase, was sonst leider eher selten der Fall war. Unsere Eltern hatten einen richtigen Höhenflug nach ein paar schwierigen Jahren, in denen sie auf Hilfe angewiesen gewesen waren, aber zu jener Zeit ... zu jener Zeit ging es uns gut.“

Er reibt sich die Augen. Er ist müde. Es wird allmählich spät, und wir sind beide angetrunken. Ich überlege, ob ich Simon unterbrechen soll, ob ich ihn bitten soll, an dieser Stelle aufzuhören und mir alles zu erzählen, wenn wir nüchtern sind. Denn ehrlich gesagt, befürchte ich, dass ich seine Worte dank der beträchtlichen Menge Gin und der Fülle von Emotionen, die in meinem Kopf umherschwappen, bis morgen wieder vergessen werde.

„Meine Mutter war Alkoholikerin“, sagt Simon.

O Gott. Autsch.

„Und für den Großteil unserer Kindheit war es ein Elend, aber an jenem Tag, welch Ironie, schien alles perfekt zu sein, als hätte Mum endlich uns den Vorzug gegeben statt der Flasche. Aber das hatte sie nicht."

Ich weiß nicht, was ich sagen soll. Das ist nicht das, was ich von diesem starken, schönen Mann erwartet habe, der mich aus dem Nichts heraus kontaktiert hat. Ich muss an mein eigenes Trinkverhalten denken und an die egoistische Art, mit der ich Kummer und Leid über andere gebracht habe. Ich schiebe mein Glas von mir. Dann greife ich wieder danach und trinke und spüre das vertraute Glühen, das der Alkohol mit sich bringt – wie ein alter Freund, der in Wahrheit dein schlimmster Feind ist.

„Bist du sicher, dass du mit deiner Geschichte nicht bis morgen warten möchtest?", frage ich Simon. „Du siehst müde aus. Du musst mir das nicht erzählen, wenn du nicht willst."

„Ich will", erwidert er.

Simons Kindheit klingt so qualvoll und Welten entfernt von der Idylle, in der ich aufgewachsen bin, auf unserer Farm mit meinen nicht mehr ganz jungen Eltern – trotz der Konflikte mit meinem Bruder. Mein Leben erscheint geradezu perfekt, verglichen mit dem, was Simon, Lucy und der kleine Henry durchmachen mussten, und ich komme mir vor wie ein verzogenes Gör, weil ich mich über John Joe beklagt habe.

Simon stockt kurz. „Ich muss es loswerden. Es hilft mir, wenn ich darüber sprechen kann. Macht es dir was aus?"

„Nein, überhaupt nicht", sage ich. „Erzähl mir alles, was du willst."

Er lächelt. Ich bin gerührt von seiner Offenheit und seinem Kummer, und voller Respekt dafür, dass er einen Weg aus dieser Hölle gefunden hat.

„Jedenfalls, Mum bestand an jenem Tag darauf, dass Lucy zum Friseur ging, was in jeder anderen Familie keine große Sache gewesen wäre, richtig?"

„Richtig", sage ich und muss an das eine Mal denken, als meine Mutter mir einen Pagenschnitt aufzwang, der damals der letzte Schrei war. Ich sah aus wie eine Kreuzung aus Lady Dianas Hochzeitsgesellschaft und einem Cockerspaniel. Ich würde Simon gerne davon erzählen, um ihn zum Lachen zu bringen, aber das ist jetzt nicht der richtige Moment.

„Lucy hatte sich lange gegen einen Friseurbesuch gesträubt. Sie wollte sich ihre Haare partout nicht schneiden lassen, aber an jenem Tag gab sie schließlich nach. Also stiegen Mum, Lucy und Henry in den Wagen. Mum machte einen recht glücklichen Eindruck, aber wir ahnten ja auch nicht, dass sie den ganzen Morgen an ihrem Wodka genippt hatte." In Simons Stimme schwingt tiefe Trauer, und er schlägt seine Augen nieder. „Ich bin diesen Tag wieder und wieder durchgegangen, habe jede Bewegung meiner Mutter analysiert und mich gefragt, was der Auslöser für ihren Rückfall gewesen ist. Ein Streit mit Dad? Oder wieder einmal die fixe Idee, dass seine Augen zu jeder Frau abschweiften, die seinen Weg kreuzte? Aber da war nichts. Selbst Dad sagte das. Er war morgens in bester Stimmung zu einer Konferenz gefahren, überzeugt davon, dass zu Hause endlich alles gut wäre ... Ich hatte heimlich Besuch von meiner Freundin und wollte sie an jenem Tag das erste

Mal küssen. Ein ganz normaler, netter Tag, aber natürlich ging er nicht normal und nett zu Ende."

Der Barkeeper signalisiert uns die letzte Runde, und der Pianist packt seine Notenblätter ein. In der Lounge wird es ruhiger, als einige Gäste gehen, und angenehm unaufdringliche Trance-Musik füllt die Stille.

„Möchtest du noch was trinken?", fragt Simon, und ich schüttle den Kopf.

„Ich glaube, ich hatte genug."

Seine Mutter war eine Alkoholikerin. Ich komme neuerdings keinen Tag ohne Alkohol aus. Wie John Joe gesagt hat, ich muss mich zusammenreißen.

„Dann bitte zwei Whisky", sagt Simon zum Barkeeper.

„Whisky?" Ach, du lieber Gott.

„Ich denke, den können wir gut gebrauchen. Wie sagt man bei euch in Irland, einen für den Weg?"

Was soll ich da noch sagen?

„Also schön", willige ich ein. „Trinken wir noch einen für den Weg."

Ich wage gar nicht, daran zu denken, wie schrecklich Simons Geschichte ausgehen wird, aber was ich mir auch vorstelle – das wahre Ende ist noch viel, viel schlimmer.

„Mum fuhr also in die Stadt, nachdem sie den ganzen Morgen hinter unserem Rücken getrunken hatte", erzählt Simon weiter. „Wir fanden hinterher ihre geheimen Vorräte – im Wäschetrockenschrank, unter der Küchenspüle, in ihren alten Handtaschen. Sie stieß frontal mit einem anderen Wagen zusammen und war auf der Stelle tot. Lucy lebte noch zwei Tage, erlag dann aber ihren schweren Verletzungen."

„O mein Gott, Simon!“ Ich presse mir die Hände auf den Mund. „Nicht auch noch eure Mutter!“

„Der andere Fahrer kam fast unverletzt davon. Er hatte großes Glück. Er war genauso erschüttert wie wir.“

Ich traue mich fast nicht, zu fragen. „Und Henry? Was war mit ihm?“

„Henry war … nun, Henry lebt“, sagt Simon. „Na ja, soweit man das Leben nennen kann. Er lag zwei Monate mit einer Hirnverletzung im Krankenhaus, davon drei Wochen im Koma. Seit dem Unfall ist er ein Pflegefall. Er lebt bei unserer Tante Josie in Glasgow. Ich besuche ihn, so oft ich kann, aber sein Erinnerungsvermögen hat stark gelitten. Er spricht auch nicht viel. Er existiert, aber er lebt nicht mehr wirklich. Er ist jetzt achtundzwanzig, aber er ist auf dem geistigen Niveau des kleinen Jungen, der an jenem schrecklichen Tag in das Auto gestiegen ist.“

Wir sitzen zusammen da, benommen vom Verlauf der Geschichte, und zum ersten Mal in meinem Leben fehlen mir wahrhaftig die Worte. Simon offenbar auch, und so starren wir auf den Tisch, starren uns gegenseitig an, starren zum Barkeeper, der leere Tische abwischt, auf das Klavier, das nun ungenutzt herumsteht und keinen Ton von sich gibt.

„Ich denke, wir sollten gehen“, sagt Simon.

„Ja“, sage ich. „Ich glaube, wir brauchen beide etwas Schlaf.“

Wir haben genug gesprochen, mehr als genug für einen Abend, unser Geist und unsere Körper müssen sich ausruhen und all das Erzählte verdauen. Obwohl ich, ehrlich gesagt, bezweifle, dass ich heute Nacht viel Schlaf finden werde, trotz des ganzen Alkohols in meinem Blut.

Ich verabschiede mich von Simon Harte und schaue ihm dann von dem Rücksitz meines Taxis aus nach, als er sich auf den Weg zu seinem Bed & Breakfast mit den echten Kronleuchtern macht.

Er wirkt so verloren und einsam, und das Herz seiner Schwester schmerzt in mir von dem Bedürfnis, seinen Kummer zu lindern. Ich hoffe nur, dass unsere Gespräche ihm den Abschluss geben, den er so dringend braucht, damit er nach vorne blicken kann, auf sein neues Leben mit seiner Frau und seinem Baby.

KAPITEL 9

Ich zähle Schafe. Ich zähle sie auf Englisch, auf Französisch und dann auf Irisch und anschließend in allen drei Sprachen rückwärts, aber der Schlaf stellt sich trotzdem nicht ein. Ich sehe jedes Mal Lucy vor mir, wenn ich die Augen schließe. Ihre sommersprossige Nase, ihre Brille und ihr langes, gewelltes, strohiges Haar, das an jenem Tag unbedingt geschnitten werden sollte. Ich höre ihre Stimme, stelle mir vor, wie sie geklungen hat, und ich spüre ... nun, ich spüre ihr Herz in mir schlagen, und es macht mich sehr traurig.

„Gott schütze dich, Lucy Harte“, sage ich laut. „Gott schütze dich, arme, arme Lucy.“

Ich muss an Henry denken und an seine großen, unschuldigen Kinderaugen. Ein Junge von gerade einmal zwölf Jahren, inzwischen verwaist und im Körper eines Mannes gefangen, vollkommen angewiesen auf seine alternde Tante. Ich denke an Simon, der mit seiner neuen Freundin dasaß, als plötzlich die Polizei vor der Tür stand. Ich denke an Simons Vater, inzwischen auch tot und begraben, und an all den Schmerz und die Reue, mit denen er so viele Jahre gelebt haben musste. Und ich denke an Simons hoffnungslos alkoholkranke Mutter, die in berauschter Selbstüberschätzung wahrscheinlich dachte, sie würde an jenem Tag das Richtige tun, als sie ihre Tochter zum Friseur fuhr.

Das Leben ist grausam. Das Leben ist beschissen und grausam, und ich kann nicht schlafen.

Ich klettere aus dem Bett und nehme meine Schlaflosigkeit mit hinüber ins Wohnzimmer, wo ich mich auf der Couch unter meiner Decke zusammenrolle und den Fernseher einschalte. Teleshopping. Ja, das sollte helfen. Ich liege da und schaue blinzelnd auf den Bildschirm, während der Gin durch meine Adern pumpt und mein Kopf anfängt, sich zu drehen. Ich muss mich übergeben. Nein ... muss ich nicht. Oder doch? Soll ich aufstehen? Wie spät ist es? Ich fühle mich wieder so benommen ... Ich bin so ...

Der Fernseher hat auf Stand-by geschaltet, und ich werde vom Lärm eines Autoradios geweckt, das draußen vor dem Haus wummert. Ich hebe meinen Kopf von der Couch. Autsch. Verdammte Cucumber Coolers. Dann fällt mir der Whisky ein. Mein Mund fühlt sich an wie Sandpapier. Kein Wunder. Igitt.

Ich bin wütend darüber, dass ich geweckt wurde, weil ich gerade den herrlichsten Traum hatte, in dem Jeff vor meiner Tür auftauchte, völlig unangemeldet, aber wahnsinnig attraktiv, abgesehen davon, dass er dringend einen neuen Haarschnitt brauchte, und als hätte jemand einen Zauberstab geschwenkt, erklärte er mir, dass Saffron gar nicht existieren würde und das alles nur ein großes Missverständnis gewesen sei. Es gebe keine Affäre. Tatsächlich gebe es auf der ganzen weiten Welt niemanden namens Saffron. Im gesamten Universum nicht. *Saffron wer?*, sagte er immer wieder. *Baby, du hast bestimmt geträumt! Du bist meine Frau, und ich liebe dich.*

Er wollte mich an den Ort zurückführen, den wir unser Zuhause nannten, das Reihenhaus in Stranmillis, das wir uns gekauft hatten, solange noch nicht entschieden war, wo wir unser Traumhaus bauen würden. Hierher würden wir schon in wenigen Monaten unser erstes Kind heimbringen, weil ich schwanger war, ohne etwas davon zu ahnen. Es wäre ein Mädchen, sagte Jeff, und wir würden sie Lucy Harte nennen. Will Powers senior stand neben ihm vor meiner Tür und lachte darüber, dass ich dachte, ich sei beurlaubt worden. *Seien Sie nicht albern, Maggie*, sagte er und bot mir die nächste Gehaltserhöhung an. Es war ein schöner Traum, alles in allem.

Ich setze mich auf und reibe mir die Augen. Es ist erst halb sieben. Gott sei Dank muss ich heute nicht der Welt gegenübertreten. Na ja, jedenfalls noch nicht. Simon und ich haben uns für heute Abend zum Essen verabredet, bevor sein Nachtflug geht, aber bis dahin ist es noch eine Ewigkeit. Fürs Erste kann ich weiterschlafen. Puh.

Die Türklingel weckt mich gefühlte zehn Minuten später, aber als ich auf die Uhr schaue, stelle ich erschrocken fest, dass es schon fast Mittag ist. Ich schlurfe zur Tür und frage mich murmelnd, wer das wohl sein mag, als wäre es ein einziges großes Rätsel – genau wie meine Mutter.

„Mach einfach die Tür auf und schau nach, statt dir jedes Mal den Kopf zu zerbrechen“, ruft mein Vater ihr dann immer hinterher, und siehe da, es funktioniert. Sie öffnet die Tür und findet die Antwort auf all ihre Fragen.

Für den Postboten ist es zu spät, und ich habe nichts bestellt, was gesondert geliefert wird. Es trifft mich wie eine Faust in den Magen, als ich die Tür öffne, noch immer mit dem Gürtel meines Bademantels beschäftigt und verschlafen blinzelnd, und mein Mann vor mir steht, die Hände auf dem Rücken, den Kopf gesenkt, genau wie in meinem Traum.

„Jeff? Was um alles in der Welt machst du hier?"

Geht mein Traum etwa in Erfüllung? Jeff hätte tatsächlich mal wieder einen Friseurbesuch nötig ...

„Maggie, ich musste kommen und dich sehen", sagt er und sieht mich unter seinen herausgewachsenen Stirnfransen an. Er spricht ganz sanft. Es ist genau wie in meinem Traum, nur dass von Will Powers senior nichts zu sehen ist, und obwohl ich weiß, dass es Jeff ist, und er wie Jeff klingt, ist irgendetwas an ihm anders. Hat er abgenommen? Nein. Tatsächlich wirkt sein Gesicht sogar etwas runder, wenn überhaupt. Es sind seine Klamotten, wird mir bewusst. Er ist angezogen wie ein Spice Boy, mit seiner Trainingsjacke, der hippen Jeans und den Converse-Sneakern. Was um alles in der Welt hat Saffron mit meinem vierzig Jahre alten Ehemann gemacht? Mein Kopf hämmert wie verrückt, und ich bin mir im Moment nicht sicher, was real ist und was nicht.

„Du brauchst einen neuen Haarschnitt", sage ich schroff und muss dabei automatisch an Lucy Hartes arme tote Mutter denken, die kurz vor ihrem Tod dasselbe sagte. Ich hoffe, das ist kein Zeichen. Ich bin noch nicht bereit zu sterben. Träume ich noch? Wird Jeff gleich versuchen, mich nach Hause zu holen, nach Stranmillis? Sollte ich anfangen zu packen?

„Ich weiß", sagt er, und er lässt das Lächeln aufblitzen, das ich früher so heiß fand. „Es ist schon eine Weile her, dass ich beim Friseur war. Kann ich reinkommen?"

Ich will wütend auf ihn sein. Ich sollte wütend auf ihn sein, aber dieser dumme Traum hat mich verwirrt. Ich will, dass Jeff reinkommt, unbedingt. Ich möchte in seine Arme fallen und mein altes Leben zurückbekommen und einfach da weitermachen, wo wir aufgehört haben, aber ich bin so durcheinander. Und meine Wohnung ist auch durcheinander.

Ich werfe einen Blick über meine Schulter und sehe Tage der puren Vernachlässigung und der … tja, der Weltuntergangsstimmung, schätze ich. Verdammt, Jeffrey Pillock, ich hätte die ganze Bude auf Hochglanz poliert und mich herausgeputzt, wenn ich gewusst hätte, dass du kommst!

„Ich würde dich ja gerne hereinbitten, aber das ist gerade kein guter Zeitpunkt", erkläre ich ihm. „Kannst du vielleicht später wiederkommen, ungefähr in vier Stunden? Dann können wir in Ruhe plaudern."

„In vier Stunden?", sagt er. „Das ist ein ziemlich willkürlicher Zeitrahmen."

Na ja, ich werde mindestens vier Stunden brauchen, um mich zu organisieren, habe ich in meinem benebelten Kopf ausgerechnet. Ich bin nicht angezogen, meine Wohnung ist nicht aufgeräumt, und wenn ich genauer darüber nachdenke, finde ich es nicht gut, dass Jeff hier unangemeldet auftaucht, selbst wenn es aus dem Bemühen heraus geschieht, mich zurückzugewinnen. Er muss schon wenigstens einen Blumenstrauß mitbringen, wenn er wiederkommt. Dieses Mal wird seine Leere-Hände-Masche nicht ziehen. Ich werde ausnahmsweise einmal hart bleiben.

„Hör zu, Maggie, ich glaube, es gibt keinen guten Zeitpunkt für das, was ich dir sagen muss“, erklärt er in eindringlichem Ton. „Ich muss mit dir reden. Sofort.“

Ach, so ist das also! Da hat es wohl jemand eilig! Ich verschränke meine Arme vor der Brust.

„Und worüber musst du mit mir reden?“, frage ich. Wenn er denkt, ich würde es ihm leicht machen, hat er sich geschnitten. Er wird mehr tun müssen, als einfach hierherzukommen und Sorry zu sagen! Und er braucht mir auch nicht zu erzählen, dass Saffron nicht existiert, weil ich die beiden mit eigenen Augen im Tesco gesehen habe. Er wird mich schon anflehen müssen, um mich zurückzubekommen!

„Über … nun, darüber, wie wir beide uns in den letzten paar Monaten weiterentwickelt haben“, sagt er, während sein Blick überall hinhuscht, nur nicht in mein Gesicht. „Beziehungsweise darüber, wie du … dich nicht weiterentwickelt hast.“

„*Weiterentwickelt?*“ Meine Stimme klingt hoch und schrill. „Entschuldigung, wenn ich ein bisschen Zeit brauche, um das alles zu verarbeiten. Es ist nicht so einfach, sich mal eben weiterzuentwickeln. Wir waren immerhin verheiratet, Jeff. Du hast gesagt, dass du mich von ganzem Herzen liebst.“

Das ist der Teil, in dem er mir sagt, dass er sich nicht weiterentwickeln möchte … wo er sagt, dass er mich immer noch von ganzem Herzen liebt. Ich warte.

Und dann spricht er.

„Ja, ich verstehe, dass das schwer ist“, sagt er und meidet weiterhin meinen Blick. „Darum wollte ich mit dir persönlich über … über diese Angelegenheit sprechen. Ich wollte dir sagen, dass ich mich von dir … Ich möchte mich von dir scheiden lassen, Maggie. So schnell wie möglich."

Stille.

Ich kann nicht sprechen. Ich spreche trotzdem. Zumindest glaube ich das.

„Du willst was?", murmele ich.

„Die Schei- … die Scheidung", antwortet er. Der Bastard bringt das Wort kaum über die Lippen.

„Die Scheidung", wiederhole ich. Die Realität verpasst mir einen Schlag ins Gesicht, und meine rosarote Brille fliegt auf den Boden, als ich Jeff plötzlich wieder als das sehe, was er wirklich ist: ein verlogener, untreuer, nichtsnutziger Penner! Die Scheidung? Die beschissene Scheidung?

„Wie kannst du es wagen?", sage ich, und meine Eingeweide krampfen sich zusammen, als müsste ich jeden Moment kotzen.

„Ich dachte mir schon, dass du so reagieren würdest", murmelt Jeff leise. „Bitte, lass mich einfach rein. Ich wollte mit dir persönlich sprechen, aber du scheinst ja nie da zu sein."

Er blickt sich genervt um, als wollte er sich vergewissern, dass keiner meiner Nachbarn heimlich mithört, dann checkt er sein Handy, als würde er unter Zeitdruck stehen.

„Augenblick", sage ich. „Bist du etwa mit *ihr* hier?"

Meine Augen sind groß wie Untertassen, und ich weiß, dass ich beim Sprechen spucke, aber es kümmert mich nicht, wenn ich Jeff in Speichel dusche. Überhaupt sehe ich wahrscheinlich aus wie eine Figur aus einem Horrorfilm, weil ich mich gestern Abend nicht abgeschminkt habe, aber das ist mir so was von egal. Ich versuche, mir ein paar Atemübungen gegen Panikattacken in Erinnerung zu rufen, aber gerade weiß ich nicht einmal mehr genau, wie man überhaupt atmet.

„Sie ist nicht hier bei mir, nein. Sie wartet draußen im Wagen."

„Du hast sie tatsächlich mitgebracht! Im Wagen! Hierher! Was tust du mir an?" Ich schreie nun. „Was zum Teufel soll das, Jeff?"

Tränen strömen über mein Gesicht, und ich würde Jeff am liebsten ermorden, an Ort und Stelle. Ihn richtig umbringen, bis er mausetot ist. Auch wenn ich dafür in die Hölle komme. Jeff stiftet Chaos in meinem Kopf, und ich kann ihn nicht ansehen, wie er vor meiner neuen Wohnung steht und jeden einzelnen Schritt zunichtemacht, den ich unternommen habe, um über ihn hinwegzukommen. Er hat mein neues Zuhause beschmutzt. Er hat mein neues Leben beschmutzt, und ich hasse ihn dafür.

„Maggie, könntest du bitte etwas leiser sein und mich reinlassen, damit ich es dir erklären kann?"

Ich will keine Erklärung. Es gibt keine Erklärung. Ich weiß genug. Ich habe genug gesehen. Die Begegnung im Tesco hat mir gereicht, und ich glaube nicht, dass ich weitere Details zu Jeffs toller Liebesgeschichte ertragen kann.

Also tue ich, was mein Instinkt mir sagt. Ich versuche, Jeff loszuwerden, und knalle ihm die Tür vor der Nase zu.

„Maggie, um Himmels willen, kannst du dich vielleicht mal wie eine Erwachsene verhalten und mich reinlassen?"

Er spricht in einem hastigen Flüsterton durch den Briefschlitz. Jeff würde sich in die Hosen scheißen, wenn einer meiner neuen Nachbarn unseren Streit mitbekommen würde, selbst wenn er die Leute überhaupt nicht kennt. Dort, wo er herkommt, erhebt niemand seine Stimme in der Öffentlichkeit und niemand spricht durch einen Briefschlitz. Das hier gefällt mir gut.

„Verpiss dich!", sage ich aus meinem Versteck auf der anderen Seite der Tür, wo ich mich auf den Boden habe sinken lassen.

„Willst du, dass ich dir auf diese Art sage, warum ich hergekommen bin?", fragt Jeff, und ich ramme meine Fersen buchstäblich in den Boden und halte mir die Ohren zu. Kindisch, ich weiß, aber sehr, sehr befriedigend. „Durch einen verdammten Briefschlitz?"

„Ich höre dir gar nicht zu", singe ich als Antwort. „Ich höre nichts, nicht das kleinste bisschen."

„Also gut, Maggie, wie du willst", seufzt er. „Aber sag nicht, ich hätte nicht versucht, mich anständig zu verhalten. Ich wollte es dir ins Gesicht sagen, aber du lässt mir keine andere Wahl."

„Ich höre nichts!", singe ich wieder und kneife nun fest die Augen zu, um Jeff möglichst ganz auszublenden.

„Saffron ist schwanger", sagt er durch den Briefschlitz.

Plötzlich bin ich ganz Ohr. Meine Hände plumpsen auf den Boden, und mein ganzer Körper scheint sich in Wackelpudding verwandelt zu haben.

„Was?" Jetzt muss ich mich definitiv gleich übergeben.

„Du hast mich schon verstanden", sagt Jeff. „Saffron und ich bekommen ein Baby."

Ich stehe mühsam auf und taumele wie ein angeschlagener Boxer im Ring, während ich die Hand nach der Klinke ausstrecke. Langsam öffne ich die Tür und sehe meinen Mann an, der vor nicht einmal anderthalb Jahren meinen Angehörigen und meinen Freunden in einem schicken Hotel versprach, das er auf mein kostbares, kostbares Herz aufpassen würde und dass er immer für mich, seine beste Freundin, da wäre, bis dass der Tod uns scheidet. Er sagte es in einem Gedicht, dass er nur wenige Tage nach unserem Kennenlernen selbst geschrieben hatte. So sicher war er sich mit mir. Und wir alle glaubten ihm.

Und nun bekommt sie ein Baby von ihm. Nicht ich. *Sie.* Diejenige, die er kaum kennt. Die aus dem Nichts auftauchte und unsere Zukunft zerstörte mit ein bisschen Wimpernklimpern und Haareschütteln, als wäre es ein Tag wie jeder andere und keine große Sache.

Oh, lieber Gott, bitte, hilf mir. Ich kann nicht klar denken. Ich habe schon wieder einen seltsamen Traum, richtig? Mein Magen krampft sich vor Übelkeit zusammen, und der Hausflur fängt an, sich zu drehen.

Sie bekommt ein Baby von ihm. Von meinem Mann. Nein! Ich habe doch schon Bücher und Websites durchforstet und Namen ausgesucht. Ich habe auf Online-Foren mit anderen frischverheirateten Frauen gechattet, die auch versuchten, schwanger zu werden. Ich habe mir mich selbst mit einem dicken Bauch vorgestellt, und wie sehr ich strahlen würde und dass Jeff mir sagen würde, wie schön ich sei, selbst wenn ich rund war und aufgedunsen und hormongesteuert. Ich habe die Farben für das Kinderzimmer ausgesucht und sogar Stoffmuster in Rosa und Blau an eine Korkwand gepinnt, um zu sehen, was gut zusammenpasst. Ich habe jeden Monat einen Test gemacht. Ich betete dafür, dass ich schwanger wurde. Aber ich wurde es nicht. Und nun das.

Ich versuche zu sprechen. Irgendwie zu reagieren.

„Wie konntest du nur, Jeff?“ Es kommt als ein Krächzen heraus, die Tränen beginnen wieder zu fließen, und ich wünsche mir, dass er mich in den Arm nimmt und mir sagt, dass es ein Scherz war, oder wenigstens, dass er sie nicht so sehr liebt, wie er mich geliebt hat, und dass das nie seine Absicht war und dass er es bedauert.

Aber er tut nichts davon. Er spricht nicht einmal. Also spreche ich.

„Wie konntest du mir das antun?“, sage ich mit erstickter Stimme. „Das war das, was wir –“

„Sag nicht *wir*, Maggie“, fällt Jeff mir ins Wort. „Ich liebe Saffron, und ich gründe mit ihr zusammen eine Familie. Es gibt kein *Wir* mehr. Lass es hinter dir. Bitte.“

Ich atme tief ein. Es hinter mir lassen. Ich atme langsam aus.

Dann starre ich ihn an, und er blinzelt vor … ist das Angst? Ich nicke. Er weiß, was er getan hat. Er weiß, dass er mir gerade einen verheerenden Schlag versetzt hat mit seiner großen Offenbarung über Saffron und ihr beschissenes kleines Familienglück!

Also reagiere ich, wie jeder Boxer am Rande einer Niederlage reagieren würde.

Ich weiche einen Schritt zurück, fixiere meinen Gegner, hole mit der Faust aus und schlage den Wichser k. o.

Dann gehe ich schnurstracks ins Bad und muss mich tatsächlich fürchterlich übergeben.

KAPITEL 10

„Ich kann nicht glauben, dass ich ihn ausgeknockt habe", sage ich später am Abend zu Simon, als wir nach seinem Fußballspiel – auf das er sich kaum konzentrieren konnte, wie er zugibt – mit Essen vom Chinesen in meinem Wohnzimmer sitzen. „Ich schäme mich unheimlich dafür, dass ich Jeff geschlagen habe. Ich habe nicht einen gewalttätigen Knochen in meinem Leib, und mir ist offensichtlich gar nicht bewusst, wie viel Kraft ich habe."

„Das kommt von der Arbeit auf dem Hof, die hat dich gestählt", sagt Simon. Er wirkt ganz entspannt, als wäre er schon immer hier gewesen.

„Mann, ich fühle mich richtig mies."

„Tut mir leid, aber ich muss unweigerlich lachen, wenn ich mir vorstelle, wie du Jeff k. o. geschlagen hast", sagt Simon, während er Reis und Currysoße auf ein Stück Krabbenbrot häuft. „Was ist dann passiert? Ist Saffron gekommen, um ihn zu retten?"

Jetzt muss ich selbst kichern. Die Geschichte ist wirklich ziemlich komisch, wenn man von meiner unerwarteten Gewalttätigkeit absieht.

„Ich habe, ehrlich gesagt, keine Ahnung", sage ich und halte mir die Hand vor den Mund, der halb voll mit Nudeln ist. „Ich habe einfach meine Tür zugemacht, in voller Lautstärke Amy Winehouse aufgelegt und meine Wohnung aufgeräumt, sodass sie jetzt nicht mehr wiederzuerkennen ist. Ich habe meine Energie für etwas Nützliches verwendet. Ich nehme an, Jeff lag nicht mehr im Flur, als du hier ankamst?"

Simon schüttelt den Kopf, und wir tauschen die Alubehälter. Wir sind aufeinander eingespielt, als wären wir irgendwie miteinander verbunden, und es fühlt sich surreal an, aber auch unheimlich tröstlich.

„Es gab keinerlei Anzeichen oder Beweisspuren, und dein Geheimnis ist bei mir sicher“, sagt er. „Hast du danach noch mal was von Jeff gehört?“

Nun muss ich richtig lachen, als ich an die SMS denke, die ich ein paar Stunden später erhalten habe.

„Ernsthaft, Maggie, du solltest dich um dein Aggressionsproblem kümmern“, lese ich zu Simons großer Belustigung laut von meinem Handy ab. „Du hättest mir den Kiefer brechen können.“

Simon krümmt sich vor Lachen und wiehert hysterisch, und ich fürchte, dass das köstliche Chow mein in seiner Hand gleich auf dem Boden landen wird.

„O Mann, das habe ich gebraucht“, sagt Simon, als er sich schließlich wieder beruhigt hat. „Du glaubst gar nicht, wie gut es sich anfühlt, mal wieder so richtig zu lachen.“

Wir essen weiter und beobachten die Uhr, wohlwissend, dass unsere Zeit sich dem Ende neigt.

„Ich sollte jetzt besser gehen“, sagt Simon schließlich. „Dieser Abschied wird echt hart. Du wirst wieder auf die Beine kommen, Maggie, das weißt du doch?“

Ich will nicht, dass er geht. Ich fühle mich sicher, wenn er hier ist. Wenn er geht, werde ich abstürzen, und das wird nicht schön.

„Danke, Simon“, sage ich. „Ich werde mich ganz bestimmt wieder berappeln. Die Zeit heilt alle Wunden, so heißt es doch, nicht wahr?“

Er zieht seine Jacke an und holt seine Tasche aus dem Flur. Sein Taxi wird in wenigen Minuten da sein, und in gewisser Hinsicht wünsche ich mir sogar, dass dieser Moment schnell vorübergeht, damit ich ihn hinter mir habe.

„Erinnerst du dich, dass ich noch etwas für dich habe, das dir helfen könnte?", fragt Simon.

Hat er das erwähnt? In den letzten vierundzwanzig Stunden wurde so viel gesprochen, dass ich mich daran gar nicht erinnern kann.

„Ich habe damit bis zur letzten Minute gewartet, weil ich nicht möchte, dass du es in meiner Gegenwart öffnest", erklärt er.

Mein Gesicht wird lang. Ach herrje. Hat er mir ein Abschiedsgeschenk besorgt? Ich habe nichts für ihn! Ich verfluche mich selbst dafür, dass ich so unorganisiert bin.

„Du weißt, wenn du solche Grimassen ziehst, bleibt dein Gesicht irgendwann so stehen", sagt er, während er in seine Reisetasche greift und etwas herauszieht, das wie eine alte Keksdose aussieht.

„Ich habe nichts für dich", sage ich, und für einen Moment bin ich wirklich im Glauben, dass er mir … Kekse schenkt?

„Das sind keine Kekse", sagt er lächelnd. „Das ist nur eine Keksdose mit ein paar Sachen, die ich dir gerne geben möchte. Sie gehörten … sie gehörten Lucy."

O Gott.

„Bist du sicher, dass –"

„Bitte, sag nichts", unterbricht er mich. „Nimm einfach die Dose und schau dir die Sachen an, und wenn du sie nicht haben willst, kannst du sie an mich zurückschicken, oder du gibst sie mir, wenn du mich besuchen kommst."

„Dich besuchen? Das würde ich liebend gerne tun!"

Er lächelt. „Das möchte ich dir auch geraten haben."

Ich nehme die Dose an mich.

„Danke, aber ich hoffe, da ist nichts Wertvolles drin", sage ich. „Ich bin zurzeit nämlich nicht besonders zuverlässig, und ich würde sterben, wenn ich etwas verlieren würde, das dir gehört."

Simon schüttelt den Kopf. „Ich finde, du solltest die Sachen haben. Ich dachte mir, so lernst du Lucy ein bisschen besser kennen, kommst ihr näher oder vielleicht sogar … vielleicht sogar dahin, dass du sie loslassen kannst, wenn du das Gefühl hast, dass du das brauchst. Ich glaube nämlich, dass dir die Sachen mehr helfen werden, als du ahnst."

Ich streiche mit den Fingern über die Keksdose und spüre winzige Dellen auf der Seite und an den Kanten. Es ist eine abgegriffene dunkelblaue Cadbury-Dose im Weihnachtsdesign, rechts unten auf dem Deckel hat Lucy ihren Namen eingeritzt. Am liebsten würde ich das Ding direkt öffnen, jetzt sofort, mich in Lucys kindlich-unschuldiger Welt verlieren und meine ganzen Sorgen vergessen.

„Bist du sicher, dass ich sie behalten soll?", frage ich, und meine Stimme bricht. Simon hat mir ein sehr gefühlvolles Geschenk gemacht, und meine Rührung ist nicht in Worte zu fassen.

„Ganz sicher", erwidert er.

Unsere Blicke treffen sich, wir lächeln beide und seufzen dann gleichzeitig.

„Maggie O'Hara, es war eine richtige Achterbahnfahrt, aber ich habe jede Minute davon genossen", sagt Simon.

Er gibt mir erst die Hand, zieht mich dann aber doch in eine Umarmung. „Komm uns bald besuchen."

„Mach ich", sage ich schniefend und versuche, keine Tränen oder Schnodder auf seinem hübschen grauen Pullover zu hinterlassen.

„Pass für mich auf Lucy auf", sagt er mit einem Nicken auf die Dose, dann geht er langsam rückwärts, zögert das Unvermeidliche hinaus. „Ich hoffe, die Sachen helfen dir, den nötigen Abschluss zu finden und dein Leben wieder aufzubauen. Du hast das Beste verdient, Maggie. Das Allerbeste."

„Du gehst jetzt besser", sage ich. Ich öffne die Wohnungstür und wische mir über die Augen. Ich hasse Abschiede. „Schreib mir ganz oft!"

Er tippt an seinen imaginären Hut und wirft mir eine freundschaftliche Kusshand zu, und wir winken beide, bis er aus meinem Blickfeld verschwindet. Ich gehe zum Fenster und beobachte, wie er ins Taxi steigt, aber vorher schaut er zu mir hoch, als wüsste er, dass ich dort stehe und ihm zusehe.

„Auf Wiedersehen, Simon!", forme ich mit den Lippen, und er wirft mir eine letzte Kusshand zu.

Ich halte die Keksdose immer noch vor meiner Brust, und Lucys Herz schmerzt in mir, während ich beobachte, wie ihr Bruder wegfährt. Einerseits fühle ich mich erfüllt bei dem Gedanken, dass ich nun Simon in meinem Leben habe. Aber ich verspüre auch eine Leere, der ich mich alleine stellen muss, ohne dass ich mich auf Simon stützen oder mich zu sehr in seine Welt einmischen kann. Er gehört nicht mir. Er ist nur auf eine sehr ungewöhnliche Art mit mir verbunden.

Es ist Zeit für mich, in meine eigene Realität zurückzukehren und die Scherben meiner zerbrochenen Existenz aufzusammeln. Aber zuerst muss ich mich mit Lucy beschäftigen – und dann das Mädchen loslassen, das mein Leben, so chaotisch es im Moment auch sein mag, überhaupt erst ermöglicht hat.

KAPITEL 11

Ich betrachte sie zum ersten Mal. Ich sitze in meinem Pyjama auf der Couch, diesmal mit einer Pizza, und starre auf ihr Gesicht in einem ausgeschnittenen Zeitungsbericht, in dem sie zwei Rechtschreibfehler mit roter Tinte umkringelt hat. Das gefällt mir. Das gefällt mir sehr.

Es handelt sich um ein Schulfoto, auf dem sie stolz ein Schild mit der Aufschrift *Beste Spielerin – Jugendnetball* emporhält. Neben ihr hält ein Junge ein Schild mit der Aufschrift *Spieler des Jahres – Jugendfußball.* Dem Datum zufolge ist sie auf dem Foto sieben Jahre alt. Ihr fehlen beide Schneidezähne, und ihr erdbeerrotes Haar ist zu zwei Zöpfen geflochten. Sie erinnert an einen zahnlosen kleinen Hasen, mit ihren Sommersprossen und ihrem frechen Grinsen, und am liebsten würde ich ihr zurufen: *Bitte, steig nicht in den Wagen, wenn du vierzehn bist und deine Mutter dich zum Friseur fahren will! Bitte, stirb nicht, Lucy Harte!*

Ich würde sie so gern vor dem warnen, was passieren wird, aber wenn es nicht passiert wäre, wenn Lucy nicht gestorben wäre, dann wäre ich jetzt nicht hier.

Es ist verrückt. Es ist, als würde man durch eine Kristallkugel in die Vergangenheit blicken. Als würde man sich einen Film anschauen, den man bereits kennt, und trotzdem wünscht man sich einen anderen Ausgang, bis das Ende dann kommt und man weiß, dass es so am besten ist. Dass es so sein muss. Es ist schmerzhaft, es ist seltsam, aber es heilt mich auf eine Art, mit der ich nie gerechnet hätte.

Die Keksdose, die Simon mir dagelassen hat, enthält genug, um mich tagelang zu beschäftigen, und ich möchte nichts überstürzen. Ich möchte jedes Bild auskosten, jedes Gekritzel, jedes Stück von Lucys Leben, und den ungewöhnlichen Trost genießen, den sie mir bringt.

Ich checke mein Handy und meine neuen Nachrichten, während ich in ein dampfendes Stück Pizzahimmel beiße. Wie erwartet ist eine Nachricht von Simon dabei, der mir mitteilt, dass er gut angekommen ist, und ich schicke ihm eine kurze Antwort. Aber es ist die andere Nachricht, die meine Aufmerksamkeit erregt. Sie ist von John Joe, meinem Bruder.

Meine Stimmung sinkt augenblicklich.

Ich muss mit dir reden ist alles, was er geschrieben hat.

Ich antworte ihm nicht. Ich brauche seine negative Energie nicht, schon gar nicht jetzt, wo ich mich an Lucy klammere, um mich von meinem echten Leben abzulenken.

Ich habe von John Joe seit jener SMS nichts mehr gehört, in der er mir schrieb, ich solle aufhören zu trinken und mich zusammenreißen, und ich habe keinen Kopf für sein zufälliges Interesse an meinem Leben. Jedenfalls nicht heute.

Es macht mich traurig, dass ich so empfinde, denn in meiner Kindheit war mein Bruder, egal, wie sehr er mich verspottete oder ärgerte oder ignorierte, mein Ritter in schimmernder Rüstung. Zu ihm schaute ich auf. Mein großer Bruder. Mein Fleisch und Blut. Mein Held.

Aber das ist er nicht mehr.

Mein Bruder ist arrogant, er ist unbeständig, und er wechselt seine Meinung so häufig wie seine Freundinnen, also verdammt oft. Nach außen wirkt er superehrgeizig, und doch weiß er nicht, was er sein möchte, wenn er mal erwachsen ist, und er war immer neidisch auf alles, was ich gemacht habe. Auf alles.

Er traute mir auf eine widerwärtige und unreife Art nie etwas zu und machte mich nur noch runter, sobald ich anfing, eine eigene Persönlichkeit zu entwickeln, und nicht mehr bloß das kleine Mädchen war, das zufällig im selben Haus wohnte wie er.

„Warum hasst du mich so sehr?“, fragte ich ihn einmal, als sein Verhalten mir gegenüber immer schlimmer wurde.

Ich hatte kurz zuvor im Springreiten einen Preis gewonnen, und John Joe versteckte die Turnierschleife, aber Dad fand sie in seinem Zimmer.

Mein Bruder sah mich auf eine Art an, die ich niemals vergessen werde, seine schwarzen Augen starrten aus einem Gesicht, das ich nicht wiedererkannte.

„Ich hasse dich nicht“, sagte er. „Werd erwachsen, Maggie. Du bist nicht die Einzige in dieser Familie.“

Ich muss zugeben, dass das Leben auf Loch Tara viel einfacher wurde, als John Joe in die Staaten ging – zumindest für mich. Ich musste meinen Eltern zuliebe nicht mehr so tun, als würde ich mit meinem Bruder auskommen. Ich musste keine unangenehmen Familienmahlzeiten oder Weihnachtsfeste mehr aushalten, bei denen John Joe und ich uns lieber gegenseitig abgestochen hätten, als uns einen Truthahn zu teilen. Wir mussten zum Geburtstag keine falschen Glückwünsche und Geschenke mehr austauschen, wenn wir lieber Schläge ausgetauscht hätten.

Ja, genau, so schlimm.

Nach meiner lebensrettenden Operation schüttete ich einem Psychologen mein Herz aus und arbeitete alle Ecken und Winkel meiner ansonsten idyllischen Kindheit auf.

Als Minderjährige habe ich nichts vermisst, das heißt, nichts bis auf einen Bruder, der meine Liebe erwiderte und der mich wollte, anstatt in mir eine Bedrohung zu sehen oder schlimmer noch, mich gar nicht zu sehen.

John Joe meldet sich sonst nie bei mir. Nie. Der einzige Grund, warum ich seine Nummer habe, ist der, dass meine Mutter darauf bestanden hat, dass ich sie in meinem Handy abspeichere, falls ihr oder Dad etwas zustößt – und ich vermute, sie hat es bei John Joe genauso gemacht.

Ich wünschte nur, ich würde ihn nicht so sehr vermissen.

Ich stelle mich unter die heiße Dusche und benutze alle meine Lieblingspflegeprodukte, damit ich gut rieche und vielleicht meine alten Kindheitserinnerungen aus meinem Kopf verdrängen kann, bevor ich in Lucys Welt zurückkehre. Im Schlafzimmer habe ich Kerzen angezündet und leise Musik aufgelegt. Ich bin nett zu mir selbst, und es fühlt sich gut an.

Erneut öffne ich die Keksdose und nehme einen Stapel Zettel, Briefe und Fotos heraus, den ich durchsehen möchte, um das Mädchen, das mir das Leben gerettet hat, besser kennenzulernen. Als ich ihr Gesicht sehe, ihr wundervolles Gesicht, das zu mir zurückblickt, durchströmt mich ein warmes Gefühl.

„Hallo, Lucy Harte“, flüstere ich und streife mit den Fingerspitzen über ihre Wange.

Sie sieht definitiv aus wie eine Lucy, wenn ihr versteht, was ich meine. Sie wirkt zierlich und freundlich und fröhlich, und anhand ihrer sorgfältigen Sammlung weiß ich, dass sie ein sehr schlaues Mädchen war. Zu dieser Sammlung gehört ein Fotostreifen aus dem Automaten, auf dem Lucy mit einer Freundin Grimassen zieht und lacht und posiert, wie das alle machen, wenn sie den kleinen Vorhang zuziehen. *Amy und Lucy* steht auf der Rückseite des Streifens, und ein verblasstes Datum, ich tippe auf 1997.

Dann kommt ein Foto von ihr in ihrer Schuluniform, in der sie sehr anständig aussieht. Auf dem nächsten ist sie mit ihren beiden Brüdern abgebildet, und ich muss lächeln, als ich Simon als Teenager sehe und den kleinen Henry. Es bricht mir das Herz wegen Henry – mehr als wegen jedem anderen.

Ich finde auch ein Bild von der ganzen Familie mit einer Frau. Marilyn, laut Lucys ordentlicher Handschrift auf der Rückseite. Lucys Vater war ein gut aussehender Mann, und er hat stolz seinen Arm um seine Frau gelegt, aber die wirkt völlig abwesend, wie jemand, der den Kopf mit anderen Dingen voll hat. Ich frage mich, ob sie, wenn sie heute noch leben würde, mehr Hilfe bekäme, um ihre Sucht unter Kontrolle zu bekommen.

Das Bündel enthält auch Zeichnungen. Ich schmunzle über Lucys Interpretation von van Goghs Sonnenblumen, die darauf hindeutet, dass Kunst, so kreativ Lucy auch war, nicht zu ihren besten Schulfächern zählte.

Ihr Humor ist definitiv ihre größte Stärke, und ich muss laut über ihre Kommentare lachen. Es ist, als würde man sein Lieblingsbuch lesen und sich wünschen, dass es niemals endet. Ich verschlinge jeden einzelnen Aspekt über

Lucy und lerne all die Dinge kennen, die sie liebte und hasste, die Jungs, für die sie schwärmte, genau wie jene, bei denen sie sich „lieber Nadeln in die Augen stechen“ wollte, als sie zu küssen.

Sie führte Listen über ihre Lieblingsspeisen, ihre Lieblingssongs, ihre Lieblingsfilme, selbst über ihre Lieblingslehrer. Miss Davison, die hübsche Sportlehrerin, sollte offenbar Mr. Thompson endlich ihr Herz öffnen und sich einfach mit ihm ein Zimmer nehmen. Ich frage mich, ob sie das jemals getan haben.

Ich schreibe an Simon.

Deine Schwester war wirklich zum Schießen! Sehr klug für ihr Alter, wie du gesagt hast. Danke, dass du das mit mir teilst. Das hilft mir sehr!

Er antwortet sofort.

Das dachte ich mir! Schön, von dir zu hören. Ich hoffe, es geht dir gut. Ich denke viel an dich.

Stunden vergehen, und ich bin völlig vertieft in all das, was ich entdecke. Lucy hatte definitiv Spaß daran, ihre Gedanken aufzuschreiben. Eines Tages wäre sie sicher eine tolle Schriftstellerin geworden. Ich habe den Stapel fast durch, als ich auf ein separates Notizbuch stoße, und ich nehme es mit derselben Vorfreude in die Hand wie alles, was Lucy in dieser Dose aufbewahrt hat.

Das Notizbuch ist rot und ordentlich in Lucys unverkennbarer Handschrift beschriftet, aber es unterscheidet sich von den anderen Sachen. Das hier ist kein Erinnerungsalbum oder ein Sammelbuch aus ihrer Vergangenheit. Dieses Buch lässt mich abrupt innehalten, weil es Lucys Zukunftspläne enthält.

Es trägt den Titel *Dinge, die ich tun möchte, wenn ich erwachsen bin* und ist eine Art Tagebuch, aber innen auf dem Einband hat sie ihre Ideen in einer Liste zusammengefasst. Sie wurden mit verschiedenen Stiften zu verschiedenen Zeitpunkten geschrieben, und sie alle beziehen sich auf Tagebucheinträge, die darauf warten, von mir gelesen zu werden.

Ich verharre regungslos. Ich habe nicht erwartet, einen Blick in Lucys nichtexistente Zukunft zu bekommen, und meine Laune sinkt in den Keller. Das warme Gefühl und die ganze Aufregung weichen aus meinem Körper, als mir bewusst wird, dass Lucy so viele Pläne hatte, aber nie die Chance, sie zu verwirklichen.

Ich lese die Liste durch und mache mich auf den Kummer und das Leid gefasst, die ich bei der Lektüre der Hoffnungen und Träume eines jungen Mädchens, die sich niemals erfüllen sollten, sicher empfinden werde.

Ich schreibe wieder an Simon, weil ich mit jemandem kommunizieren muss, der meine Traurigkeit versteht.

Das Leben ist grausam. Ich habe gerade Lucys Wunschliste gelesen.

Er antwortet innerhalb von wenigen Minuten.

Würdest du es tun, Maggie?

Es tun? Was tun?

Die Dinge, die Lucy sich vorgenommen hat?

Ein kalter Schauer durchrieselt mich. Lucy sieht mich lächelnd von einem Foto vor mir an, in den Augen einen Ausdruck von Stärke und purer Willenskraft und Entschlossenheit.

Tu es!, höre ich sie flüstern. *Tu es für mich! Tu es für dich! Mach schon, Maggie. Tu es!*

Ich lese noch einmal die Liste mit Lucys Vorsätzen und spüre angesichts der ganzen Aussichten, die sich mir bieten, eine neue Energie durch meine Adern strömen.

Finde die größte Brücke der Welt … Lerne Gitarre spielen … Breite deine Flügel aus und flieg weit fort …

Kann ich? Soll ich? Es könnte eine reizvolle, verrückte Ablenkung sein, diese Liste durchzuziehen. Ich habe definitiv die Zeit dafür. Und das Geld. Auf diese Art hätte ich eine Beschäftigung und könnte mich ablenken von dem, was zwischen Jeff und mir passiert ist, ganz zu schweigen von seiner bevorstehenden Vaterschaft. Außerdem hätte ich so die Möglichkeit, Lucy etwas zurückzugeben. Ich könnte die Dinge tun, die sie nie machen konnte, und dabei Spaß haben und meine Dankbarkeit dafür zeigen, dass Lucy mir eine zweite Chance gegeben hat.

Hat Simon das von Anfang an geplant? Das könnte uns allen wirklich helfen, oder? Ich bin so aufgeregt. Ich kann spüren, dass Lucy bei mir ist, mich anfeuert, mir sagt, dass ich es tun soll, dass ich es genießen soll, dass ich all die Dinge machen soll, zu denen sie nie kam.

Ja, ich tu's! Ich mach es! Ich bin nervös, ich bin starr vor Angst, aber ich werde mich nicht davon übermannen lassen.

„Lass es uns tun, Lucy Harte!"

Ich lese wieder den ersten Punkt auf ihrer Liste, dann klappe ich das Notizbuch zu und drücke meine Lippen auf den Einband. Ich schnappe mir mein Handy und schreibe an Simon: *Wo steht die größte Brücke der Welt?*

Im Tarntal in Südfrankreich, antwortet er innerhalb von einem Wimpernschlag. *Das habe ich schon für dich recher-*

chiert. Viel Glück, Maggie! Wer weiß, wohin dich diese Reise führen wird. Hab keine Angst davor, alleine zu reisen. Ich bin so stolz auf dich.

Ich spüre, wie mein gesamtes Inneres neuen Auftrieb bekommt. Das hier ist nicht nur irgendeine alte Liste von Träumen und Zielen. Es ist auch eine Geschichte, und sie führt mich direkt in das Herz des Mädchens, das mir einmal das Leben gerettet hat.

Vielleicht wird sie es mir ein zweites Mal retten.

Das Vermächtnis von Lucy Harte

Lucy Harte, Alter: 10½ Jahre

April 1995

Ich habe ein Geheimnis, von dem niemand etwas weiß.

Na ja, niemand außer Henry, aber er wird nichts sagen, denn wenn er das tut, werde ich verraten, dass er neulich von seinem Osterei genascht hat, und danach hat er das fehlende Stück mit der roten Silberfolie verdeckt und das Ei zurück in die Schachtel gelegt, damit Mum nichts merkt.

Oder ich könnte verraten, dass er schlimme Wörter sagt, wenn er glaubt, dass gerade niemand zuhört. Erst heute Morgen habe ich beobachtet, wie er nur in seiner Unterhose vor dem Spiegel stand und ungefähr zehnmal das F-Wort sagte, während er mit seinem Hintern wackelte und alberne Grimassen zog.

Oder zu guter Letzt könnte ich verraten, dass er in der Nase bohrt und seine Popel isst. Mum würde total am Rad drehen. Das würde sie, wie Simon sagt, „voll anekeln".

Jedenfalls ist mein Geheimnis Folgendes (bitte, sagt es niemandem, oder ich bin erledigt) … Mein Geheimnis ist, dass ich, wenn ich traurig bin, zum Beispiel wenn Mum und Dad sich streiten, selbst wenn Simon dann den Fernseher ganz laut stellt und wir sie trotzdem noch hören können, und selbst wenn Marilyn sagt, dass sie nur spielen – nun, mein Geheimnis ist, dass ich dann rausgehe und weglaufe, den ganzen Weg entlang und quer über zwei Felder bis zur Steinbrücke, wo ich mich hinsetze, meine Beine herunterbaumeln lasse und eine Ewigkeit mein Spiegelbild im Wasser betrachte, während niemand bemerkt, dass ich überhaupt weg bin.

Es ist ein Geheimnis, weil ich nicht auf die Steinbrücke darf. Niemand, den ich kenne, darf auf die Steinbrücke. Nicht einmal Simon, und der ist schon dreizehneinhalb.

Das klingt jetzt vielleicht komisch, aber ich liebe Brücken. Wenn man mich hier erwischt, wenn Mum dahinterkommt, bekomme ich wieder Hausarrest, und ich hasse nichts mehr als Hausarrest und dass ich dann den ganzen Tag in meinem Zimmer bleiben muss. Außer Rüschenkleider. Rüschenkleider hasse ich am meisten.

Hier sind vier Gründe, warum ich Brücken liebe:

1. *Sie sind hoch, und man kann von dort aus meilenweit sehen, als wäre man auf dem Gipfel der Welt.*
2. *Sie bringen einen auf die andere Seite, wenn man auf der einen nicht sein möchte.*
3. *Sie können ein bisschen gefährlich sein, was schlecht ist, aber auch cool.*
4. *Ich bin einfach ein Brückenfan.*

Wenn ihr das hier lest (ich meine euch, Simon und Henry Harte), bitte, verpetzt mich nicht, weil Mum sagt, dass der Hausarrest bei mir allmählich zur Gewohnheit wird, und dann wird sie mir wieder Hausarrest geben oder mich umbringen.

Manchmal wäre es mir lieber, umgebracht zu werden, als Hausarrest zu bekommen.

Beim letzten Mal, was erst vier Tage her ist, bekam ich Hausarrest, weil ich eine Maus in die Waschküche brachte. Es ist nicht so, als wollte ich sie als Haustier behalten oder so. Ich wollte nur sehen, ob es der Maus gefiel, in dem warmen Wäschekorb zu schlafen, und es war nicht meine Schuld, dass Marilyn fast eine Herzattacke hatte, als sie die Maus herausnahm, weil sie sie für eine von Dads Socken hielt.

Ich musste wieder einmal in meinem Zimmer bleiben und Bücher lesen, die ich schon hundertmal gelesen habe, und draußen schien die Sonne, und Dad ging mit Simon und Henry schwimmen, aber ich durfte nicht mit (fies!).

Davor hatte ich am Sonntag Hausarrest, und das nur, weil ich mein schreckliches rosa Rüschenkleid zerrissen habe, das mir Tante Josie zum Geburtstag geschenkt hat. Ich hasse dieses rosa Kleid genauso sehr, wie ich Tante Josie hasse. Und das heißt ganz doll (ein weiteres Geheimnis, also sagt es bitte nicht weiter. Tante Josie glaubt nämlich, sie ist meine Lieblingstante, aber damit liegt sie so was von falsch).

Der einzige schwierige Teil bei meinen Ausflügen zu der Steinbrücke ist, herauszufinden, wann es sicher ist, wieder nach Hause zu gehen.

Zu früh, und sie streiten immer noch, zu spät, und sie merken, dass ich weg war, und dann kriege ich großen Ärger.

Manchmal kommt Henry mit mir zu der Steinbrücke, aber Henry ist erst acht, und es nervt, wenn er summend und trällernd neben mir sitzt, und dann kriegt er immer Angst und will nach Hause. Er hat keinen Sinn für Abenteuer. Ich glaube, ich habe das von Dad. Henry ist wie Mum. Er hält sich gern an die Regeln. Ich breche sie gern.

Wenn ich älter bin, werde ich die höchste Brücke der Welt finden, und dann setze ich mich direkt auf den Rand, damit ich meilenweit das Wasser unter mir betrachten kann, und niemand wird mich daran hindern. Nicht Dad, nicht Simon, und schon gar nicht Mum.

Heute ist wieder einer dieser Tage, an denen Mum sich ausruhen muss und Marilyn bei uns übernachtet. Das ist keine gute Neuigkeit, denn wenn Marilyn bei uns übernachtet, um dafür zu sorgen, dass es Mum gut geht, bedeutet das, dass Dad für ein paar Tage nicht nach Hause kommen wird. Ich weiß das, weil Mum für uns Hähnchenkeulen machen wollte, aber jetzt steht Marilyn unten in der Küche, und es ist schon nach sechs, und Marilyn geht normalerweise um fünf nach Hause.

Ich habe Bauchschmerzen. Ich gehe besser runter und esse meine Keule.

**To-do: Finde die größte Brücke der Welt. (Nimm Henry mit … vielleicht.)*

KAPITEL 12

Ich sitze auf meinem Bett, mampfe Toast und lese in Lucys Tagebuch, während draußen der Regen herunterprasselt, und zum ersten Mal seit langer Zeit fühle ich mich warm, behaglich und … sicher. Ja, ich fühle mich sicher, hier in diesem kleinen Apartment, von dem ich nie gedacht hätte, dass es sich wie ein Zuhause anfühlen könnte.

Draußen rauscht der Verkehr, aber ich kann ehrlich sagen, dass die reale Welt und alles, was darin passiert, mich in diesem Moment nicht interessiert. Ich bin mit Lucy in der Vergangenheit auf dieser Brücke, und ich kann spüren, wie sie ein- und ausatmet, begierig die Ruhe und den Frieden aufsaugt, die sie fand, wenn sie zu ihrem kleinen Versteck lief.

Ich kann den Knoten in ihrem Magen spüren, die Sorge um ihre Mutter, deren Trinkerei sie so stark beunruhigte, dass sie sich verstecken musste, um dann festzustellen, dass ihre Mutter sich im Bett verkrochen hatte, ihr Vater gegangen war und diese Marilyn die Lücke der abwesenden Eltern ausfüllte.

Ich habe Brücken nie als eine Leidenschaft betrachtet, aber es gefällt mir, dass Lucy sie auf eine ganz simple Art sah – als etwas, das einen von der einen Seite auf die andere führt. Als einen Ort, wo man sich wie auf dem Gipfel der Welt fühlen kann. Wo man all seinen Sorgen entfliehen kann.

Ich klappe meinen Laptop auf und googele das Tarntal in Frankreich, und gleich darauf sehe ich zum ersten Mal die riesige Brücke, die sich über den Fluss namens Tarn erstreckt. Mit ihrer Spitzenhöhe von 343 Metern liegt sie manchmal in den Wolken, und das fühlt sich dann ganz sicher an wie der Gipfel der Welt! Meine Augen weiten sich angesichts der Aussicht, tatsächlich nach Frankreich zu fahren, so wie Lucy das eines Tages zu tun gehofft hatte.

Mein Telefon klingelt, und statt es wie üblich zu ignorieren, lächele ich, als ich sehe, dass es Flo ist. Ausnahmsweise einmal bin ich bereit, über etwas Positives zu reden, statt mich immer mit dem üblichen Mist aufzuhalten, der mein wahres Ich zu lange verdeckt hat.

„Ich bin wahnsinnig neidisch. Ist es falsch, wenn ich das sage?“, fragt Flo. „Ich glaube, das könnte das Beste sein, was dir jemals passiert ist. Das ist so aufregend, und mein Leben ist so langweilig, aber du hast es verdient, Maggie. Du hast es so was von verdient!“

Ich höre, wie Billie im Hintergrund Flugzeuggeräusche macht, und stelle mir vor, wie Flo sich ihren Finger ins Ohr steckt und sich konzentriert, während sie versucht, mich über den Radau hinweg zu verstehen.

„Sei nicht neidisch, zumindest jetzt noch nicht“, sage ich. „Schließlich habe ich noch nichts unternommen. O Flo, Lucy war so ein süßer kleiner Schatz, so liebenswert und so … Na ja, sie war real, weißt du? Das hier macht sie für mich real.“

Ich höre Flo am anderen Ende der Leitung laut schlucken.

„Hast du gerade laut geschluckt?“

„Ja, habe ich. O Mags, ich freue mich ja so für dich“, sagt sie flüsternd. „Billie, sei endlich mal still!“

Den letzten Satz flüstert sie nicht. Sie brüllt ihn so laut, dass ich den Hörer von meinem Ohr weghalten muss.

„So, jetzt hast du mir das Trommelfell zerrissen …"

„Tut mir leid!"

„Schon okay, ich hab ja noch eins. Jedenfalls habe ich mich ein bisschen schlau gemacht über die größte Brücke der Welt, damit ich sie für Lucy besichtigen kann. Sie befindet sich in Südfrankreich, in einer offenbar sehr hübschen Gegend. Ich werde bald mal dorthin fahren und … Ist mit Billie alles okay?"

Durch das Telefon kommen nun seltsame Geräusche, und ich bin mir nicht sicher, ob Flo mir noch zuhört.

„Ja, ja, alles okay", sagt sie. „Er tut nur so, als wäre er ein Walross. Das ist seine neueste Phase. Alles gut. Egal, zurück zu dir und Lucy. Also ab nach Frankreich, Maggie? Juhu! Wann geht es los?"

Ich blättere durch Lucys kleines Notizbuch.

„Ich bin noch nicht sicher. Um ehrlich zu sein, weiß ich nicht, wo ich anfangen soll", sage ich. „Es gibt insgesamt zehn Dinge auf Lucys Liste, die ich alle gerne machen möchte, und die größte Brücke ist einfach nur der Wunsch, den Lucy als Erstes notiert hat. Das ist ganz schön viel auf einmal. Ich finde es unglaublich, dass Simon mir das alles dagelassen hat."

„Er scheint ein richtig lieber Kerl zu sein", sagt Flo. „Und von denen gibt es nicht viele, soweit ich weiß."

Ein lieber Kerl, im Gegensatz zu Jeff …

Ich erlaube Jeff nur für einen flüchtigen Augenblick, in meine Gedanken einzudringen, dann sperre ich ihn aus und richte meine Aufmerksamkeit wieder auf Lucy und mein Gespräch mit Flo. Abgesehen von Simon habe ich niemandem von Jeffs Baby-Neuigkeit erzählt, und fürs Erste habe ich auch nicht vor, das zu tun.

„Du klingst jetzt schon fast wieder wie die alte Maggie“, sagt Flo. „Und dabei bist du nicht mal betrunken.“

Ich könnte ihre Bemerkung falsch verstehen, aber Flo hat recht. Ich bin nicht mal betrunken. Ich habe keinen Alkohol mehr angerührt, seit Simon fort ist. Und das Allerbeste ist, es war mir nicht einmal bewusst, bevor Flo das gesagt hat.

„Ach, Flo, ich bin immer noch ein verdammtes Wrack, aber ich bin dabei, das zu ändern“, sage ich leise in den Hörer.

Der bloße Anblick von Lucys Notizbuch spendet mir Trost. Seltsamerweise scheint es, als würde es mir Gesellschaft leisten, als wäre ich nicht allein.

Ich höre Flo wieder schlucken, was bedeutet, dass sie beunruhigt ist. Ich wünschte, ich würde den Menschen, die mich lieben, nicht so viele Sorgen bereiten.

„Kümmere dich jetzt wieder um deine Liste und deine ganzen großartigen, aufregenden Pläne. Widme dich Lucy Harte, und lass ihre Unschuld und ihre Wünsche deine Seele heilen. Du hast es verdient, Süße.“

Wir beenden das Gespräch, und ich lege mein Handy weg und lehne mich zurück in mein Kissen. Flo hat recht. Das hier ist ein Neuanfang für mich und etwas, das ich mir im Leben nicht hätte vorstellen können. Lucy Harte und ihr kleines Tagebuch verschaffen mir eine tolle Gelegenheit, die Dinge besser zu machen. Ich schlage das Notizbuch wieder auf und lese Lucys zarte Handschrift, die beinahe zu mir spricht, die mich anfleht, dass ich mich beeilen soll und dort anfange, wo sie aufgehört hat.

Lucy

Juli 1995

Wir sind in Donegal an Irlands größter Bucht, wo es regnet und regnet und regnet, aber wen kümmert das schon. Wir wohnen in einem kleinen Cottage auf einer Klippe, und hinter dem Strand reiht sich ein Wohnwagen an den anderen und sonst eigentlich nichts, aber auch das spielt keine Rolle, weil ich zwei neue Geheimnisse habe …

Mein erstes Geheimnis lautet:

Ich, Lucy Harte, bin … verliebt. Ja, VERLIEBT!

Geheimnis Nummer zwei lautet, in wen ich verliebt bin (Simon und Henry, wenn ihr das hier lest, hört an dieser Stelle sofort auf!).

Also, sein Name ist Tiernan Quinn, er kommt aus einem Ort namens Galway in Irland, und während ich das hier in meinem kleinen Zimmer schreibe, kann ich Tiernan sehen, der draußen im strömenden Regen mit meinem Bruder Fußball spielt. Tiernan und seine Familie wohnen im Cottage nebenan, und meine Mum und seine Mum führen auf der Veranda Unterhaltungen, die ungefähr so gehen:

„Ist das Wetter nicht einfach nur scheußlich?" (Meine Mum.)

„Ja, einfach scheiße." (Seine Mum.)

Ich mag seine Mum.

Tiernan trägt eine schwarze Bikerjacke und eine zerrissene Jeans. Selbst im Regen sieht er aus wie ein

Rockstar. Oh, und er klingt auch wie ein Rockstar, weil er tatsächlich Gitarre spielt.

Hier sind die Gründe, warum ich Tiernan Quinn liebe:

1. *Er hat dunkle stachelige Haare, und ich mag dunkle stachelige Haare.*
2. *Er spielt Gitarre.*
3. *Er benutzt Schimpfwörter.*
4. *Er hat ein (falsches) Tattoo – dazu später mehr.*

Simon hat ihn gestern mitgebracht, und ich habe mir fast in die Hosen gepinkelt, weil Tiernan vor meiner Mum „Scheiße" sagte. Mum war entsetzt. Sie sagt, Tiernans Familie muss sich gründlich den Mund ausspülen, weil sie so viel flucht. Meine Mum hält Leute, die viel fluchen, für primitiv und ungebildet, aber ich finde es lustig.

Henry hat furchtbar genervt, als Tiernan hier war, und fragte mich immer wieder, ob ich mit ihm Karten spiele, was mich aussehen ließ wie ein großes Baby, obwohl ich mir eigentlich nur wünschte, mit Tiernan zu reden. Aber als Tiernan mich nach meinem Namen fragte, merkte ich, dass meine Stimme nicht funktionierte, und Henry musste für mich antworten. Henry hat ihm gesagt, ich sei zehn, aber ich bin nicht zehn, sondern schon zehneinhalb! Ich werde im November elf!

Das war gestern Abend, und seit ich heute Morgen aufgestanden bin, beobachte ich Tiernan ununterbro-

chen. Jetzt ist später Nachmittag, und ich schaue Tiernan schon ziemlich lange beim Fußballspielen im Regen zu, aber hier gibt es nicht viel zu tun, also verpasse ich auch nichts.

Dad ist schon eine Ewigkeit weg, um im Dorf Pommes zu besorgen. Henry glaubt, Dad ist ins Pommes-Land gefahren oder so, aber es gibt kein Pommes-Land. Ich weiß genau, warum Dad so lange braucht. Alles, um vor Mum etwas Ruhe zu haben, nachdem sie … Egal, zurück zu Tiernan und der Geschichte, wie ich mich in ihn verliebt habe …

Seine Haare waren klatschnass vom Regen, als er gestern Abend in unser Cottage kam, und Mum rief: „Mein Gott, Junge, du wirst dir noch den Erkältungstod holen!“

Seine Antwort ließ sie fast in Ohnmacht fallen.

„Ohne Scheiß!“

Sie gab ihm ein Oasis-T-Shirt von Simon, und Tiernan verschwand im Bad, um sich umzuziehen. Er lächelte, als ich zu ihm sagte, dass Oasis cool ist. Er lächelte mich an. Mich! Auf seinem Arm ist ein Kreuz-Tattoo, aber das ist nur mit schwarzem Filzstift gemalt. Mum dachte natürlich, es wäre echt. Sie sagte später, dass Tiernan vielleicht nicht der beste Umgang für uns ist. Sie hat ja keine Ahnung.

Ich glaube, morgen fahren wir nach Hause. Mum sagt, dass sie nie wieder einen Sommerurlaub in Irland verbringen wird, weil das „scheiße“ ist – bloß ein Scherz, das hat sie natürlich nicht gesagt, aber so gemeint. Also werden Tiernan und ich, wie die meisten tragischen Liebespaare, uns wahrscheinlich niemals wiedersehen.

Ich hoffe, ich kehre nicht mit einem gebrochenen Herzen nach Hause zurück.

**To-do: Finde Tiernan Quinn und küsse ihn. Richtig auf den Mund!*

***To-do: Lerne, deinen Lieblingssong auf der Gitarre zu spielen.*

Ich werde Lucys Liste direkt in Angriff nehmen. Für den Anfang wähle ich den einfachsten Punkt, was bedeutet, ich muss den geheimnisvollen Tiernan Quinn finden.

Ich nehme mein Smartphone und gebe seinen Namen bei Facebook ein. Wie erwartet gibt es mehrere Männer mit diesem Namen und auch mehr als einen, der Galway als seine Heimatstadt angibt.

Ich überschlage im Kopf Tiernans Alter und kann ein paar jüngere Kandidaten direkt ausschließen. Die Arbeit als Amateurdetektivin macht mir richtig Spaß.

Ich klicke auf den ersten Tiernan, dessen Profil passen könnte. Er sieht aus wie Anfang dreißig und stammt aus Galway, oder zumindest lebt er dort heute, und er ist in einer festen Beziehung … mit einem Mann. Trotzdem. Er könnte der Richtige sein. Ich mache mir eine Notiz zu ihm und klicke auf den nächsten Tiernan, der in Dublin lebt und offenbar in einer Band spielt. Sein Profilbild zeigt eine Gitarre, also füge ich ihn als potenziellen Kandidaten dazu. Der dritte und letzte Tiernan, der vom Alter her infrage kommt, ist nach San Francisco ausgewandert, verheiratet und Vater von Zwillingen. Auch er könnte es sein. Ich bezweifle allerdings, dass mein Budget bis nach San Francisco reicht, darum hoffe ich, dass der Mann, den ich suche, einer der beiden anderen ist, aber hey, sollte es doch der Wahlamerikaner sein, kann ich ihn immer noch auf Facebook anschreiben und ihm sagen, dass er cool ist, was im Grunde alles ist, was Lucy tun wollte.

Wie läuft es so, Maggie?

Eine SMS von Simon.

Na ja, ich schätze, ich habe einen Anfang gemacht, antworte ich. *Ich stalke gerade jemanden namens Tiernan Quinn auf Facebook. Lucy hatte ein Auge auf ihn geworfen. Weißt du etwas über ihn?*

Ich habe Appetit auf mehr Toast, also gehe ich in die Küche, während ich auf Simons Antwort warte. Seine Nachricht kommt, als ich gerade das Brot in den Toaster stecke.

Tiernan war vor vielen Monden mein Urlaubskumpel in Donegal. Ich wusste schon damals, dass meine Schwester auf ihn stand. Unsere Mum hasste ihn. Ein cooler Typ. Spielte Gitarre. Such auf jeden Fall nach ihm.

Ich denke, es könnte der Mann aus Dublin sein …

Ich brauche meinen Laptop, um mir seine Facebook-Seite richtig anzuschauen und zu sehen, ob ich den Mut aufbringe, ihn anzuschreiben. Aber was zur Hölle soll ich ihm schreiben?

Was soll ich ihm sagen?, frage ich Simon.

Er antwortet umgehend.

Entscheide das, wenn du ihn siehst.

Ihn sehen?

Ja, klar. Besuch ihn. Eine Nachricht auf Facebook zählt nicht. Fahr hin.

Der Toast springt hoch, und ich zucke zusammen. Während ich die Scheiben mit Butter bestreiche, kriecht ein Lächeln über mein Gesicht. Ich habe alte Freunde in Dublin, vielleicht wäre es ganz schön, für ein oder zwei Tage dorthin zu fahren. Ich werde sicher nicht an fremde Türen klopfen, um einen Mann zu finden, den Lucy wahrscheinlich keine fünf Minuten lang kannte, aber Simon versucht ja auch nur, mir einen sanften Schubs zu geben, damit ich eine neue Richtung in meinem Leben einschlage und etwas Spaß habe.

Ich hole meinen Laptop und setze mich an den Küchentisch, um mir Tiernan Quinns Facebook-Seite anzuschauen. Seine Inhalte und seine Fotos sind privat, darum kann ich ohne Freundschaftsanfrage nicht sehen, wie er aussieht. Allerdings gibt es einen Link zu einer Band namens The Madd Mollies.

Die Band braucht offensichtlich einen neuen Webmanager, denke ich, während ich durch die Einträge scrolle, die schon längst veraltet sind. Auch hier finde ich keine nennenswerten Fotos, nur Zeichnungen und Zitate und eine Liste von bevorstehenden Auftritten. Immerhin etwas. Ich könnte natürlich auf dem Holzweg sein, aber was habe ich schon zu verlieren?

Oh, endlich habe ich einen Anfang! Die Band spielt morgen Abend in Temple Bar in Dublin. Ich spüre einen Anflug von Begeisterung, als ich überlege, ob ich einfach spontan in den Zug steigen und nur so zum Spaß zu Tiernans Konzert gehen soll. Ich könnte bei meiner Cousine Roisin übernachten. Sie fragt mich ständig, wann ich sie besuchen komme, also warum nicht jetzt? Mit dem Zug brauche ich nur zwei Stunden.

Ich schlage Roisin per SMS vor, dass ich spontan bei ihr vorbeikomme. Es ist sehr kurzfristig, aber wer weiß?

Während ich auf Roisins Antwort warte, wende ich mich meiner nächsten Herausforderung zu, die da lautet, diese riesige Brücke irgendwo in Südfrankreich zu besuchen. Ich bin noch nie ohne Begleitung verreist, und die bloße Vorstellung, alleine in einen Flieger zu steigen und mich durch ein fremdes Land zu bewegen, dessen Sprache ich nicht beherrsche, macht mich ganz nervös. Es wäre seltsam, einfach loszufahren, ohne richtig zu wissen, was ich machen werde, wenn ich ankomme, aber hey, ich bin bereit für alles, was meinen Verstand beschäftigt und mich in Atem hält.

In diesem Moment erreicht mich Roisins sehr enthusiastische Antwort.

Du Goldstück!, schreibt sie. *Du weißt ja, ich bin eine Gelegenheitsschauspielerin ohne festes Engagement, und morgen kriege ich mein Arbeitslosengeld, dann kann ich mir auch ein bisschen Spaß leisten. Ruf mich an!*

Das tue ich sofort.

„Cousine! Mein Gott, ich freue mich ja so, dass du in die Fair City kommst! Was steckt dahinter?"

Roisin ist in Belfast geboren und aufgewachsen, aber nach einem Jahr in Dublin hat sie sich schon den einheimischen Dialekt und Slang angewöhnt. Sie ist ein kleines Persönchen von gerade einmal anderthalb Metern, mit einer ziemlich abgefahrenen rauen Stimme und kurzen roten

Haaren, und sie hat schon jeden Job unter dieser Sonne ausgeübt, von Kellnern über Hundefrisieren bis zu Gesangsauftritten in Kneipen, um ihr Ziel, eine reguläre Theaterschauspielerin zu werden, zu finanzieren. Sie hat in London gelebt, in Glasgow, für kurze Zeit in New York, während des Fringe, dem weltweit größten Kulturfestival, das jedes Jahr im August stattfindet, in Edinburgh, und nun ist sie in Dublin. Dort war sie für einen Einakter am Gate Theatre engagiert und spielte eine Prostituierte, die sich in ihren Freier verliebte. Laut Roisins Facebook-Einträgen war dies ihre bisher beste Rolle, aber ich bin mir sicher, dass sie das auch von ihrer vorletzten Rolle behauptete, genau wie von ihrer vorvorletzten.

„Ich mache im Moment eine ziemlich beschissene Zeit durch, wie du wahrscheinlich schon gehört hast", erkläre ich ihr. „Und ich habe einfach Lust auf einen kurzen Tapetenwechsel. Macht es dir was aus?"

„Ob es mir was *ausmacht*? Maggie O'Hara, du bist meine absolute Lieblingscousine, und ich weiß, dass es bei dir gerade nicht so rund läuft, darum brauchst du mir auch gar nichts zu erklären! Komm einfach vorbei, und wir können ausgiebig quatschen wie in den guten, alten Zeiten und uns die Hucke vollsaufen, falls du darauf Bock hast. Du kannst hier ruhig die Sau rauslassen. Ich hole dich an der Connolly Station ab. Und du kannst natürlich bleiben, solange du willst. Meine Wohnung ist zwar nicht das Ritz, aber sie ist gemütlich."

Ich rufe den Zugfahrplan im Internet auf. Obwohl ich mich in letzter Zeit ans Ausschlafen gewöhnt habe, kann es nicht schaden, wenn ich zur Abwechslung einmal ein bisschen früher aufstehe, also entscheide ich mich für einen Zug, mit dem ich mittags in Dublin ankomme.

„Um viertel nach eins am Bahnhof – ist das okay für dich?"

„Perfekt. Das ist genau richtig. Wir werden jede Menge Spaß haben, Cousine. Es ist schon viel zu lange her!"

Ich verabschiede mich von Roisin und fahre danach meinen Laptop herunter. Mir schwirrt der Kopf von dieser ganzen Spontaneität – während des Studiums habe ich eher mal aus dem Bauch heraus gehandelt, aber die letzten paar Jahre mit Jeff waren zugegebenermaßen ein bisschen festgefahren und routinemäßig. Arbeiten, schlafen, arbeiten, schlafen, arbeiten, schlafen, und am Wochenende Verwandte besuchen oder durch die Läden bummeln, mehr habe ich nicht gemacht. Darum ist diese ganze Last-Minute-Entscheidung, mich auf die vermutlich vergebliche Suche nach einem Mann zu begeben, von dem ich nicht einmal weiß, ob er der Richtige ist, ein klein wenig fremd für mich, aber ich bin fest entschlossen, die Sache durchzuziehen und zu schauen, was dabei herauskommt.

Lucy Harte, mein liebes Mädchen, ich hoffe, du führst mich in die richtige Richtung.

KAPITEL 13

Ich bin schon immer gerne mit dem Zug gefahren. Vielleicht liegt es daran, dass ich nicht selbst fahren muss, vielleicht an der Gelegenheit, andere Leute zu beobachten, oder auch an dem puren Gefühl von Freiheit, das ich dabei empfinde. Es erinnert mich an Tagesausflüge, an Urlaube und an Fahrten zu großen Fußballspielen oder Konzerten in Dublin.

Außerdem ist das Schienennetz in Irland außerhalb der Hauptrouten zwischen den Großstädten nicht besonders gut ausgebaut, darum hat das Zugfahren immer ein bisschen den Reiz des Neuen für ein Mädchen vom Land wie mich.

Sitze im Zug. Bis später!, schreibe ich mit aufgeregt flatterndem Herzen an Roisin.

Beeil dich, ich kann es kaum erwarten!, antwortet sie.

Nachdem ich einen Platz mit einem Tisch ergattert habe, hole ich Lucys rotes Notizbuch heraus, aber statt ihre Gedanken und Träume zu lesen, starre ich einfach nur auf den Einband, dann schließe ich meine Augen und atme tief ein, um Lucy in meiner Nähe zu spüren.

Ich habe jetzt schon das Gefühl, dass mein Leben sich verändert, allein dadurch, dass ich in diesen Zug gestiegen bin, dass ich aus meiner Wohnung und aus Belfast herauskomme, selbst wenn es nur für ein oder zwei Tage ist.

Dann suche ich einen Kuli und mein eigenes Notizbuch heraus. Ich muss mich mit Lucy in Verbindung setzen. Ich muss meine Mission erklären.

Ich zögere und blicke mich um, während ich überlege, was ich eigentlich sagen möchte, aber dann fließen die Worte nur so aus mir heraus, und ich fange an zu schreiben.

Liebe Lucy,

ich hoffe, du bist jetzt bei mir. Mir gefällt der Gedanke, dass du von Zeit zu Zeit an meiner Seite bist.

Ich sitze gerade in einem Zug von Belfast nach Dublin, für den Fall, dass du noch nicht auf dem aktuellen Stand bist.

Weißt du, Lucy, ich bin in dieser verrückten Mission unterwegs, um den Jungen zu finden, den du vor so vielen Jahren im Urlaub kennengelernt hast – Tiernan Quinn, der Gitarrist, dein allererster Schwarm. Es war im Prinzip Simons Idee, dass ich deine To-do-Liste abarbeite, und ich hoffe, es macht dir nichts aus. Momentan befinde ich mich in einer wirklich merkwürdigen Phase meines Lebens. Simon denkt – und ich glaube das auch –, dass deine Liste mir helfen kann, mich neu zu orientieren und gleichzeitig etwas zu deinen Ehren zu tun.

Es ist ein bisschen bizarr, ich weiß.

Wenn du weitergelebt und nicht diesen tragischen Unfall gehabt hättest, wärst du als Erwachsene höchstwahrscheinlich nie auf die Idee gekommen, das zu tun. Vielleicht hättest du das Tagebuch sogar komplett vergessen. Zweifellos hättest du diesen Tiernan längst vergessen, aber ich will versuchen, ein paar von den Dingen zu tun, die du gerne getan hättest, mit dem

Ziel, in meinem Leben weiterzukommen, und auch mit dem Ziel, dich loszulassen.

Ich halte nun schon so lange an deiner Erinnerung fest, und obwohl ich dich nie vergessen werde, sollte ich wohl langsam mal herausfinden, was ich wirklich möchte, und es wahr machen, statt immer das Gefühl zu haben, nur halb am Leben zu sein, dir mein Leben zu schulden.

Ich hoffe, du verstehst das, und vielleicht kannst du mir in dieser Hinsicht helfen.

Es war nicht sehr schwer, alle Tiernan Quinns aus Galway aufzuspüren, und nach ein paar Nachforschungen im Internet führt mich meine Suche nun nach Dublin. Darum sitze ich hier in diesem Zug, und es wirkt jetzt schon befreiend auf mich.

Tatsächlich glaube ich, dass ich dem richtigen Tiernan Quinn auf der Spur bin. Die Macht der sozialen Netzwerke, was? Es ist ziemlich surreal, mir vorzustellen, dass du nicht mehr erlebt hast, wie wir heute einfach in das Leben von Fremden hineinschauen können, dass wir herausfinden können, wo sie sind und was sie für Pläne haben, wie sie aussehen und wo sie arbeiten, ohne dass sie überhaupt etwas davon mitbekommen. Ich wette, dir hätte das sehr gefallen.

Falls es mir gelingt, Tiernan zu treffen (er hat heute Abend einen Auftritt in einem Pub), werde ich natürlich ganz subtil vorgehen und versuchen, ihn anzusprechen, nur für dich. Wenn du ihn damals heiß fandest, bin ich mir ziemlich sicher, dass er es auch heute noch ist.

Leider werde ich ihn nicht küssen können, selbst wenn er heiß ist. Ich hoffe, du verstehst das. Höchstwahrscheinlich hat Tiernan eine Freundin oder sogar eine Frau, aber vor allem müsste er mich für verrückt halten, selbst wenn ich es ihm nur vorschlagen würde. Also fällt Küssen aus, aber ein Hallo ist definitiv drin!

Unabhängig davon, ob ich Tiernan finden werde oder nicht, möchte ich dir gerne dafür danken, dass du mich auf diese kleine Reise geführt hast, die ich nutzen kann, um Zeit mit meiner Cousine Roisin zu verbringen. Sie wird sich ganz sicher gut um mich kümmern, so wie immer, und mich ein wenig ablenken, was genau das ist, was ich im Moment brauche.

In den vergangenen zwei Wochen ist viel passiert, und ich glaube, ich stehe immer noch unter Schock. Wahrscheinlich werde ich bei diesem ganzen Unternehmen den Überblick verlieren, aber was soll's, ich habe ja nichts zu verlieren.

Bitte, Lucy, bleib bei mir. Bleib nur noch ein klein wenig länger an meiner Seite. Ich denke an dich bei jedem Schritt auf diesem Weg.

Deine Freundin
Maggie

Ich reiße die Seite aus meinem Notizbuch, falte sie zusammen und stecke sie hinten in Lucys Tagebuch. Danach lehne ich mich zurück, um mich zu entspannen und die herrliche irische Landschaft zu genießen.

Lucy

Herbst 1998

Heute feiere ich eine Party. Es ist niemand da, nur ich, und die Party findet in meinem Zimmer statt, aber ich höre schon den ganzen Abend laut Musik und tanze dazu, und es ist mir egal, dass Simon sauer auf mich ist und dass ich ihn vor seinen blöden Kumpels blamiere. Ich lasse besonders oft mein neues Lieblingslied laufen, Songbird *von Eva Cassidy, was Simon furchtbar nervt.*

Simon hat mich mit drei Ausdrücken beschimpft, seit ich von der Schule nach Hause gekommen bin:

5. Loser
6. Doppel-Loser
7. Freak

Er nannte mich einen Freak, weil ich beschlossen habe, Vegetarierin zu werden, und er hat mich ausgelacht, bloß weil ich, als Dad Pizza für uns bestellte, Anchovis haben wollte, aber ich habe mich einfach nur vertan.

Ich meinte Artischocken.

Artischocken und Anchovis klingt irgendwie ähnlich, und man kann die beiden Begriffe leicht verwechseln, wenn man zwei Brüder hat, die so tun, als würden sie vor Hunger sterben, wenn man sich nicht beeilt und rasch entscheidet, was man auf seiner Pizza haben möchte.

Ich habe alle in diesem Haus so satt. Mum ist wieder in ihrem Zimmer, und alles, was sie macht, ist, keinen Mucks von sich zu geben oder zu weinen. Marilyn schläft in letzter Zeit ständig bei uns, und Dad kommt und geht einfach und ist die ganze Zeit sehr traurig. Ich wünschte, wir könnten eine normale Familie sein, und dass ich nicht zur Brücke gehen müsste, um von allen wegzukommen.

Aber jetzt gerade wünsche ich mir, ich könnte weiter gehen als nur bis zur Brücke. Am liebsten würde ich ganz weit weg fahren und die anderen alleine weitermachen lassen, und dann könnte ich Vegetarierin sein, wenn ich eine sein will, und niemand würde es kümmern, wenn ich Anchovis statt Artischocken sage.

Also beachte ich die anderen jetzt nicht mehr. Ich lege einfach meine Musik auf und tanze, wenn sie mich nerven. Ich liebe das Tanzen. Ich bin zwar nicht besonders gut darin, aber es macht mich sehr glücklich.

Ich glaube, sonst gibt es keine Neuigkeiten, außer dass ich einen neuen Goldfisch habe und ein furchtbar schlechtes Gewissen, weil ich ihn überhaupt gekauft habe. Wenn ich *mir hier schon überflüssig und eingesperrt vorkomme, wie mag sich dann erst der arme Goldfisch fühlen? Er schwimmt einfach nur immer im Kreis herum, und ich habe ihm noch nicht einmal einen Namen gegeben. Es kann sein, dass er gar kein Er ist, sondern eine Sie, aber in jedem Fall langweilt er sich noch mehr als ich, und das will was heißen.*

Mehr habe ich heute nicht zu berichten, sorry (tut mir leid, Simon und Henry, wenn ihr das hier lest und den neuesten Klatsch und Tratsch erwartet habt).

Ich denke, ich werde einfach weitertanzen.

**To-do: Hör nie auf zu tanzen!*

Feiere Partys! Veranstalte eine umwerfende Dinnerparty!

Breite deine Flügel aus und flieg weit fort! Leb nicht in einem Goldfischglas!

Wir durchqueren mit hoher Geschwindigkeit die üppige Landschaft von Armagh und passieren schließlich die Grenze zur Republik Irland. Alles ist sehr grün und sehr hübsch. Draußen regnet es leicht, aber die Sonne blinzelt zwischen den Wolken hindurch, und ich lehne meinen Kopf an die Scheibe. Ich denke auf dieser kurzen Zugfahrt viel nach, während ich Lucys kostbares Tagebuch halte und durch das Fenster auf die flüchtigen Bilder von meinem Heimatland starre. Mein Herz füllt sich mit Abenteuerstimmung.

Ich muss weitertanzen. Ich muss reisen.

Ich muss Luft holen und im Moment leben. Ich muss aufhören, mich ständig damit zu befassen, was in meinem Leben bereits passiert ist, was noch passieren wird, was alles passieren kann oder was nicht. Diese Reise hier mag mich vielleicht nur hundert Meilen weit führen, aber sie ist ein Anfang, und ich werde richtig durchstarten, so wie Lucy es wollen würde. Ich verlasse das Goldfischglas. Ich breite meine Flügel aus. Ich werde Tiernan Quinn finden.

Ich kann nicht glauben, dass ich nach Tiernan Quinn suche – habe ich völlig den Verstand verloren?

Tiernan Quinn könnte alles Mögliche sein. Ein hysterischer Irrer oder ein durchgeknallter Junkie oder ein Serienmörder!

„Was in aller Welt wirst du zu ihm sagen?“, fragte Flo mich. So begeistert sie anfangs von meinen bevorstehenden Abenteuern in Lucy Hartes Namen auch war, ich weiß, dass sie sich mehr als nur ein bisschen Sorgen um mich macht.

„Ich weiß nicht, ob ich überhaupt etwas zu ihm sagen werde“, antwortete ich, und das ist die volle Wahrheit. Ich habe keinen Plan. Ich habe keine Ahnung, was ich hier tue. Ich ziehe diese Sache jetzt einfach durch und hoffe, dass etwas Gutes dabei herauskommt. „Ich erwarte nichts von diesem Mann, wirklich nichts. Lucy scheint ein temperamentvolles Mädchen gewesen zu sein, also lasse ich mich einfach treiben und schaue, wo mich das hinführt.“

Ich entdecke Roisin sofort, als der Zug in die berühmte Connolly Station einfährt, und springe auf, um möglichst schnell aus dem inzwischen überfüllten Waggon zu kommen und meine Cousine zu begrüßen.

Sie stürmt mir auf dem Bahnsteig entgegen, ihre pinken Haare wippen beim Laufen hin und her – sie sind länger, als ich sie in Erinnerung hatte, aber sie sagen alles über Roisins wunderbare Wandlungsfähigkeit. Sie hatte schon kurze Haare und lange, lockige, rasierte, blaue, schwarze, platinblonde und rote. Meine Mutter nennt sie ein Chamäleon. Mein Vater nennt sie eine Bekloppte.

„Mags, mein Gott, du bist ja nur noch Haut und Knochen!"

Roisin umarmt mich und mustert mich mit einer Mischung aus Neid und Sorge.

„Wirklich? Das ist keine Absicht", sage ich. Ist es wirklich nicht.

„Ah, die gute alte Scheidungsdiät", sagt Roisin. „Du brauchst eine ordentliche Mahlzeit, Fräulein. Hast du Hunger? Auf dem Weg zu meiner Wohnung liegt eine coole Sandwich-Bar."

„Ich habe unheimlich Durst auf ein Glas Wein, und dabei ist gerade einmal Mittag", erwidere ich. „Wahrscheinlich sollte ich lieber etwas essen. Oh, es ist so schön, dich wiederzusehen!"

Ich hake mich bei Roisin ein, und wir schlängeln uns durch die Menschenmassen in der Bahnhofshalle und gehen hinaus in die Sonne – der Regen ist noch nicht in Dublin angekommen –, wo Roisin sich eine Zigarette anzündet.

„Ich muss mit dem Scheiß aufhören", sagt sie, die Kippe im Mund. „Leider qualme ich leidenschaftlich gern. Keine Sorge, ich werde bei mir in der Wohnung darauf verzichten, solange du da bist. Ich weiß ja, wie empfindlich du bist."

„Mein Herz funktioniert tadellos", erinnere ich sie. „Das heißt, abgesehen davon, dass es in tausend kleine Stücke zerbrochen ist. Das Herz ist schon ein komisches altes Organ, wenn man berücksichtigt, wofür es alles verantwortlich ist."

„Oh, du armer Schatz", sagt Roisin mitfühlend. „Diese Oberschlampe Jeff hat eine Menge auf dem Gewissen.

Mum hat mir ein bisschen was über ihn und seine neue Trulla erzählt. Falls du dich auskotzen möchtest, ich gehöre die nächsten ein oder zwei Tage ganz dir. Du kannst dich an meiner Schulter ausweinen oder mich schlagen oder mir sogar voll eine reinhauen, wenn du das brauchst. Ich bin zu allem bereit. Du musst unbedingt ein bisschen Dampf ablassen, Süße."

Ich schiebe das Sandwich auf meinem Teller hin und her und versuche gelegentlich, daran zu knabbern, während ich mit Roisin die letzten Wochen und Monate in meinem Leben durchgehe.

Ihre Augen werden immer größer. „Dann willst du dir also heute Abend diese Madd Mollies in Temple Bar anschauen, um Lucys Wunschliste zu erfüllen? Maggie, das ist ja der Wahnsinn!"

„Du hältst bestimmt mich für die Verrückte und nicht die verrückten Mollies." Ich nippe an meinem Latte macchiato mit Haselnusssirup. Er ist von den Göttern gemacht, und der Zuckerschub ist genau das, was ich jetzt brauche. „Ich habe einfach das Gefühl, ich sollte es für Lucy tun. Auf ihrer Liste sind noch andere Dinge, die ich mir vorgenommen habe. Zum Beispiel werde ich nach Frankreich fahren, um die größte Brücke der Welt zu besichtigen, nur für sie. Klingt das ein bisschen gestört?"

„Ich finde, das klingt ganz wunderbar, und außerdem, sind wir nicht alle ein bisschen gestört?", erwidert Roisin. Sie macht gerade irgendeine Diät, die angeblich ihre Leber entgiften soll, und verzichtet dazu strikt auf Brot, weshalb auf ihrem Teller nur Couscous und Gemüse liegen. Sie sollte selbst mehr essen. „Ich finde die Idee irgendwie süß, und wenn es dich von Pillock dem Pimmel ablenkt, kann es nur gut sein."

Genau.

„Ich meine, wenn ich diesen Tiernan sehe, gut, wenn nicht, ist es auch nicht weiter schlimm", sage ich betont gleichgültig. „Es ist ja nicht so, als wäre ich hier, um ihn zu stalken oder so. Ich denke, er war einfach ein guter Vorwand, um mal eine Weile von allem wegzukommen, und natürlich, um dich zu sehen."

„Das war eine fabelhafte Idee", sagt Roisin. „Ich liebe Lucy Harte!"

Ich versuche wieder, einen Bissen von meinem Sandwich hinunterzubekommen. Es schmeckt richtig gut, aber ich bin immer noch zappelig und nervös, und das schlägt mir auf den Magen.

„Also", sage ich, „wenn wir heute Abend auf dieses Konzert gehen, würde ich vorher sehr gerne ein bisschen shoppen. Ich brauche dringend ein neues Outfit. Macht es dir was aus?"

Roisin zieht ein Gesicht, als würde sie lieber ihre eigenen Eingeweide fressen, als mir rund um die Grafton Street hinterherzulatschen.

„Ich wusste, dass du das sagen würdest ... Natürlich macht es mir nichts aus", sagt sie.

Ich stehe auf, bevor sie es sich anders überlegen kann.

„Na dann, gehen wir. Ich kauf dir auch was Hübsches. Schließlich komme ich nicht oft dazu, mit meiner Lieblingscousine rumzuhängen."

Ihre Augen leuchten auf. „Maggie, du brauchst mir

nichts zu kaufen", sagt sie dann schnell und greift nach ihrer Handtasche. „Neuerdings meide ich die Geschäfte eher. Ich kann keine großen Sprünge machen, solange ich arbeitslos bin. Das ist alles ziemlich scheiße."

So traurig habe ich Roisin noch nie gesehen. Sie war immer die Starke, die quirlige Powerfrau, die vor Lebendigkeit nur so strotzte. Obwohl sie das alles immer noch ausstrahlt, habe ich irgendwie den Eindruck, dass sie mich im Moment vielleicht genauso sehr braucht wie ich sie.

„Was ist schon ein neuer Fummel zwischen Cousinen?", sage ich und gehe zur Kasse, um das Essen zu bezahlen.

KAPITEL 14

Ein kleines Schwarzes (für Roisin) und einen verführerischen petrolblauen Jumpsuit (für mich) später, gefolgt von einem kleinen Snack in Roisins Wohnung, sind wir beide recht zufrieden mit uns, als wir uns mit dem Taxi auf den Weg in die Dubliner Innenstadt machen. Roisin hat mir die Haare zu einem sehr stylishen Messy Bun frisiert, der meinen Nacken hübsch zur Geltung bringt und gut zu meinem Jumpsuit passt, über den ich sehr, sehr glücklich bin.

Roisin sieht in ihrem kleinen Schwarzen flippig aus und ziemlich scharf.

„Ich wünschte, ich hätte auch pinke Haare", sage ich zu ihr. „Du siehst so cool aus und so anders, ich dagegen wirke stinknormal und unscheinbar."

Roisin durchbohrt mich mit ihrem Blick und lacht dann laut auf.

„Wenn *du* stinknormal bist, Maggie O'Hara, dann besteht für den Rest von uns keine Hoffnung! Du bist ein echter Hingucker, Cousine, also glaub gefälligst an dich selbst!"

Abgesehen davon, dass ich mir neben Roisin ein wenig schlicht vorkomme, fühle ich mich tatsächlich großartig. Ich bin aufgeregt wie ein Teenager, der seinen Lieblingsstar persönlich treffen darf. Es ist schon eine Weile her, dass ich mich aufgestylt und einen Mädelsabend gemacht habe. Vielleicht liegt es auch am Pinot und an Roisins Gesellschaft, aber ich lasse einfach alles auf mich zukommen, und wenn Jeff mir durch den Kopf spukt, spüre ich den Stich nicht mehr ganz so schlimm. An dem Spruch „Aus den Augen, aus dem Sinn“ scheint etwas dran zu sein.

Kurz darauf erreichen wir unser Ziel in Temple Bar, einen berühmten Pub namens *The Porterhouse*, und die neue Umgebung gibt mir sofort einen Kick. Ich kenne Belfast wie meine Westentasche, aber Dublin ist mir fremd, und es fühlt sich großartig an. Auf den Straßen herrscht reges Leben, es wimmelt von Touristen, ich höre alle möglichen Akzente und Sprachen, und die Luft pulsiert von der kosmopolitischen Atmosphäre. Roisin erklärt mir, dass Temple Bar vollkommen auf Touristen ausgerichtet sei, die aus der ganzen Welt kommen, um hier zu feiern.

„Mit anderen Worten, die Pubs wissen, wie sie die Getränkepreise gestalten müssen“, bemerkt sie kichernd und lässt sich nicht davon abhalten, den Taxifahrer zu bezahlen. „Die Happy Hour macht alles andere als happy, wenn man am nächsten Tag in sein Portemonnaie schaut!“

„Oh, solche Läden haben wir in Belfast auch“, sage ich. „Alles im Namen der Touristen. Aber jetzt sind wir schon mal hier, also lass uns den Abend genießen und so tun, als wären wir im Urlaub.“

Im Pub ist es warm und schon ziemlich voll. Laute Musik pumpt durch den langen, engen Innenraum, und wir bahnen uns einen Weg an die Theke. *Heute Abend live: The Madd Mollies* steht in farbiger Kreide auf einer großen schwarzen Tafel, die hinter der kleinen Bühne hängt, und ich bin stolz auf mich, dass ich hier bin und meine Reise in so kurzer Zeit wahr gemacht habe. Es ist toll, neue Orte zu besuchen, neue Gesichter zu sehen und vor allem, sich mit der Familie zu treffen. Ich sollte das öfter machen.

„Such dir einen Cocktail aus“, sage ich über die Musik hinweg zu Roisin, und sie sieht mich an wie ein Kind in einem Süßwarenladen. „Du hast die freie Wahl, Cousine. Wir machen das hier mit Stil!“

„Oooh, okay, ich bin dabei!“, ruft sie zurück und studiert die Cocktailkarte. „Ich weiß schon, was ich nehme. Ich mache einen auf kultiviert und trinke einen Cosmo. Sonst kann ich mir nie einen Cocktail leisten, also mach auch gleich ein Foto für meine Homepage!“

„Klar“, sage ich und bestelle Roisin ihren Cosmopolitan und für mich einen Strawberry Daiquiri. Mjam.

Ein italienisches Pärchen links von uns geht ziemlich zur Sache, rechts quetscht sich eine Gruppe französische Studenten neben uns, und wir werden immer weiter in Richtung Bühne geschoben. Was ein Segen ist, weil wir plötzlich fast ganz vorne stehen – der perfekte Platz zum Stalken.

Als die Band eine halbe Stunde später auf die Bühne kommt, sind Roisin und ich bei unserer zweiten Runde, und die Stimmung im Pub hat sich aufgeheizt.

Ich habe eine perfekte Sicht. Zuerst kommt der Drummer, der kurz ein paar Begrüßungstakte anstimmt, dann der Keyboarder. Der Dritte muss der Leadgitarrist sein, der ein bisschen wie ein eitler Pfau aussieht, und schließlich kommt auch der Sänger. Eine recht ansehnliche Gruppe, alle ein bisschen runtergekommen, aber ich finde diesen Haufen Mittdreißiger trotzdem ziemlich süß.

Der Frontmann muss Tiernan sein. Er steht lässig und selbstbewusst auf der Bühne in seinem weißen T-Shirt und der engen blauen Jeans, die Gitarre salopp umgehängt. Ein grauer Filzhut sitzt auf seinen struppigen, herausgewachsenen braunen Haaren, und er hat einen Dreitagebart. Als er seine Hände um das Mikrofon legt, rutscht sein T-Shirt ein Stück hoch und enthüllt einen sehr durchtrainierten und gebräunten Bauch. Der Mann weiß definitiv mit dem Publikum umzugehen. Er ist heiß, die Frauen lieben ihn, und er weiß es.

„*Céad Míle Fáilte go Dublin!*", sagt er mit tiefer Stimme ins Mikrofon, und das genügt, um eine Gruppe von Studentinnen, die wie echte Groupies aussehen, in wilde Aufregung zu versetzen.

Als Teenager habe ich oft davon geträumt, die Frontfrau einer Band zu sein – einer richtigen Mädchenband, die ihre Instrumente selber spielt, so wie die Bangles. Ich konnte immer eine Melodie halten, und ich hatte schon früh Gitarren- und Klavierunterricht und experimentierte mit eigenen Kompositionen herum, am liebsten, wenn meine Eltern und mein Bruder draußen auf der Farm beschäftigt waren. Das bereue ich wirklich – dass ich nicht weiter Musik gemacht und meine eigenen Songs geschrieben habe. Mein Vater sagte immer, dass es einen um die ganze Welt führen kann, wenn man ein Instrument beherrscht, und nun weiß ich, dass er damit recht hatte.

„Wie findest du den Sänger?", fragt Roisin mich und nickt in Richtung Bühne. „Echt heiß, der Typ! Meinst du, er ist derjenige, den du suchst?"

Ich zucke mit den Achseln und bewege mich weiter zur Musik. Unwillkürlich muss ich an Lucy denken. Ich tanze gerade, und es war mir nicht einmal bewusst.

„Er sieht jedenfalls genau so aus, wie ich ihn mir vorgestellt habe", antworte ich. „Wie ein richtiger Bad Boy und Rockstar, und das gefällt mir! Anscheinend hat er sich schließlich doch noch ein paar echte Tattoos machen lassen."

Unabhängig davon, ob Tiernan Quinn nun derjenige ist, in den Lucy Harte sich als unschuldiges Kind verliebte, verkörpert er genau den Typ Mann, auf den ich insgeheim stehe – ohne dass ich jemals den Mut aufbringen würde, solche Männer anzusprechen. Er ist das genaue Gegenteil von Jeff, der mir im Vergleich jetzt schon grau und langweilig erscheint. Ja, Tiernan ist der Typ Mann, den die junge Maggie O'Hara angeschmachtet hätte, aber gilt das auch für die Maggie von heute?

Wer weiß?

Die Madd Mollies spielen einen Hit aus dem Celtic-Folk-Rock-Repertoire nach dem anderen, und das ganze Publikum hüpft und singt mit. *Dirty Old Town*, *Whiskey in the Jar* – lauter Klassiker, die beim internationalen Publikum sehr gut ankommen.

Roisin kriegt vom Konzert allerdings kaum etwas mit, weil sie in der nächsten halben Stunde mindestens dreimal angequatscht wird, während ich von der Männerwelt total ignoriert werde, vielleicht weil ich meine Augen nicht von der Bühne abwende.

„Man könnte meinen, ich wäre für die Männer neuerdings unsichtbar", bemerke ich spöttisch, aber um ehrlich zu sein, bin ich froh, dass ich einfach hier stehen und die Musik genießen kann, während der Alkohol warm durch meine Adern strömt. Endlich fange ich an, mich richtig zu entspannen. Ich hatte ganz vergessen, wie gern ich auf Livekonzerte gehe. In letzter Zeit war ich abends immer viel zu müde, um mehr als ein Essen und ein paar Drinks zu schaffen.

„Ich bin mir sicher, du könntest viel männliche Aufmerksamkeit bekommen, wenn du wolltest“, sagt Roisin in aufrichtigem Ton. „Dein Ego könnte mal wieder ein paar Streicheleinheiten vertragen. Ein paar Komplimente vom anderen Geschlecht würden dir sicher verdammt guttun.“

Sie schenkt mir ein Zwinkern und ein vielsagendes Lächeln.

„Nein, danke“, lehne ich entschieden ab. „Aber du kannst ruhig weiter herumschäkern, Flirty Gertie ...“

Die Madd Mollies beenden ihren Auftritt mit *Teenage Kicks*, dem Punk-Rock-Klassiker von den Undertones, und verlassen anschließend unter begeistertem Applaus die Bühne.

„Tolles Konzert“, sage ich zu Roisin, aber während der Applaus verklingt und die Menge sich zerstreut, um nach draußen zu gehen oder an die Bar, frage ich mich, ob es das nun wirklich war mit der großen Jagd nach Tiernan Quinn. War das alles, was ich von ihm zu sehen bekomme? Aber was habe ich anderes erwartet? Autogramme? Fotos? Beste Freunde fürs Leben? Ich weiß selbst nicht genau, warum ich mich ein wenig leer fühle, jetzt, wo der Auftritt vorüber ist.

Roisin liest offenbar meine Gedanken. „Willst du ihn suchen?“, fragt sie. „Du kannst doch jetzt nicht einfach so gehen.“

„Hm“, sage ich unentschlossen. „Was denkst du?“

„Du solltest wenigstens versuchen, mit ihm zu reden.“ Roisin tanzt beim Sprechen weiter.

„Ich glaube, er ist schon weg, aber lass uns noch eine Runde bestellen, und ich halte die Augen offen“, schlage ich vor. „Einerseits denke ich, dass ich es einfach abhaken sollte, aber gleichzeitig habe ich das Gefühl, als hätte ich nicht wirklich viel für Lucy getan. Wir werden ja sehen …“

Ein DJ hat die musikalische Unterhaltung übernommen. Ich bestelle uns zwei Gin Tonic, und wir finden einen freien Tisch mit zwei hohen Barhockern, was optimal ist, um die Menge abzusuchen. Nach dem Konzert hat sie sich ein wenig gelichtet, aber ich kann Tiernan und seine Madd Mollies nirgends entdecken.

„Oh, sieh mal, da drüben sind sie!“, sagt Roisin und deutet mit dem Kopf in die Richtung, wo die vier Musiker vergeblich versuchen, unbemerkt an einer Gruppe von Frauen vorbeizugehen, die einen Junggesellinnenabschied feiern. Roisin und ich müssen lachen, als sie von den betrunkenen Schottinnen umringt werden – inklusive einer ziemlich feurigen Verlobten, die definitiv das Beste aus ihrem letzten Abend in Freiheit herausholt.

„Ach, ich glaube, ich lasse das mit Tiernan lieber sein“, sage ich und nehme einen großen Schluck Gin Tonic. „Er hat offensichtlich schon genug am Hals.“

„Du kannst doch jetzt nicht einfach kneifen!“, ruft Roisin empört. „Denk an Lucy, denk daran, dass Tiernan ihr großer Schwarm war! Du könntest wenigstens versuchen, die Sache zu Ende zu bringen, und herausfinden, ob er der

Richtige ist. Mach schon! Geh zu ihm und red mit ihm! Er steht jetzt mit dem Drummer an der Bar. Na los!“

Ich schüttele den Kopf, während ich Tiernan und seinen Kumpel beobachte, die den Schottinnen entkommen sind. Beide haben sich umgezogen, Tiernan trägt nun einen grauen Blazer und dazu einen leichten Schal. Er macht einen ernsthaften Eindruck, und es ist völlig ausgeschlossen, dass ich zu ihm gehe und ihn auf einen alten Familienurlaub anquatsche, an den er wahrscheinlich gar keine Erinnerung mehr hat.

„Ich glaube nicht, dass Tiernan sich über mangelnde weibliche Aufmerksamkeit beklagen kann. Er würde mich für eine Verrückte halten, die unter einem Vorwand versucht, sich an ihn ranzumachen“, erkläre ich Roisin. „Und ich habe keine Lust, einem wildfremden Menschen zu erzählen, dass ich mit einem Spenderherz lebe. Und vielleicht ist er ja auch gar nicht der Richtige.“

Ich habe kalte Füße bekommen, und ich fange an, mich selbst zu bemitleiden, aber Roisin will nichts davon wissen.

„Du bist so eine Spaßbremse“, spottet sie und seufzt. „Ich verlange ja nicht von dir, dass du ihn anbaggerst. Aber du bist aus einem ganz bestimmten Grund hier. Jetzt gibt es kein Zurück mehr, Maggie!“

„Ich kann nicht …“

Wir schauen zur Theke, wo Tiernan seinen Bewunderinnen weiter den Rücken zukehrt. Ich werde mich ganz sicher nicht wie ein Groupie verhalten und mich so behandeln lassen. Ausgeschlossen.

„Ich gehe an die Bar“, sagt Roisin und lässt sich von ihrem Hocker gleiten. „Noch mal dasselbe?“

„Wow, Speedy Gonzales, hast du deinen Gin Tonic auf ex getrunken?"

Mein Blick fällt auf ihr leeres Glas, das zu ihren glasigen Augen passt.

„Jup. Und jetzt schau gut zu und lerne, Cousine."

Roisin geht an die Theke und stellt sich direkt neben Tiernan und den Drummer. Man merkt, dass sie eine ausgebildete Schauspielerin ist, weil sie nicht die geringsten Hemmungen hat. Sie zwirbelt ihre Haarspitzen, blickt sich beiläufig an der Theke um und dreht schließlich ihren Kopf zu den beiden, die natürlich prompt auf sie aufmerksam werden.

Tiernan sagt etwas zu ihr, und sie wirft den Kopf mit einem mädchenhaften Lachen in den Nacken. Junge, kann die flirten! Der andere Typ scheint auch hingerissen zu sein. Roisin plaudert mit ihnen, als würden sie sich schon eine Ewigkeit kennen. Alle drei schauen zu mir herüber und winken, und ich schwöre, mein Gesicht nimmt schlagartig die Farbe von Rote Bete an. So viel dazu, mir Mut anzutrinken. Ich zittere wie ein kleines Reh.

Roisin nimmt ihre Bestellung entgegen, gibt den Jungs jeweils ein großes Glas Guinness, schnappt sich dann unsere Gin Tonics und kommt zurück an unseren Tisch, wo ich wie ein Mauerblümchen dasitze, verglichen mit Ihrer Königlichen Spritzigkeit.

„Das war gar nicht so schwer", sagt sie und stellt unsere Gläser auf den Tisch. Ich nehme mir eins davon und trinke gierig, als wäre ich tagelang in der Sahara gewesen.

„Was in aller Welt war da los? Hast du den beiden einen Drink ausgegeben?"

„O ja, und ich werde es morgen beim Kassensturz bitterlich bereuen. Aber wenn es deine kleine Mission ins Rollen bringt, ist das Geld gut investiert, meine Liebe."

„Du bist der absolute Hammer", sage ich.

„Und du bist ein absoluter Angsthase", erwidert sie. „Das sind nur zwei Typen. Na gut, zwei ziemlich scharfe Typen, aber trotzdem sind sie auch nur Menschen wie du und ich. Sie beißen nicht. Zumindest glaube ich, dass sie nicht beißen. Allerdings hätte ich gar nichts dagegen …"

Tiernan und der Drummer schauen ständig in unsere Richtung, und ich werde jedes Mal ertappt, wenn ich zu ihnen hinübersehe. Mittlerweile haben sich auch die anderen beiden Bandmitglieder aus den Fängen der betrunkenen Schottinnen befreit und gesellen sich zu ihren Kumpels an die Bar.

„Was hast du zu ihnen gesagt?", frage ich Roisin und drehe mich zu ihr, sodass ich die Theke nicht mehr im Blick habe.

„Es ist nicht wichtig, was ich zu ihnen gesagt habe, sondern was sie zu mir gesagt haben", erwidert sie mit einem selbstbewussten Lächeln. „Er hat mich zuerst angesprochen."

Ich habe keine Ahnung, warum, aber ich bin leicht eifersüchtig.

„Und, wirst du mir erzählen, was er zu dir gesagt hat, oder ist das ein Geheimnis?"

„Es ist ein Geheimnis!", flüstert sie, und ihr Blick wandert zu Tiernan hinüber und dann wieder zurück zu mir. „Das war ein Witz, du Schaf! Ich habe ihn irgendwas Dummes gefragt, nach der Uhrzeit oder so, und er hat mich angesehen, als würde ich Chinesisch sprechen. Dann hat er mich darauf aufmerksam gemacht, dass hinten aus meinem Kleid das Etikett herausschauen würde. Ich habe herzlich gelacht und ihm gesagt, dass du das gleich in Ordnung bringen würdest, und dann habe ich den beiden ein Bier spendiert, um mich zu bedanken. Also, kannst du dich bitte um das verdammte Etikett kümmern, damit ich nicht länger als wandelnde Reklame für New Look rumlaufe?"

Ich lache und richte das Etikett hinten an ihrem Kleid, und als ich fertig bin und den Kopf hebe, sehe ich, dass Tiernan und Co. direkt vor unserem Tisch stehen. O fuck.

„Hi", sagt er und zieht einen Barhocker unter dem Tisch hervor. „Uns ist aufgefallen, dass ihr beiden immer zu uns herüberschaut, also dachten wir uns, wir machen es euch ein bisschen leichter."

Ich stehe unter Schock. Meine Stimme ist weg.

„Eigentlich haben wir auf die Uhr hinter der Theke geschaut", erwidert Roisin, während sie Tiernan unter ihren langen Wimpern hindurch ansieht. „Du erinnerst dich, dass ich dich nach der Uhrzeit gefragt habe?"

Tiernan wirkt ein wenig enttäuscht und dreht sich zu der unsichtbaren Uhr um.

„Ich habe dir gleich gesagt, dass die nicht uns meinen", sagt der Leadgitarrist. „Wäre ja auch zu schön gewesen."

„Nun, dann möchten wir euch wenigstens zu einem Drink einladen", sagt Tiernan, als ihm klar geworden ist, dass es keine Uhr gibt, und seine dunkelbraunen Augen richten sich wieder auf Roisin. „Schließlich hast du dich vorhin auch nicht lumpen lassen. Noch mal dasselbe?"

Wir nicken, und Tiernan macht sich auf den Weg. Als er die Theke erreicht, wirft er einen kurzen Blick zurück, aber ich kann nicht sagen, ob er mich ansieht oder Roisin oder einfach nur unsere Runde allgemein.

„Ich glaube, er mag dich“, raune ich Roisin zu, während der Drummer sich zu uns setzt.

„Ich bin Jack“, sagt er und streckt zuerst mir seine Hand entgegen, dann Roisin. Wir geben ihm beide die Hand und nennen höflich unsere Namen.

„Junge, was sind wir hier alle förmlich“, sagt Mr. Leadgitarre und stützt sich mit den Händen auf unseren Tisch. „Ich bin Connor, und das ist Mick, aber er redet nicht viel. Er lässt lieber die Musik für sich sprechen, stimmt's, Kumpel?“

Mick, der Keyboarder, nickt und bleibt hinter Connor stehen. Er macht ein Gesicht, als würden wir ihn beißen, wenn er näher käme.

„Und euer Freund an der Bar?“, fragt Roisin. „Hat der auch einen Namen?“

„Er hat alle möglichen Namen“, erwidert Connor und leckt den cremigen Guinness-Schaum von seinen Lippen. „Er reagiert auch auf die meisten davon, aber seine Mutter nennt ihn Tiernan.“

„Tiernan“, sagt Roisin. „Okay ...“

Ach du heilige Scheiße. Dann ist er es also! Na ja, zumindest hat er den richtigen Vornamen ... Roisin sieht mich an, und ich weiß, dass sie vor Begeisterung am liebsten losklatschen würde wie eine Robbe.

Die Jungs wechseln verwirrte Blicke, als Tiernan nichtsahnend mit unseren Getränken zurückkehrt.

„Habe ich was verpasst?", fragt er und nimmt wieder Platz, nur dass er sich dieses Mal direkt neben mich setzt. Er legt seine Arme auf den Tisch, und mein Blick wandert automatisch dorthin. Ich habe eine Schwäche für Arme. Die Ärmel seiner Jacke sind hochgekrempelt, er trägt eine hübsche braune Lederuhr und hat kräftige Hände und gebräunte muskulöse Unterarme. Und er riecht so gut …

„Wir haben nur höflich unsere Namen ausgetauscht", sagt Jack. „Das ist Maggie, und das ist Roisin."

Ich habe immer noch kaum etwas gesagt. Ich versuche gerade zu verarbeiten, dass es sich hier höchstwahrscheinlich um den richtigen Tiernan Quinn handelt. Er sitzt dicht neben mir, und der Moschusduft seines Eau de Cologne, gemischt mit einer minimalen Portion Schweiß, macht mich ganz benommen. Sein Arm streift meinen, und ich schaudere. Ich glaube, ich falle gleich von meinem Barhocker. Tiernan hat definitiv das Charisma eines Bandleaders, und ich ermahne mich selbst, dass er nicht Bono ist oder Chris Martin, sondern nur ein Kerl aus der irischen Provinz, der in Dubliner Kneipen und Clubs auftritt und der wahrscheinlich einige Kerben in seinem Bettpfosten vorweisen kann, weil manche Frauen ihn eben doch für Bono oder Chris Martin halten. Ich werde nicht zu diesen Frauen gehören.

„Woher kommst du, Maggie?", fragt er mich. Er blickt mir direkt in die Augen. O Gott. Er hat Augen wie Bradley Cooper. Er ist wirklich absolut umwerfend. Lucy Harte, du hattest einen guten Geschmack! Ich bin ganz hin und weg.

ÖBB Personenverkehr AG **VOR: Einzelfahrt**

VOR DER VERKEHRSVERBUND

AuftragNr: 4731 1640 6480 7474

gültig So, 31. Mär 2019 um 10:25 für eine Einzelfahrt in eine Richtung ohne Unterbrechung. Umsteigen erlaubt. Für die gewählte Strecke zum einmaligen Fahrtantritt innerhalb von 2 Stunden.

Wien Kernzonengrenze

Wiener Neustadt

0199-0000-0000-3004

1 x Erwachsener

2. Klasse

€ 9,20 inkl. 10% Steuerbetrag € 0,84

POS.

2355814722|1003-76-110132|4731 1911 2481 9585|20190331/10:19

2 **35581 4722**

© CIT 2012
AT1181HAL

Str. K1-002EL FAA
142061/11/18

Es gelten die Tarifbestimmungen des genutzten Verkehrsunternehmens, bei Verbund-Tickets die des jeweiligen Verkehrsverbundes. ÖBB Tarifbestimmungen sowie Infos zu Fahrgastrechten sind unter **oebb.at** und bei ÖBB Verkaufsstellen einsehbar. Informationen dazu erhalten Sie auch beim ÖBB Kundenservice 05-1717. Bitte bewahren Sie ihr Ticket bis zum Verlassen der Ausstiegsstation sorgfältig auf.

2 **35581 4723**

© CIT 2012
AT1181HAL

Str. K1-002EL FAA
142061/11/18

Es gelten die Tarifbestimmungen des genutzten Verkehrsunternehmens, bei Verbund-Tickets die des jeweiligen Verkehrsverbundes. ÖBB Tarifbestimmungen sowie Infos zu Fahrgastrechten sind unter **oebb.at** und bei ÖBB Verkaufsstellen einsehbar. Informationen dazu erhalten Sie auch beim ÖBB Kundenservice 05-1717. Bitte bewahren Sie ihr Ticket bis zum Verlassen der Ausstiegsstation sorgfältig auf.

„A-Aus B-Belfast“, stammele ich, während ich meine Beine unter dem Tisch übereinanderschlage. Ich bin es überhaupt nicht mehr gewohnt, diese Art von Unterhaltung zu führen, und ich muss ein paarmal gründlich durchatmen. Roisin stupst mich ständig an. Ich werde sie töten.

„Cool“, sagt Tiernan. „Ein Mädchen aus dem Norden. Netter Akzent.“

Er lächelt und nimmt einen Schluck aus seinem Glas. Er ist höllisch sexy. Fuck.

„Danke“, sage ich, und in meinem Kopf macht sich Leere breit. Ich weiß nicht, was ich sagen soll. „Du kannst wirklich gut singen.“

Allmächtiger.

„Danke“, sagt er. „Und du kannst wirklich gut tanzen.“

Ich erröte. O nein. Er hat gesehen, wie ich euphorisch herumzappelte.

„Ich kenne viele von euren Songs auswendig“, sage ich, und mein Herzklopfen lässt nun ein wenig nach. Ich nehme einen Schluck von meinem Drink.

„Ja, du kannst nicht nur richtig gut tanzen, sondern auch richtig gut singen. Du hast oft mitgesungen, ist mir aufgefallen.“

Shit.

„Ich habe früher mal eigene Songs geschrieben.“

Scheiße, was rede ich da?

Tiernan nickt und lächelt. „Ich auch. Tatsächlich mache ich das heute noch ziemlich oft.“

Ich schlucke. Ich schlucke noch einmal. „Cool.“

Ich klinge wie ein vierzehnjähriges Groupie. Ich muss mich zusammenreißen.

„Und, Maggie, wie ist Belfast?", fragt Jack, der sich anscheinend ein wenig ausgeschlossen fühlt. Connor quetscht gerade Roisin aus, und Mick ist einfach Mick und sagt nichts.

„Belfast ist eine tolle Stadt", antworte ich mit einem winzigen Schnipsel neuem Selbstbewusstsein. „Warst du schon mal da?"

Jack schüttelt bedauernd den Kopf.

„Ich war oft in Belfast", sagt Tiernan. „Ich liebe diese Stadt. Früher, mit meiner alten Band, habe ich dort jeden Mittwoch und Donnerstag gespielt, aber seit ich mich diesem bunten Haufen hier angeschlossen habe, komme ich nur noch selten dorthin."

„Ach, dann bist du neu in der Band?", fragt Roisin, die sich offensichtlich auf zwei Unterhaltungen gleichzeitig konzentrieren kann, und stupst mich wieder an. Sie ist so was von tot, wenn sie damit nicht sofort aufhört. Es nervt, und außerdem ist Tiernan nicht blind!

„Nicht mehr", sagt er. „Ich bin schon seit ein paar Jahren dabei, aber früher habe ich hauptsächlich traditionelle irische Musik und Folk gemacht, darum tue ich mich mit den rockigen Sachen heute noch ein bisschen schwer. Hat man das gemerkt?"

Roisin und ich schütteln beide den Kopf.

„Gott, nein, du bist als Rocker sehr überzeugend", sagt Roisin, und als ich den Kopf zu ihr drehe, klimpert sie gerade mit den Wimpern, wie schon den ganzen Abend, wenn sie sich mit Männern unterhält. Dieses Mal stupse ich sie an.

Was tue ich hier?

Tiernan schenkt ihr ein freundliches Lächeln und wendet sich dann wieder mir zu.

„Was für eine Art von Songs hast du geschrieben, Maggie? Ich würde sehr gerne was von deiner Musik hören."

Sein Arm streift meinen erneut. Ganz leicht, ganz subtil, aber es ist eine Berührung, und er schaut mich wieder auf diese nette, lächelnde, eindringliche Art an.

O mein Gott, bitte nicht, würde ich am liebsten zu ihm sagen. *Bitte, sieh mich nicht so an, sei nicht so nett zu mir. Bitte, streif nicht wieder meinen Arm. Ich bin eine verheiratete Frau. Na ja, nein, ich war eine verheiratete Frau. Eigentlich bin ich Single! Also gut, du darfst es wieder tun, bitte, tu es noch einmal. Ich bin Single. Glaube ich jedenfalls …*

„Ich denke, es wäre eine Strafe für dich, wenn ich dich meine alten Songs hören lasse", sage ich zu ihm und rühre schüchtern mit dem Strohhalm in meinem Glas. „Ich war damals erst zwölf und lebte auf einem Bauernhof. Das Material taugt wohl kaum für einen Grammy."

Ich lebte auf einem Bauernhof? Jemand sollte mich mundtot machen.

„Ich komme auch von einem Bauernhof", sagt Tiernan. „Und Connor ebenso. In unserem Herzen sind wir alle Landburschen, nicht wahr, Jungs?"

Ich bin froh, dass er seine Freunde in das Gespräch einbezieht. Es könnte natürlich Einbildung sein, aber für einen Moment ist es hier ziemlich heiß geworden.

„Ja, wir sind alle aus der Provinz. Welches Instrument spielst du, Maggie?", fragt Connor. Wie Roisin scheint auch er die Fähigkeit zu haben, allen Gesprächen gleichzeitig zu folgen.

„Gitarre und Klavier, aber das ist lange her“, sage ich. „Allerdings wurde ich vor Kurzem herausgefordert, meine Gitarrenkenntnisse aufzufrischen, also muss ich wohl demnächst die Spinnweben entfernen und mich in die Sache reinknien. Ich freue mich schon darauf.“

Ich muss an Lucy denken und frage mich, ob sie das alles mitbekommt. Sie wäre bestimmt ziemlich beeindruckt. Er muss der richtige Tiernan sein! Am liebsten würde ich ihn fragen. Aber das kann ich nicht. Tut mir leid, Lucy.

„Was genau willst du auf der Gitarre spielen?“, fragt Tiernan.

„Ich weiß es noch nicht“, antworte ich, betont desinteressiert. Mir ist schleierhaft, warum ich das Thema überhaupt erwähnt habe. Ich will nicht über Lucy und ihre Liste sprechen. Ich will, dass Tiernans Arm mich streift. Mir dreht sich der Kopf. Ich will nicht an Lucy denken. Ich will mich in Tiernan Quinn verlieren. Er ist verdammt umwerfend.

O Lucy, tut mir leid, wenn ich das hier falsch mache, sage ich stumm. *Ich bin wahnsinnig nervös, aber bei Gott, du hattest wirklich einen guten Geschmack!*

Roisin fängt meinen Blick auf und nickt anerkennend. Sie findet Tiernan auch gut. Ob er nun Lucys Tiernan ist oder nicht, ich mag ihn. Sehr.

Mein Handy, das vor mir auf dem Tisch liegt, leuchtet auf, als eine SMS ankommt. Ich vermute, dass sie von Simon ist, der bestimmt darauf brennt, zu erfahren, wie ich mit meiner Mission vorankomme, und ich werfe einen kurzen Blick auf das Display, aber die Nachricht ist nicht von ihm.

Sie ist von meinem Bruder. Was zum Teufel will der denn schon wieder?

„Dein Freund?“, fragt Tiernan neugierig. Das gefällt mir irgendwie …

„Ich habe keinen Freund“, sage ich. Ich will gerade hinzufügen, dass ich einen Ehemann habe, aber dann fällt mir wieder ein, dass das nicht mehr stimmt.

Tiernan lächelt bei meiner Antwort, und in meinem Bauch regt sich ein Gefühl, das ich schon lange nicht mehr gespürt habe, ein überraschendes Flattern. Gott, ich fühle mich zu diesem Fremden hingezogen. Ist das überhaupt möglich?

Es ist Lust, es ist Lust, es ist Lust, es ist so genial.

„Macht deine Freundin auch Musik?“, frage ich Tiernan.

„Ich habe keine Freundin“, antwortet er und lächelt mich wieder an. Das Karussell in meinem Bauch dreht sich weiter.

Ich spüre, dass Roisins Atemzüge neben mir immer schneller werden, als würde sie gleich hyperventilieren. Sie lässt sich kein Wort unserer Unterhaltung entgehen.

„Vielleicht kann Maggie sich ja bei dir melden, wenn sie Gitarrenstunden braucht“, sagt sie zu Tiernan mit einem sehr offensichtlichen Augenzwinkern.

„Ja, oder bei mir“, sagt Connor, und die anderen Jungs lachen, aber es kommt mir vor, als wäre um Tiernan und mich eine Blase, und alles außerhalb davon dringt kaum zu mir durch. „Wir haben Tiernan wegen seines gottgegebenen Sex-Appeals in die Band geholt, nicht wegen seiner Gitarrenriffs. Wenn du also auf richtigen Unterricht aus bist …“

Darauf bin ich nicht aus … Ich versuche, meine Augen von Tiernan abzuwenden. Es klappt einfach nicht.

„Nimm dich in Acht!“, sagt Tiernan zu Connor, und seine Hand senkt sich langsam auf meine. „Ich will derjenige sein, der ihr zeigt, wie man richtig … spielt.“

Ich werfe einen kurzen Blick auf Roisin. Sie sieht aus, als würde sie gebannt einen Film verfolgen. Sie genießt das hier. Ich auch.

Zurück zu Tiernan. Seine Hand liegt immer noch auf meiner. Es fühlt sich gut an. Dann sehe ich Jeffs Gesicht. Ich höre seine Stimme. Nein, nein, das hier fühlt sich falsch an. Ich sollte es nicht tun. Ich bin nicht bereit dafür. Ich muss gehen. Ich ziehe meine Hand weg.

„Ich … wir sollten jetzt wirklich gehen“, sage ich, und alle sehen mich an, als wäre mir gerade ein zweiter Kopf gewachsen.

„Was? Wo wollt ihr hin?“, fragt Tiernan. „Ach nein, verlass mich nicht jetzt schon!“

Mein Blick wandert zu Roisin, die nur langsam aus ihrer Benommenheit aufwacht und ins echte Leben zurückkehrt.

„Was? Gehen? Jetzt?“, sagt sie. „Ist das dein Ernst?“

„Ja, das ist mein Ernst. Und ja, jetzt.“ Ich nehme meine Handtasche und meine Jacke, dann flüstere ich Roisin ins Ohr: „Ich kann das nicht. Ich muss hier raus.“

Roisin steht auf und sammelt ihre Sachen ein.

„Okay … tja, tschüs, Jungs“, sagt sie stockend. „Es war toll, euch kennenzulernen. Danke für die Drinks und für äh … die Songs. Macht’s gut. Bis bald … hoffe ich.“

Sie kommt zu mir und hakt sich bei mir ein.

„Tschüs, Roisin, tschüs, Maggie", murmeln die vier, und ich gehe rasch voraus in Richtung Ausgang, mein ganzer Körper steht immer noch unter Strom.

Roisin folgt mir hinaus in die kühle Nacht. Ihre Absätze klappern auf dem Asphalt, als wir am Straßenrand entlanggehen, um das nächste freie Taxi anzuhalten.

„Maggie, könntest du mal ein bisschen langsamer machen? Ich würde gerne mit dir darüber reden, was da drinnen gerade passiert ist. Magst du Tiernan nicht? Es lief doch super!"

„Gehe ich zu schnell? Du kannst ruhig reden", sage ich und marschiere weiter. „Ich habe keine Ahnung, was da drinnen gerade passiert ist oder was zum Teufel ich mir dabei gedacht habe. Ich bin eine verheiratete Frau."

„Stopp!", sagt Roisin. „Würdest du bitte einfach mal kurz stehen bleiben?"

Also bleibe ich stehen.

„Was ist?"

„Du bist keine verheiratete Frau mehr", erklärt sie mir. „Dein Mann hat dich vor Monaten für eine Jüngere verlassen, und die bekommt nun ein Baby von ihm."

Autsch!

„Und darum, Maggie O'Hara, ist es verdammt noch mal dein gutes Recht, dich mit diesem schönen Mann da drinnen zu amüsieren, wenn du Lust darauf hast. Hörst du mich?"

Ja, ich höre sie.

„Aber ich fühle mich so –"

„So was? Sag jetzt bloß nicht schuldig!", droht sie mir. „Tiernan hat dich angehimmelt, als wärst du eine Art Disney-Prinzessin, und du fandest ihn auch gut. Und dann stehst du einfach auf und haust ab! Das war echt dämlich!"

„Sei nicht so dramatisch, Roisin", sage ich, aber ich weiß genau, was sie meint. Ich bin dämlich. Jeff gehört nicht mehr zu meinem Leben. Ich bin superdämlich.

Ich hole tief Luft und winke dann ein Taxi heran.

„Vielleicht bin ich ja eine Disney-Prinzessin", sage ich spöttisch. „Oder vielleicht sind wir betrunkener, als wir denken. Vielleicht war in diesen Cocktails oder in dem Gin ein magischer Zauber. Vielleicht habe ich auch einfach nur Schiss bekommen, okay?"

„Dann geh wieder rein!", sagt Roisin und zeigt mit ausgestrecktem Arm auf den Pub. Ich fange an zu lachen, als ich plötzlich einen Flashback habe, wie sie früher, als wir noch klein waren, immer versucht hat, mich herumzukommandieren. „Lass uns wieder reingehen und die Nacht durchfeiern und uns richtig besaufen. Mit den Jungs. Du, mit ihm."

„Nein", sage ich. „Ich will mich nicht besaufen. Ich habe mich die ganzen letzten Monate besoffen, und es hilft nicht. Ich weiß nicht, was ich machen soll oder in welche Richtung ich gehen soll."

„O Maggie", seufzt Roisin. „Was soll ich bloß sagen?"

Aber sie braucht nichts zu sagen, denn in diesem Moment kommt hinter ihr Tiernan aus dem Pub und steuert direkt auf uns zu.

O Gott. Hilf mir.

„Maggie?", sagt er.

Er ist ein kleines bisschen außer Atem. Er ist ein großes bisschen umwerfend. Ich bin ein riesiges bisschen gezwungen, das hier verdammt noch mal einfach durchzuziehen.

„Hör zu, es tut mir leid, dass ich so schnell verschwunden bin. Es ist schon eine Weile her, dass ich abends aus war, und ich bin einfach etwas –“

„Sch“, sagt er, und er lächelt, und ich schmelze innerlich. Ich bin eine dumme Kuh. Er ist ein netter Kerl. „Du brauchst mir nichts zu erklären. Wir können noch einmal von vorn anfangen. Ich bin Tiernan. Tiernan Quinn.“

Er streckt mir seine Hand entgegen. Ich schüttele sie.

„Ich habe gehofft, dass du so heißt“, erwidere ich, und er schaut mich leicht verwirrt an. Oh, wenn er nur wüsste.

„Kann ich dich anrufen? Morgen?“, fragt er.

Roisin hüstelt, was ich als ein Zeichen an mich auffasse, dass ich es bloß nicht wagen soll, abzulehnen.

„Ja, kannst du“, sagt sie.

Er gibt mir sein Handy, und ich tippe meine Nummer ein und speichere sie.

„Ich glaube nicht, dass ich jemals einen Pub verlassen habe, um einer Frau hinterherzulaufen“, sagt Tiernan zu mir, und ein warmes Gefühl durchströmt meine Adern. „Aber ich denke, du bist es wert. Gute Nacht, Maggie.“

„Gute Nacht, Tiernan Quinn.“

Er gibt mir ein Küsschen auf die Wange und geht dann zurück in den Pub, und ich schwöre, dass Roisin neben mir auf dem Asphalt einen Riverdance aufführt.

„Lucy Harte, du kleiner Engel!“, ruft sie und schaut zu den Sternen hoch. „Hey, besteht die Chance, dass du für mich dasselbe tust?“

KAPITEL 15

Ich bin am Strand, an einem Ort namens Malahide, ein kleines Stück nördlich von Dublin, wo ich mit einer Gitarre in den Händen auf einer Karodecke sitze. An meiner Seite ist Tiernan Quinn und bewegt meine Finger auf dem Bundstab, um mir die Akkorde zu zeigen, die ich für Eva Cassidys *Songbird* brauche. Ich konnte nicht glauben, dass er es überhaupt kennt, aber er hat es mal auf einer Hochzeit gespielt. Weil es Lucys letztes Lieblingslied war, möchte ich es gern auf der Gitarre lernen.

Ich spüre Tiernans Atem an meinem Hals und den kühlen Wind, der von der Irischen See hereinweht.

„Du kannst das alles schon", sagt Tiernan lächelnd. „Du hast zwar erwähnt, dass du früher ein bisschen Gitarre gespielt hast, aber du kannst viel mehr, als du denkst."

„Ich kann mich an vieles nicht mehr erinnern", erwidere ich, aber wenn ich ehrlich bin, genieße ich seinen Unterricht sehr. Sein linker Arm ruht hinter meinem Rücken, und die Gitarre ist bloß eine Requisite, die uns einander körperlich nahe bringt, ohne dass wir irgendwelche offensichtlichen Annäherungsversuche machen müssen.

Wir haben erst einen ausgiebigen Strandspaziergang gemacht, um nach dem Alkohol gestern Abend einen klaren Kopf zu bekommen. Ich versuche, ganz cool zu wirken, obwohl mich das Bedürfnis nach Körperkontakt mit Tiernan fast umbringt. Er verhält sich wie ein absoluter Gentleman und überlässt mir die Initiative, was mich viel lockerer macht, als ich gedacht hätte.

„Ich bin nicht der klassische frauenverschlingende Rockstar, für den du mich vielleicht hältst", bemerkte er, während er die Karodecke ausbreitete, die er nach unserem Spaziergang aus seinem Wagen geholt hatte.

„Du kannst sein, wer du willst, Tiernan", sagte ich. „Du brauchst dich nicht zu erklären."

Er wirkte ein wenig gekränkt von meinen Worten, aber sie sind wahr. Es kümmert mich nicht, wie sein Ruf ist, ob gut oder schlecht oder durchschnittlich. Ich genieße einfach nur seine Gesellschaft, und ich glaube, er genießt meine ebenso. Wenn er meine Vergangenheit kennen würde, wäre er schon längst nicht mehr hier.

Als ich das Lied einigermaßen draufhabe, ist es wieder Zeit, zu reden, oder zumindest denkt Tiernan das.

„Also, Maggie O'Hara, erzähl mir alles von dir", murmelt er und streicht mir die Haare von den Schultern. „Was führt dich nach Dublin? Ich möchte gerne glauben, es war eine total angesagte Band namens The Madd Mollies, aber das bezweifle ich."

Am liebsten würde ich ihm die Wahrheit sagen, ihm von Lucy erzählen und von ihrer Schwärmerei für ihn, als sie noch so jung war, und dass ich ihm und seiner Band tatsächlich gefolgt bin, aber das kann ich nicht. Ich will nicht, dass er über mich Bescheid weiß. Ich möchte einfach nur an diesem Strand hier sitzen, Tiernan nah bei mir spüren und so tun, als würden alle meine Sorgen und mein Vergangenheitsballast nicht existieren. Ich möchte einfach nur ein Mädchen sein mit einem Jungen, der mir Akkorde auf der Gitarre zeigt, bevor er mich im Sand küsst und mir sagt, wie schön ich bin und wie gut er sich mit mir fühlt. Ohne irgendwelche traurigen Geschichten von Herztransplantationen und zerbrochenen Ehen und einem Ehemann, der mit einer anderen Frau ein Baby bekommt und die Scheidung will.

Ich möchte nicht die Frau mit einem fremden Herz sein. Ich möchte einfach nur meinen eigenen Herzschlag spüren, wenn Tiernan mich anschaut, und die Anziehungskraft dieses wundervollen Rätsels auskosten, das Tiernan Quinn ist.

„Vielleicht werde ich dir eines Tages alles erzählen", sage ich und schaue in seine schönen Augen.

„Warum verschließt du dich vor mir? Du beantwortest keine meiner Fragen."

„Wir haben uns gerade erst kennengelernt", erwidere ich. „Hör zu, das ist eine ziemlich lange Geschichte, und ich werde sie dir erzählen, aber nicht heute. Ist es für dich okay, wenn wir in der Zwischenzeit einfach nur …"

Mehr brauche ich nicht zu sagen.

Er nimmt mir die Gitarre ab und legt sie weg, dann umfasst er mein Gesicht mit seinen Händen und küsst mich so innig, dass ich im Taumel meine Augen verdrehe. Seine Zunge schiebt sich in meinen Mund, und mein Körper reagiert, indem er zu ihm drängt. Tiernans starke, warme Hand greift um meine Taille, um mich näher heranzuziehen. Mein Gott, ich hatte ganz vergessen, wie gut sich das anfühlt. Er drückt mich sanft hinunter auf die Decke, ich spüre den Sand in meinen Haaren, und Tiernan verharrt kurz und betrachtet mich mit einem herrlich hungrigen Blick, bevor er mich wieder küsst, noch leidenschaftlicher als beim ersten Mal.

„Ich will dich, Maggie", flüstert er in mein Ohr. „Möchtest du den restlichen Tag mit mir verbringen? Bitte."

Das Gewicht seines Körpers auf mir, der feste Druck seiner Männlichkeit an der Innenseite meines Oberschenkels, das alles bedeutet mir, dass es nur eine Antwort auf seine Frage geben kann.

„Ja. Ja, ich will", sage ich, und dann liegen wir Seite an Seite im Sand, schauen in den Nachmittagshimmel und atmen im Einklang, während über uns Möwen kreisen und das Geräusch der brechenden Wellen uns umfängt. Ich spüre, wie seine Hand die meine umklammert, und für den Moment brauchen wir nichts mehr zu sagen.

Wir atmen einfach.

„Ach, hallo, du verkommenes Luder! Hattest du einen schönen Tag?"

Ich bin in Roisins Wohnung zurückgekehrt, um mich zu verabschieden, bevor ich in den letzten Abendzug nach Belfast steige, und würde man behaupten, ich hätte eine neue Leichtigkeit in meinem Gang, wäre das untertrieben.

„Einen großartigen Tag", antworte ich, unfähig, mein Strahlen zu verbergen.

Tiernan hat mich mit zu sich nach Hause genommen, und wir verbrachten einen herrlichen Spätnachmittag in seinem Garten, wo wir Musik hörten und Hühnchenfleisch grillten und unsere Hände keine Sekunde lang voneinander lassen konnten.

Wir schafften es gerade noch in sein Schlafzimmer, als nicht nur der Grill richtig heiß geworden war, und Tiernan entfachte auch in mir ein Feuer, das zu lange erloschen gewesen war.

„Ich fühle mich wieder lebendig, Ro“, sage ich, und sie umarmt mich so fest, dass ich fast ersticke. Als sie mich schließlich wieder loslässt, hat sie Tränen in den Augen.

„Ich freue mich wie Bolle für dich“, sagt sie. „Du musst stärker an dich glauben. Du solltest wirklich aus dem Leben aussteigen, das du bisher geführt hast, und dir die Welt anschauen, statt in deiner Wohnung Trübsal zu blasen und dich Tag und Nacht zu betrinken, hörst du?“

Ich weiß genau, was sie meint, und ich bin fest entschlossen, diesen Tag hier zu meinem Neuanfang zu machen.

„Ich hätte nie gedacht, dass ich jemals wieder so viel Spaß haben könnte“, erkläre ich ihr. „Man kann sagen, Tiernan hat mich erweckt, und es war der pure Himmel. Danke, Roisin. Danke, Lucy Harte!“

„Warum zum Teufel bedankst du dich bei mir?“, erwidert Roisin. „Ich war nur eine sehr neidische Zuschauerin. Gott, dieser Mann ist wirklich zum Niederknien. War er gut?“

Ich erröte. Das reicht ihr als Antwort.

„Oh, du Glückliche! Wirst du ihn wiedersehen? Bitte, sag Ja!“

Ich schüttle lächelnd den Kopf.

„Roisin, ich bin im Moment nicht bereit für irgendeine Art von Beziehung. Ich weiß, dass Tiernan mich mag. Ich weiß, dass ich ihn mag, aber ich werde mich erst mal eine Weile auf mich selbst konzentrieren. Klingt das egoistisch?“

Roisin zuckt mit den Schultern.

„Das klingt schon eher wie die Maggie O’Hara, die ich kenne und liebe“, sagt sie. „So, mein Herz, musst du nicht einen Zug kriegen? Oder sind deine schmerzenden Lenden zu erschöpft, um heute Abend zu reisen? Du kannst auch gerne hierbleiben."

Meine Lenden schmerzen tatsächlich, aber ich möchte weiter auf dieser Welle reiten und nach Hause fahren, um meinen nächsten Schritt zu planen.

„Ich muss eine Reise nach Frankreich vorbereiten", sage ich, und Roisin reißt vor Bewunderung ihre Augen weit auf. „Und ich muss ein paar weitere Dinge von Lucys Liste in Angriff nehmen. Aber innerlich tanze ich ein bisschen, Roisin, und Lucy hat gesagt, dass man nie aufhören darf, zu tanzen."

„Dann geh, Süße. Es war toll, dich wiederzusehen. Ich bin stolz auf dich, Cousine."

„Danke, Roisin", sage ich, und wir umarmen uns wieder. „Ich bin irgendwie auch stolz auf mich."

Ich genieße die Zeit zum Nachdenken während der Zugfahrt, stelle mir mit geschlossenen Augen Lucy vor und ihr freches Lächeln. Ihre Liste hat mir jetzt schon so viel Energie und aufregende Momente verschafft. Ich breite gerade meine Flügel aus, so wie Lucy es wollte. Ich reise. Ich tanze. Ich habe einen Teil von mir gefunden, den ich tief in mir vergraben hatte – eine Lust auf Abenteuer und auf Wildheit, die es mir ermöglicht, einfach aufzustehen und loszugehen und meinem Herzen zu folgen, statt mich ständig mit Was-wäre-wenn- beziehungsweise Was-wenn-nicht-Fragen zu quälen.

Ich fühle mich wieder lebendig. Tiernan Quinn hat mich mit seiner Musik und seiner Leidenschaft entflammt, und es ist ihm gelungen, eine innere Glut in mir hervorzubringen, wie es Jeff nie geschafft hat.

Bin ich zu sehr auf Nummer sicher gegangen, als ich Jeff kennenlernte? Sicher nicht ... oder doch? Auf dem Papier war er eine gute Partie. Er hatte einen festen Job, eine angesehene (wenn auch langweilige) Familie, eine gesunde Kindheit, einen Fünfjahresplan (der mich offensichtlich nicht einbezog) und keine Geldsorgen. Er war ein sicherer Kandidat. Das dachte ich jedenfalls ...

Aber brachte er mich zum Tanzen? Nein. Brachte er mich zum Lachen und dazu, dass ich am Strand wild mit den Beinen strampelte und im Bett um Gnade schrie, so wie ich es bei Tiernan Quinn getan habe?

Nein, das gab es bei Jeff nicht. Ich habe etwas Besseres verdient. Ich habe es verdient, zu tanzen. Lucy hat mich gelehrt, dass ich es wirklich verdient habe, ihr Herz mit der besten Liebe auf der Welt zu füllen, und nicht mit einem einseitigen Bekenntnis zu einem Mann, der mich wahrscheinlich ohnehin nie richtig geliebt hat. Ich weiß jetzt, wie es sich anfühlt, so viel Bereicherung zu erfahren, und ich werde mich nie wieder mit weniger zufriedengeben.

Okay, Lucy Harte. Wohin führst du mich als Nächstes?

Lucy

Januar 1999

Große Neuigkeiten! Kolossale Neuigkeiten! Wahnsinnig komische Neuigkeiten! Seid ihr bereit?

In unserem Haus drehen gerade alle durch, abge-

sehen von mir – ich bin wie üblich in meinem Zimmer und versuche, dem Wahnsinn aus dem Weg zu gehen. Außerdem weiß ich, wenn ich mich zeige, werde ich mir das Lachen nicht verkneifen können, und dann werde ich sogar noch mehr Ärger bekommen als Simon, nachdem er … Seid ihr bereit? Seid ihr wirklich bereit?

SIMON HAT SICH EIN TATTOO STECHEN LASSEN! Ein ECHTES Tattoo! Das Geschrei war riesig! Die Reaktion war unbezahlbar! Simon hat jetzt voll die Arschkarte, was mal was ganz anderes ist, denn normalerweise bin ich hier diejenige, die die Arschkarte hat, und darum finde ich das SUPERGUT!

Mum ist völlig ausgerastet und hat damit gedroht, den Tätowierer zu verklagen, weil er gegen das Gesetz verstoßen hat. Dad hat mit einem Bekannten telefoniert, der meinte, dass er jemanden kennt, der jemanden kennt, der Tattoos entfernt, aber dass das kein billiges Vergnügen sei. Marilyn sank buchstäblich auf die Knie und betete dafür, dass Simon sich keine lebensbedrohliche Krankheit eingefangen hat, weil die Nadel bereits gebraucht war.

Henry, mein treuer kleiner Laufbursche, berichtet mir in regelmäßigen Abständen und gibt mir Antworten auf meine Fragen.

Hier sind die Infos, die er mir bis jetzt geben konnte:

Simon hat dem Tätowierer gesagt, er sei schon achtzehn. Natürlich war das gelogen. Simon ist gerade erst siebzehn geworden. Voll cool!

Das Tattoo blutet noch ein wenig, aber Henry glaubt, es ist ein Stern mit einem Sonnensymbol, während Mum wohl gesagt hat, es würde eher wie ein Huhn mit einem Ei aussehen. Das ist wirklich saukomisch!

Das Tattoo befindet sich an Simons Handgelenk, und Mum schämt sich furchtbar und verlangt von Simon, dass er es in der Öffentlichkeit mit einer breiten Armbanduhr verdeckt. Ich bin total begeistert von meinem Bruder!

Er sagt, er hat für das Tattoo 20 Pfund bezahlt, aber Henry hat zufällig mitbekommen, wie Simon seinem besten Kumpel erzählt hat, dass er dafür 120 Pfund hingelegt hat. Das ist ein volles Jahr Taschengeld! Simon ist so was von tot.

Positiv ist, dass unsere Eltern sich absolut einig sind in ihrer Abscheu gegen die Entscheidung ihres Erstgeborenen, in einem so jungen Alter seinen Körper derart leichtsinnig zu verschandeln. Das kommt nämlich nicht oft vor. Normalerweise sagt meine Mum immer Schwarz, wenn mein Dad Weiß sagt. So hat jedes Unglück auch sein Gutes.

Oh, ich muss kurz unterbrechen … Henry kommt gerade mit einem neuen Update …

Bin wieder da! Das hier wird immer besser!

Es ist kein Stern mit einer Sonne. Es ist auch kein Huhn mit einem Ei. Vielmehr ist es ein Peace-Zeichen mit einer Knarre! Eine Knarre! O! Mein! Gott! Ich glaube, Mum ist gerade in Ohnmacht gefallen. Sie sagt, dass sie Simon das nie im Leben verzeihen wird, was albern ist, aber wahrscheinlich ist es ihr todernst damit. Ich glaube, ich mache mir vor lauter Lachen gleich in die Hose! Weiter so, Simon, du verrückter Kerl!

**To-do: Sei kein Feigling! Lass dir ein Tattoo stechen!*

***To-do: Verzeih deinen Freunden und deiner Familie. Menschen machen Fehler.*

KAPITEL 16

Während der Zugfahrt nicke ich ein und träume, dass Lucy sauer auf mich ist, weil ich es mit ihrem Tiernan Quinn zu weit getrieben habe. Ich habe ihn gebeten, mir nicht zu schreiben und mich auch nicht anzurufen, sondern mir einfach Zeit zu geben, um ein paar Dinge in meinem Kopf zu klären, und jetzt habe ich ein schlechtes Gewissen, weil ich so kühl zu ihm war und weil ich, na ja, ihn benutzt habe, um mein Ego zu streicheln und mich besser zu fühlen.

Ich schreibe Tiernan rasch eine Nachricht, als der Zug in den Bahnhof von Belfast einfährt. Ich hoffe, ich habe ihn nicht gekränkt. Das hoffe ich wirklich, weil er mehr für mich getan hat, als er ahnt. Ich habe seit Jahren nicht mehr so viel gelächelt. Ja, seit Jahren!

Lieber Tiernan, ich muss mich bei dir für diesen wundervollen Tag bedanken. Bis unsere Wege sich wieder kreuzen, werde ich daran arbeiten, mein verrücktes Leben in Ordnung zu bringen, aber ich hoffe sehr, dass wir uns wiedersehen. Das hoffe ich wirklich. Sing immer weiter! Liebe Grüße, Maggie

Nun fühle ich mich besser. Wenigstens bin ich ehrlich, statt mich zum Trost in eine Beziehung zu stürzen, in der am Ende beide verletzt werden.

Ich muss wieder an Lucys Liste denken, und ich versuche, mir meinen nächsten Schritt zu überlegen. Das große Ziel ist natürlich Frankreich, aber das Tattoo steht auch ganz oben auf der Agenda, seit ich Tiernans geschmackvolles Körper-Kunstwerk gesehen habe. Vielleicht könnte ich mich Lucy zu Ehren zu einem winzig kleinen Minitattoo durchringen. Es wäre außerdem eine Erinnerung an den fantastischen Tag, den ich mit Tiernan verbracht habe, und ein Symbol meiner Dankbarkeit für das Leben, das Lucy mir geschenkt hat.

Was Lucys Appell betrifft, dass man seinen Freunden und seiner Familie immer verzeihen soll, nun, da fällt mir nur mein Bruder ein und seine Versuche, mit mir Kontakt aufzunehmen … Ich fürchte, dieser Punkt ist kniffliger als die anderen, und vielleicht wird es ein bisschen länger dauern, bis ich das angehe, aber ich werde daran arbeiten. Ich verspreche dir, Lucy, ich werde mich darum kümmern.

„Wie war es in Dublin?"

Ich bin wieder zu Hause, und Kevin, mein Nachbar, ist auf einen Kaffee vorbeigekommen.

Ein verräterisches Lächeln breitet sich auf meinem Gesicht aus, und Kevin macht große Augen.

„Du hast jemanden kennengelernt! Versuch gar nicht erst, es abzustreiten, Maggie. Wer ist der Glückliche?"

Ich versuche, mein Lächeln zu unterdrücken, aber es bricht sich ständig wieder Bahn. Leugnen ist keine Option. Ich muss jemandem von Tiernan erzählen, oder ich explodiere! Also greife ich nach Lucys Notizbuch, das ich immer in meiner Nähe habe, und gebe es Kevin.

„Das hier habe ich erst letzte Woche von meiner Spenderfamilie bekommen", erkläre ich ihm. „Es ist das Tagebuch von Lucy Harte, und sie schreibt darin von einem Jungen namens Tiernan Quinn, der ihr erster großer Schwarm war und den sie unbedingt wiedertreffen wollte.

Ich habe ihn ausfindig gemacht und ... na ja, das war nie meine Absicht, aber ich konnte einfach nicht widerstehen! Und es war phänomenal!“

Kevin sieht aus, als würde ihm der Kopf schwirren von diesen ganzen Informationen. Er blättert ehrfürchtig in Lucys Notizbuch.

„Das ist die beste Neuigkeit seit Langem“, sagt er. „Ich habe gleich gesehen, dass etwas an dir anders ist. Deine Klamotten, deine Haut, der neue Schwung in deinem Gang – und das liegt nur an diesem Buch hier? Ich bin begeistert!“

Ich stelle den Wasserkocher an. Wein habe ich nicht im Haus und auch kein Bedürfnis danach. Noch vor einer Woche hätte ich schon längst eine Flasche geöffnet und stünde kurz vor einer Panikattacke, wenn keine zweite im Kühlschrank wäre.

„Mir ist durch das Buch zum ersten Mal richtig bewusst geworden, wie wertvoll mein Leben ist“, erkläre ich Kevin. „Dieses Mädchen hat mir ein riesengroßes Geschenk gemacht, aber ich habe es als selbstverständlich betrachtet. Ich habe in den Selbstzerstörungsmodus umgeschaltet, und das alles nur wegen diesem nichtsnutzigen Schwachkopf, den ich geheiratet habe. Ich habe mich mit Alkohol vollgeschüttet, als würde er aus der Mode kommen. Fast hätte ich meinen Job verloren. Lucy rettet mich. Sie rettet mich tatsächlich noch einmal.“

Kevin sieht mich begeistert an.

„Dann willst du die restlichen Sachen hier auch machen? Die größte Brücke der Welt finden ... ein Tattoo stechen lassen ... Willst du dir ernsthaft ein Tattoo stechen lassen?“

Er runzelt die Stirn, und ich kann es ihm nicht verübeln. Kevin ist ein Gesundheitsfreak, und ich bin überhaupt nicht der Typ für ein Tattoo.

„Tiernan hat mehrere Tattoos“, sage ich verträumt. „Ich könnte auch den leichten Weg nehmen und mir ein hübsches Henna-Tattoo machen lassen.“

„Das wird ja immer besser! Lucy Harte, du bist eine Legende!“

Kevin klappt das Notizbuch zu und richtet seinen Blick nach oben und tut so, als müsste er husten, aber ich weiß, dass er total gerührt ist.

„Denkst du, sie schaut dir gerade zu, Maggie? Bestimmt spürt man eine große Verbundenheit, wenn ein fremdes Herz in einem schlägt.“

„Ich spüre Lucy jeden Tag bei mir“, sage ich. „Aber ich weiß, ich habe nicht ewig Zeit. Ich lebe nun schon seit siebzehn Jahren mit Lucys Herz. Irgendwann wird sie es zurückhaben wollen.“

Kevin schaut auf den Boden.

„Sag das nicht“, erwidert er. „Ich hasse es, wenn du so sprichst.“

„Tut mir leid“, sage ich leise. „Komm her, du großer Softie, und umarme mich.“

Kevin legt seine breiten Arme um mich und drückt mich fest an sich. Er ist ein voll durchtrainierter Fitness-Junkie, der mich seit Monaten anfleht, mit dem Trinken aufzuhören, darum weiß ich, wie viel ihm diese Veränderung bedeutet.

„Ich habe mir ernsthaft Gedanken darüber gemacht, wo ich in meinem Leben hinwill, Kevin, und das ist nicht zurück zu Jeff. Mit dieser Möglichkeit habe ich abgeschlossen, und es ist jetzt schon ein befreiendes Gefühl. Außerdem hat mich das Nachdenken auf ein paar Dinge gebracht, die ich gerne in meinem Leben machen möchte, neben jenen, die Lucy nie verwirklichen konnte."

„Erzähl mir mehr", sagt Kevin und setzt sich an den Küchentisch.

Ich gebe ihm einen Kaffee.

„Na ja, als ich vor all den Jahren meine Operation hatte, gab es bestimmte Dinge, die ich für eine lange, lange Zeit nicht mehr machen konnte. Ich konnte monatelang nicht richtig essen, ich musste starke Medikamente nehmen, und ich dachte, ich würde nie wieder richtig laufen können, weil ich von der ganzen Erfahrung extrem geschwächt war, sowohl körperlich als auch seelisch."

„Das glaub ich dir sofort", sagt Kevin und rührt seinen Kaffee um. „Wenn man sein Leben einem anderen Menschen verdankt, einer anderen Familie, ist man bestimmt in vielerlei Hinsicht gefordert, um damit fertigzuwerden."

„Bist du jemals einen Marathon gelaufen?", frage ich unvermittelt, und er lässt seinen Kaffeelöffel fallen.

„Einen *Marathon*? Na, das ist aber mal ein krasser Themenwechsel." Dann leuchten seine Augen auf. „Spielst du etwa mit dem Gedanken, einen Marathon zu laufen, Maggie?"

„Nein, ich möchte keinen Marathon laufen, Dummerchen", erwidere ich. „Eine kürzere Strecke, ja. Ich würde mich gerne mehr körperlich bewegen, nur für mich."

„Das ist eine tolle Idee!", sagt er und trinkt einen Schluck. „Ja, ich bin schon mehrere Marathons gelaufen. Was genau schwebt dir vor? Zehn Kilometer? Fünf? Bist du sicher, dass du darauf Lust hast, Maggie?“

„Ich würde mich gerne richtig fordern. Für Lucy und … na ja, auch für mich. Würdest du mit mir trainieren?“

„Aber natürlich trainiere ich mit dir“, sagt Kevin. „Ein Freund von mir organisiert einen Halbmarathon zu wohltätigen Zwecken, der im Juni stattfindet. Damit könntest du anfangen. Was meinst du?“

Kevin nimmt sein Smartphone heraus und ruft die Homepage seines Freundes auf.

„Die längste Strecke, die ich jemals gelaufen bin, war ein Wohltätigkeitslauf über fünf Kilometer“, sage ich. „Ich meine, ich habe keine Ahnung, ob ich überhaupt mehr als das schaffen kann, aber es würde irgendwie ganz gut zu den Zielen passen, die ich mir gesteckt habe. Ich würde es gerne versuchen.“

„Ich melde uns beide an“, sagt Kevin. „Glaub mir, wenn du jetzt fünf Kilometer schaffst, kannst du in zwei Monaten den Halbmarathon laufen. Locker.“

„Ich habe nicht gesagt, dass ich *jetzt* fünf Kilometer schaffe“, sage ich und schaudere bei der Vorstellung. „Ich bin ein wenig aus der Übung. Der Wohltätigkeitslauf ist schon eine Weile her … wahrscheinlich schon über zehn Jahre.“

„Nun, meine Liebe, dann weißt du ja, was du zu tun hast“, sagt Kevin, während er aufsteht und seine Tasse in die Spüle stellt. „Du musst deinen fetten Dublin-Kater auskurieren und für einen Halbmarathon trainieren. Schön, dich wieder lächeln zu sehen. Du hast mir den Tag versüßt.“

Er dreht mein Kinn sanft zur Seite und gibt mir ein Küsschen auf die Wange.

„Also, Maggie, dann leg mal los! Aber übertreib es nicht, hörst du?"

Ich weiß, was er gerade denkt. Er wirft einen Blick auf meine Brust, und das nicht auf eine anzügliche Art. Er schaut auf mein Herz.

„Ich werde ganz sanft anfangen", sage ich, dann begleite ich ihn zur Tür. Er joggt hinaus und trabt dann zum Spaß auf der Stelle, genau dort, wo Jeff Bekanntschaft mit meiner Faust gemacht hat. Ich kann immer noch nicht glauben, dass ich das getan habe.

„Siehst du, ich trainiere bereits", sagt Kevin. „Ich nutze jede Gelegenheit."

„Noch bevor du deine Wohnungstür erreicht hast, werde ich die ersten Runden in meiner Wohnung drehen", sage ich. „Das ist mein Ernst. Ich tue es wirklich."

„Das ist mein Mädchen! An die Arbeit!", antwortet er, und ich muss lachen, als er schattenboxend durch den Gang zu seiner Wohnung läuft. „Wir werden das schaffen, Maggie! Die Operation Halbmarathon hat begonnen!"

„Auf die Plätze, fertig, los!", rufe ich ihm hinterher.

Das war's. Ich werde an einem Halbmarathon teilnehmen.

Eine Reihe von Bildern schwirrt mir durch den Kopf, während ich durch den Botanischen Garten jogge, den Kopf gesenkt, die Musikstöpsel in den Ohren, in Gedanken damit beschäftigt, was die nächsten Wochen meines Lebens bringen werden.

Ich werde mit Kevin den Halbmarathon laufen, zum Gedenken an Lucy. Ich werde diesen Termin als offiziellen Stichtag benutzen, um Lucy loszulassen und mit meinem restlichen Leben weiterzumachen. Alles andere auf ihrer Liste werde ich dazwischen unterbringen.

Es ist befreiend, draußen an der frischen Luft zu sein. Ich denke über Lucy nach, über das Leid und die Last, die sie auf ihren Schultern trug, und darüber, dass sie es nicht erwarten konnte, von allem wegzulaufen.

Lucys Kindheit hatte mit meiner eigenen auf Loch Tara wenig gemein. Meine Eltern kümmerten sich hingebungsvoll um mich, und im Grunde hatten wir keine anderen Sorgen als die, wer an der Reihe war, den Hühnerstall sauber zu machen, oder wer ein paar ofenwarme Hefeteilchen aus Mrs. Taylors Backstube besorgte.

Mein Bruder liebte diese Hefeteilchen. Ich staunte immer, wie er jeden einzelnen Bissen von dem weichen Gebäck und die frische Sahnefüllung auskostete und wie seine Augen aufleuchteten, wenn er sah, dass Mum samstags auf ihrem Rückweg vom Supermarkt bei Mrs. Taylor gewesen war.

Ich werde langsamer, um ein wenig zu verschnaufen, und mir wird bewusst, dass mein Herz sehr schnell schlägt. Rasend schnell. Vielleicht bin ich schlechter in Form, als ich dachte. Oder es sind die Erinnerung an John Joe und der Umstand, dass er mit mir reden möchte und ich ihm nicht geantwortet habe, die meinen Puls in die Höhe treiben.

Ich setze mich auf eine freie Parkbank, nehme einen großen Schluck aus meiner Wasserflasche und konzentriere mich auf meine Atmung. Dann checke ich meinen Schrittzähler, der mir sagt, dass ich mehr als siebentausend Schritte gelaufen bin. Nicht schlecht. Ich werfe einen Blick auf mein Handy. Keine neuen Nachrichten. Gut. Ich scrolle nach unten zu John Joes SMS und starre auf den Text. Mir wird erst bewusst, dass ich weine, als meine Tränen auf das Display fallen.

Ich muss mit dir reden.

Ich muss atmen. Ich muss einfach nur atmen und mich wieder fokussieren, dann kann ich weiter trainieren. Ich habe Dinge zu erledigen. Für Lucy. Ich muss einen Halbmarathon laufen und nach Frankreich zu der Brücke fahren …

Aber was will John Joe von mir? Hat er gute Neuigkeiten oder schlechte, oder hat er schließlich erkannt, wie mies er mich all die Jahre behandelt hat? Hat er Mitleid mit mir wegen Jeff, oder möchte er mir einfach nur aus Schadenfreude unter die Nase reiben, dass meine Ehe gescheitert ist?

Ich ertappe mich dabei, dass ich meinem Bruder wie auf Autopilot zurückschreibe. Ich weiß nicht einmal, in welchem Teil von Amerika er sich gerade aufhält. Ich habe völlig den Überblick über sein Leben verloren, genau wie das Interesse daran.

Was willst du?, antworte ich. Es mag unwirsch klingen, aber es ist alles, was ich wissen muss, und mein Bruder hat keine Höflichkeiten verdient.

Ich stehe auf und mache mich für meine letzte Runde bereit. Ich werde dieselbe Strecke noch einmal laufen und dann für heute Schluss machen. Vielleicht schaue ich auf dem Rückweg bei Flo vorbei, dann kann ich Billie knuddeln, und außerdem brenne ich darauf, meiner besten Freundin von Tiernan Quinn zu erzählen.

Mein Handy piept. Es ist John Joe. So schnell!

Können wir sofort reden?, fragt er. *Kann ich dich jetzt anrufen?*

Ich setze mich wieder auf die Bank, und meine Finger zittern, als ich meine Antwort tippe.

Wir können reden, schreibe ich. *Ruf an.*

Scheiße.

KAPITEL 17

Hier sitze ich nun in meinen Sportklamotten auf einer Parkbank, starre auf mein Handy und frage mich, was zum Teufel ich von meinem lange verschollenen Bruder zu erwarten habe.

Ich habe Schmetterlinge im Bauch wie ein Teenager vor seinem ersten Date, und als mein Handy klingelt, winsele ich erschrocken auf, als hätte ich einen elektrischen Schlag bekommen, bevor ich das Gespräch annehme.

„Na endlich!“, sagt mein Bruder, und ich muss beim Klang seiner Stimme schlucken. „Es macht dir offensichtlich Spaß, mich auf die Folter zu spannen.“

O mein Gott, es gibt so vieles, was ich entgegnen könnte, aber ich beiße mir auf die Zunge und setze ein strahlendes Lächeln auf, als könnte er mich sehen, als würde das, was er sagt, nicht den geringsten Effekt auf mich haben, im Gegensatz zu früher.

„Ich war beschäftigt“, sind meine ersten Worte an ihn. „Sehr beschäftigt. Was gibt’s?“

Am liebsten würde ich ihn fragen: *Bist du krank? Musst du sterben? Erwartest du Nachwuchs?* Nichts davon würde mich überraschen.

„Ich wollte nur mal hören, wie es dir geht“, sagt er.

„Du … du wolltest *was*?“

Damit habe ich nicht gerechnet.

„Ich habe mir Sorgen um dich gemacht, Maggie. Geht es dir gut? Ich kann mir vorstellen, dass du im Moment nicht besonders glücklich bist, und ich habe viel an dich gedacht.“

Ich bin völlig verwirrt. So sehr, dass ich anfange zu lachen.

„Soll das ein Scherz sein?“, frage ich. „Du willst wissen, wie es mir geht? Ist das dein Ernst?“

Im Hintergrund ist eine Frau zu hören, die mit irgendeinem fremden Akzent spricht, und ich verdrehe die Augen in einer Mischung aus Mitleid mit dieser Frau und Abscheu gegen meinen Bruder, weil er Frauen benutzt wie Wegwerfartikel. Wahrscheinlich handelt es sich um Vivienne, die Französin, von der Mum mir erzählt hat. Obwohl, wahrscheinlich doch nicht. Schließlich ist das schon wieder zwei Wochen her. John Joe hat sich inzwischen bestimmt Viviennes Schwester oder ihre Mutter geschnappt, so wie ich seine moralischen Maßstäbe kenne.

„Ich erwarte ja nicht, dass du mir glaubst, aber Mum hat mir von deiner Trennung erzählt, und ich wollte dir nur sagen, dass es mir leidtut, dass es mit Jeff nicht funktioniert hat“, sagt John Joe. „Soll ich ihm die Fresse polieren?“

Er lacht, aber ich greife mir an die Stirn und schüttele ungläubig den Kopf. Mir fehlen die Worte.

„Das war ein Scherz, Maggie. Ich habe nicht die Absicht, Jeff auch nur ein Haar zu krümmen, und außerdem wäre das über den Atlantik hinweg auch nicht so leicht.“

„Du brauchst ihm nicht die Fresse zu polieren“, sage ich. „Das habe ich bereits selber getan, wenn du es unbedingt wissen willst, und ich bin nicht gerade stolz darauf.“

Tatsächlich bin ich sehr wohl stolz darauf, aber das würde ich niemals zugeben.

„Also, war’s das?“, frage ich. „Ist das alles, was du wolltest?“

„Maggie, bitte!“, sagt er in einem Ton, den ich kaum wiedererkenne. „Ich verstehe ja, dass du so reagierst, aber ich bin dein Bruder, und du bist mir wichtig, egal, wie du über mich denkst. Du kannst jederzeit mit mir reden. Du musst das nicht alleine durchstehen.“

„Ich bin nicht allein!“, schreie ich so laut in den Hörer, dass ein älteres Paar sich empört zu mir umdreht. Ich forme mit den Lippen ein Sorry, aber die beiden sind zu sehr damit beschäftigt, missbilligend ihre Köpfe zu schütteln, um es wahrzunehmen.

„Mags, ich wünschte, du würdest aufhören, mich aus deinem Leben auszuschließen“, sagt John Joe, und meine Augen werden feucht, als er mich *Mags* nennt. Von all den Erinnerungen, die ich an meinen Bruder habe, sind die, in denen er mich Mags nannte … die guten. Ich kann das hier nicht ertragen.

„John Joe“, sage ich. „Ich habe dich und alles andere hinter mir gelassen, und ich habe nicht vor, auch nur einen Schritt zurückzugehen. Du kannst dir dein Mitgefühl in den Arsch schieben. Ich will von dir nichts mehr hören, außer es geht um Leben und Tod, hast du mich verstanden?“

„Aber, Maggie!“

„Leb wohl, John Joe.“

Ich will gerade dramatisch auflegen, als die Frau im Hintergrund wieder etwas sagt. Sie schreit richtig laut, und der neugierige Teil von mir möchte wissen, worüber sie sich so aufregt. Was hat sie überhaupt damit zu tun? Er wird ihr wahrscheinlich sowieso den Laufpass geben, sobald dieses Telefonat hier zu Ende ist.

Aber sie scheint wild entschlossen zu sein, mit mir zu sprechen.

„Ihr Bruder ist krank, Maggie!", ruft sie in den Hörer. „Bitte, reden Sie mit ihm! Er ist sehr krank!"

Er ist krank. Das Handy landet in meinem Schoß. Ich habe es geahnt. Ich habe es verdammt noch mal geahnt. O Gott!

Ich nehme das Handy wieder an mein Ohr. In meinen Armen spüre ich ein unangenehmes Kribbeln, bis tief in die Fingerspitzen. Er ist krank. Fuck.

„Sind Sie noch dran, Maggie?"

„Ja", antworte ich der Frau, der ich nie begegnet bin und der ich wahrscheinlich auch nie begegnen werde.

„Ich bin Vivienne, die Frau Ihres Bruders."

Seine *Frau*? Super, dann hat John Joe also geheiratet, ohne jemandem von uns Bescheid zu sagen! Ich versuche zu sprechen. Mit meiner *Schwägerin*. Ich bringe kein einziges Wort heraus, schüttle nur stumm den Kopf, während mir Tränen über das Gesicht strömen. Der Schock ist zu groß. Ich weiß nicht, wie viel mehr ich von diesem Gespräch noch ertragen kann.

Ich lege auf und sprinte los, als wollte ich nie wieder zurückkehren.

„Dein Verhalten war ziemlich unreif", sagt Flo, nachdem ich ihr von dem Telefonat mit John Joe erzählt habe. „Du darfst nicht zulassen, dass deine Kindheitserinnerungen dein Verhältnis zu deinem Bruder vergiften, Maggie."

Tja, Flo hat gut reden. Sie war schließlich nicht diejenige, die hilflos dem Tod ausgeliefert war! Ich weiß, dass ich mich kindisch verhalte. Ich kann nicht anders. Mein Psychologe hat mir dasselbe gesagt, nämlich dass ich emotional feststecke, was mich und meinen Bruder betrifft, aber egal, wie sehr ich mich anstrenge, ich kann mich nicht dazu durchringen, ihm zu verzeihen.

„Du hast keine Ahnung, was ich durchgemacht habe“, sage ich schmollend.

„Erzähl mir von Dublin“, sagt Flo, im Bemühen, die Stimmung aufzuheitern. „Hast du deinen geheimnisvollen Mann gefunden? Ist er heiß?“

Zu Flos großer Verwunderung schnappe ich mir meinen Autoschlüssel und mein Portemonnaie und schlüpfe in meine Jacke.

„Ich bin nicht in der Stimmung dafür“, erkläre ich. „Ich erzähle es dir ein anderes Mal. Jetzt werde ich mir die Kante geben, um John Joe, Tiernan Quinn, Jeff und mein ganzes blödes Leben zu vergessen.“

„Ach, komm schon“, sagt Flo. „Du kannst mich nicht so hängen lassen! Ich bin so gespannt. Was ist denn nun das Nächste auf der Liste? Bitte, Maggie, geh nicht. Und bitte, gib dir nicht die Kante. Du hast dich gerade so gut im Griff.“

Ich beiße auf meine Unterlippe. John Joe hat mich aufgeregt, so wie immer, nur dass es sich dieses Mal anders anfühlt als sonst. Es ist das schlechte Gewissen. Es ist pure, verrottete Schuld, die durch meine Adern fließt und in meine Knochen sickert, und ich hasse es. Ich hasse es wirklich. Ich möchte meinen Bruder umarmen und vergöttern wie früher. Warum kann ich das nicht einfach tun? Er ist mein Bruder … und ich bin eine Versagerin.

„Flo, es geht mir nicht gut", sage ich zu meiner besten Freundin. „Ich kann mir zwar einreden, alles wäre bestens, aber die Wahrheit ist weit davon entfernt. Ein One-Night-Stand in Dublin wird mein Leben nicht verändern, richtig? Mein Bruder geht mir an die Nieren, und alles, woran ich im Moment denken kann, ist, dass er vielleicht stirbt, und das jagt mir eine Scheißangst ein! Ich vermisse ihn, Flo. Ich vermisse den Bruder, der er früher für mich war, als wir noch ganz klein waren, bevor diese blöde Herztransplantation unser ganzes Leben bestimmt hat und mich so stark veränderte. Lucy sagt, man soll seinen Freunden und seiner Familie verzeihen, aber ich kann nicht einmal mir selbst verzeihen, dass ich John Joe schon so lange die Schuld gebe."

„Das steht auf Lucys Liste? Wirklich? Nun, dann ist das dein nächster Schritt", sagt Flo. „Ruf deinen Bruder an. Sag ihm, dass du ihn besuchen kommst. Tu etwas, denn im Moment quälst du dich nur selbst, und das ist Gift für dich. Was würde Lucy wohl tun? Was würde sie sagen, wenn sie dich jetzt hier sehen könnte?"

„Sie würde sagen, dass ich zu ihm gehen soll."

Ich weiß, dass Lucy das sagen würde, aber ich bin zu erschöpft von allem. Ich bin müde und schlapp, und im Moment möchte ich Lucy Harte einfach vergessen. Im Moment möchte ich einfach alles vergessen.

Ich bin angenehm beschwipst, so wie ich es geplant habe, und die Betäubung, die mich im Moment vor meinem echten Leben verschont, ist genau das, was ich brauche. Ich bin high, berauscht, und wenn sich mir jemand in den Weg stellt, werde ich ihm gründlich die Meinung sagen.

„Noch einen Wodka, bitte", sage ich zum Barkeeper, der mich sofort bedient, ohne etwas von dem emotionalen Absturz zu ahnen, den er gerade miterlebt. Ich bin in einem Pub in der Innenstadt, in dem ich noch nie zuvor war. Diese Kneipe habe ich ausgesucht, weil sich gleich nebenan ein Tattoo-Studio befindet, und sobald ich ausgetrunken habe, werde ich mir ein Tattoo stechen lassen. In nüchternem Zustand könnte ich mich niemals dazu überwinden.

Bitte, gib dir nicht die Kante. Du hast dich gerade so gut im Griff.

Flos Worte hallen in meinem Kopf wider. Was weiß sie schon? Flo lebt in ihrer eigenen kleinen Welt mit Billie und bläst Trübsal wegen ihrem Ex, und außerdem trinkt sie auch! Jeder trinkt, um zu vergessen. Nur wenn ich es tue, schrillen aus irgendeinem Grund jedes Mal die Alarmglocken bis nach Amerika, wo mein kranker Bruder immer noch die Zeit findet, sich um mich zu sorgen.

Ich trinke meinen Wodka aus und gehe nach draußen in die Abendsonne, wo normale Menschen, die ihre Gefühle nicht mit Alkohol betäuben müssen, ihrem täglichen Leben nachgehen und einkaufen, plaudern, Kaffee trinken, essen und andere normale Dinge tun, so wie ich früher, als ich noch einen Mann und ein Leben hatte.

Im Tattoo-Studio ist es ziemlich dunkel, und im Wartebereich sitzt eine Frau und blättert in einer Zeitschrift. Ich lasse mich auf den Stuhl neben ihr plumpsen.

„Lassen Sie sich nicht tätowieren, wenn Sie betrunken sind", rät sie mir, und ich würde ihr am liebsten sagen, dass sie sich um ihre eigenen Angelegenheiten kümmern soll. „Das meine ich ernst. Mir ist das selber schon mal passiert, und es hat mich ein Vermögen gekostet, den Schaden wieder in Ordnung zu bringen."

Sie schiebt ihren Ärmel hoch und zeigt mir den Beweis, aber ich beachte sie kaum. Ich werde mich nicht von einer Fremden von meinem Vorhaben abbringen lassen.

„Ist das Ihr erstes Mal?"

Oh, kann die nicht einfach ihre Klappe halten?

„Ja", antworte ich. „Das erste und das letzte Mal."

„Das sagen alle." Sie kichert und widmet sich wieder ihrer Zeitschrift.

Gleich darauf zeigt der Tätowierer zum ersten Mal sein Gesicht und fragt mich, was ich mir vorgestellt habe. Tatsächlich habe ich mir über das Motiv noch gar keine Gedanken gemacht. Ich muss an Lucy denken. Ich will nicht an Lucy denken. Ich möchte das hier für mich tun, nur für mich. Ich habe es allmählich satt, dass sich alles immer um Lucy dreht.

„Ein Herz, auf dem Handgelenk", sage ich, und die Frau neben mir bricht in Gelächter aus.

„Was ist daran so komisch?", frage ich. Diese Frau ist nicht gerade hilfreich.

„Ein Herz! Auf dem Handgelenk! Das ist so …"

„An einem Liebessymbol ist nichts auszusetzen", sagt der Tätowierer. Dann bittet er mich ins Hinterzimmer, um mit seinem Zauber zu beginnen. „Wir brauchen alle ein bisschen Romantik in unserem Leben."

„Das hier hat nichts mit Liebe oder Romantik zu tun", sage ich zu ihm. „Nicht das Geringste."

Seiner Miene nach zu urteilen, glaubt er mir.

8. April 1999

Ich habe Krach mit meiner Mutter.

Ich meine, es ist nicht so, als würden Mum und ich uns sonst gut verstehen, selbst nicht unter idealen Bedingungen, aber heute ist ein besonders schlimmer Tag. Es begann mit der einfachen Bitte (von ihr), dass ich zum Friseur gehen soll, und der einfachen Antwort (von mir), dass ich keinen Bock habe.

Hier sind die Gründe, warum ich mir die Haare nicht schneiden lassen möchte:

1. *Ich finde, an ihrer Länge ist nichts auszusetzen.*
2. *Für einen Haarschnitt muss ich zum Friseur, und ich habe nicht die Geduld, die ganze Zeit brav herumzusitzen, während mich jemand über die Ferien ausfragt, über die Schule und darüber, ob ich schon einen Freund habe. (Die Antwort auf die letzte Frage ist Nein, aber ich arbeite daran.)*
3. *Meine Haare sind sehr lang, und ich bin es so gewohnt. Ich habe ein bisschen Angst vor einer Veränderung.*

Fürs Erste habe ich die Diskussion gewonnen und den Friseurbesuch abgewendet, aber ich weiß, am Ende wird sich meine Mutter durchsetzen, denn machen wir uns nichts vor, Mütter gewinnen immer. Alles, was Mum tun muss, ist:

a. Mir verbieten, in den Jugendclub zu gehen. Das wäre eine Katastrophe, weil meine beste Freundin Amy hingeht und George Bleeks auch, und George ist sogar noch wichtiger als Amy, aber sagt ihr nicht, dass ich das geschrieben habe.

b. Mich zwingen, in der Öffentlichkeit ein Kleid zu tragen. Ich habe meinen Hass auf Rüschenkleider immer noch nicht überwunden.

c. Meine CD-Sammlung verstecken oder die Poster in meinem Zimmer abhängen, was für mich das Ende der Welt wäre. Wenn ich aufwache, muss ich Take That sehen. Ich muss einfach.

Im Moment brauche ich nichts davon zu befürchten, weil ich herausgefunden habe, dass es drei Möglichkeiten gibt, um meine Mutter davon abzubringen, mich zum Friseur zu schleifen (vorausgesetzt, sie hat gute Laune, also getrunken). Das sind:

1. *Ihr vorschlagen, dass wir uns einen Welpen holen – Mum flippt schon aus, wenn wir das „W-Wort", wie sie es nennt, bloß erwähnen. Hinter ihr könnte eine Bombe hochgehen, und sie würde es nicht einmal merken in ihrem Eifer, uns klarzumachen, dass ihr niemals ein Hund ins Haus kommt.*
2. *Ihr sagen, dass sie ein bisschen Ähnlichkeit hat mit Céline Dion. Meine Mum LIEBT Céline Dion. Sie ist ihr ewiges Lieblingsthema. Es kann auch nicht*

schaden, Musik von Céline laufen zu lassen, wenn man Mum schmeichelt, um sicherzustellen, dass sie abgelenkt bleibt.

3. *Ihr etwas kochen, am besten etwas Süßes, und sie damit überraschen. Das ist meine Lieblingsmethode, weil es bedeutet, dass ich dann etwas davon abbekomme!*

Im Grunde lässt sich sagen, Ende gut, alles gut, weil ich nämlich alle drei Methoden auf einmal angewendet habe! Ich habe mir einen Welpen gewünscht, das Céline-Kompliment gemacht und dann … dann habe ich Mum mit einem selbst gebackenen Schokoladenkuchen überrascht, und sie war völlig hin und weg.

Sie war gerührt, und trotz meiner Hintergedanken hat es sich gut angefühlt, als sie mir sagte, wie viel es ihr bedeutet, dass ich mir diese ganze Mühe gemacht habe.

Wir hatten sogar einen „besonderen Moment". Ihr wisst schon, einen dieser seltenen Momente, in denen die Welt für den Bruchteil einer Sekunde stehen bleibt und man sich innerlich randvoll fühlt.

Ich sollte das öfter machen. Es ist nicht so schwer, und man kann einer Person damit zeigen, dass sie einem wichtig ist. Vielleicht sollte unsere ganze Familie das öfter machen, dann würde es in unserem Haus nicht mehr so viel Streit geben. Wenn wir alle uns einfach Zeit nehmen würden, um den Menschen, die wir lieben, zu zeigen, dass wir tatsächlich ein Herz besitzen und nicht nur einen heißen, dampfenden Kopf, wäre die Welt ein viel schönerer Ort. Andererseits, ich bin erst vierzehn, was weiß ich schon?

**To-do: Überrasche eine Person, die du liebst, und beobachte dabei ihr Gesicht!*

PS: Jetzt habe ich ein schlechtes Gewissen, weil ich mich vor dem Friseur gedrückt habe, obwohl Mum es nur gut mit mir meint. Ich gehe gleich nach unten und sage ihr, dass sie recht hat, und dann fahren wir in die Stadt, und ich erzähle der Friseurin irgendeinen Unsinn über die Schule, die Ferien und einen imaginären Freund. Simon hat gerade Besuch von seiner neuen Freundin, also tue ich ihm auch einen Gefallen, wenn wir für eine Weile verschwinden.

Okay, dann mal los! Aufgepasst, Welt, Lucy Harte kommt bald wieder mit einem ganz neuen Look! Ende der Durchsage! Bis später!

***To-do: Fürchte dich nicht vor Veränderungen. Lass dir die Haare schneiden!*

KAPITEL 18

Simon ruft am späten Abend an, als ich wieder zu Hause bin und im Pyjama vor dem Fernseher abhänge – mit einer Flasche Wein, einem hämmernden Kopf und einem schmerzenden Handgelenk. Ich kann mich nicht entscheiden, ob mir das Herz-Tattoo gefällt oder ob ich etwas getan habe, das ich am nächsten Morgen bitter bereuen werde.

Ich habe gerade Lucys letzten Tagebucheintrag gelesen, und er hat mich sehr traurig gemacht. Meine ganze Dankbarkeit ihr gegenüber ist durchlöchert von Schuldgefühlen, weil ihr Leben ein so frühes Ende nahm, während ich eine zweite Chance erhielt – die ich in ein einziges Chaos verwandelte.

Ich überlege, ob ich das Telefon einfach klingeln lassen soll. Ich bin nicht in der Stimmung für heitere Wunschlisten, und ich bin auch nicht fähig zu einem ernsten Gespräch, wenn ich so deprimiert bin.

Scheiß drauf, ich gehe ran.

„Hallo, Fremde!“, sagt Simon in seinem üblichen optimistischen Ton.

Ich kann da einfach nicht mehr mitspielen. Es ist, als wäre ich auf einer emotionalen Achterbahn, rauf, runter, rauf, runter, Euphorie, Trauer, Freude, Schuld, Frohsinn, Wut …

„Hi, Simon“, sage ich, und es klingt völlig anders als seine Begrüßung, wie ein müdes Lallen. „Wie geht es dir?“

„Eigentlich sehr gut“, antwortet er. Schön für ihn. „Ich war heute an unserem Familiengrab, und da hatte ich ein seltsames Erlebnis, seltsam auf eine gute Art, darum dachte ich, ich klingele mal durch und erzähle dir davon. Das heißt, wenn du nichts dagegen hast. Vielleicht bist du ja beschäftigt. Hast du Zeit?"

Ich nehme einen weiteren Schluck Wein. Mein Kopf nickt unwillkürlich. Ich *bin* beschäftigt ... damit, die Welt zu hassen und mich zu betrinken und mich am Handgelenk tätowieren zu lassen. Ich versuche, mich zu konzentrieren.

„Ich möchte es gerne hören. Erzähl."

Simon schildert mir zunächst sehr ausführlich, wie er seine Frau Andrea zu ihrer Ultraschalluntersuchung begleitete und wie bewegend es war, sein Baby auf dem Monitor zu sehen.

„Es sind nur noch zehn Wochen bis zur Geburt", sagt er, und die Freude in seiner Stimme müsste mich eigentlich aus meiner betrunkenen Verbitterung reißen, aber Fehlanzeige. „Ich glaube, ich bin richtig high von der Aussicht, dass ich bald Daddy werde. Sorry, falls ich gerade etwas überdreht wirke."

„Du hast jedes Recht dazu", sage ich. „Du solltest dich mit Jeff zusammentun und Erfahrungen austauschen."

Ups. Das wollte ich gar nicht sagen, es kam einfach so heraus.

Simon zögert kurz.

„Was? Gott, tut mir leid. Ist bei dir alles okay, Maggie?"

„Mir tut es leid ", sage ich rasch. „Ich bin ... Ich habe heute einen schlechten Tag. Das Leben besteht leider nicht nur aus Rosen und Wunschlisten und Glücklichsein bis ans Lebensende. Ich bin schließlich nicht diejenige, die ein Baby bekommt, richtig?"

Das hätte ich nicht sagen sollen.

„Oh …"

„Tut mir leid, Simon. Ignorier mich einfach. Bitte, erzähl weiter."

„Wenn es gerade schlecht ist, kann ich mich auch in ein paar Tagen wieder melden", sagt er, und ich kann hören, dass meine schlechte Stimmung langsam auf ihn abfärbt. „Ich dachte nur, du würdest es gern hören, mehr nicht. Es ist nicht weiter schlimm, wenn du nicht willst."

„Doch, ich will! Ich will es hören! Ich kann mir gut vorstellen, wie aufregend das alles für dich sein muss", sage ich, aber es ist nicht wirklich das, was ich gerade denke.

Ich bin begeistert, Simon, ich freue mich total für dich und für deine schöne Frau, aber ich kann nicht anders. Im Moment fühle ich mich so einsam und leer …

„Bist du noch da, Maggie?"

„Ja, ja, ich bin noch da. Erzähl weiter."

„Okay, aber du musst mir danach von Dublin berichten. Jedenfalls, o Gott, ich komme mir richtig dumm vor, das zu sagen, aber …"

Ich schließe meine Augen und versuche, mich auf seine Worte zu konzentrieren.

„Jedenfalls, auf dem Friedhof herrschte eine ganz wunderbare Frühlingsatmosphäre", erzählt er, „und dann hockte sich ein kleiner gelb-grauer Vogel direkt zwischen uns auf die Bank und zwitscherte und sang uns gefühlt minutenlang etwas vor."

Was zur Hölle redet er da?

„Er saß ohne jede Scheu zwischen mir und Andrea und trällerte einfach drauflos. Es war wunderschön. Es war wie eine Botschaft, ein Zeichen. Glaubst du an solche Dinge, Maggie?“

Ich sollte mich wirklich von ihm verabschieden. Ich bin nicht in der richtigen Gemütsverfassung, um mir Geschichten über einen verdammten Singvogel anzuhören. Der Mann ist in Trauer. Er würde in allem ein Zeichen von Lucy erkennen oder von seiner Mutter oder seinem Vater.

„Ja, ja, ich schätze schon“, lüge ich. „Das ist wirklich … ein schönes Erlebnis.“

Mir ist furchtbar schlecht. Das Zimmer fängt an, sich zu drehen. Ich wünschte, Simon würde sich einfach nur beeilen und zum Schluss kommen, weil ich betrunken bin und selbstsüchtig und weil ich es nicht verdiene, seine Geschichte zu hören.

„Andrea und ich, wir saßen beide nur ehrfürchtig da, und dann sprachen wir darüber, wie fantastisch es ist, dass du Lucys Wunschliste verwirklichst“, fährt er fort. „Du hältst Lucys Andenken lebendig, Maggie, und ich bin so froh darüber. Es ist, als würde Lucy in dir weiterleben. Als hätte ich meine kleine Schwester wiedergefunden.“

Mir ist heiß, und ich ringe nach Luft, als ich seine Worte höre. Seine Euphorie erstickt mich. Ich kann Lucy nicht lebendig halten. Ich kann jetzt nicht mit Simon reden. Ich kann ihm nicht länger zuhören, aber er spricht weiter.

„Und, wie war es in Dublin? Hast du unseren Mann gefunden?“, fragt er. „Hast du ihn von Lucy gegrüßt? Ich weiß, es war von vornherein ziemlich aussichtslos, aber ich hoffe, es hat dir trotzdem Spaß gemacht. Wäre seltsam gewesen, wenn du ihn gefunden hättest und er sich erinnert hätte, dass –“

„Tut mir leid, Simon, aber ich kann das nicht mehr", unterbreche ich ihn und setze mich auf. Ich muss mich wirklich gleich übergeben. Ich beuge mich vor und stütze meinen Kopf in die Hände, kalte Schweißperlen rollen über meine Finger.

„Was? Was meinst du damit? Du hast gesagt, du würdest es tun. Du musst es tun!"

„Ich muss nicht! Ich muss gar nichts, Simon! Das ist lächerlich!", schreie ich in den Hörer. „Ich bin nicht Lucy, Simon! Ich bin nicht deine Schwester! Ich bin Maggie, und ich muss mich auf mein eigenes Leben konzentrieren. Du hast Andrea und dein Leben, und ich hab meins. Mein Bruder ist schwer krank. Meine Ehe ist vorbei. Mein Job ist potenziell gefährdet. Ich kann so nicht weitermachen. Es tut mir leid! Ich kann nicht!"

Ich schluchze nun. Ich schluchze wie die besoffene, erbärmliche Loserin, die ich bin.

„Aber … aber ich dachte, du wolltest es?"

„Ich will nicht", sage ich entschieden. „Nicht mehr. Konzentrier dich auf deine Frau und dein Baby, Simon. Vergiss mich einfach. Konzentrier dich auf die Gegenwart, nicht auf die Vergangenheit. Lass Lucy gehen und mich auch. Ich kann das nicht mehr! Leb wohl."

Ich lasse mein Handy auf den Boden plumpsen. Schwerfällig packe ich Lucys Krimskrams in die dunkelblaue Keksdose, in der er gekommen ist – ihre Fotos, ihre Notizen, ihr Tagebuch. Dann schiebe ich die Dose ganz hinten in einen Küchenschrank, klappe die Tür zu und heule Rotz und Wasser.

Finde Tiernan Quinn, besuche die größte Brücke der

Welt, verzeih deinen Freunden und deiner Familie, breite deine Flügel aus und flieg weit fort, lerne Gitarre, gib eine Dinnerparty, überrasche jemanden, den du liebst, lass dir die Haare schneiden, lass dir ein Tattoo stechen, hör niemals auf zu tanzen ...

Die Liste kreist unablässig in meinem Kopf. Ich kneife die Augen fest zusammen und halte mir die Ohren zu, aber ich kann trotzdem Lucys junge Stimme hören und sehe ihr Gesicht vor mir, ihre langen Haare und die Sommersprossen.

„Geh weg!“, schreie ich. „Geh weg, Lucy Harte! Lass mich in Ruhe! Bitte!“

Und dann dämmert es mir ... Der Vogel, der heute an ihrem Grab war. Der Singvogel, genau wie in dem Lied von Eva Cassidy, das ich zu Lucys Gedenken auf der Gitarre lernen wollte.

Das ist zu viel. Ich kann nicht mehr. Ich will mein eigenes Leben zurück.

Früh am nächsten Morgen finde ich mich vor dem Eingang von *Powers Enterprises* wieder und setze mich ins Foyer und warte. Bridgets Miene schwankt zwischen Bestürzung und Freude. Ich will damit nicht sagen, dass sie sich freut, mich zu sehen. Vielmehr freut sie sich auf die Reaktion der anderen, schließlich werde ich frühestens in drei Wochen zurückerwartet.

Melanie aus der Finanzabteilung ist die Erste, die das Foyer betritt, und ich kann die Denkblasen über ihrem Kopf fast sehen, als sie an mir vorbeihuscht und ein überraschtes Hallo von sich gibt.

„Sind Sie nicht noch freigestellt, äh, krank?“ Sie kehrt zu mir zurück, unfähig, ein paar pikanten Informationen aus erster Hand zu widerstehen.

„Krank? Wer hat gesagt, dass ich krank bin?“, erwidere ich. „Ich bin nicht krank, und ich war auch nie krank.“

„Aber ich habe gehört …“ Sie beugt sich zu mir herunter und schaut auf den Boden, während sie flüsternd weiterspricht. „Ich habe gehört, Sie hatten so eine Art Zusammenbruch. Sie wissen schon, weil Ihr Mann Sie verlassen hat und so.“

Am liebsten würde ich ihr eine reinhauen, aber stattdessen lächle ich sie an.

„Davey, der Pförtner, hat sich über meine Rückkehr gefreut“, sage ich. „Ich dachte, der Rest von euch würde sich vielleicht auch freuen.“

„Oh, das tun wir, ich meine, ich freue mich. Von den anderen weiß es wahrscheinlich noch keiner. Haben Sie Mr. Powers informiert? Das hätten Sie wirklich tun sollen. Er ist zurzeit gar nicht im Lande. Trotzdem sollte er erfahren, dass Sie früher zurückgekehrt sind.“

Sylvia Madden aus dem Vorstand, die bei meinem Meeting vor ein paar Wochen dabei war, erscheint als Nächste auf der Bildfläche. Glücklicherweise handhabt sie meine Wiederkehr mit etwas mehr Taktgefühl.

„Maggie! Mit Ihnen habe ich heute ja gar nicht gerechnet. Wie geht es Ihnen?“

„Großartig“, antworte ich. „Ich könnte Bäume ausreißen, und ich bin bereit, mich sofort wieder in die Arbeit zu stürzen. Sie haben ja gesagt, dass ich in meinen Job zurückkehren kann, wann ich möchte.“

Sylvia bleibt gelassen und senkt ihre Stimme zu einem sanften Murmeln.

„Natürlich. Ja, das haben wir gesagt, aber könnten wir beide das vielleicht bei einem Kaffee besprechen? Irgendwo, wo wir vor neugierigen Augen und Ohren geschützt sind?"

Sie wirft einen angewiderten Blick auf Melanie.

Ich folge Sylvia aus dem Gebäude wie ein verirrter Welpe.

Wir sitzen in dem Café gegenüber von *Powers Enterprises*, und ich starre aus dem Fenster, während Sylvia für uns beide bestellt. Ich fühle mich wie ein Kind, das an einem uniformfreien Tag in seiner Uniform zur Schule gekommen ist, beschämt und fehl am Platz. Am liebsten würde ich nach Hause gehen. Ich hätte nicht herkommen sollen.

„Erzählen Sie, Maggie, wie ist es Ihnen ergangen?", fragt Sylvia, als die Kellnerin weit genug weg ist. „Sie können vollkommen offen mit mir sprechen. Geht es Ihnen wirklich schon besser? Sind Sie wirklich schon bereit, wieder auf das Hamsterrad aufzuspringen?"

Ich nicke langsam und beiße mir dann auf die Unterlippe. Besser? Ich dachte, es ginge mir besser. Ich weiß nicht, ob ich mich jemals besser fühlen werde.

„Es ist ... es ist schwer", sage ich zu Sylvia. „Ich muss wieder arbeiten gehen. Ist es okay, wenn ich früher zurückkomme und sofort wieder einsteige?"

Zu meiner Überraschung legt Sylvia ihre Hand auf meine.

„Wissen Sie, Maggie, es war meine Idee, Ihnen eine Auszeit zu geben“, sagt sie, und in ihrem Blick liegt nichts als Verständnis.

„Tatsächlich? Warum?“

Zum ersten Mal, seit ich für *Powers Enterprises* arbeite, zeigt Sylvia Madden ihre menschliche Seite. Sie hat den Ruf, eine harte Nuss zu sein, die einzige Frau, die es in die Führungsspitze geschafft hat, von allen bewundert und gleichzeitig gefürchtet. Ich wusste nicht, dass sie so nett sein kann.

Aber dann fällt mir ein, dass sie mir bei unserem Meeting ein Taschentuch reichte, und dass sie mich bei einer anderen Gelegenheit verschonte, obwohl sie mich hätte zur Schnecke machen können, nachdem ich einen Termin vermasselt hatte. Vielleicht ist das hier gar nicht das erste Mal, dass sie sich mir von ihrer menschlichen Seite zeigt. Schon komisch, manchmal sieht man den Wald vor lauter Bäumen nicht.

„Darf ich Ihnen etwas erzählen, Maggie? Etwas über mich?“, fragt sie.

„Natürlich dürfen Sie.“

Sie blickt sich nervös um und heftet ihre Augen dann auf mich.

„Vor ungefähr fünfzehn Jahren habe ich die demütigendste, schmerzhafteste Erfahrung in meinem ganzen Leben gemacht“, beginnt sie mit leiser Stimme.

Die Kellnerin erscheint mit unserem Kaffee, und wir murmeln beide ein hastiges Danke. Sylvia fährt fort, sobald die Kellnerin wieder verschwunden ist.

„Mein Mann hat mich für meine Freundin verlassen“, erklärt sie. „Für meine beste Freundin.“

„O Gott, Sylvia, das tut mir leid."

„Ich kam eines Tages früher von der Arbeit nach Hause, weil ich eine schlimme Migräne hatte. Mein Vater war kurz zuvor gestorben, und Michael, mein Mann, stand mir in dieser schweren Zeit der Trauer eng zur Seite. Er war ein hingebungsvoller Ehemann. Wir versuchten, ein Kind zu bekommen."

„Kommt mir bekannt vor ... Jeff war auch immer sehr aufmerksam und liebevoll zu mir."

„Tja, ganz genau", sagt Sylvia. „Jedenfalls, als ich in unsere Einfahrt bog, sah ich am Küchenfenster Christine, meine beste Freundin. Wir kennen uns schon unser ganzes Leben lang. Ich werde niemals ihren Gesichtsausdruck vergessen, als sie meinen Blick durch die Scheibe auffing. Zuerst dachte ich, Christine hätte spontan vorbeigeschaut, um für mich ein paar Sachen im Haus zu erledigen oder einzukaufen, weil sie sich um mich sorgte, aber dann fiel mir ein, dass sie keinen Schlüssel hatte, um ins Haus zu kommen."

„Mein Gott ..."

„Ich ging hinein, und mein Mann kam gerade in seinem Bademantel die Treppe herunter. Ihre Blicke sagten alles. Ich rannte sofort wieder aus dem Haus und kehrte nie mehr zurück. Will Powers senior war ein Freund von Michael, und er nahm mich damals unter seine Fittiche und ermöglichte mir einen Neuanfang, einen ganz frischen Start. Eine Chance, mein neues Ich zu finden. Aber zuerst musste ich mir eine Auszeit nehmen, damit mein Herz und mein Verstand sich erholen konnten."

Ich nehme einen Schluck von meinem Kaffee, aber er schmeckt bitter. Sylvia starrt in ihre Tasse. Ich atme tief durch.

„Maggie, Sie sind nicht mehr dieselbe Person, die bis vor Kurzem für uns arbeitete, und Sie werden auch nie wieder dieselbe sein“, sagt sie. „Ich sehe in Ihnen sehr viel von mir selbst. Sie müssen sich diese Auszeit nehmen, um sich neu zu sortieren und um zu entscheiden, was Sie als Nächstes mit Ihrem Leben machen wollen.“

„Okay ...“

„Tun Sie es für sich, nur für sich“, fährt sie fort. „Kehren Sie nicht übereilt zurück und versuchen Sie nicht, sich wieder in das alte Muster einzufügen. Es ist nicht mehr wie früher. Sicher, die Arbeit kann Ihnen helfen, sich abzulenken und über den Tag zu kommen, aber ich weiß aus eigener Erfahrung, dass es besser ist, wenn Sie sich von so einem Schock und lebensverändernden Ereignis erst einmal gründlich erholen. Machen Sie Urlaub, fahren Sie weg, und tun Sie etwas nur für sich, etwas, das Ihnen hilft, herauszufinden, ob Sie tatsächlich zu uns zurückkehren möchten. Vielleicht stellen Sie fest, dass Sie das gar nicht mehr wollen, vielleicht auch nicht. Geben Sie sich selbst die Chance, das herauszufinden.“

Wir sitzen ein paar Sekunden lang schweigend da.

Sylvia hat gesagt, was sie zu sagen hatte, und ich kann nicht wirklich dagegen argumentieren, weil sie tatsächlich weiß, was ich gerade durchmache.

„Ich wollte eine eigene Familie haben“, sage ich, und schon fließen die Tränen. „Ich habe versucht, schwanger zu werden, und nun bekommt sie ein Baby von ihm. Er war mein Mann.“

Sylvia nickt mitfühlend und lächelt mich dann an.

„Kopf hoch, Maggie O’Hara!“, sagt sie aufmunternd.

„Schauen Sie sich an – Sie sind schön, Sie sind intelligent, Sie sind witzig. Sie haben so viele tolle Eigenschaften. Lassen Sie nicht zu, dass ein einziger Mann Ihr Leben zerstört. Geben Sie ihm nicht diese Macht."

„Bitte, sagen Sie mir jetzt nicht, dass noch viele andere Fische im Becken schwimmen", spotte ich lahm. „Ich möchte nie wieder angeln gehen."

„Nun, ich bin schließlich wieder angeln gegangen", erwidert Sylvia mit einem schüchternen Kichern. „Und zwar früher, als ich gedacht hätte. Das Leben hat eine komische Art, uns in andere Bahnen zu lenken. Sean und ich sind nun seit zehn Jahren verheiratet, und schon ein Jahr nach unserem Kennenlernen kamen die Zwillinge auf die Welt."

Am liebsten würde ich Sylvia von Lucy Harte erzählen. Von meinem Bruder und seinem großen Comeback in meinem Leben. Und von Lucys Liste und davon, dass ich gestern Abend alles hingeschmissen habe, weil ich eine schreckliche Angst davor habe, wo mich das Ganze hinführen wird.

Aber ich brauche Sylvia nichts weiter zu erzählen, weil sie mir bereits mehr geholfen hat, als ich verdiene. Ich muss Vernunft annehmen und zu Lucys Liste zurückkehren und mich vorwärtstreiben lassen, statt rückwärts zu gehen.

Es tut mir leid, Lucy, sage ich stumm, als ich nach dem Café die Straße entlanggehe. *Es tut mir leid, dass ich dich im Stich gelassen habe und so ein egozentrisches Arschloch war. Ich werde deinem Rat folgen. Ich habe keine Angst vor Veränderungen, und ich werde mit einer fabelhaften neuen Frisur anfangen.*

KAPITEL 19

Ich bin ganz zappelig vor Aufregung, als ich am International Airport in Belfast einchecke, und ich erkenne mich selbst kaum wieder, als ich an einer verspiegelten Wand vorbeigehe.

Ich habe getan, wozu Lucy nie gekommen ist. Ich habe mir eine verdammt geile neue Frisur verpassen lassen, und es fühlt sich an, als wäre, im wahrsten Sinne des Wortes, ein Gewicht von mir abgefallen. Zum ersten Mal seit Jahren bin ich zu einem Friseur in der Stadt gegangen statt zu Flo, weil ich Angst hatte, ich würde es mir sonst wieder anders überlegen.

„Ihr Tattoo gefällt mir", sagte die Friseurin, und ich legte meinen Daumen auf das kleine Herz und rieb sanft darüber, während ich tief durchatmete, um mich auf mein neues Aussehen vorzubereiten.

Ich liebe mein Tattoo, jetzt, wo ich nüchtern genug bin, um es zu würdigen. Ich habe meinen Frieden mit Lucy geschlossen, und ich bin entschlossener denn je, ihre Liste durchzuziehen und meinem Leben eine neue Richtung zu geben. Ich brauche Lucy. Ich brauche sie mehr, als ich dachte, und sie jetzt loszulassen, wäre dumm und würde mich in ein unglückliches Leben und eine niemals endende Katerstimmung zurückwerfen. Und in einen Job, von dem ich mir nicht sicher bin, ob ich ihn wirklich noch machen will.

„Haben Sie Gepäck, das Sie aufgeben möchten?", fragt die Mitarbeiterin am Flugschalter, und ich freue mich darüber, dass ich die Frage verneinen kann. Für diese Reise habe ich absichtlich nur den Hinflug gebucht, und ich reise ganz allein, ohne Ballast, nicht einmal im wortwörtlichen Sinne. Ich habe nur einen leichten Rucksack dabei, in dem mein Pass, ein paar Tops und Shorts, eine dünne Jacke und meine Schminksachen verstaut sind. Mehr nicht.

Die Mitarbeiterin muss zweimal hinschauen, als sie mein Passfoto sieht. Darauf bin ich blond, und meine Haare reichen bis über meine Schultern. Jetzt trage ich einen frechen, kurzen, knallroten Bob. Nicht kupferrot, nicht mahagonirot, sondern einfach nur rot, und ich bin davon total begeistert!

„Dann ist Ihr Check-in auch schon abgeschlossen", sagt die Frau mit ihrem Lippenstiftlächeln und gibt mir meinen Pass und die Bordkarte. „In New York müssen Sie allerdings für Ihren Anschlussflug nach Nashville neu einchecken. Gute Reise, Ma'am."

Der Gesichtsausdruck meiner Mutter, als ich gestern Abend vor ihrer Tür auftauchte, war unbezahlbar. Nach meinem Friseurbesuch ging ich zu Tesco und besorgte die Zutaten für einen Biskuitkuchen mit Marmeladen- und Sahnefüllung. Ich habe seit Jahren nicht mehr gebacken, und in meiner Küche fehlten die notwendigen Utensilien, also musste ich praktisch bei null anfangen, aber Lucy hatte recht. Das Gefühl, etwas für jemanden zu tun, der gar nicht damit rechnet, war so befriedigend, dass ich innerlich glühte.

Ich schlug die Sahne, verteilte die Marmelade und staunte, wie sich alles zusammenfügte. Dann packte ich den Kuchen in eine Schachtel und fuhr hinaus aufs Land, um ihn den beiden Menschen zu bringen, die mir am meisten bedeuten.

Dad saß auf seinem Traktor, und als ich hupend an ihm vorbeifuhr, stand er auf und schwenkte beide Arme. Dann kletterte er eilig herunter und kam zu mir, um mich richtig zu begrüßen. Ich hätte über sein freudestrahlendes Gesicht weinen können.

„Jesus, Maria und Josef!", rief meine Mutter, die zu uns in den Hof herauskam. „Maggie! Ich hätte dich ja fast nicht erkannt mit deiner neuen Haarfarbe! Ich dachte zuerst, du wärst unsere Roisin aus Dublin! Hat sie dir zu dieser Frisur geraten?"

Ich schüttelte den Kopf, und es fühlte sich so anders an ohne die langen blonden Locken. Es fühlte sich jung an und wild und frei, und ich liebte es!

„Nein, das war ein anderes Mädchen. Wie gefalle ich euch?"

Ich drehte mich um die eigene Achse. Bei uns zu Hause dreht man sich immer um die eigene Achse, wenn man eine neue Frisur oder ein neues Outfit präsentiert. Das versteht sich praktisch von selbst.

„Sie steht dir", sagte meine Mum. „Es wird zwar ein bisschen dauern, bis ich mich daran gewöhnt habe, aber sie steht dir wirklich gut."

Die Meinung meines Vaters fiel wie immer enthusiastisch aus. Ich glaube, ich könnte mit gepiercter Nase, gepiercter Zunge und gepiercten Augenbrauen hier auftauchen, und er würde mich immer noch schön finden.

„Das ist der Anfang von deinem neuen Ich", sagte er und legte seinen großen, starken Arm um meine Schultern.

„Und du scheinst dich gut erholt zu haben. Offenbar geht es mit dir wieder aufwärts. Habe ich dir nicht gesagt, dass alles wieder gut wird? Schau dir Marilyn Monroe an! Die hat nie einem Mann hinterhergetrauert. Die Männer haben immer ihr hinterhergetrauert, und das wird bei dir genauso sein."

Ich kicherte über seinen neuesten Tote-Hollywoodstars-Vergleich, und wir machten uns auf den Weg in die Küche, wo jeder Geruch und jedes Geräusch und jeder Anblick für mich eine Erinnerung barg.

„Es ist schön, wieder zu Hause zu sein", sagte ich, während ich den Duft von Mums Hausmannskost inhalierte. „Kann ich mitessen? Ich habe auch ein Dessert mitgebracht."

„Du kannst immer mitessen", sagte meine Mum und legte ein extra Gedeck heraus. „Augenblick, *du* hast *mir* einen Kuchen gebacken?"

Ich nickte und beobachtete, wie meine Eltern den Kuchen bewunderten, als wäre er ein preisgekröntes Meisterwerk, und ich spürte, wie mein Herz anschwoll.

„Ich hab dich lieb, Mum. Und dich auch, Dad. Ich sollte euch das viel öfter zeigen. Danke, dass ihr immer für mich da seid."

Mein Vater legte je einen Arm um meine Mum und mich und drückte uns so fest an sich, dass ich um die Zukunft des Kuchens in meinen Händen fürchtete.

Als er es schaffte, uns wieder loszulassen, setzte ich mich an den Küchentisch und schaute auf den leeren Platz direkt gegenüber. John Joes Platz. Mein Magen krampfte sich zusammen.

„Wo genau in Amerika ist John Joe gerade?“, fragte ich meine Eltern.

„Er lebt mit Vivienne in Nashville“, antwortete meine Mutter. „Ich kann dir seine Adresse geben – falls du ihm schreiben möchtest?“

Das war eine Fangfrage, und wir alle wussten es. Ich, meinem Bruder schreiben? Eine Versöhnung mit John Joe wäre das größte Geschenk, das ich meinen Eltern machen könnte, aber bisher war ich zu egoistisch, um hinter meine eigene Wut und Reue zu blicken. Meine Eltern ahnten nichts von der Hochzeit meines Bruders, und noch wichtiger, sie ahnten nichts von seiner Krankheit. Ich war es ihnen schuldig, Lucys Rat zu folgen.

„Ich habe eine bessere Idee“, sagte ich. „Ich werde ihn besuchen.“

„Du wirst was? O mein Gott, Robert, sie wird ihn besuchen!“, rief meine Mutter, nur für den Fall, dass Dad mich nicht richtig verstanden hatte.

Das genügte, um die beiden erneut in Begeisterung zu versetzen. Sie freuten sich, als hätten sie im Lotto gewonnen.

Ich verdanke Lucy Harte und ihrer Familie so viel. Große Dinge wie diese Reise – dass ich mir nichts, dir nichts nach Amerika fliege, um meinen Bruder zu überraschen – und auch kleine wie meine neue Frisur oder dass ich meinen Eltern einen Kuchen gebacken habe. Und es sind nicht nur die Punkte von Lucys Liste, sondern auch alles, was ich in den siebzehn Lebensjahren machen konnte, die sie mir bis jetzt geschenkt hat.

Ich habe die Schule geschafft, hatte auf der Uni jede Menge Spaß und machte meinen Abschluss, ich lernte Motorrad fahren, fuhr Ski und ich arbeitete in allen möglichen Jobs, unter anderem in einer Eisdiele, in einem Hundesalon, in einem Restaurant, in einer Gastfamilie als Au-pair, in einem Pferdestall, in einem Blumenladen und natürlich in der Immobilienbranche, wo ich über viele Jahre hinweg Menschen aus allen gesellschaftlichen Schichten traf. Ich bin viel herumgekommen, ich habe geliebt, ich habe verloren, ich habe gewonnen. Und das alles dank dir, Lucy.

Ich schreibe das alles auf einen Zettel und stecke ihn zu meinen anderen Botschaften an Lucy hinten in ihr Notizbuch. Ich kann spüren, wie sie mich vorantreibt, mich führt, mich wieder stark macht, und ich schulde ihr so viel.

Verzeih deinen Freunden und deiner Familie, hat sie gesagt. Überrasche jemanden, den du liebst. Ich kann gar nicht glauben, was ich im Begriff bin, zu tun.

Bitte, verlass mich nicht, Lucy, sage ich in den Himmel. *Ich brauche dich jetzt mehr denn je.*

KAPITEL 20

Hier stehe ich nun mit nichts als einer Adresse auf einem Stück Papier in der Welthauptstadt der Countrymusik und mache mir vor Angst fast in die Hosen.

„Wo soll's hingehen, Ma'am?", fragt mich der Taxifahrer am Flughafen, und ich lese ihm John Joes Adresse vor.

„Ist es weit?", frage ich. Ich fühle mich wie ein Fisch auf dem Trockenen. Man sieht sofort, dass ich hier nichts verloren habe. Ich werde von wiederkehrenden Zweifeln übermannt, von dem Bedürfnis, auf dem Absatz kehrtzumachen, nach Hause zu fliegen und das Ganze zu vergessen, aber Lucys Worte klingen in meinem Kopf und treiben mich Schritt für Schritt voran.

Der Taxifahrer murmelt eine Antwort, die ich nicht verstehe, und schlängelt sich durch den Verkehr, bis ich knapp eine Stunde später mit einem schweren Herzen und einem deutlich leichteren Portemonnaie vor dem Haus meines Bruders stehe. Es fühlt sich an, als würde ich gleich zum ersten Mal einen Fremden treffen.

Ich bleibe vor dem Gartentor stehen und blicke den Weg entlang, der zu einem kleinen blassgrauen Holzhaus führt, betrachte den Ort, den mein Bruder sein Zuhause nennt. Das Haus steht zwischen ähnlichen Gebäuden an einer gepflegten, baumgesäumten Straße, und zu meiner Überraschung hängt im Vorgarten ein Zu-verkaufen-Schild. Offenbar werden John Joe und seine Frau bald umziehen.

Das hier ist also sein Leben. Hier steht er jeden Morgen auf, geht zur Arbeit – mir wird bewusst, dass ich nicht einmal weiß, womit er seinen Lebensunterhalt verdient –, küsst seine Frau, isst seine Mahlzeiten. Ich komme mir vor wie eine Fremde, die herumschnüffelt und in ein Leben blickt, das ich nicht kenne.

„Entschuldigung, Ma'am? Kann ich Ihnen helfen?"

Ich zucke zusammen und greife mir erschrocken an mein Herz, als ich die scharfe Stimme einer Frau höre, die plötzlich wie aus dem Nichts neben mir auftaucht. Sie legt eine Hand auf das Tor, als wolle sie verhindern, dass ich das Grundstück betrete.

„Vivienne?"

„Meine Güte, sind Sie ... bist du Maggie?"

Ich nicke und lächle und zucke mit den Achseln, und Vivienne stellt die Einkaufstaschen ab, die sie in der anderen Hand trägt, und breitet dann ihre Arme aus, um mich wie ein lange verschollenes Familienmitglied an sich zu drücken – na ja, ich schätze, ich *bin* ein lange verschollenes Familienmitglied.

„Komm rein! Komm rein und sprich mit deinem Bruder! Das ist ja eine Überraschung!"

Sie hebt ihre Einkaufstaschen wieder auf, und ich nehme ihr automatisch eine ab, obwohl sie sich zuerst sträubt, dann folgen wir dem Weg zu ihrem hübschen kleinen Haus. Ich glaube, ich war in meinem ganzen Leben noch nie so nervös.

Sekunden später sitze ich im Wohnzimmer meines Bruders, und Vivienne verschwindet kurz, um John Joe Bescheid zu sagen, dass ich hier bin.

O bitte, lieber Gott, mach, dass er nett zu mir ist. Bitte, Lucy, sag mir, dass ich das Richtige tue!

Es ist heiß hier, die Hitze schnürt mir fast die Luft ab. Während ich bewusst ein- und ausatme, mustere ich meine Umgebung. Der Raum wirkt sehr gemütlich, Vivienne hat definitiv einen guten Geschmack. Oder vielleicht ist es auch John Joes Stil. Was weiß ich schon? Bunte Läufer zieren das rustikale Holzparkett, an der Wand hängen mehrere Gitarren, und im Regal stehen unzählige Fotos von den beiden in verschiedenen Glückliches-Paar-Posen. Er wirkt so zufrieden neben ihr, während sie … nun, sie entspricht in keiner Weise dem Bild, das ich von ihr hatte. Am liebsten würde ich aufstehen und die Fotos aus der Nähe betrachten, aber das traue ich mich nicht. Ich möchte John Joe nicht zu nahe treten, immerhin kennen wir uns praktisch nicht mehr.

Gib mir ein Zeichen, Lucy. Gib mir ein Zeichen, dass ich das Richtige tue.

Mein Blick bleibt an einem der Fotos auf den Regalen hängen.

Ist das … Bin das ich?

Jetzt stehe ich doch auf, um mir das Foto genauer anzuschauen. Es ist eine Aufnahme von mir als Jugendliche, ungefähr zwei Jahre nach meiner Operation, am ersten Tag, an dem ich wieder auf unser Familienpony stieg. Das war ein großer Moment für mich, und hier ist er, auf der anderen Seite der Welt, und starrt zu mir zurück wie ein Geist aus meiner Vergangenheit.

Gleich daneben steht ein Familienporträt – ich, John Joe, Mum und Dad am Tag meiner Absolventenfeier –, und ich nehme es vom Regal herunter, um es genauer zu betrachten. Ich weiß noch, dass ich unheimlich eifersüchtig war, als John Joe an jenem Tag auftauchte, frisch aus der Schweiz angereist, und mir wird bewusst, wie schrecklich egoistisch ich so viele Jahre war. Er war extra für meinen großen Tag nach Hause gekommen, und statt dankbar zu sein, war ich nur damit beschäftigt, mir von ihm nicht die Show stehlen zu lassen. Ich spüre eine große Traurigkeit. Und ein großes, großes Bedauern.

„Es tut mir so leid", flüstere ich und stelle das Bild langsam zurück an seinen Platz.

Dieses Foto zeigt mir, dass ich das Richtige tue. Ja, ich *möchte* meinen Bruder sehen und ihm sagen, dass es mir leidtut, und ich möchte ihn fragen, ob wir noch einmal von vorn anfangen können. Ob er mir bitte noch eine Chance geben kann.

Vor Erschöpfung fallen mir fast die Augen zu. Wie gern würde ich mich jetzt hinlegen, irgendwohin, am besten sofort.

„Hallo?", höre ich John Joe oben auf der Treppe rufen, und die Wände des Wohnzimmers scheinen sich zusammenzuziehen. „Maggie?"

Gleich darauf kommen seine Schritte näher, und ich drehe mich zu ihm um. Als ich ihm in die Augen schaue, habe ich das Gefühl, mein Herz müsse gleich kollabieren.

„Maggie!", sagt er wieder. „Mein Gott, Maggie, komm her, damit ich dich richtig ansehen kann! Das ist … das ist einfach die beste Überraschung aller Zeiten!"

Ich gehe zu ihm hinüber, lasse mich buchstäblich in seine starken Arme fallen, und es fühlt sich an, als wäre ich zu Hause.

„Ich glaube, ich habe dich vollgerotzt“, sage ich, als wir uns schließlich voneinander lösen. „Sorry, dass ich einfach so hier auftauche. Es war eine spontane Entscheidung.“

Ich hole tief Luft und sehe ihn direkt an, schaue in seine großen, sanften braunen Augen.

„Es wäre nicht das erste Mal, dass du mich vollrotzt“, sagt er und wischt die feuchten Spuren unter seinen Augen weg. „Meine Augen schwitzen. Weißt du noch, dass du das früher immer gesagt hast, wenn du nicht zugeben wolltest, dass du geweint hast?“

Ich nicke und versuche, meine Gefühle unter Kontrolle zu bringen.

„Meine Frau hast du ja schon kennengelernt“, sagt er, als Vivienne hereinkommt.

„Maggie, es ist wirklich fabelhaft, dass du gekommen bist“, sagt sie mit ihrem herrlichen Akzent, der mir schon am Telefon aufgefallen ist. Damals war ich zu stur, um ihn zu würdigen. „Damit hast du deinen Bruder sehr, sehr glücklich gemacht. Und das macht mich auch glücklich.“

Ich umarme sie herzlich. Auch auf ihrer Seidenbluse hinterlasse ich Tränen und Rotz.

„Es tut mir leid, dass ich euch so überfalle“, sage ich. „Aber ich hatte Angst, ich würde einen Rückzieher machen, wenn ich nicht einfach durchstarte.“

„Setz dich, Mags, und wehe, du entschuldigst dich“, sagt John Joe. „Wissen Mum und Dad, dass du hier bist? Du siehst ziemlich geschafft aus. Bist du okay? Bist du sicher, dass alles in Ordnung ist?“

Er klingt wie Dad, er macht einen Wirbel um mich wie Mum, aber er sieht aus wie ich. Ich bin mir nicht sicher, welche Frage ich zuerst beantworten soll, aber ich weiß, er meint es nur gut.

„Kann ich dir etwas zu trinken anbieten?", fragt Vivienne mich. „Du hast eine lange Reise hinter dir."

„Nein, nein, alles gut", sage ich. „Aber vielen Dank."

„Ich werde dir einen Tee machen", erwidert sie. „Du siehst aus, als könntest du einen vertragen."

Es hat den Anschein, als würde Vivienne mich durch meinen Bruder bereits kennen. Wir O'Haras haben schon immer unseren Tee geschätzt, und nein heißt grundsätzlich ja.

„Ja, Mum und Dad wissen, dass ich hier bin", sage ich zu meinem Bruder. „Und ich weiß, dass ich scheiße aussehe. Du brauchst also nicht zu sagen, ich sehe müde aus oder blass oder so was. Ich sehe ganz einfach beschissen aus."

„Wie geht es dir?", fragt er. „Achtest du gut auf dich in dieser ganzen Umbruchphase?"

Umbruchphase … nun, das ist eine Art, es auszudrücken.

„Es geht mir gut. Ich werde das alles schon überstehen", antworte ich, und zum ersten Mal seit langer Zeit meine ich es tatsächlich so. „Es geht mir sogar richtig gut. Ich besuche neue Orte, treffe neue Leute, breite meine Flügel aus, alles super. Tatsächlich mache ich mir mehr Sorgen um dich als um mich, was der Grund ist, warum ich hier bin. Wie steht es um deine Gesundheit, John Joe? Bitte, sag mir die Wahrheit."

Ich schaue meinen Bruder verzweifelt an. Wir sehen uns wirklich sehr ähnlich. Wir haben die gleichen Augen und die gleiche römische Nase, und wenn er lächelt, erscheint auf seiner rechten Wange ein Grübchen, an derselben Stelle wie bei mir. John Joe sieht hager und krank aus, aber nicht so krank, wie ich es mir vorgestellt habe. Ich hoffe nur, ich komme nicht zu spät.

„Ich habe viel durchgemacht“, erklärt er. „Wir haben beide viel durchgemacht. Aber es sieht so aus, als hätten sie ihn wohl rechtzeitig gestoppt.“

„Mit ihn meinst du ... Krebs? Ist er heilbar? O mein Gott ...“

Ich zittere vor dem, was ich gleich hören werde, und ich hasse mich dafür, dass ich so lange an einem ganz unnötigen, kindischen Groll festgehalten habe.

„Ja, es ist Krebs. Mir wurde eine Niere entfernt, aber nach ein paar Tagen durfte ich schon wieder nach Hause. Vivienne und ich haben die letzte Woche an einem Ort verbracht, der uns beiden viel bedeutet, und einfach nichts getan, darum fühle ich mich schon viel besser.“

Ich kann ihm nicht in die Augen sehen. All die Male, die er versucht hat, Kontakt zu mir aufzunehmen, während ich nur mit meinem eigenen kleinen Leben beschäftigt war ... Am liebsten würde ich mich selbst anschreien, weil ich so verdammt ichbezogen war.

„John Joe, es tut mir unheimlich leid“, sage ich leise zum Parkettboden. „Ich hätte früher kommen sollen. Ich hätte zumindest deine Anrufe annehmen sollen. Ich hätte –“

„Das Leben ist zu kurz für hätte, wäre und könnte“, unterbricht er mich. „Sieh mich an, Maggie.“

„Ich kann nicht.“

Er lacht leise.

„Ich wette, du kannst doch."

Ich drehe den Kopf zu ihm. Sein Lächeln ist noch dasselbe.

„Glaub mir, Maggie, durch die Krankheit sind mir viele Dinge bewusst geworden", sagt er. „Wenn man den Punkt erreicht, an dem das Leben zu Ende sein könnte, lernt man, die Scheiße von der Realität zu unterscheiden, und ich musste so einige Lektionen lernen. Du hast die Erfahrung ja selbst gemacht – aber du warst damals noch ein Kind. Es tut mir leid, dass ich damals nicht verstanden habe, wie viel Angst du hattest."

Ich stoße einen tiefen Atemzug aus.

„Es ist keine schöne Erfahrung", sage ich mit einem Achselzucken. „Aber wir sind beide noch da. Ich hoffe, es ist nicht zu spät."

Er schüttelt den Kopf und nimmt meine Hand.

„Es ist nicht zu spät", sagt er. „Es stehen noch ein paar Untersuchungen an, aber ich werde medizinisch gut versorgt, darum blicke ich optimistisch in die Zukunft. O Maggie, ich kann dir gar nicht sagen, wie schön es ist, dich wiederzusehen! So, genug von den traurigen Geschichten. Es gibt sicher wichtigere Dinge, die wir uns zu erzählen haben."

Vivienne bringt den Tee. Sie hatte recht. Ich kann ihn wirklich gut gebrauchen.

„Du siehst sehr blass aus, Maggie", sagt sie. „Bist du müde vom Flug?"

„Ja, du siehst aus, als hättest du ein Gespenst gesehen", sagt John Joe lachend. „Ich hoffe, du bereust es nicht, dass du nach Nashville gekommen bist. Du bist hier immer willkommen. Jederzeit."

„Es ist alles okay. Wahrscheinlich liegt es nur an meiner neuen Haarfarbe, dass ich so blass aussehe", beruhige ich die beiden und gebe mein Bestes, um das Gespräch wieder von mir abzulenken. „Erzählt mal, wie lebt ihr hier? Ich dachte, du wärst noch in New York, John Joe, aber das ist mein Fehler …"

Ich sehe beschämt nach unten.

„Wir leben schon eine ganze Weile hier", sagt Vivienne sanft. „Und wir werden noch eine lange, lange Zeit hier leben, nicht wahr, Liebling?"

Ich hebe den Kopf und sehe, wie die beiden sich mit einer Mischung aus Hoffnung und Erleichterung zunicken. Obwohl John Joe sich große Mühe gibt, fröhlich und positiv zu sein, lässt sich das Offensichtliche nicht leugnen. Er hat Krebs. Hatte Krebs. Wie auch immer. Aber er versucht, im Jetzt zu bleiben.

„Vivienne arbeitet hier für ein großes Verlagshaus, darum wird Nashville für die absehbare Zukunft unser Standort bleiben", sagt er.

„Für ein großes Verlagshaus? Cool!", sage ich, bemüht, dem Beispiel meines Bruders zu folgen und die Stimmung aufzuhellen. „Dann triffst du also all die großen Stars der Branche? Ich weiß, ich klinge wie ein Teenie, aber ich finde das ziemlich beeindruckend."

„Ja, Vivienne hat einige große Stars entdeckt", sagt John Joe stolz. „Sie ist ein unglaubliches Talent. Ich wusste immer, dass sie phänomenal sein würde."

Die Art, wie er sie ansieht, weckt in mir den Wunsch, das zu haben, was die beiden haben. Gab es zwischen Jeff und mir jemals diese Verbundenheit?

„Fehlt nur noch, dass du mir gleich erzählst, dass du drüben in Memphis auf Graceland arbeitest“, sage ich zu John Joe. „Verglichen mit euch komme ich mir richtig langweilig vor.“

„Ich bin auch nicht so außergewöhnlich“, sagt er lächelnd, und seine Augen werfen kleine Fältchen, die sein Alter verraten. Wann ist mein Bruder so erwachsen geworden? „Vivienne darf mit den Großen verkehren, ich darf deren Rasen mähen. Ich habe einen Gartenbaubetrieb.“

Vivienne gibt ihm scherzhaft einen Klaps auf das Bein.

„Sei nicht so bescheiden, Liebling“, sagt sie. „Maggie, dein Bruder ist ein sehr gefragter Mann. Er macht seine Arbeit ganz wunderbar und hat viele tolle kreative Ideen. Ihr beiden habt euch sicher viel zu erzählen.“

Das stimmt. Ich war so eine Idiotin.

„Du hast vermutlich das Schild draußen im Garten gesehen. Der Verkauf ist nicht unsere Entscheidung, und wir bedauern es sehr, dass wir hier ausziehen müssen“, fährt Vivienne fort. „Wir wohnen hier schon seit einer ganzen Weile zur Miete, aber der Besitzer möchte das Haus jetzt verkaufen. Also müssen wir uns entscheiden: Bleiben wir hier in der Stadt und suchen uns eine neue Bleibe, oder wandern wir auf die Malediven aus und setzen uns mit unserer Lebensversicherung zur Ruhe.“

Einen Augenblick lang glaube ich, sie meint es ernst, aber dann brechen die beiden in Gelächter aus.

„Wir könnten Nashville nie verlassen“, sagt John Joe. „Das ist nun unsere Heimat, und außerdem möchten wir bald eine Familie gründen, darum werden die Malediven wohl noch warten müssen.“

Ich kann nicht glauben, wie sehr mein Bruder sich verändert hat. In meiner Verbitterung habe ich seine herzliche und liebenswerte Seite viel zu lange ignoriert.

Es gibt so vieles zu bereden, so viele verlorene Jahre, so viele offene Fragen und Antworten. Aber meine Augenlider sind schwer, und mit meinem Gähnen stecke ich Vivienne an und schließlich auch John Joe.

„Es ist spät geworden", sage ich und schaue auf die Uhr. Eigentlich ist es erst kurz nach eins, aber meine innere Uhr ist völlig durcheinander. Ich weiß nicht einmal, ob ich jetzt wirklich schlafen kann, aber ich sollte es definitiv versuchen.

„Maggie, ich frage nur ungern", sagt John Joe, „aber wie lange kannst du bleiben? Ich würde dir nämlich liebend gern die Gegend hier zeigen und so viel Zeit wie möglich mit dir verbringen, solange du bei uns bist."

Tatsächlich kenne ich die Antwort auf diese Frage selbst nicht, aber ich möchte die Gastfreundschaft meines Bruders nicht überbeanspruchen. Er hat gerade erst eine schwere Operation hinter sich, und ich habe den Eindruck, dass er und Vivienne rasch darüber hinwegkommen wollen, um ihr gemeinsames Leben weiterzuleben.

„Ich werde nur ein paar Tage bleiben", sage ich. „Aber ich kann es kaum erwarten, zu hören, was du so alles getrieben hast, und ich meine wirklich alles."

„Ich wette, du hast mir auch jede Menge zu erzählen", erwidert John Joe.

„Das kannst du glauben", sage ich. „Ich weiß gar nicht, wo ich anfangen soll."

Den nächsten Tag verbringe ich gemeinsam mit meinem Bruder, und er zeigt mir die Sehenswürdigkeiten seiner Heimatstadt, in die ich mich sofort verliebe. Ich betrachte staunend Orte, von denen ich bisher nur gehört habe – das *Grand Ole Opry House*, das *Bluebird Café* und *Tootsie's Orchid Lounge*, in die John Joe mich später auf einen Drink einladen will. Zum Lunch machen wir einen Abstecher in sein Lieblingsdiner, wo es seiner Meinung nach die besten Sandwiches in der Stadt gibt. Und ich höre Livemusik. Auf den Straßen, in den Cafés, in den Kneipen – überall wird hier Musik gemacht.

„Wie heißt die Brücke dort drüben?", frage ich, als wir mit vollem Bauch das Diner verlassen und an einem Straßenmusikanten vorbeigehen, der *American Pie* singt. Zwischen John Joe und mir kehrt ganz langsam die alte Lockerheit zurück, obwohl immer noch dieser Riesenklops im Raum steht, den ich ansprechen muss.

„Sie heißt John-Seigenthaler-Brücke", antwortet er. „Seigenthaler war ein berühmter Journalist und Bürgerrechtler, der einen Mann davor bewahrt hat, von dieser Brücke zu springen, und daraufhin hat man sie nach ihm benannt. Hast du Lust, mal drüberzuschlendern?"

„Klar", sage ich.

Ich muss meinen Bruder aus tiefstem Herzen um Verzeihung bitten, weil ich ihn ausgeschlossen habe, weil ich ihm all die Jahre Vorwürfe machte. Ich sehe nun, wie dumm das war, und ich weiß, dass John Joe sich ebenso nach einem klärenden Gespräch sehnt wie ich.

Wir steuern auf den mächtigen Cumberland River zu, der mitten durch Nashville fließt. Mir wird bewusst, wie wenig ich eigentlich über diesen Ort weiß, und doch geht er mir unter die Haut, und ich kann nachvollziehen, warum mein Bruder und seine Frau sich hier so wohlfühlen.

Am liebsten würde ich John Joe von Lucy erzählen. Von ihrer Liste und ihrer Begeisterung für Brücken und dass ich sie in diesem Moment spüren kann, während wir uns auf die größte und längste Fußgängerbrücke zubewegen, die ich jemals gesehen habe. Lucy wäre so was von begeistert.

„Ich habe Simon Harte kennengelernt", platze ich heraus, und John Joe bleibt abrupt stehen.

„Du hast wen kennengelernt?"

„Simon Harte, Lucys Bruder. Du weißt schon, das Mädchen, das –"

„Ja, ja, ich weiß, wer Lucy Harte ist. Natürlich weiß ich das", fällt er mir ins Wort. „Mein Gott, Maggie, wie um alles in der Welt hast du ihren Bruder gefunden? Was … Geht es dir gut damit?"

Ich nicke, und John Joe zieht mich in seine Arme. Mir wird bewusst, dass nur er wirklich weiß, wie viel es mir bedeutet. Wie lange ich gewartet habe, um mit Lucys Familie in Kontakt zu treten und ihr für mein Leben zu danken.

„Ja, es geht mir gut damit", sage ich. „Wirklich. Im Grunde habe ich es Lucy Harte zu verdanken, dass ich hier bin."

„Hier auf der Erde oder hier in Nashville?"

„Beides", sage ich, und wir bringen beide ein Lächeln zustande. „Simon hat mir Lucys Tagebuch gegeben und eine Liste von Dingen, die sie machen wollte, wenn sie erwachsen war, wozu sie natürlich nicht mehr gekommen ist. Jedenfalls hat das Tagebuch mich dazu gebracht, über mein Leben nachzudenken und auch über, na ja … über die Art, wie ich dich behandelt habe."

John Joe führt mich über die Fußgängerbrücke bis zu einer Aussichtsplattform, von der aus man einen herrlichen Blick auf die Altstadt hat, und wir legen dort eine Pause ein.

„Maggie, ich habe dich an jenem Tag nicht gehört", sagt er, während sein Blick über das Wasser schweift und sich dann auf mich heftet. „Ich habe dir das so viele Male zu erklären versucht, aber du wolltest es mir nicht glauben. Du hattest diese fixe Idee in deinem Kopf, und ich weiß, du brauchtest jemanden, dem du die Schuld geben konntest, aber ich war nicht schuld."

Ich schaue hinunter auf das Wasser und schließe dann meine Augen.

„Ich habe nach dir gerufen", sage ich, und ich spüre, dass meine Augen sich mit Tränen füllen, während der entsetzliche Schmerz von jenem Tag zurückströmt. „Ich habe nach dir gerufen, so laut ich konnte, aber du bist nicht gekommen. Ich war so allein, und ich hatte schreckliche Angst. Ich wäre fast gestorben, John Joe. Ich hatte so große Angst, dass ich alleine sterben würde."

Ich höre, wie er tief ein- und wieder ausatmet, während er auf den Fluss hinausstarrt.

„Du ahnst nicht, wie sehr mich das mein ganzes Leben lang verfolgt hat, Maggie", sagt er, und ich spüre Wut in seiner Stimme – nicht auf mich, sondern auf sich selbst. „Ich war für dich verantwortlich, und das hätte nicht passieren dürfen, aber ich war zu weit weg, um dich zu hören.

Wenn du mir einfach gesagt hättest, dass es dir so schlecht geht, hätte ich alles stehen und liegen gelassen und einen Arzt gerufen – oder Mum und Dad verständigt, oder einen Nachbarn geholt, oder …"

Er weint nun. Wir stehen beiden in hellem Tageslicht da und durchleben noch einmal den Moment, der einen Keil zwischen uns getrieben hat.

„Ich habe immer geglaubt, du hasst mich", sage ich. Ich muss das jetzt loswerden, egal, wie falsch oder wie richtig ich damit liege. „Ich dachte, du wärst neidisch auf mich, wegen all der Aufmerksamkeit, die ich bekommen habe, als ich krank war. Weil du nicht länger die Nummer eins warst. Ich habe an jenem Tag vielleicht nicht mein Leben verloren, aber ich habe dich verloren."

Er dreht seinen Kopf zu mir, und ich sehe den tiefen Kummer in seinen Augen. Er schüttelt den Kopf, findet keine Worte.

„Ich habe dich so sehr vermisst", sage ich. „Ich wollte einfach nur meinen Bruder wiederhaben."

Er nimmt mich fest in den Arm, und wir schluchzen beide an der Schulter des anderen, weinen den ganzen Schmerz und das Missverständnis weg. Die heilende Kraft seiner Umarmung füllt mich so sehr aus, dass ich nicht mehr loslassen möchte.

„Ich habe dich nie gehasst, Maggie. Ich habe mich selbst gehasst", sagt er unter gedämpftem Schluchzen. „Darum bin ich vor allem weggerannt. Ich wollte so weit wie möglich fort von jenem Tag und nie wieder einen Blick zurückwerfen. Aber ich habe dich auch vermisst, sehr sogar. Ich habe meine kleine Schwester vermisst."

Wir lösen uns voneinander, und ich wische sanft seine Tränen weg.

„Selbst die nervigen Sachen, zum Beispiel dass ich dir früher immer deine CDs geklaut habe?"

Er lächelt.

„Selbst die nervigen Sachen, ja", antwortet er. „Ich vermisse unsere Familie. Ich habe immer das Gefühl gehabt, als hätte ich dir unrecht getan, aber ich habe dich nicht gehört ... Ich schwöre, ich habe dich nicht gehört ..."

Mir dämmert endlich, dass dieser ganze Groll, dieses ganze Abstandhalten und dieses grausame Missverständnis meinem Bruder genauso viel Kummer bereitet haben wie mir. Er bereut, er fühlt sich schuldig, er ist vor allem davongelaufen, und es brauchte erst eine neue Krankheit, damit wir uns endlich wieder versöhnen können.

„Ich glaube dir", sage ich. „Was ich nicht glauben kann, ist, dass wir so lange gebraucht haben, um darüber zu sprechen. Ich schätze, ich bin auch davor davongelaufen, dabei sollte gerade ich wissen, dass das Leben wirklich zu kostbar für so etwas ist. Wir haben uns ziemlich dumm verhalten, nicht wahr?"

„Ich würde das nicht dumm nennen", erwidert er mit einem Lächeln. „Eher stur, das liegt wohl in der Familie."

Ich rolle zustimmend mit den Augen. „Dann ist das Thema damit erledigt?"

Ich sehe ihn an, und er lächelt.

„Ja", sagt er. „Wir haben eine Zukunft, über die wir reden müssen, und ich nehme an, das haben wir Lucy Harte zu verdanken."

„Nun, was mich betrifft, ja. Noch etwas, wofür ich ihr dankbar sein muss. Mein Gott, ich hätte nie gedacht, dass ihre kleine Wunschliste so enorme Folgen für mein Leben haben würde. Lucy hilft mir durch alles, John Joe. Es ist, als wäre sie mein kleiner Schutzengel. Es wird mir schwerfallen, sie loszulassen."

„Du brauchst sie nicht loszulassen", erwidert er. „Behalte sie in deiner Nähe, wenn dir das durch diese verrückte Sache namens Leben hilft."

„Ich wünschte, das könnte ich. Ich weiß nicht, warum, aber ich habe ständig das Gefühl, dass unsere Zeit allmählich abläuft", sage ich. „Dass Lucy nur noch eine kleine Weile mir gehört. Ergibt das einen Sinn?"

Er antwortet nicht. Ich erwarte auch keine Antwort.

„Sie hat Brücken geliebt", sage ich leise, während ich wieder die Strömung unter uns beobachte.

„Lucy? Wirklich?"

„Ja, sie hat gesagt, dass Brücken ihr das Gefühl geben, auf dem Gipfel der Welt zu sein", erkläre ich. „Sie waren eine Zuflucht für sie, ein Ort, um sich frei zu fühlen, und ich kann nachvollziehen, was sie meinte. Es hat etwas Magisches, hier zu stehen und auf das Wasser unter uns zu blicken und meilenweit sehen zu können."

Er legt seinen Arm um meine Schultern, und wir starren auf den Fluss hinaus. Wir beide spüren, wie die Last der Verbitterung endlich von uns abfällt. Hier, auf einer Brücke, viele Meilen von zu Hause entfernt, spüren wir die Macht der Vergebung.

„Maggie, ich würde dir niemals absichtlich schaden oder Kummer zufügen", flüstert er in meine roten Haare. „Niemals. Du bist meine kleine Schwester, und ich bin so stolz auf die schöne Frau, die aus dir geworden ist."

„Du? Stolz auf mich? Warum in aller Welt solltest du stolz auf mich sein?"

Er sieht mich an, und der Kummer in seinem Gesicht ist so greifbar.

„Wegen deiner Schönheit, deinem Talent, deinem Verstand, und am meisten wegen deiner Stärke bei allem, was du durchgemacht hast. Ich könnte mit meiner Aufzählung ewig fortfahren. Du bist einer der stärksten Menschen, die ich kenne, Mags."

„Hör auf, du machst mich verlegen", sage ich, unfähig, seine Komplimente anzunehmen. „Ich habe das Lob nicht verdient, besonders nicht in letzter Zeit. Wie du in deiner SMS geschrieben hast, war ich tatsächlich dabei, mich umzubringen, nachdem Jeff mich verlassen hat. Ich könnte mich selbst dafür treten, dass ich mich so tief habe herunterziehen lassen."

„Du hast nur versucht, mit der Zurückweisung umzugehen", sagt John Joe. „Zurückweisungen sind ätzend."

„Du klingst richtig amerikanisch", sage ich, und wir müssen beide lachen.

„Weißt du, wenn du mit dem Songschreiben weitergemacht hättest, wärst du sicherlich auch in Nashville gelandet", sagt er. „Ich habe dir früher immer zugehört, wenn du Gitarre oder Klavier gespielt und dazu gesungen hast, und, na ja, wenn es etwas gab, auf das ich tatsächlich ein wenig neidisch war, dann war es das. Du warst immer so begabt in allem, was du dir vorgenommen hast."

Jetzt lache ich richtig los.

„Ich glaube zwar kaum, dass ein paar geklimperte Akkorde und ein Song über den Jungen von nebenan die Musikwelt verändert hätten, aber danke, Bruder“, sage ich.

„Ich meine es ernst. Hast du jemals wieder etwas in der Richtung gemacht?“

Ich schüttle den Kopf, immer noch ablehnend.

„Du meinst Songschreiben? Vergiss es. Obwohl, ob du es glaubst oder nicht, auf Lucys Liste kommt auch Musik vor. Lucy wollte Gitarre lernen und ein paar Lieder einüben, aber nur, um ihren Schwarm zu beeindrucken. Darum habe ich selbst wieder ein bisschen angefangen, Gitarre zu spielen. Ich sollte das öfter tun.“

„Allerdings, das solltest du! Das gehört zu den Dingen, die du unbedingt beibehalten musst“, erwidert er. „Hör zu, nichts für ungut, aber als ich damals hörte, dass du diesen Pillock heiratest und mit ihm sesshaft werden willst, war mein erster Gedanke: Das ist nicht meine Schwester. Das ist nicht Maggie. Du bist größer als Jeff mit seiner kleinstädtischen Art. Die Welt dort draußen wartet auf dich, Maggie. Lass dich nicht länger von Jeff oder von den Dingen, die du durchgemacht hast, ausbremsen. Hörst du mich?“

Er hält mir eine Standpauke. Ich bin begeistert. Ich habe meinen großen Bruder wieder.

„Laut und deutlich“, sage ich und frage mich, was um alles in der Welt ich getan habe, um das hier zu verdienen. „Ich werde von nun an eine bessere Schwester sein. Ich war eine Scheißschwester, aber das wird sich ändern.“

„Nun, ich habe jedenfalls nicht vor, so schnell zu gehen, du vielleicht?“, sagt er mit einem Lächeln. Er bezieht sich natürlich auf seine Krankheit.

Wir zögern beide, weil wir wissen, dass es für mich ein bisschen komplizierter ist.

„Ich habe auch nicht vor, zu gehen – erst wenn Lucy ihr Herz wieder braucht“, sage ich, und ich sehe Angst in seinen Augen aufblitzen. „Aber keine Sorge, ich rede mittlerweile täglich mit ihr, und ich bin sicher, dass sie mir noch eine Weile gibt, damit ich die verlorene Zeit mit dir wiedergutmachen kann.“

„Bitte, tu das“, sagt er, und ich hake mich bei ihm ein. „So, und jetzt lass uns nach Hause fahren und hören, wie du auf einer von Vivs Gitarren spielst. Du kannst nicht in der Welthauptstadt der Musik sein, ohne selbst ein Instrument in die Hand zu nehmen.“

„Klingt gut“, erwidere ich, und wir gehen über die berühmte Brücke zurück. „Ich kann dir eine quietschende Version von *Songbird* vorspielen.“

„Seit wann stehst du auf schnulzige Liebeslieder?“

„Tu ich gar nicht“, antworte ich mit einem Kichern. „Aber dieses Lied ist mir ans Herz gewachsen. Es bringt besondere Erinnerungen zurück.“

Ich muss an Tiernan Quinn und an unseren leidenschaftlichen Tag denken, und mein Herz hüpft bei der Vorstellung. Auf meinem Gesicht breitet sich ein Grinsen aus, und ich spüre, dass auch Lucy lächelt. Oder vielleicht ist es auch nur ihr Herz in mir.

Was auch immer es ist, es fühlt sich so gut an, wie ich es seit einer langen, langen Zeit nicht mehr erlebt habe.

„Bist du sicher, dass du noch bleiben willst?“, rufe ich später am Abend über die Livemusik in der Altstadtkneipe hinweg. „Du hast heute lange genug den Reiseführer gespielt! Du musst erschöpft sein!“

John Joe nippt an seinem Wasser, während Vivienne und ich unser Bier schlürfen. Bei der lauten Musik kann man kaum seine eigenen Gedanken hören, aber die Atmosphäre in Nashville bei Nacht ist so fesselnd, dass ich jetzt schon wiederkommen möchte.

„Geht ihr zwei ruhig tanzen und lasst den kranken Mann die Leute beobachten“, antwortet mein Bruder, und bevor ich weiß, wie mir geschieht, bin ich mit Vivienne auf der Tanzfläche, die mit Sägespänen bestreut ist, und ein Fremder setzt mir einen Cowboyhut auf den Kopf und wirbelt mich über das Parkett.

„Hast du schon mal mit ’nem Cowboy getanzt?“, fragt er mit Südstaaten-Akzent. Zumindest glaube ich, dass er das fragt. Ich werde von diesem sehr großen, sehr leidenschaftlichen Amerikaner herumgeschleudert, und wenn ich nicht so sehr lachen müsste, würde ich wahrscheinlich die Flucht ergreifen und mich in Sicherheit bringen.

„Das ist mein erstes Mal!“, rufe ich über die Hawaiigitarre und das Schlagzeug hinweg. „Aber es macht Spaß!“

„Wie ist dein Name, Prinzessin?“, fragt er, und ich erhasche einen kurzen Blick auf Vivienne, die auf ihren Platz neben John Joe zurückgekehrt ist und im Takt mitklatscht. Die beiden scheinen den Abend hier genauso zu genießen wie ich.

„Jedenfalls nicht Prinzessin!“, sage ich, bin mir aber nicht sicher, ob der Kerl meinen Wink versteht. „Ich heiße Maggie! Wie heißt du?“

„Justin“, sagt er und wirbelt mich weiter herum. „Aber man nennt mich Big J.“

Nach dem Lied bedanke ich mich bei Justin und gehe zurück zu meiner Familie, die mir entgegenjubelt.

„Das war bestimmt was für Lucys Liste“, sagt John Joe. „Jetzt kannst du behaupten, dass ein richtiger amerikanischer Cowboy mit dir getanzt hat.“

„Und nicht nur irgendein Cowboy!“, erwidere ich. „Man nennt ihn Big J!“

Wir verschlucken uns fast an unseren Getränken vor lauter Lachen.

„Du hättest mit ihm den Abend deines Lebens haben können“, sagt Vivienne augenzwinkernd. „Mit Big J!“

„Oh, hört auf! Wahrscheinlich ist er ein Tourist aus England oder so, aber ich werde ihn trotzdem als amerikanische Eroberung verbuchen“, sage ich über die Musik hinweg.

In der Kneipe ist es drückend heiß, und ich weiß, dass sowohl Vivienne als auch John Joe jetzt lieber gemütlich im Bett liegen würden, als heute Abend für mich den Fremdenführer zu spielen. John Joe nimmt einen großen Schluck von seinem Wasser, und Vivienne und ich wechseln einen vielsagenden Blick.

„Ich glaube, wir schaffen den großen Jungen hier jetzt besser nach Hause“, sagt Vivienne, und ich stimme ihr zu.

„Ja, natürlich“, sage ich. „Ich danke euch für den tollen Abend. Das hat richtig Spaß gemacht.“

„Es ist schön, dich so viel lächeln und lachen zu sehen“, sagt John Joe. „Ich hoffe, du tust das öfter.“

„Nicht so oft, wie ich sollte“, sage ich. „Aber das wird sich von nun an ändern, so viel ist sicher.“

Wir fahren mit dem Taxi zurück, und ich nicke während der Fahrt ein, satt und zufrieden und dankbar dafür, dass ich mich mit meinem eigenen Fleisch und Blut versöhnt habe. Morgen werde ich als ein anderer Mensch nach Hause fliegen. Ich habe ein weiteres Ziel, das ich für Lucy Harte besuchen muss, und ich bin schon sehr gespannt darauf, welche Abenteuer mich dort erwarten.

Am nächsten Tag frühstücken John Joe und ich zusammen, bevor das Taxi kommt und mich zum Flughafen bringt.

„Du solltest wirklich bald wiederkommen“, sagt John Joe zum tausendsten Mal, während er abwechselnd in ein Croissant und in einen Käsetoast beißt – Gelüste, die er offenbar während seiner Krankheit entwickelt hat.

„Tatsächlich würde ich am liebsten für immer wiederkommen“, sage ich. „Ich hatte hier eine richtig tolle Zeit, auch wenn mein Besuch nur kurz war. Aber ich muss noch so viel wie möglich erledigen, bevor ich wieder ins Büro zurückkehre.“

„Willst du wirklich zurück? In diese Immobilienfirma?“, fragt er, und ich spüre sein Missfallen.

„Es ist ein Job, John Joe. Ich kann nicht nur von Luft leben. Die zwei Monate vergehen wie im Flug, und eines Tages werde ich wieder in der realen Welt mit Rechnungen und Routine und Arbeit ankommen.“

Er zuckt mit den Achseln und schenkt uns Kaffee nach.

„Ich finde einfach, du vergeudest dort deine Kreativität", sagt er. „Aber wenn dich der Job glücklich macht … Macht er dich glücklich?"

Bei der Frage habe ich das Gefühl, als würde ich einen superengen Kragen tragen oder eine Krawatte, die dringend gelockert werden muss.

„Ich würde nicht unbedingt glücklich sagen, das nicht, aber es ist okay. Die Leute sind nett, und es ist … ja, es ist okay."

John Joe zieht kauend eine Augenbraue hoch.

„Okay ist ja schön und gut", sagt er, „aber okay ist nicht gut genug für *dich*, Maggie O'Hara. Dafür bist du etwas zu Besonderes, hörst du?"

„Das sagst du nur, weil du mein Bruder bist. Du wirst noch genau wie Dad."

„Schon möglich, aber trotzdem möchte ich, dass du mir etwas versprichst", sagt er in eindringlichem Ton, und ich traue mich nicht, zu nicken. „Diese Liste, mit der du arbeitest – füge deine eigenen Punkte hinzu und mach das Beste daraus. Ich möchte nicht sehen, dass du deine kostbaren Jahre damit verschwendest, dich einfach nur *okay* zu fühlen."

Meine kostbaren Jahre … meine letzten Jahre, meint er. Es ist kein Geheimnis, dass mein Herz nicht wirklich mir gehört, dass es eines Tages aufhören wird zu schlagen und zufrieden seine Arbeit einstellt, mit der es mir ein längeres Leben ermöglicht hat, als ich eigentlich gehabt hätte. Fünfzehn Jahre, sagte man uns damals. Jedes weitere Jahr ist ein Zusatzgeschenk. Ich lebe geborgte Zeit mit einem geborgten Herzen, und ich sollte jeden Tag so leben, als wäre es mein letzter.

„Das habe ich bereits getan", erkläre ich meinem Bruder lächelnd. „Ich trainiere mit meinem Nachbarn Kevin für einen Halbmarathon, und ich will mich wieder mehr mit Musik beschäftigen, wozu du mich nun zusätzlich ermutigt hast, das ist doch ein Anfang. Außerdem mache ich noch diese Reise nach Frankreich, um Lucys Lieblingsbrücke zu besichtigen, und wer weiß, was das alles bringen wird."

„Na schön", sagt er mit einem traurigen Blick und nimmt meine Hand in seine. „Mags, du hast keine Ahnung, wie gut mir dein Besuch getan hat. Ich fühle mich so viel besser, nachdem ich dich gesehen habe. Wirklich. Ich mache mir zwar Sorgen um dich, aber welcher große Bruder tut das nicht? Ich möchte nur, dass es dir gut geht. Es geht dir doch gut, oder?"

„Ich fühle mich absolut okay", sage ich, und er muss lachen. „Du weißt, wie ich das meine. Es geht mir gut, und jetzt sogar noch besser, nachdem ich dich gesehen habe."

Ich spüre den Impuls, mich noch einmal zu entschuldigen, aber über diese Brücke sind wir bereits gegangen, wenn ihr mir das Wortspiel verzeiht.

„Kannst du auch etwas für mich tun?", frage ich ihn.

„Schieß los", sagt er.

„Bitte, erzähl Mum und Dad von deiner Krankheit, und dass du auf dem Weg der Besserung bist", sage ich. „Und erzähl ihnen von deiner Frau. Sie werden sehr gekränkt sein, wenn sie von jemand anderem erfahren, dass du geheiratet hast. Du brauchst jetzt nicht mehr davonzulaufen."

Er lacht und drückt meine Hand.

„Keine Sorge, das habe ich mir bereits fest vorgenommen", sagt er. „Tatsächlich planen Vivienne und ich eine gute alte irische Hochzeitsfeier mit einer kirchlichen Weihe zu Hause, dann haben Mum und Dad etwas, auf das sie sich freuen können. Ich brauche nur noch ein bisschen Zeit, um richtig gesund zu werden und alles zu verarbeiten, ist das okay?"

Das ist mehr als okay! Ich liebe Hochzeitsfeiern, obwohl ich offiziell fast geschieden bin.

„Ich freue mich wahnsinnig!", jubele ich. „Aber sag es ihnen bald, ich weiß nämlich nicht, wie lange ich es für mich behalten kann."

„Das mach ich", versichert er mir. „Okay, da kommt dein Taxi. Pass gut auf dich auf, Maggie O'Hara. Du bist mein Ein und Alles – ich hoffe, du weißt das jetzt."

Wir stehen auf, und er umarmt mich so fest wie noch nie jemand zuvor. Krank oder nicht, er ist immer noch stark wie ein Ochse, mein großer Bruder.

„Ja, das weiß ich jetzt. Du bist mein Held", sage ich und löse mich aus seinem Griff.

„Raus mit dir", sagt er und zaust mir kurz die Haare, wie er es früher immer getan hat.

„Übrigens, deine Augen schwitzen", sage ich.

„Deine auch", lacht er. „Wir sehen uns bald wieder, Maggie, zu Hause auf Loch Tara."

„Auf jeden Fall, John Joe. Ich hab dich lieb."

„Ich hab dich lieber, kleine Schwester."

Ich verlasse das amerikanische Zuhause meines Bruders, mein Herz so voller Liebe, dass ich vor Freude schreien könnte.

„Hatten Sie einen schönen Aufenthalt?“, fragt der Taxifahrer, und ich erkenne in ihm den Mann wieder, der mich auch hierhergebracht hat. Was für ein Zufall!

„Einen wunderschönen“, sage ich und hole mein Notizbuch und einen Stift heraus, um Lucy auf den neuesten Stand zu bringen.

Ich war wieder tanzen, Lucy, und ich werde weitertanzen, notiere ich in meiner ordentlichsten Handschrift. *Ich habe getanzt und ich habe gesungen und ich habe gelacht und ich bin gereist und ich habe sogar eine Brücke überquert, in mehr als nur einer Hinsicht, aber vor allem habe ich verziehen, und das hat mir ermöglicht, wieder echte, bedingungslose Liebe zu spüren.*

Noch einmal danke, meine liebe kleine Freundin. Ich habe wirklich geglaubt, dein großes Herz sei für immer gebrochen, aber du hast mir geholfen, es zu reparieren.

KAPITEL 22

Die nächsten Tage verbringe ich damit, mich von meinem Spontantrip nach Nashville zu erholen und in Erinnerungen an die wundervolle, wenn auch kurze Zeit mit meinem Bruder zu schwelgen. Ich erzähle es Flo bei endlosen Kaffees, ich erzähle es Kevin bei unserem Marathontraining, ich erzähle einfach jedem, der mir zuhört, wie froh ich bin, dass ich John Joe wieder in meinem Leben habe.

Ich denke viel an Simon und Lucy. Sie war seine einzige Schwester, so wie John Joe mein einziger Bruder ist, und zum ersten Mal verstehe ich richtig, wie schmerzlich es für Simon gewesen sein muss, Lucy zu verlieren. Ich habe John Joe verloren, aber ich habe ihn wieder zurückbekommen. Simon hatte diese Chance nie.

Ich öffne meinen Laptop und schreibe ihm eine E-Mail.

Lieber Simon,

ich möchte mich bei dir entschuldigen.

Es tut mir leid, dass ich so schrecklich egoistisch war, als wir das letzte Mal miteinander gesprochen haben. Ich könnte dafür alles Mögliche als Ausrede vorschieben, wie den Wein oder einen miesen Tag oder Mitleid mit mir selbst, weil andere Leute eine glückliche Beziehung haben und Kinder bekommen, oder weil die Welt sich weiterdreht und meine Welt stehen geblieben ist, aber keine davon wäre gut genug.

Diese Blase des Selbstmitleids ist nun endgültig geplatzt, und ich hoffe, Simon, du kannst mir meinen pubertären, sogar kindischen Anfall verzeihen. Ich habe mich wie ein trotziges Kind verhalten, das nicht mehr mitspielen will.

Aber ich habe getan, was Lucy gesagt hat. Ich habe einen großen Schritt gemacht, einen Schritt, den ich mir niemals zugetraut hätte. Ich habe meinen Bruder in Amerika besucht, und Mannomann, du hattest recht, Simon. Alle hatten recht. Mein Bruder hat mich an jenem Tag nicht gehört, er konnte mich gar nicht hören. Er ist weder eifersüchtig noch verbittert oder was ich ihm sonst noch in meinem benebelten Kopf vorgeworfen habe, und er schläft sich auch nicht durch ganz Amerika.

Vielmehr ist er ein lieber, fürsorglicher, herzensguter Mensch, und es ist mein Schaden, dass ich das so lange ignoriert habe.

Eigentlich will ich dir nur sagen, dass Lucys Vermächtnis, obwohl ich es bei unserem letzten Gespräch so vehement bestritten habe, sehr wohl in mir weiterlebt und immer in mir weiterleben wird.

Ich weiß, solange ich Lucy an meiner Seite habe, kann ich weiter in die richtige Richtung gehen. Der Singvogel zwitschert noch …

Grüß bitte deine Frau von mir samt ihrem kostbaren, wachsenden Babybauch – ich sende euch beiden all die Liebe und das Licht in meinem Herzen, und ich hoffe, wir können weiterhin in Kontakt bleiben.

Deine Freundin
Maggie

Ich klicke auf *Senden* und spüre wieder diesen Drang, aber ich werde ihm nicht nachgeben. Ich werde nicht jedes Mal im Alkohol Halt suchen, wenn ich mich für etwas entschuldigen muss oder mich einsam fühle oder das Gefühl habe, die ganze Welt wäre gegen mich. Es gibt so viele Sachen, auf die ich mich freuen kann. Schon übermorgen fliege ich nach Frankreich, und Ende Juni wird John Joes Hochzeitsfeier auf Loch Tara stattfinden. Mein Bruder hat mich gebeten, ihm bei den Vorbereitungen zu helfen. Ich werde die nächsten zwei Tage nutzen und mich schon mal um das Catering und eine Jazzband kümmern. Meine Mum besteht darauf, dass der Gemeindepfarrer den Segen spricht, was meinem Vater fast einen Herzinfarkt bescherte, aber Dad hat nachgegeben, weil er weiß, dass er diese Diskussion niemals gewinnen kann.

Vor mir liegen schöne Zeiten.

Auch der Halbmarathon ist schon bald, und ich werde mein Lauftraining in Frankreich weiter durchziehen. Nach meiner Rückkehr werden Kevin und ich uns noch mal voll reinknien, um uns auf den großen Tag vorzubereiten. Mit „voll reinknien" meine ich, soweit es mir möglich ist, denn jede schwere Belastung könnte meinem siebzehn Jahre alten Herz einen ernsthaften Schaden zufügen, und ich bin es Lucy schuldig, dass ich unter unserer Schmerzgrenze bleibe.

Ich konzentriere mich auf die Zukunft, auf Frankreich und auf all die Wege, die Lucy mir mit ihrer kleinen Wunschliste eröffnet hat.

Ich schnappe mir meine alte Gitarre, als wäre es das Normalste der Welt, und fange an, zu spielen und zu singen, und ein Gefühl der Lebendigkeit durchströmt mich von Kopf bis Fuß.

Der Junge von nebenan, das Lied, das ich als pickliger Teenager geschrieben habe, ist vielleicht gar nicht so schlecht, wie ich dachte. Und selbst wenn, ich habe jede Menge neue Ideen. Vielleicht besorge ich mir sogar ein neues Notenheft.

Von Simon Harte höre ich, kurz bevor ich nach Frankreich fliege. Ich dachte schon, dass er nach unserem letzten Gespräch nichts mehr mit mir zu tun haben wollte, aber ich hätte mich nicht mehr täuschen können.

Liebe Maggie,

Andrea und ich senden dir ganz viele liebe Grüße zurück! Der Babybauch wächst und gedeiht, und wir sind in der Tat sehr aufgeregt.

Ich habe mich sehr gefreut, wieder von dir zu hören, und ich finde es toll, dass du mit deinem Bruder Frieden geschlossen hast. Das war ein mutiger Schritt, und es ist schön, dass du nun deine Familie vollständig an deiner Seite hast. Ich wette, du fühlst dich wie ein neuer Mensch!

Andererseits glaube ich, ich sollte mich wohl auch entschuldigen, weil ich mit meinen eigenen Gefühlen so beschäftigt war, dass ich nicht daran gedacht habe, was du gerade durchmachst.

Vielleicht habe ich zu sehr versucht, einen Teil aus meiner engsten Familie am Leben zu erhalten. Falls dem so ist, hoffe ich, dass du mir verzeihen kannst.

Andrea denkt – oder besser gesagt, hofft, ohne dass sie es zugeben würde –, dass ich in ein paar Wochen, wenn unser Baby da ist, wieder nach vorn blicken kann, und vielleicht hat sie recht. Ich habe gehört, dass Babys diese Wirkung auf Eltern haben, darum hab bitte noch ein bisschen Geduld mit mir. Bald werde ich zwischen Windeln und Babysprache untergehen und nicht mehr so viel Zeit haben, um über die Dinge nachzudenken, die Lucy machen wollte, und darüber, dass du diese Dinge gerade verwirklichst.

Trotzdem habe ich das Gefühl, dass du und ich immer Freunde sein werden.

Ich wünsche dir viel Spaß in Frankreich, bon voyage, *und ich danke dir aus tiefstem Herzen, dass du Lucys Wünsche wachhältst.*

Nur ein ganz besonderer Mensch würde so etwas tun, und du bist ein ganz besonderer Mensch für mich.

Ganz liebe Grüße direkt in dein Herz und das von Lucy,

Simon

Dass Simon sich just in dem Moment meldet, als ich im Begriff bin, diese letzte große Reise für seine Schwester anzutreten, ist für mich eine zusätzliche Bestätigung, dass ich auf dem richtigen Weg bin.

Lass es uns tun, Lucy. Gehen wir los und schauen uns an, ob diese Brücke wirklich so groß ist, wie du dir versprochen hast.

KAPITEL 23

Die Flüge und der Umstieg in London verlaufen ereignislos, und die Wartezeit ist so lang wie langweilig, aber ich fühle mich entspannt, und in Montpellier begrüßt mich die mediterrane Abendsonne.

„*Au revoir et merci*", sage ich zur Stewardess, die Brenda heißt und in Birmingham lebt, aber sie schmunzelt über meinen Enthusiasmus. Ich werde nicht so eloquent sein, wenn ein richtiger Franzose mich anspricht, doch ich werde mich bemühen, auch wenn ich keinen blassen Schimmer habe, was man gerade zu mir sagt. Es gehört sich einfach, dass man sich im Ausland ein wenig Mühe gibt und die Landessprache benutzt, und ich werde mein Bestes geben.

Je m'appelle Maggie.

Mein Schulfranzösisch kehrt langsam zurück, und das gefällt mir.

Ich hole meine Kreditkarte und den Führerschein aus meiner Tasche und organisiere mir rasch und reibungslos einen Mietwagen, der in den nächsten paar Tagen mein einziger fester Begleiter sein wird. Es ist aufregend und gleichzeitig beängstigend, dass ich mit einem One-Way-Ticket hierhergeflogen bin, ohne wirklich einen Plan zu haben, wo ich hinwill (abgesehen von der Brücke), was ich machen werde (abgesehen davon, die Brücke zu besichtigen) und wo ich übernachten werde (definitiv nicht unter der Brücke!).

Die Leute vom Autoverleih geben mir einen schicken kleinen cremefarbenen Fiat 500, der für mich alleine ideal ist. Es ist jetzt neun Uhr abends, ich bin ziemlich erschöpft, und ich habe noch keine Unterkunft für die Nacht. Ein Hotel in Flughafennähe genügt mir für heute, von dort aus werde ich dann morgen zu meiner Tour aufbrechen.

Ich starte den Wagen, und ein französischer Radiosender dröhnt laut in meinen Ohren. Die ersten Meter eiere ich ein wenig herum, und ich höre hinter mir jemanden hupen, während ich versuche, mich darauf zu konzentrieren, auf der richtigen Straßenseite zu fahren. Nach einer glücklicherweise nur kurzen Strecke parke ich vor dem Flughafenhotel, in dem noch ein Zimmer für mich frei ist.

Eine milchige heiße Schokolade und einen kurzen Blick auf Facebook später liege ich zugedeckt in meinem Bett, entspannt, erwartungsvoll und bereit für das, was der nächste Tag bringen wird.

Als ich am nächsten Morgen in meinem schmucklosen Hotelzimmer aufwache, hat sich meine Meinung um hundertachtzig Grad gedreht.

Was zum Teufel mache ich hier? Wo zum Teufel bin ich? Hier ist kein John Joe, den ich besuchen kann, kein vertrautes Gesicht, das mir das Gefühl gibt, willkommen zu sein, keiner, der mir die Sehenswürdigkeiten zeigt oder mich zum Essen ausführt oder mir sagt, dass ich das Richtige tue.

Ich bin verunsichert und desorientiert und nicht vertraut mit den Geräuschen der Flugzeuge, die über das Hotel hinwegdonnern, und ich frage mich, ob ich nicht einfach direkt wieder umkehren und diese ganze Reise vergessen soll. Ich bin mir sicher, Lucy würde es nichts ausmachen. Schließlich habe ich alles andere auf ihrer Liste umgesetzt, oder nicht? Na gut, bis auf die Dinnerparty, aber die ist ein Klacks. Bloß das hier ist ... nun, es ist im Moment ein bisschen beängstigend, und ich bin mir nicht sicher, ob es mir gefällt.

Ich checke mein Handy in der Hoffnung auf irgendeine Form von Trost und Vertrautheit und sehe mit Erleichterung, dass eine Nachricht von Flo auf mich wartet.

Ruf mich an! ist alles, was sie geschrieben hat, also wähle ich ihre Nummer und drehe mich auf dem glatten weißen Kissen zum Fenster, sodass ich auf den blauen französischen Himmel hinausschaue. Ich fühle mich gleich ein kleines bisschen weniger einsam, als Flos Name auf meinem Display erscheint.

„Und, ist er heiß?", fragt sie mich über den üblichen Hintergrundlärm ihres Sohnes hinweg, der seinen neuesten Tierfimmel auslebt.

„Wer?"

„Der Franzose, den du aufgerissen hast und in den du dich bis über beide Ohren verknallt hast!", erwidert sie. „War ja klar, dass die Männer dort wie ein Ausschlag über dich herfallen werden, vor allem, wo du jetzt mit dieser coolen neuen Frisur herumläufst und mit dem Verarsch-mich-nicht-Gesicht. Billie, komm sofort da runter, bevor du noch fällst! Er ist auf den Küchentisch geklettert."

„Um Himmels willen, Flo, gib mir erst einmal Zeit, um mein erstes französisches Croissant zu probieren, bevor ich zu den französischen Männern übergehe. Ich bin erst gestern Abend hier angekommen und ... O Gott, Flo, was mache ich hier? Ich bin gerade aufgewacht und ..."

„Und was? Und was? Was ist passiert, Maggie?"

„Nichts ist passiert! Ich habe nur irgendwie Panik bekommen, mehr nicht."

Warum habe ich ihr das bloß gesagt? Ich darf nicht vergessen, dass Flo inzwischen Mutter ist und ihr Verstand folglich darauf programmiert ist, sich schneller Sorgen zu machen als bisher.

„Bist du an einem sicheren Ort?", fragt sie. „Fühlst du dich sicher?"

„Natürlich fühle ich mich sicher", sage ich und muss lachen. „Ich bin stocknüchtern, ich bin gut untergebracht in einem recht netten Flughafenhotel, und ich habe mir einen Wagen gemietet, um die Gegend zu erkunden. Es ist nur ... na ja, ich hab ein bisschen Schiss bekommen, als ich vorhin wach wurde, aber ich bin ein großes Mädchen, Flo. Ich schaff das schon."

„Okay ... aber du sollst dich zu nichts zwingen", sagt sie. „Das wäre falsch. Trotzdem weiß ich einfach, dass du eine tolle Zeit haben wirst, genau wie in Dublin und in Nashville. Lucy ist bei dir, sie wird dich leiten."

Flo hat recht. Ich werde hier eine tolle Zeit haben. Wenn ich es schaffe, aus diesem Hotelzimmer herauszukommen und einfach loszufahren, wird alles okay sein. Ups, dieses Wort soll ich doch nicht mehr benutzen. Alles wird gut. Richtig gut!

„Flo, es ist so", sage ich, nur um mich selbst zu beruhigen. „Meine ganze Welt wurde völlig auf den Kopf gestellt, und zwischen meiner Gegenwart und meiner Zukunft klafft ein tiefer Riss. Ich muss darauf achten, dass ich alles an den richtigen Platz stelle, wenn ich meine Welt wieder ins Lot rücke, was nicht zwingend der alte Platz sein muss. Ergibt das einen Sinn?"

Ich stehe auf und öffne das Fenster, um frische Luft hereinzulassen. Die Luft tut gut, und mein Magen fängt an zu knurren, also nehme ich mir die Speisekarte, die auf einem Beistelltisch liegt.

„Das ergibt sogar sehr viel Sinn", sagt Flo. „Billie, kannst du bitte aufhören, die Möbel hochzuklettern? Du brichst dir noch ein Bein!"

„Wie geht es unserem Goldjungen?", frage ich mit einem Lächeln. Mein Patensohn schafft es immer, mich aufzuheitern.

„Er ist völlig überdreht", sagt Flo. „Sein Dad ist zu Hause."

„Oh", ist alles, was mir dazu einfällt. Billies Dad kommt und geht, wie es ihm gefällt.

„Damien will nachher mit ihm schwimmen gehen, aber wenn man Billie hört, könnte man meinen, sein Vater hätte ihn ins Disneyland eingeladen", sagt Flo. „Er ist total aufgeregt. O Maggie, es macht mich froh, wenn ich die beiden zusammen sehe, richtig froh."

Ich überfliege die Speisekarte. Bagel mit Räucherlachs und Cream Cheese … und frisch gemahlener Kaffee. Ich denke, das werde ich zum Frühstück nehmen. Unter freiem Himmel. Mein Zimmer hat nämlich einen Balkon. Ich schaue wieder aus dem Fenster und öffne dann die Schiebetür, die auf den Balkon führt.

„Und was ist mit dir und Damien?“, frage ich Flo. „Kommt ihr miteinander klar?“

Ich hoffe, dass sie und Damien sich wieder verstehen und dass sie nicht nur Mama und Papa für Billie spielen.

„Na ja, er hat die letzte Nacht hier verbracht“, sagt Flo, und ich kann ihre Euphorie bis hierher spüren.

„Was?“

„Sei nicht sauer auf mich, Maggie.“

„Ich bin nicht sauer. Es ist dein Leben, und er ist der Vater deines Kindes. Das ist deine Privatangelegenheit, Süße. Manchmal müssen wir einfach tun, was wir tun müssen.“

„Oh, danke, Maggie! Es ist ein tolles Gefühl, dass Damien wieder zu Hause ist. Er hat sich kein bisschen verändert. Sorry, wenn das jetzt zu viel Information ist, aber wir, äh, harmonieren sexuell immer noch genauso gut wie früher.“

Sie seufzt entzückt, und ich lasse mich voller Selbstmitleid auf das Hotelbett plumpsen. Mein Blick fällt auf meinen geblümten Pyjama. Ich bin wohl kaum ein sexy Biest.

„Ich bin wahnsinnig neidisch“, gestehe ich meiner besten Freundin.

„Worauf? Auf den Sex?“

Ich zucke traurig die Achseln.

„Na ja, auf den auch“, sage ich. „Du weißt genau, was ich meine. Die körperliche Berührung. Eine Umarmung, ein Kuss, und ja, auch der Sex. Ich vermisse das. Ich war schon so oft in Versuchung, Tiernan Quinn anzuschreiben und mich mit ihm auf einen Quickie zu treffen.“

„Na, dann hol es dir, Maggie!", ruft Flo. „Du bist an einem Ort, wo dich keiner kennt, und die Franzosen sind schließlich bekannt für ihre Leidenschaft. Gönn dir einen One-Night-Stand mit Jean Claude oder Pierre oder … was gibt es sonst noch für französische Männernamen?"

„Der Typ an der Rezeption 'eißt Patrice", erwidere ich lachend in meinem besten französischen Akzent. „Er 'atte ein Funkeln in den Augen, als er ge'ört hat, dass ich aus Irland komme."

Flo stößt ein heiseres Lachen aus.

„O Patrice!", flötet sie laut. „Isch möschte dir gernö ötwas zeigön *dans ma chambre*! Geh und schnapp ihn dir, Mags! Greif zu und mach Sachen mit ihm, die er nie vergessen wird! Zeig ihm die Grüne Insel! Deinen persönlichen Garten Eden!"

Ich lache mich schlapp bei der Vorstellung. Was ich Flo nicht erzählt habe, ist, dass Patrice ungefähr Mitte sechzig ist und dass Haare aus seinen Ohren wachsen und sogar noch mehr aus seiner Nase und er zudem ein Problem mit seinem Körpergeruch hat. Aber ich verstehe, worauf Flo hinauswill. Keiner würde es jemals erfahren.

„Ich werde dich auf dem Laufenden halten, wenn ich über jemanden herfalle", verspreche ich ihr. „So, ich muss jetzt dringend was frühstücken, wir sprechen uns heute Abend wieder, okay? *Au revoir, mon amie!*"

„*Au revoir*, du Glückspilz!", erwidert sie. „Und stell sicher, dass er ein Kondom benutzt! Du brauchst nämlich keine unehelichen französischen Kinder und erst recht keine Krankheiten!"

„*Au revoir!*", sage ich wieder und lege dann lächelnd

auf. Flo gibt mir immer ein gutes Gefühl. Sie ist wie die Schwester, die ich nie hatte, und ich liebe sie von ganzem Herzen.

Ich hole Lucys Notizbuch hervor, während ich auf den Zimmerservice warte. Die Welt fühlt sich wieder aufregend an. Ich habe meinen kurzen Tiefpunkt und meine Nervosität überwunden, jetzt bin ich bereit für Frankreich. Ich werde dafür sorgen, dass diese Mission ein Erfolg wird! Ich lese Lucys Liste mit den Dingen, die sie sich vorgenommen hatte, und es fühlt sich gut an, in Gedanken hinter jeden Punkt einen Haken setzen zu können:

1. *Finde die größte Brücke der Welt – ich bin auf dem Weg zu ihr, hoffe ich!*
2. *Finde Tiernan Quinn und küsse ihn – das habe ich in großem Stil getan!*
3. *Lerne Gitarre – ich bin dabei ...*
4. *Hör nie auf zu tanzen – das tu ich!*
5. *Veranstalte eine umwerfende Dinnerparty – kommt noch ...*
6. *Breite deine Flügel aus und flieg weit fort – darauf kannst du dich verlassen! Ich bin schon unterwegs!*
7. *Lass dir ein Tattoo stechen – hab ich getan, bin davon begeistert!*
8. *Verzeih deinen Freunden und deiner Familie – die beste Sache überhaupt ...*
9. *Überrasche jemanden, den du liebst – erledigt!*
10. *Lass dir die Haare schneiden – o ja! Die neue Frisur fühlt sich toll an, danke, Lucy!*

Jeder einzelne dieser zehn Punkte hat mich angetrieben, mich in eine neue Richtung geführt, und ich schaue oft auf die Liste, um mir ins Gedächtnis zu rufen, wie weit ich gekommen bin und dass ich immer weitergehen muss. Die Maggie von vor ein paar Monaten ist inzwischen eine Fremde für mich. Sie hielt sich buchstäblich an einer Flasche fest und vegetierte in einer Wohnung vor sich hin, die sich klinisch und isoliert anfühlte. Und sie ließ es zu, dass Jeff und seine Zurückweisung sie auf einen sehr ungesunden Weg der Selbstzerstörung führten.

Ich hatte niemanden, an den ich mich wenden konnte, ich mied jeden, der mich liebte, und der Selbsthass und mein niedriges Selbstwertgefühl zogen mich tiefer und tiefer in den Abgrund.

Und dann wurde ich an ein Geschenk erinnert, mit dem ich früher einmal gesegnet worden war – das Geschenk des Lebens von einem Mädchen, das sein Leben verloren hatte. Ich ließ es zu, dass ihr kostbares Herz zerbeult und zerschlagen und zertrampelt wurde, aber diese Tage sind vorbei. Dank Lucys Führung ist für mich nun jeder Tag eine neue Chance, und ich werde mein Leben nie wieder als selbstverständlich betrachten.

Ich notiere mit einem Bleistift meinen eigenen Punkt – den Halbmarathon mit Kevin – am Ende von Lucys Liste, was mich daran erinnert, dass ich während meines Urlaubs in Frankreich weiter trainieren muss, und ich fühle mich erfrischt und leicht aufgekratzt, wie jedes Mal, wenn ich etwas für Lucy in die Tat umsetze, das sich im Gegenzug positiv für mich auswirkt.

Ich werde unsere Liste weiter ergänzen, damit meine

Reise mit Lucy nicht endet, wenn ich ihre letzten zwei Punkte erfüllt habe. Es gibt für uns noch so viel mehr zu sehen und zu tun, bevor unsere Reise vorüber ist.

Dann wird das Frühstück auf mein Zimmer gebracht. Sekunden später genieße ich meine erste Kostprobe aus der französischen Küche, und meine Geschmacksknospen tanzen bei jedem Bissen.

O, là, là, Lucy, ma chérie! Lass unser französisches Abenteuer beginnen!

Mit einem vollen Bauch und aller Zeit der Welt gebe ich die Koordinaten für das Viadukt von Millau in mein Smartphone ein, und das clevere Navi sagt mir, dass die Fahrtzeit zur Brücke nur eine Stunde beträgt. Ich habe vorab ein bisschen recherchiert, und da die Brücke für Fußgänger gesperrt ist, werde ich sie mit dem Auto überqueren und schauen, wo mich das hinführt. Gleich darauf starte ich in Richtung Tarntal und drehe das Radio voll auf, ohne dass mir jemand sagt, dass ich es leiser stellen soll.

Jeff hasste laute Musik im Wagen. Er behauptete, das würde ihn beim Fahren ablenken, und selbst wenn ich am Steuer saß, machte es ihn nervös. Jeff fuhr niemals schneller als erlaubt, was nicht zwingend schlecht ist, aber ich will auf Folgendes hinaus: Jeff hat sich nie getraut, gegen irgendeine Regel zu verstoßen.

Früh aufstehen, den ganzen Tag arbeiten, früh ins Bett, ticktack, ticktack, ticktack. Es war sicher, es war zuverlässig, und damals passte ich mich an, aber nun, während ich auf dieser fremden Straße durch ein fremdes Land fahre und die Sonne auf meinen Mietwagen herunterbrennt und im Radio kitschiger französischer Pop dudelt, wird mir bewusst, dass Jeff und ich nicht wirklich viel gemeinsam hatten.

Na gut, er mochte Livemusik, das muss ich ihm lassen. Und er verreiste gern, aber nur zu bestimmten Zeiten im Jahr. Er war der klassische Pauschalurlauber – kein Risiko, keine Experimente, nur von A nach B nach C und wieder zurück.

Es fiel ihm schwer, sich in seiner Freizeit zu entspannen, was mir richtig auf den Wecker ging. Ich konnte mit einem Farbpinsel in der Hand die Zeit vergessen, wenn ich alte Möbel restaurierte oder in mein Tagebuch schrieb, aber Jeff konnte nicht still sitzen. Er beschäftigte sich ständig mit praktischen Arbeiten, und alles war grundsätzlich dringend. Alles nach Vorschrift. Er war in dieser Hinsicht genau wie sein Vater. Das genaue Gegenteil von mir.

Ich bin sehr stolz auf mich, weil ich mit dem Rechtsverkehr einigermaßen zurechtkomme, und es beruhigt mein Herz und meinen Kopf, dass Jeff nicht hier ist und mir diktiert, wann ich zu blinken oder zu bremsen habe, oder unvermittelt losschreit: *Mein Gott, Maggie, bist du blind? Du wirst uns noch umbringen!*

Es ist herrlich ohne ihn. Ich hätte nie gedacht, dass ich so etwas jemals sagen würde, aber ich fühle mich wie im Himmel, während ich die Aussicht um mich herum genieße, ohne dass Jeff ständig dazwischenplappert, und es kommt mir vor, als wäre mein Leben mit ihm eine ganze Welt weit weg.

Ich muss an Jeff und an Saffron und ihr Baby denken, und zu meiner großen Überraschung und Freude wird mir bei der Vorstellung nicht mehr schlecht. Ich bin wie taub dagegen. Ich fühle mich wie befreit. Ehrlich gesagt, fühle ich mich, als wäre ich noch mal davongekommen, und das ist verdammt großartig!

Nach meinem Besuch in Nashville hat die Macht der Vergebung meine gesamte Einstellung verändert und mich von innen heraus gestärkt. Mir wird nun bewusst, dass es das Herz und die Seele kaputtmacht, wenn man an Groll und Schmerz aus der Vergangenheit festhält. Vielleicht war es das, was Lucy sich in Erinnerung rufen wollte, als sie aufschrieb, dass man seinen Freunden und seiner Familie verzeihen müsse – nicht immer, weil sie es verdient haben, sondern manchmal auch, weil es besser für einen selbst ist, den Schmerz loszulassen und zu vergeben.

Der Frieden, den ich mit John Joe geschlossen habe, hat mir geholfen, zu erkennen, wie heilsam es ist, zu verzeihen und loszulassen, und dadurch erhole ich mich langsam auch von Jeffs Ablehnung. Nun sehe ich, welche Mängel unsere Beziehung hatte. Ich sehe, dass Jeff nicht der Mensch war, für den ich ihn hielt. Er war kein treuer und fürsorglicher Ehemann, und er liebte mich definitiv nicht so, wie er immer behauptete.

Er hat mich nicht verdient, und ich verdiene etwas Besseres.

Ein anderer Mann wird mich lieben. Ein anderer wird mein Herz so behandeln, wie es verdient, behandelt zu werden, aber um diesen anderen Mann hereinzulassen, muss ich Jeff verzeihen und aus meinem Kopf herauslassen. Ich muss mich erholen, und das tue ich jeden Tag ein bisschen mehr.

„Juhuuu!“, rufe ich durch das offene Fenster hinaus, und ich würde am liebsten auf die Hupe drücken, aber ich bin noch nicht übermütig genug für so einen Quatsch am Steuer. Ich muss mich auf die Straße vor mir konzentrieren.

Montpellier selbst ist eine reizende Mischung aus Alt und Neu, mit seinem historischen Opernhaus, dem engen Gassenlabyrinth in der Altstadt und seiner hochmodernen Architektur, was den Eindruck von zwei sehr unterschiedlichen Welten vermittelt.

Die Stadt werde ich mir auf dem Rückweg näher anschauen, wann immer das sein wird, aber fürs Erste ist mein Ziel das Tarntal. Ich fahre durch eine wilde Naturlandschaft in königlichem Purpur und saftigem Grün, die so intensiv leuchtet, dass es mir vorkommt, als wäre ich direkt in einem französischen Regenbogen gelandet.

Mit den Häusern aus grobem Stein, den steilen smaragdgrünen Tälern und den tiefen Schluchten präsentiert sich Frankreich hier von seiner schönsten Seite. Ich sauge die Landschaft in mich auf und fahre in einem gemütlichen Tempo, damit ich alles in Ruhe genießen kann, ohne jedes Zeitgefühl und ohne jede Eile, aber dafür mit der wunderbaren Gewissheit, dass ich mich hier bewegen kann, wie ich will und wann ich will, ohne es Jeff immer recht machen zu müssen – mit seinem ständigen Gemecker und seinem Bedürfnis nach einer festen Reiseroute.

Das Städtchen Millau – ausgesprochen *Mi-jo* –, wo ich die nächsten paar Tage verbringen möchte, erinnert in seiner malerischen Schönheit an eine Postkartenidylle. Ich widerstehe dem Bedürfnis, direkt zur Brücke weiterzufahren, und halte nach einem Parkplatz Ausschau, um mir eine Unterkunft zu suchen. Es ist unmöglich, das imposante Bauwerk in der Ferne zu übersehen, und soweit ich es von hier aus beurteilen kann, hat sich die Reise absolut gelohnt.

Je suis là, schreibe ich an Flo. *C'est magnifique!*

Cool!, antwortet sie. *Ich wusste, du würdest einen finden. Und wie ist die Gegend selbst?*

Du und deine schmutzige Fantasie!, schreibe ich zurück. *Ich meinte den Ort, und das weißt du auch.*

In der Luft von Millau, *une ville d'art et d'histoire*, liegt eine Stimmung, die authentische französische Küche, die erlesensten Weine und eine lockere, entspannte Lebensart verspricht, und nachdem ich einen Parkplatz gefunden habe, steige ich aus und lächle der neuen Welt entgegen, die mich erwartet. Mit meinem übergroßen Hut und der Sonnenbrille komme ich mir vor wie Audrey Hepburn (na schön, Audrey Hepburn mit roten Haaren).

Gleich darauf entdecke ich auf der Außenterrasse eines Cafés einen idyllischen Platz im Schatten. Ich bestelle einen *vin rouge*, lehne mich auf meinem Stuhl zurück und lasse die Umgebung auf mich wirken.

„Bleiben Sie länger hier, oder sind Sie nur auf der Durchreise?", erkundigt sich die Kellnerin, eine Amerikanerin, höflich und lächelt mich an, während sie meinen Wein serviert.

„Ich hoffe, ich kann für ein paar Tage bleiben", antworte ich. „Ich weiß es noch nicht genau. Ich bin gerade erst angekommen, und mein wichtigstes Ziel ist die Brücke, die ich mir für eine Freundin anschauen möchte."

„Ah, die Brücke", sagt die Kellnerin. „Jeder kommt, um die Brücke zu sehen. Ich kam vor drei Jahren, um die Brücke zu sehen, und jetzt bin ich immer noch hier! Ich heiße Starling. Herzlich willkommen in Millau."

„Danke, Starling", sage ich. Wenn in Millau alle so freundlich sind wie diese Frau, kann ich verstehen, warum sie geblieben ist. „Ich bin Maggie."

„Ich warne Sie, Maggie", sagt Starling lachend. „Man kann hier schnell süchtig werden – nach dem Essen, dem Wein, der Landschaft und der Sonne, besonders um diese Jahreszeit. Ganz zu schweigen von den charmanten Männern …"

Ich schenke ihr ein vielsagendes Lächeln. „Die Männer sind also der wahre Grund, der Sie hier hält?"

Sie nickt und zwinkert mir zu.

„Dieses Restaurant hier gehört der Familie meines Verlobten. Sein Vater heißt Antoine und ist mein Chef, aber das ist voll okay."

„Nun, Millau ist definitiv ein hübscher Ort, nach allem, was ich bisher davon gesehen habe", sage ich zustimmend. „Ich freue mich darauf, seine Gastfreundschaft zu testen, und ich muss sagen, Sie sind ein toller Vorgeschmack darauf, was mich erwartet."

„Oh, danke", sagt Starling. „Trinken Sie gerne Wein?"

Ich? Wein? Wenn sie bloß wüsste, wie gern ich ihn manchmal trinke …

„Ja, ich trinke gerne Wein. Tun wir das nicht alle?"

Ich halte mein Glas hoch.

„Gut. Ein paar Straßen weiter gibt es nämlich eine Weinbar, das *Le Bouchon*, die kann ich Ihnen wirklich sehr empfehlen“, sagt sie. „Es gibt Livemusik am Klavier und auf der Gitarre und eine wundervolle Atmosphäre, die sowohl Touristen als auch Einheimische anzieht. Im *Le Bouchon* findet man schnell Anschluss. Ich habe dort meinen Verlobten kennengelernt.“

Sie nickt mir zu und lächelt wissend.

„Ich bin nicht für eine Romanze hergekommen“, versichere ich ihr.

Trotz der Blödelei mit Flo vorhin am Telefon sind Affären und Männer das Letzte, was mich im Moment interessiert. Ich bin heilfroh, wenn ich meine Umgebung ohne irgendwelche Komplikationen genießen kann, herzlichen Dank auch. Ich bin hier, um den Rest von Lucy Hartes Liste zu erfüllen, und ich vertraue darauf, dass Lucy mich in die richtige Richtung lenkt, welche auch immer das sein wird.

Starling verdreht dramatisch ihre Augen.

„Aber Mademoiselle …“

„Einfach nur Maggie ist okay“, sage ich lächelnd.

„O Maggie, du kannst unmöglich nach Frankreich kommen, ohne ein bisschen Romantik zu erleben“, erklärt sie mir. „Du könntest hier deinem Traummann begegnen. Zumindest deinem Traummann für einen Abend!“

Sie lacht und lässt mich dann allein mit einem Zettel, auf den sie den Namen der Pianobar notiert hat. *Le Bouchon.* Vielleicht sehe ich mir den Laden mal an. Es ist schön, eine Empfehlung von jemandem zu haben, der sich im Ort auskennt.

„Ach, Starling?“, rufe ich ihr hinterher.

„*Oui, Mademoiselle?*“ Sie wirkt erfreut darüber, dass sie mir noch einmal behilflich sein kann.

„Tut mir leid, ich möchte nicht lästig sein, aber ich suche noch eine Unterkunft. Vielleicht kannst du mir etwas empfehlen? Ein Hotel, ein Apartment oder eine Ferienhütte – irgendwas?"

Sie zögert und überlegt kurz.

„Ich denke, so wie du aussiehst, hättest du wohl gern etwas Ausgefallenes?"

Ich ziehe eine Augenbraue hoch. „Ja, schon, aber eigentlich habe ich keine besonderen Ansprüche."

„Ich werde etwas Hübsches für dich finden", versichert sie mir, und ich habe keinen Zweifel daran. „Ich habe auch schon eine gute Idee, aber ich muss erst Antoine fragen."

Wenig später kehrt Starling mit einem zweiten Glas Rotwein für mich zurück. Wenn ich es annehme – und es wäre unglaublich unhöflich, abzulehnen –, werde ich keine andere Wahl haben, als das Auto stehen zu lassen und mich zu Fuß weiterzubewegen. Scheiß drauf ... Ich werde mich einfach treiben lassen.

„*Merci beaucoup*", sage ich, als Starling mir erklärt, dass der Wein eine kleine Aufmerksamkeit von Antoine sei.

„Antoine glaubt auch, dass wir die perfekte Unterkunft für dich haben", eröffnet sie mir dann mit einem strahlenden Lächeln.

Super. Antoine ist mir jetzt schon sympathisch.

„Es handelt sich um einen *gîte*, eine kleine Steinhütte, die Antoines Bruder Gérard gehört. Sie liegt unten am Fluss und bietet eine spektakuläre Aussicht auf die Brücke, wegen der du hier bist", erklärt Starling. „Die Unterkunft ist privat und gemütlich, und sie ist im Moment verfügbar. Wenn du willst, kannst du sie haben."

Ein *gîte* ... eine echte französische Steinhütte am Fluss? Das ist zu gut, um wahr zu sein.

„Gott, Starling, das klingt absolut perfekt. Ist es hier in der Nähe?"

Sie nickt eifrig.

„Vom Stadtzentrum aus ist es nur ein kurzer Fußweg, aber Antoine wird gleich zu dir kommen und die Details mit dir besprechen", sagt sie. „Im Moment telefoniert er mit Gérard, aber es wird nicht lange dauern. Genieß deinen Wein, Maggie. Und noch einmal herzlich willkommen in Millau."

KAPITEL 24

„Mademoiselle Maggie?"

Ich hebe den Kopf, dann stehe ich auf und nehme meine Sonnenbrille ab, um Antoine zu begrüßen, den Besitzer des Café-Restaurants. Antoine entspricht nicht dem, was ich erwartet habe, obwohl ich nicht wirklich erklären kann, was ich erwartet habe.

„*Bonjour Monsieur*", sage ich, und er küsst mich auf beide Wangen.

Antoine ist ein großer, gebräunter, kahlköpfiger Mann um die fünfzig, und trotz seiner leicht schlampigen Erscheinung durchaus attraktiv. Er trägt eine flaschengrüne Schürze über seiner weißen Arbeitskleidung, die aussieht, als müsste sie dringend gewaschen werden, und sein rundes Gesicht zieren dunkle Bartstoppeln.

„Setzen Sie sich, bitte", sagt er in fließendem Englisch, und ich könnte mich dafür treten, dass ich seine Sprache nicht besser beherrsche. „Sie haben also Interesse an unserem *gîte*? Ich kann Ihnen den Schlüssel geben, Sie schauen sich die Unterkunft an, und wenn sie Ihnen gefällt, können Sie sie haben."

„Ja, ja, das klingt super", sage ich dankbar. „Und *merci* für den *vin*." Ich weiß, ich klinge lächerlich mit meinem Mix aus Englisch und Französisch. Ich sollte bei einer Sprache bleiben, was natürlich Englisch wäre, da mein Französisch nicht reicht, um ein richtiges Gespräch zu führen.

„Die Hütte ist warm und sauber. Stören Sie sich bitte nicht an meinem Bruder. Er wohnt ganz in der Nähe", erklärt Antoine. „Gérard ist gerade dabei, sich in einen mürrischen alten Kauz zu verwandeln, der am liebsten seine Ruhe haben möchte, aber er ist einverstanden, dass Sie die Hütte so lange haben können, wie Sie sie brauchen."

„Ich bin hier, um die Brücke zu besichtigen", sage ich, als wäre es für mich das Wichtigste auf der Welt – na ja, im Moment ist es das auch, schätze ich. „Ist es weit von der Hütte aus?"

Antoine lacht leise, als habe er das alles schon einmal gehört.

„Von der Hütte aus wirkt die Brücke zum Greifen nah", erwidert er, und ich keuche begeistert auf.

„Wirklich?"

Er nickt.

„Sie können sich die Brücke jeden Tag anschauen, von frühmorgens, wenn Sie aufstehen, bis spätabends, wenn Sie schlafen gehen, und wenn es sein muss auch die ganze Nacht", sagt er. „Bleiben Sie, solange Sie wollen. Starling wird Ihnen den Weg zeigen."

Das ist mehr, als ich mir jemals erträumt hätte. Am liebsten würde ich mich kneifen, um zu sehen, ob das alles hier real ist. Meine eigene kleine Steinhütte mit einem direkten Ausblick auf die Brücke!

Tja, Lucy Harte, es sieht so aus, als würde doch noch alles gut werden. Ich fühle mich jetzt schon ein bisschen heimisch hier, nach diesem freundlichen Empfang und der Hilfsbereitschaft. Ich weiß, du bist in meiner Nähe und sorgst dafür, dass alles nach Plan läuft. Ich danke dir!

Die alte Maggie hätte panische Angst davor gehabt, diese Reise auf eigene Faust zu machen, aber ich habe überhaupt keine Angst mehr, trotz der Sprachbarriere und der Entfernung von zu Hause. Wisst ihr, ich bin nicht allein. Ich habe Lucy, und ich habe außerdem das seltsame Gefühl, dass das alles so sein soll, und ich kann es kaum erwarten, die Brücke aus der Nähe zu sehen und die nächsten Abenteuer zu erleben.

Starling und ich holen mein Gepäck aus dem Mietwagen und machen uns dann auf den Weg durch die Stadt, vorbei an Boulangeries, Pâtisseries, der Weinbar, die Starling mir empfohlen hat, und einer Reihe von Restaurants. Dann gehen wir durch eine Seitenstraße und schließlich auf einen felsigen, abgelegenen Pfad, der auf einer Anhöhe endet, von der aus grobe Steinstufen zum Fluss hinunterführen. Im Vordergrund rudern zwei Kanufahrer zügig auf die majestätische Brücke zu, hinter der gerade die Sonne untergeht. Die Szenerie ist wirklich atemberaubend.

„Dieser Weg hier ist eine Abkürzung zu Fuß, aber wenn du morgen deinen Wagen holst, kommst du auch von der Straße aus zur Hütte“, erklärt Starling. „So vermeidest du das Risiko, dir den Fuß zu brechen, im Gegensatz zu uns gerade.“

„Ist schon okay, ich bin zurzeit ziemlich fit“, versichere ich ihr. „Ich freue mich schon darauf, morgen am Fluss entlangzujoggen, sobald ich mich hier einigermaßen zurechtgefunden habe.“

„Ach, du joggst? Dann bist du hier bei uns goldrichtig“, sagt Starling. „Kanu, Rafting, Paragliding … Millau bietet viele Möglichkeiten für Sportbegeisterte.“

Wir erreichen das Ende der Steinstufen, und Starling bleibt stehen und zeigt auf die Brücke. Unter der gigantischen Konstruktion schweben Vögel hindurch, direkt über den Kanuten, und die Sonne steht perfekt im Hintergrund, wie ein großer orangeroter Ball. Wäre dies hier ein Film, würde die klassische Orchestermusik nun zu einem grandiosen Crescendo anschwellen, als ich die Brücke zum ersten Mal in ihrer ganzen Herrlichkeit sehe.

Es ist ein perfektes Panorama.

„Wow!“, sage ich, und ich bin mir sicher, dass meine Kinnlade herunterhängt. „Da bleibt mir doch glatt die Spucke weg!“

Ich wünschte, Simon könnte mich jetzt sehen. Ich hebe mein Handy in die Luft, mache ein Foto von der Brücke und schicke es ihm. Er antwortet mir umgehend mit einem lächelnden Selfie, und ich weiß einfach, dass er in diesem Moment genauso stolz ist wie ich.

Ich bin da, Lucy Harte. Ich bin wirklich da. Kannst du sie sehen? Das ist deine Brücke, Lucy! Das ist dein Traum, gleich dort drüben!

Ich habe völlig vergessen, dass Starling neben mir steht und wartet.

„Ich … es tut mir leid, Starling, könnte ich einen kleinen Moment für mich haben? Die Brücke ist der Grund, warum ich hergekommen bin, und ich würde gerne –“

„Natürlich“, sagt sie und wendet sich bereits zum Weitergehen. „Ich werde einfach in der Hütte warten. Lass dir Zeit. Ich habe es nicht eilig.“

Ich schaue ihr nach und beobachte, wie sie in Richtung Hütte läuft, die auf dem hügeligen Flussufer errichtet wurde. Von meiner Position aus sind nur die Dachspitze und die halbe Rückseite sichtbar, und ich bin neugierig auf den Rest, aber erst einmal muss ich das alles hier verdauen. Ich muss mich auf Lucy konzentrieren.

Ich breite die Arme aus und drehe mich glücklich ein paarmal im Kreis.

„Lucy, ich hoffe, du bist hier! Ich hoffe wirklich, du kannst sehen, was ich sehen kann“, sage ich laut zu ihr. „Das ist dein Ort, direkt dort oben. Die größte Brücke auf der ganzen weiten Welt! Ich habe sie für dich gefunden, Lucy. Wir haben sie gefunden! Wir sind da!“

Mein Herz schlägt schneller als in einer Trainingsstunde mit Kevin, als in einem Moment mit Tiernan Quinn, als in einem Anfall von schlechter Laune wegen Jeffs Eskapaden mit Saffron, als in meiner gespannten Vorfreude auf das Wiedersehen mit John Joe – das hier ist das ganz große Ding. Das hier ist der Punkt, der als Erstes auf Lucys Liste steht, und der Wunsch, den sie sich am sehnlichsten erfüllen wollte, denke ich.

„Schauen wir uns mal meine Unterkunft an“, sage ich flüsternd zu ihr und folge dem hügeligen Pfad zur Vorderseite der Hütte. Ich bin schon verliebt, bevor ich das Haus überhaupt betreten habe. Fliedersträucher säumen den Weg zur Veranda mit der umrankten blauen Eingangstür. Alles macht einen wunderbar einladenden Eindruck, und ich kann es kaum erwarten, mehr zu sehen.

„Und dieses Paradies gehört Antoines Bruder?“, frage ich Starling, als ich den offenen, terrakotta-gefliesten Wohn- und Essbereich betrete, von dem aus eine Treppenstufe in eine süße, kompakte pastellblaue Küche hochführt.

„Die Hütte gehört Gérard, ja", sagt Starling. „Aber in letzter Zeit kümmern wir uns darum, weil Gérard so viel zu tun hat. Ist sie nicht himmlisch?"

„Das ist sie wirklich. Einfach traumhaft."

Starling zeigt mir, wie der Herd und die kleine Waschmaschine funktionieren, dann lotst sie mich durch eine weiße Tür im venezianischen Stil, die ins Schlafzimmer und das angrenzende Bad führt. Die Wände des Schlafzimmers sind aus grobem Stein, genau wie die Außenfassade, und cremefarbene Schleiergardinen hängen vor einem Fenster, das auf das üppige Grün des Tarntals zeigt. Diese Unterkunft hier ist außergewöhnlich. Wie um alles in der Welt konnte ich so viel Glück haben?

Eine Patchworkdecke, genäht von Antoines Mutter, der früher die Hütte gehörte, wie Starling mir erklärt, schmückt ein gemütlich wirkendes Doppelbett, und am liebsten würde ich mich direkt hineinfallen lassen.

„Es gibt auch eine Heizung, falls dir kalt wird", sagt Starling und zeigt mir, wie man den Radiator einschaltet. „Und du hast ja auch noch den Kamin im Wohnzimmer. Abends kann es hier ziemlich frisch werden, also dreh die Heizung ruhig auf. Uns stört das überhaupt nicht. Ach, und auf dem Boulevard Georges Brassens ist ein *supermarché*, der hat abends bis um zehn Uhr auf. Du kannst ihn gar nicht verfehlen."

Ich fange vor Nervosität an zu lachen, und Starling sieht mich an, als hätte sie etwas Falsches gesagt.

„Was ist daran so komisch?", fragt sie. „Es kann hier abends wirklich sehr kalt werden. Lass dich nicht von der Sonne tagsüber täuschen."

„Nein, nein, ich glaube dir! Ich … ich kann nur das alles hier einfach nicht glauben!“, sage ich und fächele mir Luft ins Gesicht, als ich spüre, dass ich von Emotionen übermannt werde. „Ich meine, ich bin hier an dem schönsten und spektakulärsten Ort, den ich in meinem ganzen Leben gesehen habe, und ich habe keine Ahnung, wie das passieren konnte. Na ja, ich weiß schon, wie, aber das macht das Ganze nur noch erstaunlicher. Ich bin euch so unendlich dankbar!“

Starling zuckt lächelnd mit den Achseln, als wäre sie so eine Reaktion gewohnt.

„Ich muss zugeben, dass wir die Hütte nie inserieren“, sagt sie. „Wir vermieten sie nur an Leute, von denen wir denken, dass sie sie gut nutzen. Dies ist ein besonderer Ort, an dem besondere Dinge passieren, und es darf nicht jeder hier rein.“

Ihre Augen funkeln, während sie spricht, und meine Bewunderung für meine neue Freundin wächst.

„Ich bin euch wirklich unendlich dankbar“, sage ich wieder, und ich folge Starling durch eine Hintertür auf die Terrasse, von der aus man über den Fluss blicken kann. Zwei bunte Stühle, einer violett, der andere lindgrün, stehen perfekt platziert an einem kleinen weißen Tisch.

„Also, willst du die Hütte?“

Ich nicke und zögere, weil ich nicht sicher bin, ob ich Starling umarmen soll. Ich weiß nicht, ob das nicht zu vertraulich wäre, schließlich geht es hier im Wesentlichen um ein Geschäft. Oder?

„Ich habe vorhin zu Antoine gesagt, dass du ein gutes Herz hast, deshalb hat er sein Okay gegeben“, sagt Starling und hält meine Hand für eine Sekunde fest, als sie mir die Schlüssel übergibt.

„Wie kommst du darauf, dass ich ein gutes Herz habe?“, frage ich, während ein kühler Wind mich streift und mir eine Gänsehaut verursacht. „Du kennst mich doch erst seit zwei Stunden.“

„Oh, das wusste ich von dem Moment an, als ich dich zum ersten Mal sah“, erwidert sie. „Gut, ich sollte jetzt besser gehen, damit ich pünktlich zum Abendessen mit meinem Schatz komme. Ruf mich einfach an, wenn du was brauchst.“

Sie gibt mir eine Visitenkarte, und ich starre darauf, dann sehe ich wieder Starling an.

„Vielen Dank, Starling“, sage ich. „Ich bin so froh über deine Hilfe.“

„*Au revoir*, Maggie“, sagt sie, und ihre dunklen Haare schwingen, als sie sich in Bewegung setzt. „Lass von dir hören!“

Dann ist sie fort, und ich stehe allein im Schatten der weltweit größten Brücke, die Lucy eines Tages unbedingt besichtigen wollte.

Ich setze mich auf das braune Ledersofa im Wohnzimmer und mustere meine Umgebung, die für die nächsten Tage mein Zuhause sein wird. Dann schaue ich auf die Visitenkarte in meiner Hand und lese zum ersten Mal den offiziellen Namen der Hütte – sie heißt *Maison d'Henri.*

Henris Haus.

Henry ist der kleine Bruder von Simon und Lucy, der den Unfall überlebt hat. Henry ist derjenige, den Lucy eines Tages zur Brücke mitnehmen wollte. Ein kalter Schauer durchrieselt mich, und ich reibe über die Gänsehaut an meinen Armen. Vielleicht geht es mir inzwischen wie Simon, und ich halte permanent nach potenziellen Zeichen Ausschau, um Lucy bei mir zu behalten. Vielleicht handelt es sich um bloße Zufälle. Was es auch sein mag, es gibt zu viele von ihnen, um sie zu ignorieren.

Ich gehe zum Fenster und schaue hinaus auf das Viadukt, während ich an den kleinen Bruder von Lucy und Simon denke, dessen Körper im Geist eines Kindes gefangen ist und dessen Träume an dem Tag ausgelöscht wurden, als Lucy in den Himmel fuhr.

Ich konnte Henry nicht mitnehmen, zumindest nicht dieses Mal, aber es scheint so, als wäre trotzdem ein Teil von ihm im Geiste bei mir.

KAPITEL 25

Als die Abendsonne langsam hinter der Brücke versinkt, verlasse ich die Hütte und gehe die Steinstufen hoch, die zurück in die Stadt führen, um ein paar Lebensmittel im Supermarché zu besorgen. Ich habe natürlich keine Ahnung, wo genau der Boulevard Georges Brassens ist, aber ich bin zuversichtlich, dass ich ihn finden werde.

Der Supermarkt ist näher, als ich dachte, und ich nehme mir einen Einkaufskorb und packe frisches Brot, Käse, ein bisschen Aufschnitt und zwei Flaschen Rotwein hinein.

„Sie wohnen in der Hütte unten am Fluss?"

Ich stehe gerade an der Kasse, als ich hinter mir eine schroffe Stimme mit einem starken Akzent höre.

„Wie bitte?"

Ich drehe mich um und sehe einen großen, bärtigen, dunkelhaarigen Mann, der ein Sixpack Bier unter seinen linken Arm geklemmt hat und eine Baguettestange unter den rechten.

„Sie wohnen in der Hütte? Ich habe Sie vorhin gesehen, mit Starling. Sie sind die Irin, *oui*?"

Sein schroffer Ton schüchtert mich ein, und ich lege nervös meine Waren auf das Band, während dieser seltsame Mann jede meiner Bewegungen beobachtet. Und dann macht es *klick*.

„Ach, Sie sind bestimmt Gérard, nicht wahr?", sage ich, nachdem ich schließlich eins und eins zusammengezählt habe, obwohl mein Gegenüber viel jünger ist als der alte, grau melierte Mann, den ich mir vorgestellt habe. Ich hätte fast gesagt „der griesgrämige Gérard", konnte mich aber zum Glück rechtzeitig bremsen. „Die Hütte gehört Ihnen, richtig? Sie ist wunderschön."

Er nickt und wendet seinen Blick ab. Dann sieht er mich wieder an. Er riecht nach Tabak und Terpentin und er sieht aus, als hätte er sich seit Wochen nicht richtig gewaschen. Seine Kleidung ist mit bunten Farbklecksen in allen möglichen Schattierungen übersät.

„Ja, ich schätze, man kann sagen, dass die Hütte mir gehört, aber mein Bruder sieht das manchmal anders. Ich bin nicht so ein Griesgram, wie er Ihnen vielleicht erzählt hat. Ich bin einfach nur jünger und beschäftigter und deutlich interessanter als er, und ab und zu wird er eifersüchtig."

Er sagt das so mürrisch und verdrossen, dass ich lachen muss. Er lächelt verlegen, und seine grünen Augen heften sich zum ersten Mal auf meine.

„Sie wollen sicher nichts von meinen Familienproblemen hören oder von meiner Griesgrämigkeit, richtig?", sagt er und lacht jetzt richtig. „Tut mir leid. Kann ich noch einmal von vorn anfangen? Ich bin Gérard."

Dieses Mal streckt er mir seine Hand entgegen, und ich schüttele sie. Junge, hat der einen kräftigen Händedruck. Seine Hände sind die eines Mannes, der körperlich arbeitet.

„Sie sind Maler?", frage ich, obwohl sich die Frage eigentlich erübrigt.

„*Oui*, Kunstmaler. Woher wissen Sie das?"

„Ihre Kleidung?"

„Ah, meine Kleidung! Natürlich! Sorry. Ich wollte nur einen Witz machen", sagt er und blickt an sich hinunter. „Wahrscheinlich bin ich nicht besonders witzig. Ich bin viel besser darin, griesgrämig zu sein."

Er streift sich das dunkle gewellte Haar aus dem Gesicht, und ich sehe, dass sich unter dem Bart und der Farbe und dem Schmutz ein sehr hübscher Mann verbirgt. Ich schätze ihn auf Anfang vierzig, und er ist in glänzender Form – groß und stark und, wenn ich das sagen darf, sehr männlich.

„Klappt es denn mit dem Malen, wenn Sie so griesgrämig sind?“, frage ich ihn, während ich meine Einkäufe einpacke und er nun an der Kasse bedient wird.

„*Oui*“, antwortet er, und ein Lächeln umspielt seine Lippen. „So lala. Wie sagen Sie in Irland? Geht so?“

„Monsieur Gérard ist sehr bescheiden“, bemerkt die Kassiererin, und sie sieht ihn mit klimpernden Wimpern an. „Tatsächlich ist er eine lokale Berühmtheit. Jeder in der Gegend kennt ihn, und seine Bilder hängen überall. Seine Kunst ist ziemlich … fantastisch.“

Er lächelt sie an. Sie schmilzt dahin.

„Dann sind Sie also gut“, sage ich, während ich meine Tüten vom Band hebe. „Vielleicht darf ich Ihnen mal bei der Arbeit zusehen, bevor ich wieder nach Hause fliege?“

Nun wirkt er wieder griesgrämig. Nicht so selbstgefällig wie am Anfang oder sogar ironisch, sondern richtig mürrisch.

„Tut mir leid, nein, Sie dürfen mir nicht zusehen. Ich bereite gerade eine große Ausstellung vor“, sagt er. Die Kassiererin starrt ihn immer noch ehrfürchtig an. „Ich gehe nur einmal am Tag raus, um alles Nötige einzukaufen. Sie werden mich wahrscheinlich nicht mehr zu Gesicht bekommen. Ich bin zu beschäftigt. Hat mich gefreut, Sie kennenzulernen, Mademoiselle.“

Er nimmt das Sixpack und das Baguette vom Band, und ich nicke mit gespieltem Verständnis, bin aber eigentlich total beleidigt.

„Oh, okay. Dann vielleicht bei meinem nächsten Besuch", sage ich. „Hat mich auch gefreut. Viel Erfolg mit Ihrer Arbeit."

Arschloch.

Ich kann es nicht erwarten, von ihm wegzukommen.

„*Merci*", erwidert er, und die Kassiererin beginnt ein Gespräch mit ihm und lenkt ihn glücklicherweise ab.

Vielleicht bin ich gerade überempfindlich, aber seine Reaktion hat mich tief gekränkt.

Es ist nur eine Zurückweisung, höre ich John Joes Stimme in meinem Kopf. *Nicht mehr und nicht weniger. Nur eine Zurückweisung, und es wird vorbeigehen.*

Aber der Kerl war wirklich unverschämt! Ich wollte nur höflich sein. Seine Bilder sind mir im Grunde scheißegal! Auf dem Rückweg zum *Maison d'Henri* lecke ich meine Wunden und versuche, die Abfuhr nicht persönlich zu nehmen. Immerhin ist es ja nicht so, als würde der Mann mich kennen. Wenn er Menschen, die er gerade erst kennengelernt hat, so unhöflich behandeln möchte, ist das sein Problem. Schließlich ist er nicht der verdammte Vincent van Gogh!

„Mademoiselle! Bitte, Mademoiselle, warten Sie!"

Ich habe die Steinstufen zum Fluss zur Hälfte hinter mich gebracht, als ich sehe, dass Gérard mir hinterhergeeilt kommt. Sein Bier und das Brot hält er wie eine kostbare Fracht, was sie für ihn in seinem winterschlafähnlichen Zustand wahrscheinlich auch sind.

„Oui?"

Oh, ich wünschte, mein Französisch wäre besser! Es gibt einen Haufen Dinge, die ich diesem arroganten Kerl gern an den Kopf werfen würde, und zwar in seiner eigenen Sprache, weil die viel wütender und leidenschaftlicher klingt als meine.

„Bitte, warten Sie!", ruft er wieder.

Ich gehe trotzig weiter, dann überlege ich es mir anders und bleibe wieder stehen. Nur weil er unhöflich ist, bedeutet das nicht, dass ich es auch sein muss.

„Danke", sagt er, als er mich erreicht.

Es ist inzwischen fast dunkel, und mir wird bewusst, dass ich in einem fremden Land mit einem fremden Mann an einem Fluss stehe. Wenn Flo mich jetzt sehen könnte, würde sie sich furchtbare Sorgen um mich machen.

„Ich hoffe, ich war nicht garstig zu Ihnen", sagt Gérard, und die neue Freundlichkeit in seiner Stimme beruhigt mich etwas und nimmt seiner Abfuhr vorhin im Supermarkt die Schärfe. „Ich glaube, meine Worte kamen falsch rüber. Es ist schon länger her, dass ich Englisch gesprochen habe, wahrscheinlich klang ich aggressiver als beabsichtigt. Bitte, nehmen Sie meine Entschuldigung an."

Er sieht mich mit einem Hundeblick unter seinen strähnigen dunklen Stirnfransen an, die er wirklich mal wieder schneiden lassen könnte.

„Ich habe volles Verständnis dafür, dass Sie ein vielbeschäftigter Mann sind, aber Sie kamen tatsächlich ein bisschen unhöflich rüber. Entschuldigung angenommen", sage ich, dann setze ich meinen Weg zu der Hütte fort, und er stapft mir hinterher.

„Das war wirklich nicht meine Absicht. Es ist nur, weil ich gerade so viel zu tun habe und meine Arbeit noch nicht fertig ist."

„Ja, Ihr Bruder hat erwähnt, dass Sie hier in der Nähe wohnen und dass Sie sehr zurückgezogen leben", sage ich. „Ich verstehe das. Es war vielleicht ein bisschen dreist von mir, Sie zu fragen, nachdem wir uns gerade erst kennengelernt hatten."

„Nein, nein, Sie waren nicht dreist", widerspricht er ernst. „Ich finde es ja schön, dass Sie an meiner Arbeit interessiert sind. Es stimmt, ich wohne nur ein kleines Stück weiter den Fluss hoch, in einem Atelier mit einem Bett und einer Miniküche. Ich wohne an meinem Arbeitsplatz. Im Moment lebe ich nur für meine Kunst. Eigentlich ziemlich traurig."

Ich zucke mit den Schultern.

„Nicht unbedingt. Jedem das Seine. Ich habe schon Künstler wie Sie getroffen. Ich verstehe das total."

Er macht ein abwehrendes Gesicht und reibt seinen Bart.

„In Wirklichkeit bin ich kein langweiliger oder garstiger Mensch", sagt er. „Und ich bin auch nicht immer so, wie sagt man … ungepflegt. Ich bin gerade einfach nur furchtbar beschäftigt. Die Zeit sitzt mir im Nacken. Ich stehe unter großem Druck. Das macht mich ganz verrückt."

Ich schaue auf meine beziehungsweise Gérards Hütte, dann sehe ich wieder ihn an und entdecke eine Traurigkeit in seinen Augen, eine Einsamkeit, und ich bin versucht, ihn auf ein Bier oder ein Glas Wein und einen gemütlichen Plausch über Kunst auf meine Veranda einzuladen. Dann verzichte ich doch darauf, denn wenn er Nein sagt, werde ich jede weitere Begegnung mit ihm fürchten, so unwahrscheinlich diese auch sein mögen.

Er steht weiter da, als wolle er noch etwas sagen, bleibt aber stumm, also liegt es an mir, die Unterhaltung zu beenden.

„Na ja, es ist schön, dass ich nun ein Gesicht zu Ihrem Namen habe, und ich freue mich darauf, einen Teil Ihrer Kunst in der Stadt zu sehen." Mir wird bewusst, dass ich sehr schnell spreche, aber er kommt offenbar mit. „Ich finde jede Art von Kunst faszinierend. Sehr faszinierend."

„Ach ja? Wirklich?"

„Ja, wirklich. Ich habe Kunst studiert", sage ich stolz. „Zu Hause in Irland."

„Aha, dann sind Sie also auch eine Künstlerin?"

„Nein, nein. Ich wünschte, ich wäre eine." Ich schüttle den Kopf. „Nein, ich bin keine Künstlerin. In meinen Träumen bin ich vieles, aber in der Realität arbeite ich in der Immobilienbranche. Ich kann auch ziemlich langweilig sein. Und manchmal egoistisch und griesgrämig. Wir sind alle nur Menschen."

Gérard blickt zur Brücke hinüber und wechselt abrupt das Thema.

„Mein Bruder hat gesagt, Sie sind wegen der Brücke hier? Sie ist ziemlich spektakulär, nicht wahr?"

„Allerdings", sage ich, und wir stehen beide da und starren eine gefühlte Ewigkeit lang auf die Mammutkonstruktion.

„Gut, ich lasse Sie jetzt besser weiterarbeiten", sage ich schließlich. „Ich brauche Schlaf, damit ich morgen eine richtige Touristin sein kann und meine Zeit hier in Millau nicht im Bett vertrödele. Allerdings habe ich mir bis jetzt nur vorgenommen, die Brücke zu besichtigen und ein paar Schundromane zu lesen. Ich muss mir noch ein paar andere Sachen überlegen."

Gérard wirkt ein wenig enttäuscht, und ich spüre, dass er nicht oft mit anderen Menschen zu tun hat, oder zumindest nicht in letzter Zeit.

„Vielleicht ... Ja, ich sollte mich besser wieder an die Arbeit machen. Arbeiten und ein paar Bier und ein Abendsnack sind das, was ich mir vorgenommen habe. Und langweilig zu sein und mich zu bemühen, nicht griesgrämig zu sein. *Bonne nuit*, Maggie."

„*Bonne nuit*, Gérard."

Er setzt sich in Bewegung, und ich winke ihm kurz zum Abschied, bevor ich mich mit einem Lächeln meiner Tür nähere.

„Ach, und viel Spaß beim Pinseln!", rufe ich ihm nach, während er sich auf dem Pfad entfernt.

„Ha! Pinseln!", wiederholt er und lacht, dann winkt er zurück.

Ich wollte gar nicht komisch sein ...

Ich gehe hinein und schließe die Tür, verriegele sie und ziehe dann alle Vorhänge zu. Gérard scheint hinter seinem ruppigen Auftreten eine tiefgründige, sanfte Seele zu sein, aber so freundlich und verletzlich und angenehm charmant er sich auch gerade gezeigt hat, ich gehe lieber kein Risiko ein.

Ich mache im Kamin ein Feuer, schlüpfe in meinen Pyjama und mache es mir mit einem Glas Wein und meinem

Buch gemütlich. Es ist behaglich. Es ist friedlich. Es ist genau das, was der Arzt mir verordnet hat.

Die nächsten paar Tage verbringe ich in seliger Einsamkeit und entferne mich nie weit von der Hütte, abgesehen davon, dass ich meinen Wagen aus der Stadt hole und Lebensmittel einkaufe. Und zwei weitere „So schlecht, dass sie schon wieder gut sind"-Romane, die ich in der Sonne lese, auf der paradiesischen Terrasse mit ihrem spektakulären Ausblick.

Ich esse Baguette mit kaltem Aufschnitt und Salat, warme Crêpes au chocolat, frisches Obst von einem kleinen Marktstand, den ich zufällig entdeckt habe, und ich trinke Mineralwasser und natürlich ab und zu den obligatorischen *vin rouge*.

Ich fühle mich pudelwohl, und es ist einfach nur himmlisch.

Flo schreibt mir gelegentlich, aber sie sagt, dass sie mich nicht von meiner Auszeit ablenken möchte, und auch Kevin meldet sich bei mir, weil ich total vergessen habe, ihm Bescheid zu geben, wann ich wegfahre, und er sich Sorgen gemacht hat, dass ich gekidnappt wurde oder mich für immer in meiner Wohnung verbarrikadiert habe.

Ich hoffe, du trainierst fleißig! textet er, gefolgt von einer weiteren Nachricht, in der er mir offiziell erlaubt, mich in meinem Urlaub etwas zu schonen. Ich soll mich aber darauf gefasst machen, dass er mir nach meiner Rückkehr so lange in den Hintern treten wird, bis der in Wettkampfform ist.

Ich genieße die Stille, beobachte die Kanuten, die den Tarn auf- und abwärtsgleiten, oder die Drachenflieger, die am Himmel schweben, und wenn es mir zu einsam wird, höre ich klassische Musik im Radio. Ich schaue oft auf die Brücke und sehe die Fahrzeuge darauf vorbeischwirren – es handelt sich nämlich keineswegs nur um ein dekoratives Meisterwerk der Architektur, sondern auch um eine praktische und vielbefahrene vierspurige Autobahn. Im Moment reizt es mich nicht, mich selber dort hinaufzuwagen, aber das werde ich vor meiner Abreise definitiv noch machen, allein schon wegen Lucy.

Während die Tage vergehen, erlaube ich mir hin und wieder, in Selbstmitleid zu schwelgen, wenn der Gedanke an Jeff aufkommt, und kämpfe immer noch mit den Tränen, wenn ich an die Begegnung mit ihm und Saffron im Tesco denke, als seine Hand auf ihrer Hüfte ruhte. Auf ihrem fruchtbaren, gebärfreudigen Becken …

Doch dann unterziehe ich meinen Verstand bewusst einem Realitätstest und rufe mir andere Aspekte meines Lebens mit Jeff ins Gedächtnis. Und dass ich niemals dieses momentane Gefühl der Stärke und der Unabhängigkeit, der inneren Zufriedenheit erlebt hätte, wenn ich noch mit Jeff zusammen wäre.

Jeff würde schon längst die Wände hochgehen und darauf bestehen, dass wir eine Reiseroute ausarbeiten, dass wir jedes Restaurant und jedes Taxi und jede andere Dienstleistung auf TripAdvisor bewerten, und er würde sich ständig über die Preise beschweren.

Er würde auf dem Kaminsims nach Staub Ausschau halten, sich über das Wetter beklagen, das entweder zu heiß oder zu kalt wäre, und er würde nach Ursachen suchen, warum es abends in der Hütte immer so kühl wird. Ich kann ihn geradezu hören …

Die Hütte ist bestimmt feucht, Maggie. Ich werde mit diesem Gérard mal ein Wörtchen reden. Der Kerl sollte sich wirklich ein bisschen zusammenreißen und sich einen richtigen Job besorgen, statt mit dem Farbpinsel herumzuklecksen. Künstler, meine Fresse!

Abgesehen von ein paar seltenen kleinen Ausrutschern habe ich meine rosarote Brille abgelegt und kann mir nun ein paar Details eingestehen, die ich vorher ignoriert habe. Endlich bewege ich mich vorwärts in meinem neuen Leben ohne Jeff. Ich bin voll dabei. Es ist real, und ich gehe es an. Weiter so, neues Ich.

Die Türklingel der Hütte schellt zum ersten Mal, und der laute, schrille Ton fährt mir durch Mark und Bein und reißt mich aus meinen Auflistungen, an denen ich schon seit über einer Stunde sitze, wie mir nun bewusst wird. Ich habe seit dem Tag meiner Ankunft nichts mehr von Starling oder Antoine gehört, vielleicht ist das hier ein Routinecheck, um im *Maison d'Henri* nach dem Rechten zu sehen. Meine Gastgeber sind entweder sehr entspannt oder sehr beschäftigt. Ich habe eigentlich schon früher mit Starling gerechnet, nachdem sie bei unserer ersten Begegnung so freundlich zu mir war.

Ich zerknülle die Zettel und werfe sie in den Mülleimer, dann checke ich im Spiegel meine Frisur, die große Ähnlichkeit mit einem Vogelnest hat. Ach, du meine Güte. Ich kämme mir kurz mit den Händen durch die Haare und gehe dann an die Tür. Aber als ich sie öffne, ist dort keiner.

„Hallo?“, rufe ich in den milden Nachmittag hinaus. „Hallo?“

Ich schaue den Fluss hoch und runter, aber es ist niemand zu sehen. Erst dann entdecke ich ein Paket, das neben der Tür an dem Topf mit der Kletterpflanze lehnt.

Mademoiselle Maggie ist mit einem dicken schwarzen Filzstift auf den recht großen Karton geschrieben. Meine Neugier ist sofort geweckt.

Ich nehme das Paket mit hinein, und als ich den Deckel abnehme, finde ich einen Satz Ölfarben, ein Palettenmesser und drei leere Leinwände darin. An der Seite des Kartons klebt ein kleiner weißer Umschlag mit einer Karte.

Für den Fall, dass Ihre Schundromane Sie langweilen, habe ich mir gedacht, das hier könnte Ihnen gefallen. Eine Staffelei steht hinter der Badtür. Viel Spaß beim Pinseln, Ihr Künstlerkollege G.

Hey, das haut mich jetzt richtig um.

Gérard hat mir das Paket hingestellt? Ich bin sehr bewegt und gerührt, und ich freue mich total darauf, in dieser idyllischen Umgebung den Pinsel zu schwingen. *Viel Spaß beim Pinseln.* Dann hat der Mann also doch Sinn für Humor. Ich bin völlig perplex von seiner Großzügigkeit.

Ich bringe das Paket auf die Terrasse und hole die Staffelei. Sie steht tatsächlich hinter der Badtür, und ich frage mich, warum sie mir bisher nicht aufgefallen ist.

Es ist jetzt zwei Uhr nachmittags, und ich bin schläfrig, aber es ist zu verlockend, direkt loszulegen und die traumhafte Landschaft auf Leinwand zu bannen. Ich beschließe, mir einen Kaffee zu kochen, um munter zu werden, und kurze Zeit später sitze ich in meinem eigenen kleinen Außenatelier, das Palettenmesser in der Hand, und spüre einen frischen Wind in meinen Segeln.

Das hier ist das wahre Leben. Ich könnte mich sehr, sehr leicht daran gewöhnen.

KAPITEL 26

Später am Abend bin ich ein bisschen beschwipst, und in meinem leicht benebelten Zustand glaube ich wirklich, dass ich mit meinem ersten Bild ein künstlerisches Meisterwerk geschaffen habe. Ich habe fast einen ganzen Regenbogen von Farben verwendet – Grün, Blau, Rot, Gelb und Rosa –, um die hügeligen Täler abzubilden, in die der Tarn eingebettet ist, und bin total begeistert von mir selbst.

Sogar dermaßen begeistert, dass ich mir zur Feier des Tages Schokolade gönnen will, aber der kleine Rest von der letzten Tafel im Schrank wird meine Gelüste nicht befriedigen.

Ich schaue auf die Uhr, und zu meiner Überraschung ist es erst halb zehn, was bedeutet, dass ich noch Zeit habe, um einen kurzen Abstecher in den Supermarché zu machen. Hervorragend.

Ich ziehe eine Strickjacke über mein Trägerhemd und schnappe mir mein Portemonnaie und den Hausschlüssel, dann gehe ich hoch in die Stadt. Nach vier Tagen in der Hütte kenne ich mich aus und fühle mich fast wie eine Einheimische.

Ich habe nur noch drei Tage übrig, und die bloße Vorstellung, das Tarntal zu verlassen, macht mich sehr traurig. Ich könnte zwar länger bleiben, aber mein Bruder hat angekündigt, nach Hause zu kommen, nach Loch Tara, deshalb habe ich mich für diesen Rückflug entschieden.

Im Supermarkt genieße ich die kühle Brise der Klimaanlage und gehe direkt zu den Süßwaren, weil ich weiß, wenn ich anfange zu stöbern, werde ich am Ende mehr einkaufen, als ich eigentlich brauche.

„Sie haben Ihren Freund gerade verpasst“, sagt die Kassiererin, und ich erkenne in ihr die Frau wieder, die mich auch an dem Tag bediente, als ich Gérard hier traf. Das scheint schon eine Ewigkeit her zu sein.

„Ah, Sie meinen Monsieur Gérard?“, sage ich. „Ein freundlicher Mann. Er hat mir ein paar Malutensilien geschenkt, damit ich meine Zeit hier nutzen kann.“

„*Oui*“, sagt sie und nickt zustimmend. „Ich glaube, er mag Sie. Ich glaube, er mag Sie sogar sehr. Zwischen Ihnen hat es ganz schön geknistert.“

„Geknistert?“ Ich muss lachen. Alles, woran ich mich erinnern kann, ist sein unhöfliches Benehmen und dass ich gekränkt davonging. Bevor ich erwähnte, dass ich ihm gerne bei der Arbeit zuschauen würde, war er allerdings einigermaßen freundlich zu mir. Und unsere zweite Unterhaltung, als er mir nachgerannt kam, nun, die war ganz nett, ganz zu schweigen von dem Paket, das er mir vor die Tür gestellt hat. Aber geknistert? Nee!

„Ich habe seine Hütte gemietet“, erkläre ich der Kupplerin an der Kasse. „Ich denke, das war nur Konversation.“

„Ich nicht“, widerspricht sie entschieden. „Viele Frauen würden gerne mit Ihnen tauschen. Monsieur Gérard redet sonst nicht viel. Er ist ein himmlisches Geschöpf, sowohl von innen als auch von außen. So kreativ, so talentiert, und so unglaublich attraktiv.“

Ihre Augen werden groß, als sie ins Schwärmen gerät, und ich staune über ihre Beobachtungen.

„Nun … nun, das ist interessant“, ist alles, was mir dazu einfällt. Ich reiße die Verpackung der Schokoladentafel auf und stecke mir gleich hier ein Stück in den Mund. *„Au revoir, et merci.“*

„Au revoir!“, erwidert sie, was für mich das Stichwort ist, um zu verschwinden. Draußen überlege ich, ob ich zur Hütte zurückkehren soll, wie sonst immer, oder ob ich einen Abstecher in Starlings Lieblingsbar machen soll, ins *Le Bouchon*, um zu schauen, ob der Laden wirklich so gut ist, wie sie behauptet.

Ich bin nicht für einen Ausgehabend angezogen, und wenn ich genauer darüber nachdenke, habe ich für so etwas auch gar nicht die richtigen Klamotten dabei, also beschließe ich, in meinen Schlupfwinkel zurückzukehren, mein Bild zu bewundern und dann früh ins Bett zu gehen. Vielleicht fahre ich morgen zur Brücke und tue das, wofür ich ursprünglich hergekommen bin.

Ich bin ein wenig wacklig auf den Beinen und sehr albern, und ich gratuliere mir innerlich selbst, weil ich diesen kleinen Glückszustand ganz allein erreicht habe. Ich bin auf niemanden angewiesen, solange ich hier bin. Kein Jeff, dem ich gefallen möchte, keine Eltern, auf die ich Rücksicht nehmen muss, kein routinemäßiger Arbeitskokon, kein Kevin, der auf alles ein Auge hat, keine Flo, die ich besuchen kann, wenn ich Schiss habe – nur ich. Nur ich, mein Selbst und ich, und halten wir uns nicht ganz ordentlich?

„Nur ich“, sage ich laut und lächle in mich hinein, während ich die restlichen Stufen hinunterwanke.

„Sie wissen, Mademoiselle Maggie, dass es ein Anzeichen für Geisteskrankheit ist, wenn man Selbstgespräche führt."

Ach, sieh an! Wenn das nicht Mister Meistermaler persönlich ist, der da mit seinen Einkaufstüten auf dem Pfad steht! Der Mann, den ich eigentlich nicht mehr zu Gesicht bekommen sollte, weil er so beschäftigt ist. *Quelle surprise …*

„Hallo, ich meine, *bonsoir*, Monsieur Gérard. Danke für die Malsachen. Ich muss zugeben, damit haben Sie mich wirklich umgehauen. Wirklich, total. Sie sind viel freundlicher, als Sie nach außen hin tun."

Er kickt Steinchen in die Luft und zuckt lächelnd mit den Schultern.

„Ich dachte, die Sachen könnten Sie, wie soll ich sagen, unterhalten."

„Das tun sie. Sie unterhalten mich bestens. Wie geht es denn mit Ihrer Arbeit voran? Sind Sie bald fertig?"

Er schüttelt den Kopf.

„Leider nein. Ich wünschte, ich wäre schon so weit", sagt er. „Aber die gute Neuigkeit ist, dass ich einen Aufschub bekommen habe. So kann ich ein klein wenig durchatmen. Es ein bisschen lockerer angehen lassen. Auch mal eine richtige Pause machen, statt immer nur Tag und Nacht durchzuarbeiten."

Er atmet tief ein und wieder aus, um sicherzustellen, dass ich weiß, was er meint.

„Nun, das ist wirklich eine gute Neuigkeit. Und, arbeiten Sie heute Abend weiter, oder gönnen Sie sich mal eine Pause?", frage ich. Es klingt zweideutig, was nicht meine Absicht war. Mist.

„Nein, heute Abend werde ich die Arbeit tatsächlich ruhen lassen“, antwortet er. „Ich habe jetzt frei, und auf meinem Rückweg vom Supermarkt kam mir die Idee, kurz bei Ihnen vorbeizuschauen und zu fragen, ob Sie vielleicht Lust auf einen Spaziergang haben.“

Was?

„Ich?“

„Ja, Mademoiselle ... Sie. Ich habe immer noch ein schlechtes Gewissen wegen unserer ersten Begegnung im Supermarkt, also dachte ich mir, ich versuche mal, Ihnen mein wahres Ich zu zeigen. Aber vielleicht legen Sie ja keinen Wert darauf, es kennenzulernen.“

Die Kassiererin hat recht. Er ist wirklich *sehr* attraktiv, aber ich bin *sehr* desinteressiert.

„Ich bin aus einem ganz bestimmten Grund hier“, versuche ich, ihm zu erklären. „Sie brauchen sich für mich keine Mühe zu geben. Wirklich nicht.“

„Sie sind hier, um die Brücke zu besichtigen?“

„Ja.“

„Aber nicht für sich selbst, sondern für eine Freundin?“

„*Oui.*“

Neuigkeiten sprechen sich hier offenbar schnell herum!

„Das ist sehr faszinierend“, sagt er, und er fährt mit der Zungenspitze über seine Oberlippe. Ich sollte das gar nicht wahrnehmen, aber ich tue es. „Also, darf ich Ihnen die Brücke zeigen, von meiner Lieblingsstelle aus?“

„Sie meinen, nicht von oben? Ich muss sie eigentlich von oben sehen.“

„Meine Art ist hübscher.“

„Meine Art ist wichtiger.“

„Für Ihre Freundin, richtig?“

„Ja, für meine Freundin.“

„Na gut, darf ich Ihnen die Brücke auf diese viel hübschere Art zeigen, nur für Sie?“, fragt er, und ich weiß nicht, wie ich sein Angebot ablehnen soll. Ich muss daran denken, was John Joe mir empfohlen hat. Ich soll auch ein paar Dinge für mich selbst tun, neben denen für Lucy.

„Also schön, einverstanden. Gehen wir“, sage ich zu Gérard, und wir bewegen uns in Richtung Brücke, die ungefähr eine Meile entfernt ist. Unterwegs sprechen wir kaum, bis wir einen Holzbungalow mit einem kleinen Steg erreichen, der auf den Fluss hinausführt.

„Ihr Atelier?“, frage ich, und Gérard nickt.

„Mein Zuhause“, sagt er. „Nehmen Sie kurz hier draußen Platz, ich bin gleich wieder da. Bitte, gehen Sie nicht weg. Ich beeile mich.“

Er führt mich zu einem Stuhl, der draußen vor dem Bungalow steht, und wie versprochen, kehrt er sofort wieder zurück, nachdem er seine Einkaufstüten hineingebracht hat.

„Kommen Sie“, sagt er und greift nach meiner Hand, um mich vom Stuhl hochzuziehen. Ich gerate ins Stolpern und stoße gegen seinen Oberkörper, was mir sehr peinlich ist, dann setzen wir uns wieder in Bewegung, dieses Mal ein bisschen entspannter als zuvor.

„Woher können Sie so gut Englisch?“, frage ich ihn, während wir im Dämmerlicht über den Holzsteg auf das Wasser zugehen. „Ihr Festland-Europäer stellt uns Iren wirklich in den Schatten, was das Erlernen von Fremdsprachen betrifft.“

Er scheint sich über das Kompliment zu freuen.

„Ich habe ein Internat in London besucht", sagt er. „Ein sehr nobles Jungengymnasium, und danach habe ich in England studiert, was mich viel über Kunst, Erziehung und natürlich das Leben selbst gelehrt hat."

Er ist sehr ernst, und ich bin sehr fasziniert. Ein nobles Jungeninternat in London und ein Studium an einer englischen Universität? Und er hat viel über das Leben gelernt … Ich zweifle keine Sekunde daran. Ich wünschte, er würde seinen Vollbart abrasieren, damit ich sein Gesicht richtig sehen kann. Ich bin durchaus für Bärte und Ausdrucksfreiheit und den natürlichen Look, aber Gérard verbirgt ein bisschen zu viel. Ich wette, er hat ein schönes Gesicht unter diesem ganzen Gestrüpp.

„Ich war auf einer Klosterschule in Irland", erzähle ich ihm. „Aber das haben Sie wahrscheinlich schon erraten. Manchmal kann man im Mondlicht meinen Heiligenschein sehen."

Er lacht und bleibt stehen, um mein Haupt zu mustern.

„Ja, das habe ich gleich geahnt. Und Ihr Heiligenschein strahlt wirklich hell. Ein verkappter Engel."

Er hebt leicht mein Kinn empor und hält meinen Blick fest, und ich spüre ein elektrisierendes Kribbeln. Oder ist es Lust, die mich durchströmt? Gérard ist ein sehr attraktiver Mann, und ich kann nicht leugnen, dass seine Freundlichkeit ihn sehr anziehend gemacht hat, aber ich muss aufpassen, dass ich mich nicht einfach so hinreißen lasse, nur weil er mein Kinn berührt.

Ja, ich muss wirklich cool bleiben. Gérard ist nur ein freundlicher Mensch, der Lust auf ein bisschen Gesellschaft für den Abend hatte, auf jemanden, der an Kunst genauso viel Freude hat wie er selbst. Es ist ganz harmlos. Da gibt es überhaupt nichts misszuverstehen.

Ich sehe ihn an, als er seine Hand von meinem Kinn nimmt, dann schließe ich kurz die Augen und atme seine Nähe ein. Heute Abend riecht er nicht nach Tabak oder Terpentin. Er wirkt frisch und sauber in seiner Jeans und seinem hellblauen Hemd, und sein strubbeliges dunkles Haar wie auch sein Bart sehen weich aus und sehr anfassbar. Sehr weich und einladend und …

„Also, so schaue ich mir die Brücke am liebsten an“, sagt er mit leiser Stimme und holt mich in die Gegenwart zurück. „Geben Sie mir Ihre Hand.“

Ich lege meine Hand in seine, und er führt mich zu einem Floß, das am Ende des Stegs im Wasser schaukelt. Gérard steigt hinüber, ohne meine Hand loszulassen, dann hilft er mir auf die schwimmende Plattform. Innerlich bin ich vor Angst wie gelähmt, aber trotzdem fühle ich mich sicher, weil Gérard mich keine Sekunde aus den Augen lässt.

Neben dem Floß liegt ein kleines Ruderboot im Wasser, ein richtig altmodischer blauer Holzkahn, und Gérard steigt hinein.

„Können Sie schwimmen?“, fragt er.

„Natürlich kann ich schwimmen“, sage ich. „Ich bin an einem See aufgewachsen. Gehen wir etwa schwimmen? Jetzt?“

„Nein, nein, das war nur ein Scherz“, sagt er. „Gut, kommen Sie und setzen Sie sich hier auf die Bank. Ich gebe Ihnen etwas zum Zudecken, damit Ihnen nicht kalt wird.“

Nachdem er mir beim Einsteigen geholfen hat, zieht er unter der anderen Sitzbank eine Decke hervor und legt sie mir um die Schultern. Dann klettert er zurück auf seine Bank, sodass wir uns gegenübersitzen und unsere Füße sich berühren.

„Ich war noch nie bei Nacht auf einem Ruderboot."

„Das ist die beste Art, um das Viadukt zu betrachten, glauben Sie mir. Ich weiß das", erwidert Gérard, während er das Boot von dem Floß abstößt und in die Schwärze des Flusses hinausrudert. „Ich habe den Eindruck, Sie waren noch gar nicht richtig in der Nähe der Brücke."

„Nein, noch nicht, aber ich bewundere sie jeden Tag aus der Ferne."

Ich muss an Lucy denken. Am liebsten würde ich Gérard von ihr erzählen, aber das mache ich nicht. Mir ist ständig bewusst, wie sehr Lucy diesen Ort hier lieben würde, und ich denke jedes Mal an sie, wenn ich auf die Brücke schaue, aber das hier ... Mit so etwas habe ich überhaupt nicht gerechnet.

Wir gleiten über das Wasser.

„Ich bin aus sehr sentimentalen Gründen hierhergekommen, darum verzeihen Sie mir, falls ich emotional werde", sage ich zu Gérard.

Er zieht eine Augenbraue hoch, während er mit Leichtigkeit das Ruder durch das Wasser bewegt.

„Erinnert Sie das an jemanden aus glücklicheren Zeiten?", fragt er.

„Nein ... es geht tiefer als das", antworte ich und schaue zur Brücke. „Dieses Bauwerk ist wirklich spektakulär. Haben Sie es jemals gemalt?"

„Nein“, sagt er mit Nachdruck, „das habe ich nie, was alle ziemlich wundert. Viele andere Künstler haben sie gemalt. Aber ich ziehe es vor, die Geschichten hinter der Brücke zu malen. Die kleinen Dinge, die Besucher beziehungsweise alle, die die Brücke überqueren, nicht wahrnehmen.“

Gérard ist ein Mann, der weiß, was ihm gefällt, so viel ist sicher.

„Ich habe ein paar Menschen porträtiert, die am Fluss leben und arbeiten, aber bevor Sie fragen, nein, Sie dürfen die Bilder nicht sehen“, fügt er mit einem Lächeln hinzu. „Sie sind nämlich noch nicht fertig.“

Wir lachen beide über seine Anspielung auf unser erstes Gespräch.

„Ich habe volles Verständnis dafür. Ich will Sie ja nicht unter Druck setzen“, sage ich. „Worum geht es eigentlich in Ihrer Ausstellung? Oder ist das auch topsecret?“

„Ich darf es Ihnen leider nicht sagen“, erwidert er, dann lacht er. „Das war ein Scherz. Ich habe mir viele Themen durch den Kopf gehen lassen, aber schließlich habe ich mich auf eins festgelegt, mit dem ich mich schon seit vielen Jahren beschäftigen möchte. Es ist ein ganz simples Thema, und es spiegelt das tägliche Leben hier auf dem Fluss und in diesem Tal, das ich Heimat nenne, wider. Es lautet: *Les personnes.*“

„*Les personnes* … heißt das übersetzt nicht die Leute?“, frage ich, und ich fürchte schon, dass ich zu tief in seine Privatsphäre eingedrungen bin.

„Ja, die Leute. Sie wissen schon, Menschen.“

Er lacht wieder.

„Okay ... Nun, das ist ein ziemlich weites Feld“, sage ich. „Was für eine Art von Menschen?“

Er scheint nun die Unterhaltung zu genießen, darum vertiefe ich das Thema ein bisschen.

„Alle Arten von Menschen. Die Auswahl ist leider viel zu groß“, erklärt er. „Menschen, die mir etwas bedeuten, auf alle möglichen Arten. Helden, Schurken, Familie, Freunde, Geliebte ...“

Seine Arme bewegen sich rhythmisch vor und zurück, vor und zurück, und ich verstehe nun, woher seine Muskeln kommen. Offenbar trainiert er auf diese Weise. Oft.

„Sie können toll rudern“, bemerke ich überflüssigerweise. *Sie können toll rudern!* Warum um alles in der Welt habe ich das gesagt?

„Ich hatte reichlich Übung. Auf der Universität in England habe ich Ruderwettkämpfe bestritten“, erklärt er, und mir geht ein Licht auf.

„Oxford?“, frage ich, während ich ihn mir in Trikot und Shorts vorstelle und jünger, mit starken muskulösen Oberschenkeln und ...

„Volltreffer“, sagt er mit einem Lächeln. „Ich habe sehr schöne Erinnerungen an die Ruderregatten, und ich entspanne mich gerne von der Kunst, indem ich mit dem Boot auf den Fluss hinausfahre und einfach die Welt vergesse.“

Ich verstehe genau, was er meint. Das Wasser ist ruhig, und wir gleiten gleichmäßig darüber und sehen auf der einen Seite die Lichter von Millau und auf der anderen die Lichter von Creissels, während die mächtige Brücke vor uns immer näher kommt.

Oh, Lucy Harte, wenn du das hier bloß erleben könntest.

„Dann haben Sie also in Oxford Kunst studiert?“, frage ich, ohne zu wissen, ob man in Oxford überhaupt Kunst studieren kann. In meiner Vorstellung war Oxford immer die Elite-Schmiede für Wirtschaft und Recht und Finanzen und dergleichen, allerdings habe ich das nie überprüft.

„Ich wollte“, sagt Gérard. „Ich hätte gerne Kunst studiert, aber mein Vater wollte nichts davon hören. Er drängte mich zu einem Wirtschaftsstudium, das ich gegen meinen Willen absolvierte, und danach probierte ich mehrere Sachen in London aus, bevor es mich am Ende wieder hierher verschlug. Statt wie Antoine ins Familiengeschäft einzusteigen, begann ich, meine Kunst zu verkaufen, was alle sehr überraschte – und der Rest ist Geschichte.“

Er lächelt stolz, weil er seine Familie eines Besseren belehrt hat und sein kreatives Talent nutzte, um damit seinen Lebensunterhalt zu verdienen.

Er blickt mir direkt in die Augen, und ich kann die Energie spüren, die zwischen uns emporsteigt. Die Stimmung wird ruhiger, die Atmosphäre entspannt sich. Gérards Knie berührt die Innenseite meines Oberschenkels, und es ist ein so angenehmes Gefühl, dass ich mich nicht bewegen möchte.

Er hält meinen Blick eindringlich fest, während er gleichmäßig weiterrudert. Die Brücke kommt näher und näher, und ihre majestätischen Lichter funkeln vor dem Nachthimmel.

„Sie können sich jetzt zurücklehnen, Maggie“, sagt Gérard. „Lehnen Sie sich zurück und entspannen Sie sich, aber schließen Sie nicht die Augen. Ich möchte nicht, dass Sie heute Nacht etwas verpassen."

Seine Stimme klingt beruhigend und verführerisch, und ich tue, was er sagt. Würde er mich auffordern, ins Wasser zu springen, würde ich das zu diesem Zeitpunkt wahrscheinlich tun, so sehr stehe ich unter seinem Bann. Ich lehne mich also zurück, halte mich rechts und links am Boot fest und schaue in den bunt schillernden Himmel über mir.

„Legen Sie sich richtig hin und lassen Sie das Boot los", sagt Gérard sanft. „Hinter Ihnen ist ein Kissen. Bitte, vertrauen Sie mir. Sie werden es genießen."

Ich lehne meinen Oberkörper ganz zurück und spüre das weiche Kissen an meinem Hinterkopf, dann lasse ich das Boot los. Jetzt verstehe ich, was Gérard meint. Es fühlt sich an, als würde ich schweben. Ich schwebe wahrhaftig in der Luft.

„Das ist unglaublich", flüstere ich in den Nachthimmel. „Unglaublich schön."

Ich denke an Lucy, die von irgendwo dort oben auf uns herunterschaut und die ganze Szenerie im Blick hat. Am liebsten würde ich ihren Namen rufen, um sicherzugehen, dass sie bei mir ist, aber noch lieber will ich nicht das Geringste verpassen.

„Wir werden gleich unter der Brücke durchfahren", flüstert Gérard. „Lassen Sie einfach alles auf sich wirken, Maggie. Konzentrieren Sie sich auf die Aussicht, bleiben Sie entspannt liegen und atmen Sie. Atmen Sie den Nachthimmel. Atmen Sie den Mond und die Sterne. Atmen Sie den Fluss. Sind Sie bereit?"

Wir gleiten recht flott über das schwarze Wasser, über uns das dunkelblaue Firmament, die funkelnden Sterne und der leuchtende Mond, und segeln durch Täler, deren Hänge weit emporragen und uns umschließen wie imposante Schatten in der Dunkelheit.

„Ich bin bereit, Gérard." Ich habe wirklich das Gefühl, als würde ich fliegen oder durch die Luft schweben.

„Genießen Sie es, Maggie. Entspannen Sie sich und genießen Sie."

Ich atme ganz tief ein und wieder aus, und spüre, wie die Anspannung wellenartig meinen Körper verlässt, der nun von Kopf bis Fuß kribbelt. Ich spüre, wie sich jedes einzelne Haar auf meinem Kopf aufstellt, ich spüre ein leichtes Prickeln auf der Haut und einen warmen Strom, der durch meine Adern rauscht, meinen ganzen Körper überschwemmt.

Lucy Harte, falls du mir von oben gerade zuschaust, solltest du jetzt besser wegsehen, denn ich schwöre, dieser Mann löst in meinem Innern Dinge aus, ohne mich auch nur anzurühren. Vergiss, was ich vorhin gesagt habe. Schau nicht hin. Ich weiß zwar nicht, was hier gerade vor sich geht, aber es ist nicht für deine Augen bestimmt, dieses Mal nicht.

Ich spüre den Fahrtwind in meinem Gesicht und in meinen Haaren und lausche Gérards Keuchen, während er schneller rudert und schneller und schneller, und dann … wow!

Da ist sie, direkt über mir! Der prächtigste Anblick, den ich jemals zu Gesicht bekommen habe. Die Beleuchtung ist eine funkelnde Mischung aus Rot und Blau und Gelb, die das Wasser färbt, während wir darübergleiten, so winzig im Vergleich zu dieser Goliath-ähnlichen Konstruktion, die den Himmel über uns dominiert.

„Juhuuu!", brülle ich in voller Lautstärke. „Wir sind unter der Brücke! Lucy Harte, du kannst wieder hinschauen! Das ist deine Brücke!"

Wir treiben unter der schwindelerregend hohen Konstruktion durch, die höher ist als der Eiffelturm, und ich schreie und rufe und lache und lache, und Gérard legt das Ruder quer über das Boot, beugt sich zu mir, nimmt meine Hände und zieht mich hoch.

Ich setze mich auf, und mir ist leicht schwindlig.

„Das war ..." Ich finde keine Worte dafür. „Das war einfach ... O mein Gott, das war fantastisch!"

Mein Gesicht ist gerötet, ich bin ganz atemlos und aufgeregt, und gerade als ich denke, ich habe alles gefühlt, schlingt Gérard seinen Arm um meine Taille und zieht mich ganz nah an sich heran.

Mit einer schnellen Bewegung hebt er meine Beine und legt sie um seine Hüften. Ich habe das Gefühl, ich werde gleich explodieren, aber alles, was ich tun kann, ist, zustimmend zu nicken. Sein Körper ist warm, er zieht mich noch ein Stück näher heran, und just als ich es nicht mehr aushalte, presst er seine Lippen auf meine und küsst mich hart und fest, und ich schwöre, mir ist so schwindlig, dass ich glaube, ich werde gleich ohnmächtig.

Er küsst mich innig. Er küsst mich so zärtlich. Das Boot treibt langsam weiter über den Fluss, aber Gérard wird nicht langsamer. Ich schnappe gierig nach Luft, als er mich schließlich freigibt, und es fühlt sich so gut an.

„Das wollte ich schon seit Tagen tun“, sagt er mit seinem herrlichen Akzent, und ich versuche, mich aufs Luftholen zu konzentrieren. Das hier ist so intensiv, so magisch und so unglaublich perfekt.

„Ich bin froh, dass du es getan hast“, sage ich, immer noch atemlos, und er greift wieder zum Ruder. Ich gleite zurück auf meine Bank, Gérard wendet das Boot, und wir driften gemächlich zurück zu seinem Atelier, dem Ort, den er sein Zuhause nennt, ganz still im gemeinsamen Glücksrausch.

KAPITEL 27

Gérard begleitet mich bis vor meine Tür, aber keiner von uns erwähnt, was gerade auf dem Boot passiert ist. Es gibt keine Worte, keine Erklärung. Darüber zu diskutieren und es zu analysieren, würde davon wegführen, und unser Lächeln und inneres Strahlen sagen ohnehin alles.

Es war eine Erfahrung, die mich auf eine viel höhere Ebene gebracht hat, als hätten wir uns nackt in einem Bett gewälzt und getan, was die meisten Erwachsenen in so einer Situation wahrscheinlich tun würden.

Ich bin energiegeladen, fühle mich ausgefüllt und restlos zufrieden nach diesem perfekten Ausflug mit Gérard.

„Wie lange bleibst du noch in Millau?", fragt er, als wir unter der Kletterpflanze vor der Eingangstür stehen.

Ich habe den Schlüssel bereits in die Tür gesteckt, aber ich will nicht, dass unser Abend schon endet. Soll ich Gérard hereinbitten, oder soll ich unser Verlangen nach mehr, das wir beide so offensichtlich haben, unerfüllt lassen?

„Drei Tage", antworte ich. „Drei Tage und drei Nächte."

Er nickt, sagt aber nichts. Stattdessen hebt er wieder sanft mein Kinn an und schaut mir in die Augen.

„Du bist wirklich außergewöhnlich schön, und dein Heiligenschein leuchtet immer noch", flüstert er, dann küsst er mich, zuerst fordernd und dann ganz sanft.

„Hör nicht auf zu strahlen, Maggie. Schau dir die Welt an. Du bist zu hübsch und zu klug, um dich zu verstecken. Du hast es verdient, zu strahlen."

Ich will, dass er bleibt. Ich wünsche mir so sehnlich,

dass er bleibt und dass wir es uns in der Hütte zusammen gemütlich machen, wo wir weiter reden und uns weiter erforschen können, aber er … er muss arbeiten. Verdammt.

„Danke für den fantastischen Abend“, sage ich, und ich drücke ihn fest. Sein Körper ist so straff und stark und sicher. Ich begehre ihn unheimlich, aber ich muss ihn gehen lassen. „Gute Nacht, Gérard. Danke.“

„Ich danke dir, Maggie. Genieße deinen restlichen Aufenthalt.“

Ich liege nackt in meinem Bett unter der Patchworkdecke und durchlebe noch einmal den magischen Abend, den ich gerade mit dem faszinierendsten, charismatischsten und erotischsten Mann verbracht habe, dem ich jemals begegnet bin. Heute Nacht brauche ich keine Heizung, weil ich immer noch innerlich glühe, während ich jede Bewegung, jedes Gefühl, das Gérard in mir auslöste, und jedes Wort, das er gesagt hat, Revue passieren lasse.

Ich kann nicht schlafen.

In die Patchworkdecke eingewickelt, gehe ich hinaus auf die Terrasse, wo die Staffelei mit meinem Bild und mein leeres Weinglas noch herumstehen. Es wird mir das Herz brechen, diesen Ort hier zu verlassen. Ich hätte nie gedacht, dass einem ein Ort tatsächlich so sehr ans Herz wachsen kann, wie dieser Teil von Frankreich mir ans Herz gewachsen ist. Ich möchte nicht in mein Goldfischglas zurückkehren und auf Menschen wie Flo und Damien und ihre wiedererweckte Liebe schauen, oder auf die Klatschmäuler im Büro, obwohl ich nicht einmal sicher weiß, ob ich dorthin zurückkehren werde. Ich möchte keine Single-Menüs in meiner Mietwohnung in der Stadt.

Gedankenverloren schaue ich in den Nachthimmel, die Sterne funkeln zu mir herunter und in der Ferne ragt die Brücke auf und leistet mir Gesellschaft. Ich ziehe meine Knie vor die Brust und halte sie dort fest, verharre mit geschlossenen Augen und verarbeite das Wunder dieser Gegend, in die Lucy mich geführt hat. Als die Müdigkeit mich übermannt, gehe ich wankend hinein und falle ins Bett und in einen gesegneten Schlaf.

Am nächsten Morgen gehe ich mit einem Kaffee und einem Croissant wieder hinaus auf die Terrasse und lausche dem Zwitschern der Vögel und dem inzwischen vertrauten, entfernten Geplapper von Menschen auf dem Fluss. Es ist himmlisch, auf diese Art seinen Tag zu beginnen, und während die Wärme der Sonne mich umfängt, setze ich mich und sinniere darüber, wo ich hergekommen bin und was mich hierhergeführt hat.

Dank Lucy bin ich nicht wiederzuerkennen. Ich weiß, ich bin immer noch ich, aber in einer glänzenden neuen Version. Ich fühle mich innerlich geläutert, fast wieder heil, und darüber bin ich unendlich froh. Ich glaube nicht, dass ich mich in meinem ganzen Leben jemals so ausgeglichen gefühlt habe.

Ich möchte an diesem positiven Gefühl festhalten, an diesem inneren Glühen, und auf den schönen Erfahrungen aufbauen, für die ich mir endlich die Zeit nehme. Dinge, die früher an mir vorbeigegangen sind, lassen mich nun jeden Moment meines Lebens wertschätzen, das Lucy mir geschenkt hat: der Geschmack eines warmen Croissants mit selbst gemachter Blaubeermarmelade, das Zwitschern der Vögel, die jeden Morgen über mir in der Luft flattern, die Wärme einer Umarmung von meinem Bruder oder sogar ein freundlicher Fremder wie Gérard, die Glut und die Leidenschaft eines Kusses, der aus dem Nichts kam, aber der mich von Kopf bis Fuß entfachte, meine Seele erfüllte und mich mit einem Verlangen nach mehr zurückließ.

Ich würde Gérard liebend gerne wiedersehen, wirklich, aber ich werde nichts erzwingen. Ich werde cool und gelassen bleiben und die Dinge auf mich zukommen lassen.

Ich muss nicht lange warten, bis ich Gérard wiedersehe.

Ich jogge gerade am Flussufer entlang, entgegengesetzt zu der Richtung, in die Gérard mich gestern Abend führte, als ich ihn in der Ferne entdecke. Er steht vor seiner Staffelei und malt gerade einen Fischer bei der Arbeit. Ich bleibe stehen und stütze mich mit den Händen auf meinen Knien ab, um kurz zu verschnaufen und mich zu sammeln, bevor Gérard mich sieht.

Ich will nicht, dass er mich entdeckt – zumindest noch nicht. Ich möchte das tun, was er mir vorenthalten hat, seit ich ihm vor ein paar Tagen zum ersten Mal begegnet bin. Ich möchte ihm bei der Arbeit zusehen.

Also stehe ich da und beobachte ihn, bewundere seine Körperhaltung, seine Statur, das Muskelspiel in seinem Rücken, während er sich neigt und biegt, völlig in seine Arbeit vertieft. Er wirkt viel zufriedener als bei unserer ersten Begegnung im Supermarkt, andererseits ist er auch nicht mehr so gestresst und geht gerade seiner Lieblingsbeschäftigung nach.

Da blickt er sich um, und ich erstarre, weil ich plötzlich Angst habe, dass Gérard denken könnte, ich spioniere ihm hinterher. Aber es ist zu spät. Er hat mich gesehen. Er winkt. Ich winke zurück. Er lächelt. Ich lächle zurück. Dann wende ich mich in die andere Richtung, aber er ruft meinen Namen und macht sich auf den Weg zu mir.

„Du hast mich gefunden“, sagt er mit einem frechen Grinsen, während er näher kommt. „Ich kann mich einfach nicht vor dir verstecken, Maggie, egal, wohin ich gehe.“

Was? Ich habe ihn nicht gesucht!

„Dann musst du ein besseres Versteck finden“, erwidere ich und spüre einen Adrenalinschub, als er dicht vor mir stehen bleibt. „Ich hätte nie gedacht, dass ich dich hier antreffen würde. In einer Million Jahre nicht.“

Er lacht über meinen Protest gegen seine Unterstellung.

„Ich wollte dich nur auf den Arm nehmen“, sagt er. „Ich vollende gerade ein Porträt von Pierre. Er ist einer der ältesten Bewohner von Millau, und er ist nicht besonders glücklich darüber, dass ich ihn beobachte, während er auf seinem Boot angelt. Ich weiß auch genau, warum. Vielleicht bin ich ein Heuchler.“

„Dann werde ich umkehren, damit ich nicht an deiner Staffelei vorbeikomme – und dein unvollendetes Werk sehe“, sage ich. „Tut mir leid, wenn ich dich aus deiner Konzentration gerissen habe.“

„Vielleicht haben wir beide ja auch noch ein unvollendetes Werk, Maggie?“, erwidert er, und mein Herz macht einen kleinen Satz. „Es muss einen Grund geben, warum wir uns immer wieder über den Weg laufen. Vielleicht ist es Schicksal?“

Bei dem Wort *Schicksal* stelle ich mir automatisch Lucy vor, hoch oben im Himmel, und wie sie dort ihren Zauber vollführt und mich an jeder Kreuzung auf Gérards Weg führt, aber das braucht er nicht zu wissen.

„Das kann nicht nur Schicksal sein“, widerspreche ich, da ich seinem Charme nicht völlig erliegen möchte. „Schließlich war es Absicht, dass du mich zur Brücke mitgenommen und mir die Malsachen vorbeigebracht hast, also ist dieses unvollendete Werk vielleicht ganz allein auf deinem Mist gewachsen?“

Er wendet sich kurz ab, dann richtet er den Blick wieder auf mich und zuckt mit den Achseln. Wir können beide nicht anders, als zu lächeln.

„Ich will nicht behaupten, dass es keine Absicht war“, sagt er. „Ich habe viel an dich gedacht, Maggie. Du lenkst mich von meiner Arbeit ab, aber das gefällt mir. Du störst meine Konzentration mehr, als du ahnst.“

Ich verdrehe lachend die Augen.

„O Gérard, du weißt wirklich, wie man mir schmeichelt“, sage ich. „Gut, ich lasse dich jetzt in Ruhe, damit du weiterarbeiten kannst. Viel Spaß beim Pinseln.“

Er hält meine Hand fest.

„Bitte, lauf nicht weg“, sagt er. „Bleib.“

Ich spüre ein Kribbeln in meinem Arm hochsteigen, als Gérard mich einen Schritt näher an sich heranzieht.

„Aber ich lenke dich ab", flüstere ich.

Mein Gott, ich flirte wie der Teufel, aber ich kann nichts dagegen machen.

„Wage es bloß nicht, mich nicht abzulenken. Ich will nicht, dass du damit aufhörst", sagt er. „Kann ich dich zum Essen einladen? Heute Abend?"

Ich wende verlegen meinen Blick ab. Mein Herz rast, ich fühle mich heiß und verschwitzt und habe einen roten Kopf vom Laufen, und Gérard lädt mich zum Essen ein. Wie zum Teufel soll ich da ablehnen?

„Hol mich um acht ab", sage ich. „Dann werden wir wissen, ob wir noch ein unvollendetes Werk haben, oder ob ich nichts weiter bin als eine nette Ablenkung."

„Ich freue mich darauf", erwidert er, und als er mich loslässt, fürchte ich für einen Moment, dass ich ihm vor die Füße falle.

Ich beobachte, wie er geht, und laufe dann rasch zu meiner Hütte zurück, wo ich feststelle, dass ich nichts mit mir anzufangen weiß und total aufgedreht bin.

Ich habe ein Date, Lucy! Ein richtiges, echtes Date mit einem schönen Franzosen!

Ich habe außerdem einen ganzen Tag, den ich rumkriegen muss, also beschließe ich, in meinen Wagen zu steigen und das zu tun, was Lucy von mir wollte.

Ich muss die Aussicht von der Spitze der Brücke erleben und sehen, wie es sich anfühlt, auf dem Gipfel der Welt zu sein, weil ich mich im Moment so high fühle wie noch nie zuvor in meinem Leben.

Meine Aufregung ist größer, als ich erwartet hätte. Gérard ist anders als die Männer, die ich bisher getroffen habe. Er ist tiefgründig und launisch und außergewöhnlich talentiert, und er besitzt einen Charme, mit dem er mich so rasch für sich einnimmt, als wäre ich in einer Art freiem Fall. Ich muss etwas von meiner neu entdeckten Energie verbrauchen, und die Brücke endlich zu überqueren, eignet sich perfekt dafür.

Auf dem Weg nach draußen schnappe ich mir Lucys Tagebuch und lege es im Auto auf meinen Schoß, dann fahre ich los in Richtung Stadt und von dort auf die Landstraße, die zur größten Brücke der Welt führt.

Die Fahrt ist noch kürzer als erwartet. Oben angekommen, schlängle ich mich durch den vierspurigen Verkehr. Ich schaue auf die Täler und die Flüsse unter mir, und ich lasse die Tränen fließen und fließen und fließen. Schließlich erreiche ich einen Aussichtspunkt hinter der Brücke, an dem ich anhalten und das Bauwerk in seiner ganzen Pracht bestaunen kann.

Als ich aussteige, weht ein kräftiger Wind, und ich schließe die Augen und inhaliere das Gefühl, über den Wolken zu sein.

Das hier ist mehr als atemberaubend. Es ist mehr als grandios. Es ist mehr, als Worte beschreiben können.

Wir sind da, Lucy! Bitte, schau mit mir! Es ist wie in einem Film, Lucy. Als würde ich fliegen. Es ist, als würden alle meine Sorgen und Nöte hinter mir liegen, so wie du das früher erlebt hast auf deiner kleinen Steinbrücke in Schottland. Ich hoffe, das ist genau das, was du dir erhofft hast, aber ich denke, es ist sogar noch mehr als das!, sage ich zu ihr, während ich hoch über den sanft geschwungenen Hügeln und Tälern stehe, vor einem kristallklaren blauen Himmel, mit dem Wind im Gesicht und der Sonne auf meinen Schultern.

Ich kann dir nicht genug für diesen Moment danken, für all die wunderbaren Chancen, die ich immer noch erfahren darf. Ich weiß, du bist hier – ich weiß, dass du sehen kannst, was ich sehe, und fühlst, was ich fühle, weil du ein Teil von mir bist und immer sein wirst. Du hast das Herz, das wir uns teilen, wieder zum Schlagen gebracht, nur dass es dieses Mal schneller schlägt und erfüllter ist, als ich es mir jemals hätte vorstellen können. Ich lächle wieder, Lucy, und das habe ich nur dir zu verdanken. Wir haben es geschafft! Wir haben sie gefunden! Lass diesen Anblick auf dich wirken und genieße jede Sekunde davon, Lucy Harte. Wir sind auf dem Gipfel der Welt!

Ich mache vor dem Panorama hinter mir ein Selfie mit feuchten Augen, das ich später ausdrucken und als Andenken in Lucys Tagebuch legen werde, und schicke das Foto dann an Flo, Simon und auch an Sylvia von *Powers Enterprises*, obwohl es vielleicht ein bisschen zu privat ist, aber ich habe das Gefühl, dass Sylvia es schätzen wird. Sie schickt mir umgehend eine Antwort.

Sie strahlen richtig, schreibt sie. *Weiter so, Maggie! Breiten Sie weiter Ihre Flügel aus!*

Ich habe plötzlich einen neuen Schwung in den Beinen und eine neue Energie im Leib, die in mir das Bedürfnis weckt, mehr und mehr für Lucy zu erleben. Sie betrachtete Brücken immer als Weg von einem Ort zu einem anderen, also steige ich wieder in den Wagen und fahre weiter, um zu sehen, was auf der anderen Seite der Brücke liegt. Kurz darauf finde ich mich auf dem Weg nach Toulouse wieder, das nur ungefähr zweieinhalb Stunden entfernt ist.

La ville rose, wie Toulouse wegen der vielen roten Backsteinhäuser auch genannt wird, ist einfach nur schön, und ich bummele vergnügt durch die Läden und kaufe mir ein mit Spitze besetztes Leinenkleid und ein Paar süße Sandalen mit Keilabsatz für mein Dinner heute Abend.

Als ich hinterher einen leichten Krabbensalat esse und ein Zitronenwasser trinke, muss ich an Gérard denken und daran, wie er das Feuer in mir entfacht hat. Ein Feuer, das durch Jeffs Zurückweisung und öffentliche Demütigung erstickt worden war, bis es verglomm und schließlich erlosch. Doch jetzt wurde es aufs Neue erweckt, auf einer ganz anderen Ebene als an jenem Nachmittag mit Tiernan Quinn, daher weiß ich, dass dieses Erwachen nicht rein sexueller Natur ist – Teufel, Gérard hat mich kaum angerührt, aber ich habe das Gefühl, als hätte er meinen Geist geöffnet und mich auf meiner Suche nach einer neuen Richtung in meinem Leben ein Stück weitergebracht.

Ich gönne mir ein Eis mit frischen Erdbeeren, lehne mich gegen die Motorhaube meines Wagens und beobachte das bunte, pulsierende Leben in dieser hübschen südfranzösischen Stadt, sauge alles in mich auf, wie es sich für eine begeisterte Touristin gehört, bis es Zeit wird, zurückzufahren und mich für mein Date mit dem sehr faszinierenden Gérard herauszuputzen.

Tatsächlich, Lucy Harte, ist das Leben sehr, sehr schön.

KAPITEL 28

Zu Hause schlüpfe ich in mein Leinenkleid und die neuen Schuhe, sprühe ein bisschen Parfüm auf und lege zierliche Ohrringe an. Es gefällt mir gut, wie meine rote Haarfarbe zu der leichten Bräune passt, die ich hier in Frankreich bekommen habe.

Gérard enttäuscht mich nicht und erscheint kurz vor acht. Als ich die Tür öffne, ist er kaum wiederzuerkennen und sogar noch schöner als zuvor.

„Du siehst aus wie die junge Elizabeth Taylor", sagt er bewundernd, bevor ich überhaupt Hallo sagen kann.

„Du klingst wie mein Vater", erwidere ich, und er sieht mich verwirrt an. „Das war ein Scherz. Mein Vater vergleicht mich immer mit Elizabeth Taylor."

Gérard betritt die Hütte und mir fällt auf, dass er sich umschaut, als würde er begutachten, wie ich mich hier in den letzten Tagen häuslich eingerichtet habe.

„Du siehst sehr gut aus ohne deinen Bart", sage ich, und er nickt zustimmend mit dem Kopf.

„Glatt rasiert steht mir besser, ich gebe es zu", sagt er, und er streicht über sein nacktes Kinn. „Normalerweise hätte ich mich erst wieder für die Ausstellung rasiert, aber da mir diese schöne Irin ständig nachstellt, habe ich dieses Mal eine Ausnahme gemacht."

„Nachstellt?" Ich lache. „Du bist doch –"

„Ich weiß, ich weiß", unterbricht er mich rasch. „Ich bin derjenige, der *dir* nachstellt. Du riechst übrigens sehr gut. Hast du Hunger?"

„Großen Hunger", antworte ich, und mir ist klar, dass

es hier nicht nur um Nahrung geht. „Sollen wir aufbrechen?"

„Ja, ja", sagt er zustimmend, aber das Knistern zwischen uns ist gewaltig. „Ich möchte dich an einen ganz besonderen Ort ausführen. Ich denke, es wird dir gefallen. Hast du deine Schwimmsachen dabei?"

„Schwimmsachen zum Dinner?" Nun bin ich wirklich verwirrt.

„Nein, nicht zum Dinner. Danach", sagt er mit einem Lächeln. „Vertrau mir."

Nun, das ist ein Novum ...

Ich packe rasch eine Tasche, und kurz darauf sitzen wir mit offenen Fenstern und laut aufgedrehter Musik in Gérards Wagen, und es kommt mir vor, als wären wir in einer ganz anderen Welt. Jetzt fühle ich mich tatsächlich wie Elizabeth Taylor. Zum ersten Mal seit Jahren nehme ich richtig am Leben teil, und das hat mich erweckt und an einen Ort geführt, an den ich schließlich hingehöre.

Ich lehne meinen Kopf nach hinten und lausche der Musik, während die französische Abendsonne mein Gesicht und meine Seele wärmt.

„Alles okay, Maggie?", fragt Gérard. „Du lächelst. Bist du glücklich?"

Ich ziehe eine Augenbraue hoch und sehe ihn an.

„Ich bin sehr glücklich, danke, Gérard."

Gefühlt nur wenige Minuten später erreichen wir unser Ziel, und mir klappt die Kinnlade herunter, als wir das Tor zu einer efeubewachsenen, mittelalterlichen Burg passieren, und ein Schild am Zaun verrät, dass es sich um das

Château de Creissels handelt. Seine Pracht verschlägt mir den Atem, und Gérard lacht über meine Reaktion.

„*C'est bien, oui?*"

Ich kann als Antwort nur nicken, und als wir die Gebäudeanlage aus dem dreizehnten Jahrhundert betreten, die heute ein Drei-Sterne-Hotel beherbergt, bin ich sogar noch beeindruckter. Das Restaurant befindet sich in einem mittelalterlichen Gewölbekeller mit dezenter Beleuchtung und wirkt richtig geheimnisvoll, aber der Kellner führt uns in eine Loggia, von der aus man auf einen beheizten Außenpool blickt und eine fantastische Aussicht auf die Brücke von Millau hat.

Ich bin zu überwältigt, um zu sprechen.

„Ich dachte mir, dass dir die Aussicht gefallen würde", sagt Gérard, während wir Platz nehmen. „Für deine Freundin."

Wow. Ich spüre, dass mir Tränen in die Augen steigen, weil er sich so viel Mühe gibt und weil er sich Gedanken über unseren gemeinsamen Abend gemacht hat.

„Ich bin ... ich bin im Moment ziemlich sprachlos", sage ich. „Lucy wäre begeistert. O mein Gott, das ist einfach perfekt, Gérard. Es ist absolut perfekt."

„Und jetzt weißt du auch, warum ich dir gesagt habe, du sollst deine Schwimmsachen mitnehmen", sagt er lachend, in Anspielung auf den Pool unter uns. „Wir werden wohl kaum direkt nach dem Essen ins Wasser springen, aber falls du Lust hast, hier länger zu verweilen, können wir später im Mondschein schwimmen gehen. Das hier ist der romantischste Ort, der mir eingefallen ist, von dem aus du die Brücke sehen kannst."

„Das hier ist der romantischste Ort, den ich in meinem ganzen Leben gesehen habe", sage ich, und Gérard greift über den Tisch und nimmt meine Hand. „Du hast mich schwer beeindruckt."

„Du hast nur das Beste verdient", erwidert er. „Und ich bin entschlossen, dir genau das zu zeigen, bevor du mich in zwei Tagen wieder verlässt. Dann werde ich bittere Tränen auf meine Leinwand vergießen und meine Wunden lecken."

Ich muss bei der Vorstellung automatisch kichern, aber gleichzeitig schlägt mir der Gedanke, von hier wegzugehen, schwer auf den Magen.

„Lass uns nicht jetzt darüber reden", sage ich. „Ich möchte nicht an meine Abreise denken. Ich möchte heute Abend einfach nur jeden einzelnen Moment in deiner Gesellschaft genießen."

„Und ich in deiner, Mademoiselle Maggie", erwidert er und küsst leicht meine Fingerspitzen. „Und nun lass uns was essen."

„Also, Maggie, erzähl mir mehr von dir", sagt Gérard, als wir etwas später vor unseren vollen Tellern sitzen. Angesichts der hervorragenden Speisekarte war es beinahe unmöglich, eine Wahl zu treffen, aber mit Gérards Hilfe habe ich mich für ein leckeres Enten-Gericht mit Röstkartoffeln und Salat entschieden, und jeder einzelne Bissen ist, als würde ein Orchester in meinem Mund spielen.

„Na ja", sage ich, während ich meine Gabel wieder belade, „ich bin aus einem ganz speziellen Grund hier, und du hast ihn sogar noch spezieller gemacht, indem du mich heute Abend hierhergeführt hast."

Er sieht mich interessiert an.

„Sprich weiter", sagt er.

„Es ist eine lange Geschichte, und ich erzähle sie eigentlich nicht oft", sage ich. „Als ich noch ein Teenager war, starb ein Mädchen namens Lucy Harte und schenkte mir das Leben. Meine Reise hierher ist der Versuch, Lucy etwas zurückzugeben, so seltsam das auch klingen mag."

Ich möchte beim Essen nicht ins Detail gehen und über Organtransplantationen reden, aber ich sehe, dass Gérard mehr erfahren möchte.

„Ich werde dir noch genauer erklären, wie Lucy mir das Leben geschenkt hat, aber ich möchte damit lieber bis nach dem Essen warten", füge ich hinzu, und er nickt verständnisvoll. „Jedenfalls hat Lucys Bruder mir vor Kurzem ihr Tagebuch gegeben, und einer von Lucys Lebenswünschen war, die größte Brücke der Welt zu besuchen. Also dachte ich mir, ich komme hierher und schaue mir das Teil an – für Lucy."

Gérard hört mir gespannt zu, dann dreht er den Kopf zur Brücke, die majestätisch hinter ihm in der Ferne thront.

„Das ist ein ungewöhnlicher Grund für eine Reise", sagt er. „Geht es dir gut damit? Das muss eine sehr emotionale Erfahrung für dich sein."

„Das stimmt", sage ich und beiße mir auf die Unterlippe. „Jedes Mal, wenn ich auf die Brücke schaue, werde ich von Gefühlen übermannt, angefangen von Freude über Trauer und Schuld bis hin zu Begeisterung. Die letzten paar Wochen waren die herausforderndste und bereicherndste Zeit, die ich jemals erlebt habe. Ich habe eine Reihe von Dingen abgearbeitet, die Lucy tun wollte, beziehungsweise ein paar Ratschläge befolgt, die sie in ihrem späteren Leben beherzigen wollte."

Ich sehe, dass Gérard selbst eine Reihe von Emotionen durchlebt, während er sich Lucys und meine Geschichte anhört.

„Ich habe immer gehofft, mich eines Tages bei Lucys Familie dafür bedanken zu können, dass sie mir das Leben gerettet hat, und diese Reise hier erscheint mir als die einzige Möglichkeit, wie ich mich erkenntlich zeigen kann", erkläre ich. „Simon, Lucys Bruder, hat in meiner Mission großen Trost gefunden, aber auch mir gibt sie viel mehr, als ich für möglich gehalten hätte."

Gérard tupft seinen Mund mit einer Serviette ab und trinkt einen Schluck von seinem Wein. Ich tue es ihm gleich. Mich selbst laut sagen zu hören, warum ich hier bin, erinnert mich daran, wie surreal das alles eigentlich ist.

„Ich muss wie ein emotionales Wrack auf dich gewirkt haben, als wir unter der Brücke durchgefahren sind." Ich lache im Bemühen, die Stimmung wieder aufzuheitern. „Heute war ich mit dem Auto oben. Ich habe hinter der Brücke angehalten und einen Gedenkmoment für Lucy eingelegt, was bedeutet, dass meine Arbeit hier erledigt ist."

„Und was kommt danach?", fragt er. „Wo gehst du als Nächstes hin?"

Er wirkt ein wenig gekränkt, als würde er sich irgendwie betrogen fühlen.

„Ehrlich gesagt, weiß ich es noch nicht", antworte ich, und das ist die Wahrheit. „Ich habe keine Kinder, die zu Hause auf mich warten, ich habe keinen Job, an dem ich hänge, ich habe nicht einmal mehr meinen Hund ... Ich habe bloß eine leere Wohnung, in die ich gerade erst eingezogen bin und die sich für mich wie der kälteste Ort auf der Erde anfühlt. Darum weiß ich nicht, was als Nächstes passiert. Ich schätze, ich werde einfach abwarten müssen."

Zum ersten Mal wird mir bewusst, dass mich zu Hause nicht besonders viel erwartet. Nichts, was mich dorthin zurückzieht. Gut, da ist die Hochzeit meines Bruders auf der Farm, auf die ich mich freuen kann, und ich hänge natürlich sehr an meinen Freunden und an meinen wunderbaren Eltern, aber was gibt es dort sonst noch für mich?

„Bleib hier", sagt Gérard. „Bleib hier, so lange du willst, und überleg dir in Ruhe, was du mit deinem Leben anfangen willst."

„Ist das dein Ernst? Ich habe hier kein Einkommen", wende ich ein. „Ich bin zurzeit von meiner Arbeit freigestellt und bekomme nur einen Mindestlohn, den mein Chef mir aus Mitleid gewährt hat, aber ich kann mich nicht ewig darauf ausruhen. Ich würde liebend gerne hierbleiben, wirklich, aber ich muss mich um mein normales Leben kümmern, sprich: Geld verdienen."

Gérard nickt und schaut wieder zur Brücke.

„Ich glaube nicht, dass du jemals wirklich von hier fortgehen wirst", sagt er, und er blickt mir direkt in die Augen. „Das tut niemand. Du wirst sehen."

„Eins weiß ich jedenfalls sicher", sage ich. „Nach den ganzen neuen Erfahrungen, die ich in letzter Zeit gemacht habe und die ich Lucy und ihrer Wunschliste verdanke, werde ich das Leben nie wieder so betrachten wie früher. Ich werde mich mit nichts mehr zufriedengeben, das nicht meinem Ziel dient, meine zweite Chance im Leben zu nutzen. Ich werde auch nicht mehr denken, dass die Welt sich nur um mich dreht."

Gérard scheint sich über mein Geständnis, dass ich ein wenig egoistisch war, zu freuen.

„Dessen machen wir uns alle hin und wieder schuldig", sagt er. „Du hast offensichtlich schon in jungen Jahren sehr viel mitgemacht, darum hast du dich vielleicht an die Aufmerksamkeit geklammert."

„Ich hätte dankbar sein sollen, statt immer das Opfer zu spielen", sage ich. „Weißt du, wie so eine Art Vorschuss. Ich denke, das wird mein Plan für die Zukunft sein, egal, wo sie mich hinführt. Ich möchte ein bisschen mehr geben. Ergibt das einen Sinn?"

„Du hast mir viel Freude gegeben und viel … Inspiration", sagt er, und ich wehre das Kompliment mit einem Lachen ab.

„Nun, das ist doch schon mal ein guter Anfang", sage ich. „Auf die Zukunft und darauf, einen Vorschuss zu geben."

Ich erhebe mein Glas, und Gérard folgt meinem Beispiel.

„Auf die Zukunft!", sagt er. „Ich wünsche dir nur das Beste, Maggie, was auch immer das Leben für dich bereithält. Und da wir gerade von großen Plänen sprechen, schaffst du noch ein Dessert?"

Feines Essen, köstlicher Wein, ein märchenhafter Abend vor einer idyllischen Kulisse im französischen Mondschein und die Gesellschaft eines außergewöhnlichen Mannes … Kann das alles echt sein?

Ich brenne förmlich darauf, jemandem davon zu erzählen – jemandem wie Flo oder meinem Bruder oder sogar meiner Mutter –, aber ich möchte nicht von Gérards Seite weichen, nicht für eine Sekunde. Ich möchte jeden einzelnen Moment dieses perfekten Abends auskosten. Inzwischen sitzen wir unter dem Sternenhimmel am Pool, trinken Cocktails und berühren uns spielerisch, obwohl wir beide nach mehr lechzen.

Wir lachen und plaudern und flirten nun schon ein paar Stunden, aber es kommt mir vor wie Minuten. Ich glaube, ich habe mich noch nie so stark zu jemandem hingezogen gefühlt.

„Und, hast du Lust, in den Pool zu hüpfen?", fragt Gérard schließlich, und ich muss zugeben, dass die Vorstellung nun, nachdem das Essen sich langsam gesetzt hat, tatsächlich sehr romantisch wirkt.

Bei leichter Hintergrundmusik genießen außer uns zwei weitere Paare und eine Gruppe Single-Frauen ihre Cocktails am Pool, manche auch im Wasser, und ich finde das durchaus nachahmenswert.

„*Oui*, Monsieur. Ich gehe mich nur kurz umziehen", sage ich zu Gérard, und als ich aufstehe, hält er meine Hand fest und sieht mich an.

„Du bist wunderschön", sagt er. „Das hast du sicher schon viele Male gehört."

„Und du bist betrunken", sage ich. „Übrigens, wie kommen wir nachher eigentlich zurück nach Millau?"

„Ich kann dir versichern, ich bin nicht betrunken", sagt er, und er steht ebenfalls auf. „Trotzdem bin ich über dem Limit, darum werden wir nachher ein Taxi nehmen. Aber ich habe das Gefühl, der Abend hat gerade erst begonnen. Na komm, gehen wir uns umziehen, und dann, Mademoiselle Maggie, zeigst du mir, wie gut du schwimmen kannst."

Diese Herausforderung nehme ich definitiv an.

Im Umkleideraum schlüpfe ich in meinen türkisblauen Lieblingsbadeanzug, der meine Figur bestmöglich zur Geltung bringt, obwohl sie alles andere als perfekt ist. Ich habe auf dieser Reise leicht zugenommen, und ich bin froh darüber, weil ich es für ein gesundes Zeichen halte – weg von der gefürchteten „Scheidungsdiät".

Ich will den Umkleideraum gerade wieder verlassen, als mir zum ersten Mal seit Langem meine Narbe auf der Brust auffällt. Es ist nur ein langer heller Strich an meinem Brustbein, nicht abstoßend oder furchterregend, nur etwas, das ich immer mit hohen Ausschnitten oder Halstüchern verberge, um Fragen von Fremden zu vermeiden. Abgesehen davon nehme ich die Narbe normalerweise gar nicht mehr wahr, da sie einfach ein Teil von mir geworden ist, der dort hingehört. Aber nun starrt sie mich an, hebt sich hell von meiner leichten Bräune ab, und ich ziehe die Träger meines Badeanzugs hoch, um so viel wie möglich abzudecken, was aber natürlich nicht funktioniert.

Die Narbe ist nicht hässlich, halte ich mir vor Augen. Sie ist ein Mal des Lebens, ein Zeichen für Lucys Geschenk an mich, und ich werde mich nicht schämen, sie zu zeigen. Ohne mich länger damit aufzuhalten, gehe ich wieder hinaus an den Pool, wo Gérard im Wasser auf mich wartet.

Er klettert aus dem Pool und kommt zu mir. Sein nasser, muskulöser Körper glänzt im Mondschein, und beim Anblick seiner Badeshorts, die an den richtigen Stellen an ihm festklebt, muss ich grinsen. Er mustert mich auch. Ihm scheint zu gefallen, was er sieht, denn er nimmt meine Hände in seine und küsst mich. Sein Kuss ist elektrisierend.

„Sie ist wunderschön", flüstert er in mein Ohr und fährt mit dem Finger über meine blasse Narbe, dann küsst er mich wieder, dieses Mal nur leicht. Seine Augen weiten sich, als er in meine schaut.

„Komm, gehen wir schwimmen."

Ich lasse meinen Körper in das warme Wasser gleiten, dann mache ich ein paar Brustzüge durch die sanften Wellen.

Gérard ist an meiner Seite. Wir werfen uns immer wieder Blicke zu, und ich spüre unsere Anziehungskraft durch das Wasser vibrieren und bis in meine Knochen dringen, während wir uns in synchroner Herrlichkeit bewegen, bis wir die andere Seite erreichen. Als ich mir die feuchten Haare aus meinen Augen streiche, wird mir bewusst, dass ich bestimmt wie ein krauses Chaos aussehen werde, wenn wir nachher nach Hause fahren, aber mit Gérard habe ich nicht das Gefühl, als bräuchte ich mir über solche Dinge Gedanken zu machen. Er reibt das Wasser aus seinen Augen, dann stößt er sich rückwärts vom Beckenrand ab und gleitet kraulend in die andere Richtung. Ich tue es ihm stumm gleich, gleite über die Wasseroberfläche und schaue zu den Sternen hoch, und ich weiß einfach, dass ich mich nie wieder so erfüllt fühlen werde.

„Danke für das alles hier“, sage ich atemlos, als wir wieder den Beckenrand erreichen. „Ich will nicht, dass es zu Ende geht. Noch nicht.“

Er legt seine Hand in meinen Nacken und küsst mich auf die Stirn.

„Ich auch nicht“, sagt er, und innerhalb von zwanzig Minuten sitzen wir in einem Taxi und fahren zurück über den Tarn. Ich fühle mich wie im siebten Himmel.

KAPITEL 29

Das Taxi setzt uns bei Gérard ab, und wir gehen schweigend Seite an Seite zum Flussufer hinunter. Gérard führt mich in sein Atelier, eine aufgeräumte Werkstatt mit einem Bett in der Mitte, einem Fernseher und einer provisorischen Küche, in der ein Wasserkocher, ein Toaster und die übliche Grundausstattung stehen.

Im Hintergrund dudelt leise ein Radio, und ich starre staunend auf die Gemälde, die so würdevoll und mit so viel Stolz an den weißen Wänden angebracht sind. Es ist wie eine kleine Galerie, perfekt durchdacht, und nicht die chaotische Bruchbude, die ich von jemandem erwartet habe, der voll im Arbeitsstress ist.

„Ich lasse dich mit den Bildern allein", sagt Gérard. „Es ist mir peinlich, meine Arbeit zu zeigen, darum werde ich mich nach draußen verziehen, wenn es dir nichts ausmacht, und wenn ich wiederkomme, hast du hoffentlich alles gesehen, was du willst."

Ich nicke, immer noch in Ehrfurcht vor dem Arrangement aus Meisterwerken, und Gérard verschwindet durch eine Seitentür, die auf eine Terrasse mit Blick auf den Fluss hinausführt, ähnlich der Terrasse hinter meiner Hütte.

Les personnes – die Menschen, die Gérards Leben gestreift haben, sind wie Geister um mich herum, und ich kann es nicht erwarten, mir alles genau anzusehen.

Das erste Bild ist ein Porträt von Gérards Vater, Benoît, und es strahlt eine Mischung aus Traurigkeit und Stärke aus, die mit Ölfarben auf die Leinwand gebracht wurde. Neben dem Bild hängt ein Kärtchen mit einer kurzen Beschreibung in Gérards Handschrift, aber der Text ist auf Französisch, und ich kann ihn nicht übersetzen.

Ich richte meine Aufmerksamkeit auf das nächste Bild, ein Selbstporträt von Gérards jüngerem Ich auf einem kleinen blauen Traktor, und die Hoffnung und Freude in seinen unschuldigen Augen wecken in mir den Wunsch, mehr über seine Kindheit hier in Frankreich zu erfahren.

Das nächste Bild stellt unverkennbar den späten David Bowie dar, und auf meinem weiteren Streifzug durch den Raum entdecke ich noch Porträts von einem Boxer, von Pierre, dem Fischer, von einem ehemaligen Lehrer von Gérard, von Gérards Nichte, von seiner Schwester, und schließlich stehe ich vor dem letzten Werk, das noch nicht ganz trocken ist, wie mir auffällt, und gehe einen Schritt zurück, um es richtig zu betrachten.

Es ist eine Frau – eine rothaarige Frau auf einem Boot, lächelnd, den Kopf zurückgeneigt, als würde sie zu den Sternen hochschauen.

Ich schlucke, während das Bild vor meinen Augen zum Leben erwacht – die junge Frau in der kurzen Jeans und dem grauen ärmellosen Shirt kommt mir nur allzu bekannt vor, und ich schaue zur Bestätigung auf den Titel des Porträts.

Das bin ich. Das bin unverkennbar ich. Der Titel lautet einfach nur *Maggie*.

Ich bin benommen. Ich muss mich hinsetzen.

„Warum? Warum hast du mich ausgewählt? Warum hast du mich gemalt?“ Ich gehe hinaus zu Gérard, als mein Herz sich wieder einigermaßen beruhigt hat.

Er gibt mir zunächst keine Antwort.

„Ich meine, du hättest mich wenigstens warnen können. Ich habe auf dem Bild einen sehr lustvollen Gesichtsausdruck. Habe ich wirklich so geschaut, als wir auf dem Boot waren? Gott. Tut mir leid, aber ich stehe gerade ein bisschen unter Schock."

Er lacht, und ich sehe ihm an, dass er nervös ist.

„Das ist der Moment, bevor wir uns geküsst haben", sagt er, und er greift nach meiner Hand, damit ich mich neben ihn auf die Bank setze. „Ich musste ihn einfach einfangen. Ich hoffe, das Bild gefällt dir."

Ich kann seine Frische riechen, eine Mischung aus Eau de Cologne und Seife und ... Mann.

„Ich ... ich ... Natürlich gefällt es mir. Ich bin nur geschockt. Ich fühle mich geehrt, aber auch wie vom Schlag getroffen. Ich hatte ja keine Ahnung ..."

Er antwortet nicht, und als ich ihn ansehe, will ich ihn unbedingt, genau hier, genau jetzt. In seinen Augen brennt ein solches Verlangen, dass sie beinahe für sich selbst sprechen.

„Du siehst aus wie ... ein Traum", sage ich, und ich bin nicht sicher, ob ich noch atme. Ich hebe meine Hand und nehme mir einen Moment Zeit, um sein Gesicht zu berühren und ihn einfach nur anzusehen, richtig anzusehen, zum gefühlt ersten Mal.

Ich streiche mit den Fingerspitzen über sein Kinn, über seine Lippen und über sein Gesicht, bis hoch zu seinem feuchten, gewellten Haar, dann lasse ich sie wieder zurückwandern bis zu seinen Lippen, die ich sanft öffne. Gérard lässt es zu, dass ich ihn so intim berühre, und als ich meine

Hand schließlich wegziehe, befeuchtet er mit der Zunge langsam seine Lippen.

Ohne dass ich etwas sagen muss, zieht er mich eng an sich. Ich spüre seinen Atem in meinem Gesicht, und als er mich küsst, ist es um *meinen* Atem wieder einmal geschehen. Dann überlässt Gérard seinen Händen das Reden, drückt mich nach hinten in das weiche Polster und presst sich an mich, um mich genau wissen zu lassen, was er von mir will.

Und ich will es auch. Ich will es sogar mehr als alles, was ich mir jemals im Leben gewünscht habe. Dieser Mann hier … dieser umwerfende, exzentrische, launische Kerl, der mich auf so viele Arten erobert hat, hat mich nun genau da, wo wir beide sein wollen.

Er schiebt mein weißes Kleid bis über meine Hüften hoch, und endlich geben wir unserem Verlangen nach.

„Schließ nicht deine Augen, Maggie", flüstert er heiser. „Lass sie offen. Sieh mich an. Ich möchte, dass du nicht das Geringste verpasst."

„Denkst du, dass du jemals wieder hierher zurückkehren wirst?", fragt Gérard, als wir später selig daliegen und seine starken Arme meinen Körper umfangen. Unser Liebesspiel hat draußen begonnen, aber wir setzten es in seinem Atelier fort und brachten es in vollendeter Ekstase in seinem Bett zu Ende. „Meine Ausstellung eröffnet am ersten Juli in Toulouse. Es wäre schön, wenn du zur Vernissage kommen könntest, um mit mir zu feiern."

Ich stütze mich auf meinem Ellbogen auf und kann nicht dem Bedürfnis widerstehen, Gérards Gesicht zu berühren, während ich in seine schönen Augen schaue.

„Ich denke, wenn ich jemals hierher zurückkomme, werde ich Irland für immer den Rücken kehren", sage ich. „Du hast das selbst schon gesagt, genau wie Starling, gleich an meinem ersten Tag hier. Sie hat mich vor dieser Gegend gewarnt. Sie sagte, man würde hier schnell süchtig werden – nach dem Essen, dem Wein, der Sonne, den *Männern* …"

Gérard lacht und küsst meine Schulter.

Er steht auf und holt uns einen Saft und etwas Toast, den wir im Bett verzehren, dann schmiege ich mich wieder an Gérards Brust und verfluche die Krümel, die sich überall verteilt haben. Kurz darauf falle ich in einen tiefen Schlummer, und als ich um sechs Uhr morgens wieder wach werde, sehe ich, dass Gérard an meinem Porträt arbeitet und Farbe auf die Leinwand tupft.

Es ist großartig, ihm dabei zuzusehen, wie er das Malmesser wie ein Musikinstrument spielt, so hochkonzentriert und abwesend, dass ich Angst habe, ihn durch das kleinste Geräusch aus seiner Trance zu reißen.

„Bist du wach?", fragt er. „Ich wollte dir gerade ein gemeinsames Frühstück vorschlagen. Sag nicht, dass du keinen Hunger hast."

Er legt den Spachtel weg und kommt zu mir herüber, dann klettert er auf das Bett und küsst mich, knabbert sanft an meiner Unterlippe. Ich muss gestehen, ich habe schon schlimmere Arten erlebt, aufzuwachen …

„Ich nehme an, du sprichst nicht von Nahrung?", sage ich, aber er liegt bereits auf mir, und wir sind wieder mittendrin.

KAPITEL 30

Gegen elf klopft Starling an meine Hüttentür und ruft durch den Briefschlitz.

Der Abend mit Gérard hat mich, wenig verwunderlich, ziemlich erschöpft, und kaum war ich wieder hier, habe ich mich für ein kleines Morgennickerchen ins Bett verzogen.

„Maggie! Bist du da? Hier ist Starling! Guten Morgen!"

Ich habe mich auf ein Wiedersehen mit Starling gefreut, aber im Moment ist es im Bett so gemütlich, und außerdem hat sie mich aus einem herrlichen Traum gerissen, in dem ich in Gérards Armen lag und die Welt, wie ich sie kenne, stehen geblieben war, sodass nur wir beide allein zurückblieben.

„Hallo, Starling!", rufe ich trotzdem und schlurfe bereits zur Tür, während ich noch rasch den Reißverschluss an meinen Shorts richtig zuziehe.

„Oh, tut mir furchtbar leid!" Starling legt ihre Hand vor den Mund, als sie mich sieht. „Hast du geschlafen? Ich kann später wiederkommen."

„Nein, komm rein", sage ich. „Ich freue mich, dich zu sehen. Ich wollte sowieso heute zu euch kommen, um Bescheid zu geben, dass ich morgen abreise."

Als Starling mit einem Picknickkorb das Wohnzimmer betritt, überkommt mich das Bedürfnis, die Kissen auf dem Sofa zu richten, meine Bücher ordentlich zu stapeln und die gebrauchten Kaffeetassen in die Küche zu bringen.

„Tut mir leid, dass es hier so ... bewohnt aussieht. Ich werde natürlich alles aufräumen, bevor ich fahre."

„Entspann dich, Maggie“, sagt Starling, während sie es sich in einem Sessel bequem macht. „Ich bin nicht gekommen, um die Hütte zu inspizieren. Ich wollte nur fragen, wie es dir geht. Schade, dass du schon abreist. Willst du es dir nicht noch mal überlegen?“

Ihre Augen funkeln, als sie das sagt. Starling erweckt immer den Eindruck, als würde sie irgendetwas im Schilde führen, und das gefällt mir an ihr.

„Ich muss wieder zurück nach Hause, aber nur vorläufig“, sage ich. „Dieser Ort hier hat mir ein Stück meines Herzens gestohlen, und ich werde ganz bestimmt wiederkommen.“

„Und es ist noch dazu ein gutes Herz, Maggie.“

Wieder dieser funkelnde Blick ... Das hat sie schon einmal gesagt.

„Und wie geht es dir so?“, frage ich. Ich muss das Gespräch auf ein anderes Thema lenken, denn wenn Starling mich so ansieht, kommt es mir vor, als wüsste sie Dinge, die sie unmöglich wissen kann.

„Tut mir leid, dass ich nicht schon früher gekommen bin, um dich ein bisschen durch die Gegend zu führen, aber wir hatten im Café so viel zu tun. Heute ist Ruhetag, darum ist das meine erste Gelegenheit, um bei dir vorbeizuschauen.“

„Ich bin super zurechtgekommen, ehrlich“, versichere ich ihr. „Ich habe hier eine wundervolle Zeit erlebt und einfach ... na ja, einfach eure tolle Gegend kennengelernt. Heute möchte ich es ganz ruhig angehen lassen und noch ein bisschen die Sonne genießen, bevor ich mich dann ans Aufräumen und ans Packen mache, und morgen früh geht es zurück nach Irland.“

Starling gibt mir den Picknickkorb, der ordentlich mit einem rot-weiß karierten Tuch zugedeckt ist.

„Ein Geschenk für dich."

„Oh, vielen Dank, Starling. Das ist sehr nett."

Ich kann nicht widerstehen, einen Blick in den Korb zu werfen, also hebe ich das Tuch und finde eine Notiz von Antoine.

Mademoiselle Maggie, ich hoffe, Sie genießen Ihre Zeit bei uns. Hier sind ein paar lokale Spezialitäten für Sie.

Bon appétit!

„Meine Güte."

Ich schließe diese Familie mehr und mehr in mein Herz, und das nicht nur wegen Gérard. Die Freundlichkeit dieser Menschen umfing mich von Anfang an wie eine warme, kuschelige Decke und bringt mich noch einmal ins Grübeln, ob ich wirklich schon morgen nach Hause fliegen soll. Ich will überhaupt nicht weg von hier, aber etwas sagt mir, dass es Zeit ist. Meine acht Wochen Pause von der Arbeit sind beinahe um, und ich muss ein paar wichtige Entscheidungen treffen, jetzt, wo Lucys Liste fast vollendet ist.

„Es sind nur ein paar Kostproben aus unserer Küche – ich hoffe, es schmeckt dir!", sagt Starling.

Mein Magen knurrt beim Anblick der feinen Delikatessen, die einen perfekten Lunch ergeben: eine Auswahl an *pâtés*, ein frisches Baguette, etwas Emmentaler, Brie und Camembert und dazu ein kräftiger Beaujolais, um alles runterzuspülen … *délicieux*!

Ich habe in den vergangenen Wochen so vieles in Lucys Namen getan, und ich fühle mich ausgeglichener und glücklicher als jemals zuvor, aber ich habe nicht vergessen, dass es einen letzten Punkt auf Lucys Liste gibt, den ich noch nicht umgesetzt habe.

„Starling, ich weiß, es ist sehr kurzfristig", sage ich, „aber ich möchte dich und deine Familie heute Abend gerne zum Essen einladen. Ich werde selber kochen. Sagen wir, um halb neun? Falls ihr schon etwas anderes vorhabt, ist das kein Problem, aber ich würde mich wirklich liebend gern für eure Gastfreundschaft revanchieren."

Starlings Gesicht leuchtet auf.

„O Maggie, vielen Dank! Mit mir kannst du auf jeden Fall rechnen!", erwidert sie mit einem strahlenden Lächeln. „Ich werde Antoine und Bernard gleich fragen, und vielleicht können wir auch Gérard einladen? Er hat eine Fristverlängerung für seine Ausstellung bekommen, darum ist er neuerdings deutlich besser gelaunt als sonst. Tatsächlich macht er zur Abwechslung einmal einen richtig glücklichen Eindruck. Du hast doch nichts dagegen?"

Ich spüre meine Mundwinkel zucken, als Starling andeutet, dass Gérard sich in letzter Zeit positiv verändert hat.

„Je mehr, desto besser", sage ich. Ich habe gehofft, dass Starling Gérard ins Spiel bringen würde. „Dann sind wir also zu fünft."

Starling hüpft beinahe zur Tür, und ich folge ihr, um sie zu verabschieden.

„Es ist ein ganz besonderes Vergnügen für uns, zum Essen eingeladen zu werden. Sonst sind nämlich immer wir diejenigen, die andere bewirten. Ich werde ein Dessert mitbringen", sagt sie. „*A bientôt*, Maggie! Ich freue mich sehr, dass du in unsere Stadt gekommen bist, und ich hoffe, deine Freundin ist zufrieden, dass du die Brücke gesehen hast."

Wir gehen zusammen hinaus, und wie immer zieht die Brücke automatisch meinen Blick auf sich.

„Ich wette, sie ist zufrieden, ja", sage ich. „Sie wird niemals ahnen, wie sehr sie mein Leben verändert hat, indem sie mich hierherführte, und auch schon in den Wochen davor."

Starling blinzelt in der Sonne.

„Du kannst es bestimmt kaum erwarten, ihr alles zu erzählen", sagt sie ernsthaft, und ihre Worte überraschen mich zuerst.

„Ja, ich hoffe, dass ich eines Tages dazu kommen werde, ihr alles zu erzählen", sage ich leise. „Aber ich habe das Gefühl, dass sie es bereits weiß. Ich denke, sie sieht das alles schon."

Die Tatsache, dass ich meine Gastgeber am Abend verköstige, trifft mich wie eine Tonne Ziegelsteine, als ich am Nachmittag im Supermarkt stehe. Was in aller Welt habe ich mir bloß dabei gedacht? Diese Familie verdient ihr Geld mit Kochen, sie sind Experten für die französische Küche, während ich bisher erst einmal ein Menü für meine Mutter, meinen Vater und Jeff gekocht habe, und das ist schon zwei Jahre her.

Veranstalte eine Dinnerparty, hat Lucy auf ihre Liste geschrieben, und ich glaube, sie hat genau so eine Herausforderung gemeint. Aber abgesehen von Gérard kenne ich diese Leute eigentlich gar nicht. Was essen sie gerne? Beziehungsweise was trinken sie? Noch wichtiger, was essen und trinken sie nicht gerne?

Ich versuche, mir ein geeignetes Menü einfallen zu lassen, aber die Sortierung im Supermarkt und die fremden Marken machen mich ratlos, also schreibe ich Flo an.

Ich brauche Vorschläge für ein Abendessen. Fünf Leute. Schnell.

Zuverlässig, wie beste Freundinnen nun mal sind, antwortet Flo mir in Lichtgeschwindigkeit.

Mach was Einfaches. Schieb ein Hähnchen in den Backofen, zerstampf ein paar Kartoffeln, dünste ein bisschen gutes altes Gemüse und rühr dazu eine Bratensoße an. Voilà.

Sie schickt direkt eine zweite Nachricht hinterher.

Und natürlich jede Menge Wein, aber das brauche ich dir ja nicht extra zu sagen, oder?

Ich werde die Dinge nicht unnötig verkomplizieren, sondern genau das tun, was Flo sagt. Ich kaufe alle Zutaten ein und kehre dann so schnell wie möglich in die Hütte zurück, um mit meinen Vorbereitungen zu beginnen, während ich die ganze Zeit versuche, die Elefantenherde zu ignorieren, die in meinem Magen herumtanzt.

Ich bin so nervös, dass ich heulen könnte. Ich habe mir vorgenommen, Gastronomen zu bekochen. Ich stehe kurz davor, den letzten Punkt auf Lucys Liste zu erfüllen.

Und ich kann es wirklich kaum erwarten, Gérard wiederzusehen.

„*Bonsoir!*“, zwitschert Starling mit hoher Stimme, als sie und die anderen Gäste am Abend bei mir eintreffen. Der

Tisch ist perfekt gedeckt, die Kerzen sind angezündet, der Rotwein kann atmen, und der Weißwein ist kalt gestellt. Selbst das Essen hat mir bis jetzt gehorcht, und ich bin sehr, sehr stolz auf mich. Das Kochen hat am Ende sogar Spaß gemacht, und hinterher hatte ich noch genügend Zeit, um mich umzuziehen, ein bisschen Parfüm aufzusprühen und meine Haare zu richten. *Parfait*, wie die Franzosen sagen würden.

„Antoine kennst du ja schon", sagt Starling, als ihr Schwiegervater in spe meine Türschwelle überquert.

Antoine begrüßt mich mit einer herzlichen Umarmung und dem üblichen Küsschen links und rechts. Verglichen mit dem gestressten, verschwitzten Küchenchef, den ich bei meiner Ankunft hier kennengelernt habe, wirkt er wie ein anderer Mensch. Er trägt einen grauen Anzug, ein weißes Hemd und eine pinke Krawatte, und ich sehe eine gewisse Ähnlichkeit zwischen ihm und seinem Bruder.

„Sie sehen sehr elegant aus", sage ich zu ihm. „Bitte, fühlen Sie sich hier wie zu Hause."

Das ist praktisch sein Zuhause, beziehungsweise eines davon, wird mir bewusst, kaum habe ich es ausgesprochen.

„Und das ist Bernard, mein Verlobter", sagt Starling stolz, als Antoines Sohn hereinkommt.

„Sie sind also die wunderbare Maggie", sagt er und gibt mir seine Luftküsse.

„Und Gérard?", frage ich betont gelassen.

„*Non*, tut mir leid, kein Gérard", sagt Starling.

Was? Ich habe seine Telefonnummer nicht, und ich habe den ganzen Tag nichts von ihm gehört, also habe ich mich darauf verlassen, dass Starling ihm wegen heute Abend Bescheid sagt.

„Wirklich? Er kommt nicht?“ Ich spüre in meinem Magen ein Gewicht herunterplumpsen.

„Er kommt nicht, nein“, erwidert Starling flapsig. „Es sieht so aus, als wäre Gérard wieder in sein altes, mürrisches Ich zurückgeschlüpft, darum werden wir ohne ihn wie immer mehr Spaß haben, richtig?“

Was? Nein, Gott, bitte nicht! Ich habe mir so sehr gewünscht, dass Gérard kommt! Ich seufze laut auf, aber Starling nimmt nicht einmal Notiz davon. Sie hat keine Ahnung. Als sie vorhin hier war, war ich mir noch sicher, dass sie etwas von Gérard und mir weiß. Ich dachte, die neugierige Kassiererin hätte ihr vielleicht etwas gesteckt oder Gérard selbst oder dass man uns zusammen gesehen hat, aber nein. Es scheint, als wüsste seine Familie nichts von unserer Romanze, darum ist es für sie auch keine große Sache, dass Gérard nicht hier ist.

Aber für mich schon.

„Bist du sicher, dass Gérard nicht kommt?“, frage ich Starling und versuche, meinen Mund zu einem ungezwungenen Lächeln zu verziehen. „Es ist für fünf gedeckt, und es gibt reichlich zu essen. Willst du ihn nicht anrufen und zur Sicherheit noch mal nachfragen?“

Starling hat sich bereits an den Tisch gesetzt, genau wie die beiden Männer, und meine Bitte stößt auf taube Ohren.

Das ist mein letzter Abend hier in Frankreich. Warum ist Gérard nicht gekommen? Hat Starling ihn auch wirklich informiert? Ich hätte ihn persönlich einladen sollen.

Mein Gott, was für ein Desaster! Nach diesem Abend habe ich keine Zeit mehr, Gérard zu sehen.

„Starling?", sage ich wieder.

„Sorry – ja, Maggie? Ich kann nicht glauben, dass du dir so viel Mühe gemacht hast. Der ganze Raum wirkt so gemütlich und einladend."

Sie hat recht. Ich habe mir den ganzen Nachmittag den Arsch aufgerissen für diese Dinnerparty. Und nun kommt Gérard einfach nicht?

„Ich habe mich nur gefragt, ob Gérard –"

„Ernsthaft", sagt Bernard, „wenn Gérard Nein sagt, meint er auch Nein. Er arbeitet gerade an seinen Bildern, und wenn er so drauf ist, geht man ihm besser aus dem Weg."

Das stimmt nicht, und ich weiß es. Ja, natürlich kann Gérard launisch sein. Ich habe ihn ja schließlich launisch kennengelernt. Aber heute ist mein letzter Abend und ... Oh, warum verschwende ich meine Energie damit, mir wegen Gérard den Kopf zu zerbrechen? Er war eingeladen, und er ist nicht gekommen. Ich sollte mich einfach auf die Gegenwart konzentrieren und auf die Gäste, die hier sind, statt auf die, die nicht hier sind.

Eigentlich sollte ich inzwischen gelernt haben, dass man von anderen Menschen enttäuscht wird, wenn man am wenigsten damit rechnet.

„Wer möchte Wein?", frage ich und fülle mit einem Kloß im Hals die Gläser. „Gut, ich verschwinde kurz in der Küche und fange an, das Essen aufzutragen."

Als ich in der Küche stehe, kann ich nicht verhindern, dass meine Augen sich vor Enttäuschung mit Tränen füllen, egal, wie sehr ich mich auch dagegen wehre.

Ich tupfe mit den Fingerknöcheln meine Augenwinkel ab und versuche wirklich, mich zu beruhigen, aber ich kann nicht aufhören zu denken, dass es irgendwie meine Schuld ist. Ich hätte wirklich mal kurz bei Gérard vorbeischauen und ihm wegen heute Abend Bescheid sagen können, statt es einer dritten Person zu überlassen, meine Einladung weiterzugeben.

Ich kenne seinen Typ. Gérard legt Wert auf eine persönliche Einladung. Er hätte sich gewünscht, dass sie von mir kommt. Es ist meine Schuld, dass er nicht hier ist, und jetzt muss ich damit leben.

„Kann ich helfen?"

Starlings Stimme lässt mich zusammenfahren, und ich setze rasch ein falsches Lächeln auf und reiße ein Blatt von der Küchenrolle, um mir damit die Nase abzuwischen.

„Nein, das ist überhaupt nicht nötig", versichere ich ihr, während ich innerlich bete, dass sie meine feuchten Augen übersieht. „Ich bin fast so weit. Entspann dich einfach. Ich bin gleich wieder da."

„Augenblick, du weinst ja", sagt sie in gedämpftem Ton. „Bist du traurig, weil du morgen abreist? Was hast du, Maggie?"

Ich schüttele den Kopf und lache über ihre Ahnungslosigkeit.

„Nein, nein, ich bin nicht traurig", sage ich schniefend. „Ich habe nur gerade über ein paar Dinge nachgedacht, aber es ist nichts Ernstes. Hier, vielleicht kannst du das Gemüse rübertragen? Das wäre mir eine große Hilfe."

Starlings Erscheinen lenkt mich endlich von Gérard ab, und kurz darauf sitzen wir alle um den Tisch und lassen uns ein ziemlich irisches, hausgemachtes Abendessen schmecken, das alle zu genießen scheinen.

Das heißt, alle bis auf mich. Ich muss jeden Bissen in mich hineinzwingen und gebe mein Bestes, um der Unterhaltung zu folgen, aber meine Augen wandern ständig zu dem leeren Stuhl und der Tür, in der Hoffnung, dass sie sich doch noch einmal öffnet.

Aber sie öffnet sich nicht.

KAPITEL 31

Nachdem ich meine Gäste verabschiedet habe, lasse ich meinen Blick durch das Wohnzimmer schweifen und verfluche mich selbst dafür, dass ich mich so schnell an Gérard gebunden habe.

Es war einer von Lucys Wünschen, eine Dinnerparty zu geben, und obwohl ich das getan habe, fühle ich mich nicht gut.

Ich versuche, mir die vielen Komplimente vor Augen zu halten, die ich für das Essen und das stimmungsvolle Ambiente und meine ganze Mühe bekommen habe, aber es ist nicht genug ohne ihn.

Dich soll der Teufel holen, Gérard, weil du mir so sehr unter die Haut gehst.

Am liebsten würde ich sofort zu seinem Atelier hinüberlaufen und hören, ob er eine gute Erklärung dafür hat, warum er mich an meinem letzten Abend nicht sehen wollte. Okay, das mit dem Essen war sehr kurzfristig, aber er hätte trotzdem mal vorbeischauen können. Er hätte mir irgendein Zeichen geben können, dass er mich sehen wollte. Er weiß, dass ich morgen abreise und dass für einen richtigen Abschied keine Zeit mehr sein wird, also warum ist er nicht einfach vorbeigekommen, um sich zu erklären? Warum haben wir uns nicht abgesprochen, als ich heute Morgen sein Atelier verließ?

Warum ist die Zeit gegen uns?

Oder vielleicht will er das ja so? Kein Theater. Kein Schmerz.

Oder war ich doch nur eine nette Ablenkung für ihn?

Eine Möglichkeit, um die Zeit in seinen Schaffenspausen zu füllen?

Aber ich weiß, dass ich mehr für ihn war. Er hat mich für seine Ausstellung porträtiert. Er hat mich in dieses außergewöhnliche Restaurant ausgeführt. Er hat mich sogar gebeten, länger zu bleiben oder wenigstens bald wiederzukommen. Er hat mich angesehen, als würde er in meine Seele blicken, was ich noch nie zuvor erlebt habe, nicht einmal mit dem Mann, den ich geheiratet habe. Gérard ist, davon bin ich fest überzeugt, anders.

Ich wünschte bloß, er wäre gekommen, um sich von mir zu verabschieden.

Ich gehe hinaus auf die Terrasse und betrachte zum letzten Mal den Tarn bei Nacht. Dieser Ort hier hat mich innerlich bereichert, wie ich es mir niemals hätte vorstellen können. Er ließ das Blut durch meine Adern rauschen und mein Adrenalin fließen, und er ließ mich so wild und so frei lieben, dass ich dachte, mein Herz würde zerspringen.

Und nun, nach allem, was ich hier erlebt habe, werde ich morgen abreisen, nur mit Erinnerungen und dem Gedanken, was hätte sein können – und davon habe ich wirklich genug, herzlichen Dank auch.

Ich setze mich auf meinen Lieblingsplatz und mache es mir mit einer Wolldecke bequem, und als ich etwas später wieder wach werde, glaube ich ernsthaft, dass ich träume.

Denn als ich die Augen öffne, ist er da, genau wie ich gehofft habe.

„Ich bin betrunken“, sagt er, aber ich muss erst richtig zu mir kommen, um sicher zu sein, dass er real ist und nicht nur ein Wunschbild meiner überaktiven Einbildungskraft. „Ich bin betrunken, und es tut mir leid."

„Träume ich gerade?", frage ich. Ich schaue auf die Uhr. Es ist kurz nach Mitternacht.

„Schon möglich, dass du träumst", antwortet er. „Aber vielleicht ist es ein Albtraum. Das hängt davon ab, wie sauer du auf mich bist. Wie sauer bist du auf mich, Maggie?"

Vor ihm steht eine Flasche Whisky, halb leer, beziehungsweise halb voll, je nachdem, wie man es betrachten will. Er hat mir bereits ein Glas eingeschenkt, aber ich habe kein Interesse, und außerdem muss ich in ein paar Stunden zum Flughafen fahren, also kann ich jetzt keinen Alkohol mehr trinken, selbst wenn ich wollte.

„Maggie, ich will nicht, dass du gehst", sagt Gérard eindringlich. „Ich habe dich gerade erst gefunden, und jetzt soll ich dich schon wieder verlieren? Es tut mir leid, aber dieser Gedanke hat mich heute so fertiggemacht, dass ich in die Kneipe gegangen bin, und na ja, der Rest ist Geschichte. Das ist, wie sagt man, die kurze Version."

„Die kurze Version? Du hast dich wegen mir betrunken?", sage ich. „Weil ich weggehe? Du hast dich betrunken, statt bei mir vorbeizuschauen, um Abschied zu nehmen?"

„Na ja, schon, aber jetzt bin ich hier."

Ich würde ihn am liebsten umbringen, aber noch lieber möchte ich ihn küssen.

„Es ist spät, Gérard", sage ich. „Wir hätten den Abend gemeinsam verbringen können, aber stattdessen hast du beschlossen, dir die Kante zu geben und erst aufzutauchen, wenn ich schon schlafe. Das ist so unfair von dir!"

„Aber im Moment schläfst du nicht, oder, Maggie?“

„Du hast mich geweckt, darum schlafe ich nicht!“

„Ich habe dich nicht geweckt. Du hast geschnarcht“, erwidert er und fängt an zu lachen.

Ich reiße empört die Augen auf.

„Ich habe nicht geschnarcht! Ganz sicher nicht! Ich schnarche nie!“

Er lacht noch mehr. Ich nicht.

„Maggie, meine süße Maggie“, sagt er, und dann beugt er sich zu mir herüber und legt seine Hand auf mein Knie. Ich würde sie am liebsten wegschieben, aber es fühlt sich zu gut an. Ich will seine Nähe spüren. Danach habe ich mich den ganzen Tag und den ganzen Abend gesehnt.

„Ich dachte, ich wäre dir egal, Gérard. Du hast mich heute Abend verletzt.“

„Nein, nein!“, sagt er, rutscht mit seinem Stuhl näher heran und nimmt meine Hände in seine. „Es tut mir schrecklich leid, wenn ich dich verletzt habe, aber glaubst du wirklich, du wärst mir egal? Stell dir das genaue Gegenteil vor, und du hast das, was ich für dich empfinde! Die Vorstellung, dass du wieder abreist, quält mich. Du hast mich von meiner Arbeit abgelenkt. Das hat noch keine Frau vor dir geschafft. Du hast mich so sehr abgelenkt, dass die einzige Möglichkeit, mein Werk für die Ausstellung fertig zu bekommen, war, dich zu malen und zu einem Teil davon zu machen. Weißt du das denn nicht?“

Ich schüttle den Kopf. „Soll das ein Kompliment sein?“

Er lacht schon wieder über meine Reaktion.

„Ein *riesiges* Kompliment“, sagt er dann. „Ein verdammter Koloss von einem Kompliment!“

Jetzt bin ich an der Reihe, zu lachen, ob es mir gefällt oder nicht. Ich habe Gérard nie zuvor fluchen gehört, und es ist so … na ja, es ist so verdammt süß, genau das ist es.

„Mein Herz“, fährt er fort, „ich spüre, dass es heute ein bisschen gebrochen ist, weil ich so eine große Angst habe, dass ich dich niemals wiedersehen werde. Ich habe mich zu sehr davor gefürchtet, von dir Abschied zu nehmen, aber dann habe ich mir Mut angetrunken und mich schließlich doch noch hierher getraut. Es tut mir leid, wenn ich dich geweckt oder sogar erschreckt habe, aber ich konnte mich nicht von dir fernhalten.“

Er hebt die Whiskyflasche hoch.

„Es ist schon spät“, sage ich. „Ich muss morgen früh los, darum kann ich nicht mittrinken, tut mir leid.“

„Okay, nein, mir tut es leid“, sagt er, und er steht auf. „Dir tut es leid, mir tut es leid, uns allen tut es leid! Dann werde ich jetzt gehen. Ich habe diesen Moment so sehr gefürchtet, Maggie. Ich werde dir ein schnelles Lebewohl sagen, und dann brauchst du mich niemals wiederzusehen. Nie wieder.“

Er murmelt etwas auf Französisch, das ich natürlich nicht verstehe, also muss ich ihn unterbrechen.

„Gérard, ich möchte gerne, dass du bei mir bleibst“, sage ich und schaue ihm direkt in die Augen. Er ist sofort still. „Bitte, bleib bis zum Morgen bei mir.“

Sein neu entdecktes Schweigen zieht sich in die Länge, aber er braucht auch nichts weiter zu sagen. Er führt mich einfach ganz zärtlich ins Schlafzimmer, und gleich darauf nehmen wir so voneinander Abschied, wie Liebespaare es tun.

Und wieder einmal habe ich das Gefühl, auf dem Gipfel der Welt zu sein.

Lucy, Lucy, Lucy Harte, schreibe ich, als ich in der Maschine nach Irland sitze.

Was hast du bloß mit unserem Herz gemacht? Was habe ich damit gemacht? Ich hätte nie gedacht, dass es nach Jeff jemals wieder schlagen würde, aber Mannomann, du hast mir in den letzten Wochen das krasse Gegenteil bewiesen mit all der Liebe und der Freude, die du mir gebracht hast.

Ich kehre nun nach Irland zurück als eine ganz andere Maggie O'Hara als die, die dein Bruder vor fast zwei Monaten kennengelernt hat, und es hat sich alles zum Besseren gewendet. Das habe ich allein dir zu verdanken.

Dank dir habe ich mit meinem Bruder die Kraft der bedingungslosen Liebe wiederentdeckt; ich habe in Dublin die überwältigende Energie entdeckt, die Lust bringen kann, und wie sehr es das Selbstwertgefühl stärken kann, wenn man einfach nur begehrt und gewollt wird; ich habe den puren Wohlfühlfaktor des Gebens entdeckt, in Form von symbolischen Gesten wie einem selbstgebackenen Kuchen oder – aufwändiger – einem selbstgekochten Abendessen für fremde Gäste; ich habe entdeckt, dass ich nichts vergessen muss, aber Jeff trotzdem verzeihen kann – aber vor allem habe ich einen Ort entdeckt, der geradezu magisch auf mich wirkt, und ich fürchte, ich habe einen

Teil meines geborgten Herzens bei Gérard zurückgelassen.

Er hat mir im Gegenzug einen Teil seines Herzens mitgegeben, und ich werde es hegen und pflegen, bis wir uns wiedersehen, denn ich bin fest davon überzeugt, dass es zu einem Wiedersehen kommt.

Deine Liste ist erledigt, Lucy Harte, und ich hoffe, du weißt nun, wie viel mir dein Geschenk des Lebens bedeutet. Ich hoffe, es hat dich genauso glücklich gemacht wie mich.

Du hast schon einmal mein Herz gerettet, aber nun hast du auch meine Seele gerettet.

Bitte, Lucy, pass auf mich auf, während ich mit meinen eigenen Hoffnungen und Träumen weitermache.

Für immer deine Freundin

Maggie

KAPITEL 32

Ich bin mit Sylvia Madden auf einen Kaffee verabredet, bevor ich mit Kevin für den Halbmarathon trainiere, und ich sitze wie ein nervöses Kätzchen in dem Café gegenüber von *Powers Enterprises* und warte auf sie.

Meine Aufregung war überflüssig, denn Sylvia ist genauso reizend und liebenswürdig wie bei unserem letzten Treffen, und ich entspanne mich sofort.

„Ich brauche erst gar nicht zu fragen, ob Sie eine gute Zeit hatten“, sagt sie. „Man merkt, dass Ihnen die Pause gutgetan hat. Trotzdem, Sie sehen blass aus, Maggie. Sie sind bestimmt müde, nehme ich an?“

„Eigentlich habe ich mich viel ausgeruht, seit ich wieder zurück bin, abgesehen davon, dass ich mit einem Freund für einen Halbmarathon trainiere. Es ist wahrscheinlich nur eine Mischung aus allem.“

„Aber ich hoffe, Sie geben gut auf sich acht?“

Sylvia und das restliche Management von *Powers Enterprises* wissen über mein Herzleiden Bescheid, deshalb hatten sie ja so viel Nachsicht und Geduld mit mir.

„In ein paar Tagen werde ich wieder fit sein“, versichere ich ihr. Ich muss dringend vorher noch zum Friseur. Ich muss mein Aussehen immer wieder auffrischen und neue Dinge ausprobieren, damit ich nicht zurück in den Selbstmitleid-Modus falle.

Wir bestellen uns Kaffee und kommen zum Geschäftlichen, nachdem ich mich bei Sylvia ausgiebig dafür bedankt habe, dass sie mir den letzten Anstoß gegeben hat, aus meinem Trott herauszukommen.

„Ich habe eine Bitte", sage ich ohne Umschweife, da ich Sylvias Zeit nicht unnötig verschwenden möchte. „Falls es zu viel verlangt ist, werden Sie es mir bestimmt sagen, aber wer nicht fragt …"

„Fragen Sie", sagt sie und nippt an ihrem Kaffee.

„Ich würde gerne eine Karrierepause einlegen", sage ich. „Eine richtige Pause, unbezahlt natürlich, aber für einen etwas längeren Zeitraum, um wieder richtig hochzukommen und mich selbst zu sortieren. Ich habe das Gefühl, ich bin schon ganz dicht davor, aber es gibt Dinge, die ich gerne noch tun würde, jetzt, wo ich den Mut und die Kraft dazu habe. Ich möchte mir eine Auszeit nehmen und nach Frankreich gehen."

Sylvia lächelt und schüttelt ihren silbernen Bob, ohne dass auch nur ein einziges Haar verrutscht.

„Wissen Sie, ich habe neulich Abend meinem Mann von Ihnen erzählt", sagt sie, und sie beugt sich leicht über den Tisch. „Er arbeitet in der Sportbranche und ist beruflich viel unterwegs. Als ich ihm das Foto zeigte, das Sie mir aus Frankreich geschickt haben, meinte er, Sie würden aussehen, als hätten Sie Ihre Flügel gefunden. Er sagt, Sie sollten mehr reisen."

Das hört sich gut an.

„Ihr Mann scheint sich gut mit Menschen auszukennen", sage ich. „Ich schätze, man kann durchaus behaupten, dass ich meine Flügel gefunden habe, und nun möchte ich gerne, ohne allzu kitschig zu klingen, noch ein bisschen mehr damit herumfliegen. Ich habe jemanden kennengelernt, Sylvia."

„Das dachte ich mir", sagt sie.

Sie ist beeindruckt, aber nicht überrascht, und sie stößt ein herzhaftes Lachen aus.

„Haben Sie jemals daran gedacht, Schriftstellerin zu werden?“, fragt sie. „Ich habe Ihre Exposés immer mit großem Vergnügen gelesen, auch wenn der Gegenstand, seien wir ehrlich, doch eher trocken war. Aber Ihnen ist es jedes Mal gelungen, mit Ihren Beschreibungen der Räumlichkeiten und der Grundstücke eine Immobilie zum Leben zu erwecken. Es wäre ein großer Verlust für Powers, falls Sie nicht zu uns zurückkehren.“

„Ich habe früher Texte geschrieben, als ich jünger war, aber ich muss eins nach dem anderen angehen“, sage ich. „Erst mal möchte ich noch mehr von der Welt erkunden. Meine Scheidung wird bald durch sein, und ich bekomme von Jeff eine Ausgleichszahlung für das Haus, das wir zusammen gekauft haben. Von dem Geld werde ich mindestens ein Jahr lang leben können, und ich möchte das Beste aus dieser Gelegenheit machen.“

Sylvia nimmt ihre Handtasche von ihrer Stuhllehne und legt sie auf ihren Schoß.

„Ich denke, Maggie, Sie sind eine sehr kluge junge Frau“, sagt sie. „Ich werde Ihre Bitte an die Personalabteilung weiterleiten, und dann sehen wir weiter, aber ich glaube nicht, dass es ein Problem geben wird. Will Powers lässt Ihnen bestimmt Zeit. Er wird Sie natürlich vermissen, aber gleichzeitig wird es ihm gefallen, dass Sie Ihren Elan wiedergefunden haben und dass Sie eine ganz neue Richtung ausprobieren.“

Ich trinke rasch meinen Kaffee aus, da mir bewusst ist, dass Sylvia zurück an ihre Arbeit muss. Und ich muss zu meiner Familienzusammenführung nach Loch Tara.

„Ich schulde Ihnen so viel Dank, Sylvia“, sage ich, als wir das Café verlassen. „Sie sind eine richtige Inspiration. Ich bin froh, dass ich Sie von dieser Seite kennenlernen durfte.“

„Ich weiß, da drinnen nennen sie mich eine Schlange“, sagt sie mit einem Nicken auf das Bürogebäude von Powers. „Aber ich finde das irgendwie gar nicht schlecht. Behalten Sie immer ein Ass im Ärmel, Maggie. Geben Sie im Beruf nicht alles von sich preis, und Sie werden es weit bringen. Aber das brauche ich Ihnen wohl nicht zu sagen.“

„Ich weiß Ihren Rat zu schätzen“, erwidere ich. „Auf Wiedersehen, Sylvia, und noch einmal danke für alles.“

„Gern geschehen, Maggie O'Hara“, sagt sie. „Und nun breiten Sie Ihre Flügel aus und flattern Sie ganz schnell zurück zu diesem schönen Mann nach Frankreich!“

„Ich kann es kaum erwarten!“, sage ich. Und ich habe auch schon einen Plan.

Simon und ich telefonieren jetzt schon seit zwei Stunden, aber ich bin überzeugt, dass es weitere zwei Stunden dauern würde, um alles aufzuholen, was wir uns zu erzählen haben.

Ich habe ihm von Dublin berichtet, von Tiernan Quinn, von John Joe und Vivienne in Nashville und natürlich von meiner lebensverändernden Reise nach Frankreich und Gérard und seiner Familie, die ich so fest in mein Herz geschlossen habe. Seit meiner Rückkehr bin ich ständig erschöpft, darum liege ich auf meinem Bett, die Füße mithilfe von Kissen hochgelagert, so wie früher, wenn ich von der Schule nach Hause kam.

„Es ist schwer zu glauben, dass das alles mit einer Liste von Lucy begonnen hat", sagt Simon. „Tatsächlich hat es damit begonnen, dass wir uns vor zwei Monaten gefunden haben, obwohl das schon wieder eine Ewigkeit her zu sein scheint. Es tut mir leid, falls ich dich jemals auf irgendeine Art unter Druck gesetzt habe. Das war nicht meine Absicht."

„Nein, nein, du hast mich nicht unter Druck gesetzt", versichere ich ihm. „Ich habe zwischendurch Panik bekommen, aber jetzt bin ich einfach nur dankbar dafür, dass du und Lucy mein Leben zum Besseren gewendet habt. Gott allein weiß, in was für einem Chaos ich jetzt stecken würde, wenn du nicht gewesen wärst. Wahrscheinlich würde ich immer noch diesem Arschloch Jeff hinterhertrauern und ihn anflehen, zu mir zurückzukommen, und es würde mir jedes Mal aufs Neue das Herz brechen, auch nur an ihn und sein kostbares Baby zu denken. Ach, übrigens, es gibt etwas, das ich dich schon seit einer Ewigkeit fragen wollte, aber das ich immer wieder vergessen habe."

„Schieß los", sagt er.

„Du hast damals geschrieben, dass du mich gefunden hast, weil wir eine gemeinsame Bekannte haben. Wer um alles in der Welt ist das?"

„Ha!", sagt er laut. „Und ich dachte, ich würde damit davonkommen. Du arbeitest mit einer Frau namens Sylvia Madden zusammen, richtig?"

„Ja … na ja, bis vor Kurzem zumindest. Was hat Sylvia mit der Sache zu tun?"

„Ich kenne Sylvias Mann durch meine Arbeit als Berichterstatter in der irischen Fußballliga. Wir kamen eines Tages auf einem Flug von Belfast nach Inverness miteinander ins Gespräch und sind dabei auf diese unglaubliche Verbindung gestoßen. Die Welt ist klein, wie man so schön sagt."

„Ah" ist alles, was mir als Antwort einfällt. Sylvia Madden, du stilles Wasser!

Ich kann Simons Frau im Hintergrund hören.

„Andrea lässt dich grüßen", sagt Simon. „Sie brennt darauf, alles über deine Reisen zu erfahren. Ich hoffe, dir ist klar, dass ich ihr gleich alles erzählen muss. Ihr Frauen gebt euch mit nicht weniger als jedem Detail zufrieden, stimmt's?"

„Darauf kannst du Gift nehmen, Simon!", ruft Andrea mit spanischem Akzent. „Ich hoffe, es gibt auch jede Menge erotische europäische Romanzen, von denen du mir erzählen kannst! Ich brauche dringend etwas Romantik, damit ich weiter durchhalte, bevor ich noch vor Langeweile sterbe, weil ich so fett und so schwanger bin!"

Ich kann sie mir vorstellen, umwerfend schön mit ihrem hübschen runden Bauch und kein bisschen langweilig oder fett.

„Geht es Andrea gut? Es ist jetzt nicht mehr lange hin", sage ich zu Simon.

„Sie raubt mir den Verstand, nicht wahr, geliebtes Weib? Au!"

Ich höre, dass sie ihn zum Spaß boxt, und ich nehme das als mein Stichwort, um allmählich zum Schluss zu kommen.

„Simon, ich habe gut auf Lucys kostbare kleine Keksdose aufgepasst, und ich möchte sie dir bald zurückgeben", sage ich. „Sie ist völlig intakt, so wie ich sie bekommen habe. Aber ich habe mich gewandelt – zum Guten."

„Nein, nein, die Dose gehört jetzt dir, Maggie", erwidert er. „Nimm sie einfach als ein Andenken daran, wie weit du gekommen bist. Pack die Dose weg, aber hol sie immer dann wieder hervor, wenn du auf deinem weiteren Weg Mut oder Kraft brauchst. Du bist eine starke und ganz besondere Frau, Maggie O'Hara, und ich bin unheimlich froh, dass ich dich kennengelernt habe."

„Ich bin jetzt viel stärker als früher, dank dir", sage ich. „Deine Schwester hat mir das Leben gerettet, und dann kamst du daher und hast mich mit Lucys Liste ein zweites Mal kuriert. Dafür werde ich dir ewig dankbar sein, Simon. Ich wollte mich immer bei deiner Familie bedanken, und ich hoffe, dass ich auf diese Art zeigen konnte, wie viel mir das alles bedeutet."

Er räuspert sich gerührt.

„So viele Leute haben mich davor gewarnt, dich persönlich zu treffen", gesteht er mir. „Der Sozialdienst, mein Vater all die Jahre, meine Tante, selbst Andrea am Anfang. Alle sagten mir, dass ich einfach alles loslassen soll, dass es emotional zu schwierig sein würde, die Person zu treffen, die dank Lucy überlebte."

Ich nicke mit dem Kopf, obwohl er mich nicht sehen kann. Ich kann mir gut vorstellen, was ein anderer empfunden hätte, wenn er gesehen hätte, wie ich mit Lucys Herz gehe, atme, lebe. Simon war mutig, und ich bin froh, dass sein Mut ihm dazu verholfen hat, seinen Frieden zu finden.

„Lucy zu verlieren, war unerträglich", fährt er fort. „Ich hätte damals vergessen sollen, dass irgendwo dort draußen ein anderes Leben weiterging, aber ich konnte es nicht vergessen, nicht für eine Sekunde. Und als ich Lucys Herz in deiner Brust schlagen hörte und deinen Kummer sah, aber auch deine verborgene Lebenslust, wusste ich, dass ich die richtige Entscheidung getroffen hatte."

Ich schlucke und schließe die Augen, während ich versuche, mir seinen Schmerz vorzustellen.

„Pass gut auf Andrea auf, und gib mir Bescheid, wenn das Harte-Baby da ist", sage ich. „Betrachte es als deinen Neuanfang. Er oder sie wird ein echter Superstar sein, so viel ist sicher."

„Danke, Maggie. Vor mir liegen aufregende Zeiten."

Es gibt noch eine Sache, die ich ihm sagen muss.

„Simon, darf ich dich um einen letzten Gefallen bitten, bevor ich auflege?"

Wir klingen beide, als wäre dies unser letztes Gespräch. Natürlich weiß ich, dass wir noch viele weitere führen werden, aber ich muss einfach ein paar Dinge klären, um mit Lucy abzuschließen.

„Natürlich. Du kannst mich alles fragen."

Ich zögere und hole tief Luft. Noch einmal. Und dann noch einmal.

„Wenn du das nächste Mal das Grab deines Vaters besuchst …", beginne ich. O Gott, ich will es unbedingt sagen, aber es bringt mich innerlich um, wenn ich daran denke, was der arme Mann vor all den Jahren durchgemacht hat und wie groß seine Einsamkeit gewesen sein musste. Ich kneife meine Augen fest zusammen, aber die Tränen sickern trotzdem durch.

„Ja?"

„Wenn du das nächste Mal das Grab deines Vaters besuchst", flüstere ich schluchzend, „würdest du ihm bitte meinen Dank ausrichten? Bitte sag ihm, dass ich ihm unendlich dankbar bin und dass ich jeden Tag an ihn denke. Ich danke ihm dafür, dass er am schlimmsten Tag seines Lebens Ja gesagt hat. Dein Vater hat mich so viel über die menschliche Natur gelehrt, und ich werde ihm das nie vergessen."

„Ich werde es ihm ausrichten", sagt Simon. „Das mache ich gleich heute. Bist du okay, Maggie?"

„Ich bin bloß unheimlich müde, Simon. Dankbar, aber müde."

Meine Augen fallen zu.

„Ruh dich aus. Wir reden ein anderes Mal weiter", sagt er. „Wir sind für immer miteinander verbunden, vergiss das nie. Auf Wiedersehen, Maggie. Pass gut auf dich auf, und viel Erfolg bei deinem großen Lauf! Ich weiß, du schaffst das! Tu es nur für dich."

Ich lege den Hörer weg und lasse meinen Tränen freien Lauf, während ich Lucy und Simon vorerst loslasse.

Es ist nun Zeit für mich, mit meinem restlichen Leben weiterzumachen.

KAPITEL 33

„Du siehst frisch und munter aus", sagt Kevin am Morgen unseres Halbmarathons. „Fühlst du dich besser?"

Ich habe mich seit meiner Rückkehr bei jedem, der mir sein Gehör schenkte, darüber beklagt, dass ich an purer Erschöpfung leide, an einer Müdigkeit, die ich einfach nicht abschütteln kann, egal, wie lange ich mich ausruhe. Aber ich werde mich davon nicht unterkriegen lassen, schon gar nicht heute.

„Ich bin startklar!", sage ich. „Ich habe gut gegessen, ich habe gut geschlafen, und ich habe fleißig trainiert, also bin ich so fit wie nur irgendwas. Die Müdigkeit wird sich hintanstellen müssen."

„Bist du absolut sicher?"

„Sicher bin ich sicher!", sage ich. „Wahrscheinlich lag es am Jetlag und an der ganzen Herumreiserei, dass ich so ausgepowert war, ganz zu schweigen von der emotionalen Reise, die ich hinter mir habe, aber jetzt freue ich mich auf diesen Lauf."

Ein heißes Bad in der Wanne, ein paar Klatschillustrierte und viel Schlaf, plus ein Überraschungsanruf von Gérard heute Morgen, um mir Glück zu wünschen, haben mich gepusht und helfen mir, mit dieser Erschöpfung umzugehen. Gérards Vernissage ist in wenigen Tagen, und ich will ihn mit meinem Besuch überraschen. Die Flüge sind schon gebucht, meine Tasche ist gepackt, und Gérard ahnt nichts davon.

„Vielleicht schaffst du es, bald wiederzukommen?", sagte er heute Morgen mit diesem herrlichen Akzent, der mich immer noch ganz verrückt macht.

„Ja, bestimmt", versprach ich ihm. „Ich habe vor, dich so schnell wie möglich zu besuchen."

Ich kann es kaum erwarten, sein Gesicht zu sehen, wenn ich auftauche.

Kevin und ich registrieren uns mit den anderen Teilnehmern und heften unsere Startnummern an die Brust, während die Zuschauer sich versammeln, um uns anzufeuern, darunter meine Mum und mein Dad und mein Bruder und seine Frau, die beide inzwischen in Irland sind, um ihren Hochzeitsvorbereitungen auf Loch Tara den letzten Schliff zu geben.

Vivienne hat eine äußerst geschmackvolle Feier geplant, nur mit der engsten Familie und ein paar alten Freunden. Im Garten ist ein Zelt aufgebaut, der Grill steht bereit zum Anheizen, und es gibt einen Empfang am See mit einem Streichquartett und einer Jazzband, auf den ich schon sehr gespannt bin. Meine Eltern sind total aus dem Häuschen vor lauter Begeisterung, und die beiden glücklich strahlen zu sehen, ist das Magischste überhaupt.

Im Moment winken sie mir aus der Ferne wie zwei aufgeregte Schulkinder, und ihre Gesichter verschwimmen für eine Sekunde, als mir kurz schwindlig wird.

Was ist das denn? Ich zögere kurz. Aber da sind sie wieder. Puh. Alles in Ordnung.

„Bist du sicher, dass es dir gut geht, Maggie?", fragt Kevin, während er seine Schweißbänder und sein Stirnband zurechtzupft. „Du siehst auf einmal so aus, als würdest du mir gleich aus den Latschen kippen. Du musst das hier nicht machen, weißt du? Wenn du dich nicht gut fühlst ..."

Er zeigt auf einen Stuhl am Straßenrand, aber ich lehne ab.

„Es geht mir gut, Kevin. Hör auf, so einen Wirbel um mich zu machen. Meine Eltern schauen uns zu."

Ich lächle und winke zu ihnen hinüber. Meine Mutter macht Fotos mit dem Handy. Meine Mutter macht sonst nie Fotos.

„Trink ein bisschen Wasser", sagt Kevin, und ich tue ihm den Gefallen. Die kühle Flüssigkeit rinnt durch meine Kehle und wirkt leicht erfrischend, aber ich kann es nicht leugnen: Ich fühle mich beschissen.

„Ich bin total bereit für dieses Rennen", lüge ich Kevin an, aber in Wahrheit fühle ich mich kurzatmig, und dabei sind wir noch nicht einmal losgelaufen.

„Du siehst aber nicht so aus. Du machst mir richtig Angst."

„*Du* machst *mir* Angst mit deinem ganzen Theater!", erwidere ich. „Hör zu, ich bin nur etwas müde, aber ich werde mich davon nicht aufhalten lassen, keine Chance. Das hier ist mein großer Neuanfang. Ich habe Lucys Liste erledigt, und der Marathon ist der erste Punkt auf meiner eigenen Liste."

Kevin glaubt mir nicht, aber er weiß, dass Widerspruch zwecklos ist.

„Na schön, dann lass uns schon mal ein bisschen die Muskeln aufwärmen", sagt er. „Hast du heute Morgen deine Dehnübungen gemacht?"

„Genau wie du gesagt hast, Captain. Ich bin gedehnt und aufgewärmt und bereit, durchzustarten."

Wir beginnen, locker auf der Stelle zu traben. Kevin

wirkt in seiner Laufausrüstung mit allem Schnickschnack so ernst, dass ich kichern muss.

„Warum lachst du?“, fragt er. „Dir wird das Lachen schon noch vergehen, wenn du die letzte Etappe erreichst und das Ziel so nah ist und doch so fern und du anfängst, um Gnade zu winseln.“

Er geht in die Hocke und nimmt eine seltsame Yoga-Pose ein.

„Es sieht einfach lustig aus, wenn du so hochkonzentriert bist“, sage ich, und jetzt treibe ich es definitiv zu weit. Kevin sind seine sportlichen Herausforderungen nämlich sehr, sehr wichtig.

„Kümmere dich nicht um mich, sondern konzentrier dich auf dich selbst. Hast du eine Playlist erstellt, wie ich dir vorgeschlagen habe?“, fragt er.

„Natürlich.“

Natürlich nicht.

„Du lügst“, sagt er, während er ein paar leichte Sit-ups macht. „Meine Playlist steht. Ich fange langsam an mit ein bisschen Fleetwood Mac, dann kommt Achtzigerjahre-Rock, um das Adrenalin anzukurbeln, und am Ende pumpende Dance Tracks, um mich über die Ziellinie zu bringen.“

„Bravo“, sage ich, ein klein wenig neidisch auf seine präzise Vorbereitung. Andererseits hat Kevin das schon tausendmal gemacht und ist daher mit allen Wassern gewaschen.

„Gut, auf geht’s!“, sagt er, als der Ansager die Teilnehmer auffordert, sich an der Startlinie aufzustellen. „Du wirst das mit links schaffen, Mags. Das weiß ich einfach.

Denk an Lucy. Tu es für Lucy, aber tu es vor allem für dich."

Ausnahmsweise einmal denke ich nicht an Lucy. Ich denke nicht an Simon, und ich denke auch nicht an mich. Ich denke an Simons armen Vater, der an dem Tag, an dem er seine halbe Familie verlor, eine große Entscheidung traf, und der mich so weit im Leben hat kommen lassen. Ich werde für Simons Vater laufen. Ich werde bei jedem Schritt an ihn denken.

Aber dann, o nein, da ist es wieder. Diese wellenartige Übelkeit … die beängstigende verschwommene Sicht. Ich glaube, ich muss mich übergeben. Ich atme tief durch.

„Maggie, ist wirklich alles okay?", fragt Kevin wieder. „Du bist weiß wie ein Laken, Süße. Hör zu, lass das Rennen einfach sausen. Du kannst beim nächsten mitmachen. Im Moment finden ständig solche Läufe statt, wir können schon in zwei Wochen wieder an den Start gehen."

„Ich bin okay!"

„Lass es sein, wenn du dich nicht gut fühlst. Setz dich nicht selbst unter Druck. Maggie, hörst du mich?"

Ich werde mich nicht geschlagen geben.

„Ich habe bloß Lampenfieber", sage ich. Ich trinke wieder einen Schluck Wasser und jogge dann leicht auf der Stelle. „Das wird sich legen, sobald wir loslaufen. Auf geht's!"

Kevin und ich beginnen das Rennen in einem langsamen Tempo, das Kevin nach dem ersten Kilometer ganz leicht anzieht. Ich gehe mit, so wie wir es im Training geübt haben.

„Du machst das super, Maggie. Keine Hektik, keine Panik. Lauf dein eigenes Tempo. Bin ich zu schnell?"

Ich schüttle den Kopf und schenke ihm ein Lächeln. Ich mache überhaupt nichts super. Das Schwindelgefühl kommt immer wieder, und mir ist kotzübel. Mein Herz rast. Es fühlt sich an, als würde es gleich aus meiner Brust springen. Ich sollte wirklich abbrechen, aber das tue ich nicht.

Nach dem dritten Kilometer fühle ich mich sterbenselend, aber wir haben das im Training besprochen. Anscheinend kommt diese Übelkeit bei Langstreckenläufern häufig vor, was hauptsächlich an einer Mischung aus Adrenalin und Aufregung liegt.

Ich nicke Kevin zweimal zu, als wir Kilometer fünf erreichen – das Zeichen, dass er vorauslaufen kann, wenn er möchte. Ich will ihn nicht aufhalten, schließlich weiß ich, dass er trotz all meines Trainings viel schneller läuft als ich.

„Soll ich nicht lieber bei dir bleiben? Kommst du auch wirklich klar?"

Ich schüttle den Kopf.

„Maggie, ist das ein Ja oder ein Nein? Scheiße. Maggie? Du machst mir Angst! Brauchst du eine Pause?"

Ich drossele mein Tempo. Es lässt sich nicht länger leugnen: Ich tue mich hier unheimlich schwer. Meine Füße schleifen mich vorwärts, immer langsamer und langsamer, bis ich nur noch im Schneckentempo krieche. Ich frage mich, welchen Song Kevin wohl gerade hört. Wahrscheinlich ist er auf diesem Streckenabschnitt bei seiner Rock-Auswahl aus den Achtzigern, und ich wünschte, ich wäre schlau genug gewesen, mir auch eine Playlist zusammenzustellen. Die Musik hätte mich vielleicht von der Übelkeit und den stechenden Schmerzen abgelenkt, die ich in meiner Brust spüre. Und dann diese Müdigkeit, die einfach nicht weggehen will ... genau wie die Benommenheit ...

Ich muss sofort anhalten. Ich ... ich muss wirklich ... anhalten.

„Maggie, kannst du mich hören? Maggie!"

Kevins Stimme klingt so fern. Ich kann gerade noch so ungefähr sein Gesicht erkennen. Ich versuche, meinen Blick zu fokussieren, dann beuge ich mich vor und stütze mich mit den Händen auf meinen Oberschenkeln ab, aber meine Sicht verschwimmt weiter. Gleich kann ich gar nichts mehr sehen.

Mein Gott, was passiert hier gerade?

Ich strecke die Hand nach Kevin aus und bekomme seinen Arm zu fassen.

„Kevin!"

Ich kann meine eigene Stimme nicht mehr hören. Ich kann gar nichts mehr hören, und die Welt wird plötzlich weiß. Und dann falle ich um.

Ich höre Vogelgezwitscher.

Ich blinzele, aber das Licht ist zu hell, also schließe ich meine Augen sofort wieder und konzentriere mich auf die süßen, zwitschernden Töne, die meine Ohren füllen und das leise Piepen übertönen, das mich nun schon gefühlt tagelang nervt.

Eine gedämpfte Frauenstimme drängt sich in den Vordergrund, und auch sie erkenne ich wieder. Ich habe sie schon gehört, viele Male. Ich mag die Stimme. Sie sagt nette Dinge zu mir, obwohl ich die Frau nicht sehen kann.

„Hier drin ist es ziemlich stickig", sagt sie nun. „Stört es Sie, wenn ich das Fenster öffne?"

Ich wünschte, ich könnte antworten, aber ich kann nicht. Ich habe keine Ahnung, wo ich bin, beziehungsweise was ich hier mache.

„Nein, machen Sie ruhig auf", sagt eine leise männliche Stimme, die nach zu Hause klingt. „Machen Sie auf und lassen Sie sie den Vogelgesang hören. Vielleicht hilft das ja. Tun Sie alles. Tun Sie alles, was sie uns wiederbringt."

Meine Augen flimmern. Diese Helligkeit … dann Schwarz … eine Deckenleuchte … etwas Grünes …

Ich erinnere mich an den Marathon und an die Zuschauer und die Stimmen und die Gesichter meiner gesamten Familie, aber wer ist hier bei mir? Lebe ich noch? Wo zur Hölle bin ich?

Öffne deine Augen, Maggie. Hör auf dein Herz und öffne deine Augen.

Sie ist es. Lucy. Ich kann sie hören und auch irgendwo sehen in meinem benebelten, traumähnlichen Zustand. Ich versuche zu antworten, aber ich kann nicht sprechen, und sie lächelt mich an, während sie davonschwebt, weiter und weiter fort von mir. Sie winkt zum Abschied – sie winkt und winkt, bis sie ganz verschwunden ist.

„O mein Gott, sie öffnet ihre Augen. Schwester! Schwester, sie öffnet ihre Augen!"

Es ist die Männerstimme. Eine Stimme, die ich früher als Kind liebte … die Stimme der Heimat und der Wärme und der Vertrautheit, als ich noch ein kleines Mädchen war. Ich öffne meine Augen und sehe ihn weinen, meine Hand an seiner Wange.

Es ist mein Bruder.

Mein großer Bruder sitzt an meinem Bett, und er sieht aus, als wäre er schon sehr lange hier.

„Du bist wieder da, Maggie“, sagt er, während Tränen von seiner Wange auf meine Hand tropfen. „Oh, danke, lieber Gott! Mum! Dad! Sie ist wieder da! Maggie, hab keine Angst, es wird alles wieder gut!“

Ich drehe meinen Kopf zur Fensterbank, und der kleine Singvogel flattert davon.

Ich hatte in meinem Leben genügend Arztgespräche, um zu wissen, ob die Neuigkeiten, die ich gleich hören werde, gut sind oder schlecht.

Ich kann es an der Stimmung in der Luft ablesen, an dem hoffnungslosen Angstgefühl, an der Stille zwischen den Fragen und Antworten.

Ich weiß, dass es dieses Mal schlimm ist.

Dr. James, ein junger Arzt mit den rotesten Haaren, die ich jemals gesehen habe, blättert in meinen Unterlagen, hebt ab und zu seinen Blick auf mich und zögert lange. Er setzt zum Sprechen an, bricht ab, nimmt dann wieder Anlauf. Das ist kein gutes Zeichen.

„Sie haben von Stress gesprochen, Maggie“, sagt er schließlich. „Auf einer Skala von eins bis zehn, was würden Sie sagen, wie gestresst waren Sie im Vorfeld dieses ... dieses Zwischenfalls?“

Ich sehe meine Mutter an, die genau wie früher, als ich noch ein Kind war, für mich antwortet.

„Ihr Mann hat sie verlassen, und sie musste sich eine neue Bleibe suchen. Danach hat sie sich eine berufliche

Auszeit genommen und ist eine Weile auf Reisen gegangen. Und sie hat sich mit einem Angehörigen ihrer Organspenderin getroffen. Zehn von zehn Punkten für Stress. Definitiv die volle Punktzahl."

„Mum!"

Dr. James legt seinen Stift nieder.

„Sie haben einen Angehörigen Ihrer Organspenderin getroffen?", sagt er verblüfft. „Das ist eher selten. Wurde dieses Treffen von einer dritten Person begleitet oder beaufsichtigt?"

„Das spielt keine Rolle", sage ich, während ich endlich meine Stimme wiederfinde. „Sehen Sie, Dr. James, es stimmt, ich habe viel durchgemacht, aber was wir alle hier wirklich wissen möchten, ist, wie geht es weiter? Oder um die Sache auf den Punkt zu bringen: Wie lange habe ich noch zu leben?"

Der Arzt nimmt seine Brille ab und atmet tief durch.

Tiefes Durchatmen – nicht gut. Brille auf- und absetzen – nicht gut.

„Sie sind nun in Ihrem achtzehnten Jahr seit der Transplantation", sagt er. „Sie sollten von nun an jeden einzelnen Tag als eine Zugabe betrachten und konsequent jeden Stress meiden. Ich empfehle Ihnen, alles zu tun, um Ihr Herz zu schonen. Gehen Sie dorthin, wo Sie am meisten Ruhe finden. Halten Sie alles Negative von sich fern, und laufen Sie um Gottes willen keinen Halbmarathon mehr. Nicht in Ihrem Zustand."

„Jeder einzelne Tag ist eine Zugabe?", sage ich.

„Was Sie uns also sagen wollen, ist …" Mein Vater versucht, den Mann vor uns dazu zu bekommen, dass er

Tacheles redet, dass er es einfach ausspuckt.

Ich habe nicht mehr lange zu leben. Mein Dad muss es hören. Er muss es ganz deutlich hören.

„Was ich damit sagen möchte, ist, dass Sie jede Sekunde wertschätzen sollten", erklärt Dr. James. „Tut mir leid, aber viel mehr kann ich Ihnen dazu nicht sagen. Ich wünschte, ich könnte Ihnen eine genauere Antwort geben, aber ich habe keine Kristallkugel. Maggie, Ihr Herz ist sehr, sehr schwach, und wenn wir nicht bald einen neuen Spender finden ... Es kann Tage dauern, Wochen, oder sogar Monate ..."

Wir warten darauf, dass er *Jahre* sagt.

Tut er aber nicht.

Ich huste, nur um das Schweigen zu brechen.

„Danke für Ihre Zeit", sage ich zu Dr. James. Eigentlich paradox. Zeit. Zeit ist im Grunde alles, was wir im Leben brauchen, wenn wir ein paar Dinge schaffen wollen. Die Uhr an der Wand tickt laut, und ich würde mir am liebsten die Ohren zuhalten. Ich weiß nicht, wie viel Zeit ich noch habe. Das ist beängstigend. Das ist so verdammt beängstigend.

Ich kann meine Eltern schniefen hören, während sie ihre Jacken anziehen, und ich beiße auf meine Unterlippe und gebe dem Arzt mit einem schiefen Lächeln die Hand.

„Es tut mir leid", sagt er zu mir.

„Braucht es nicht", flüstere ich, und ich meine es so.

Es ist nicht seine Schuld, dass ich an der Schwelle des Todes stehe. Es ist niemandes Schuld. Ich habe immer gewusst, dass ich eines Tages diese Nachricht erhalten würde, und wenigstens habe ich ein bisschen Zeit, um mich darauf vorzubereiten, im Gegensatz zu so vielen anderen hier auf dieser Welt. Es ist nicht so, als wäre ich sofort tot gewesen oder nicht mehr aufgewacht, so wie die arme kleine Lucy und ihre Mutter. Ich habe noch ein bisschen Zeit. Ich weiß zwar nicht, wie viel, aber es ist noch was da. Eine Zugabe.

„John Joe und Vivienne werden sich sicher schon fragen, wo wir bleiben“, sage ich zu meinen Eltern, als ich sehe, dass sie an der Tür verharren, mit weiteren Fragen auf den Lippen.

„Ja … ja, schätze ich auch. Vielen Dank, Dr. James“, sagt mein Vater, und sein armes altes Gesicht zerknittert sich beim Sprechen. „Bitte richten Sie Ihrem Team hier unseren aufrichtigen Dank aus. Sie haben alle … Alles, was Sie …“

Seine Stimme versagt, also komplimentiere ich ihn aus dem Zimmer.

„Komm, Dad“, sage ich im fröhlichsten Ton, den ich zustande bringe. „Fahren wir zurück nach Loch Tara. Schließlich wartet dort bald eine Hochzeitsfeier auf uns, und wir werden tanzen und singen und schmausen und fröhlich sein. Du hast gehört, was Dr. James gesagt hat. Von nun an zählt jede einzelne Sekunde, und ich habe nicht die Absicht, auch nur eine weitere davon in diesem Krankenhaus zu verbringen.“

„Das ist mein Mädchen“, sagt mein Vater und schnäuzt in sein treues Stofftaschentuch. „Elizabeth Taylor hat sich auch nicht in Krankenhäusern herumgetrieben, wette ich. Sie hat gewusst, wie man das Leben voll auskostet, und unsere Maggie weiß das auch.“

„Und wie wir alle musste sie am Ende sterben“, murmele ich mit einem Lächeln, aber er hört mich nicht. Vielleicht ist das auch besser so.

„Mum, hast du mein Handy?“, frage ich, im Bemühen, wieder etwas Normalität einkehren zu lassen. „Ich muss meine Nachrichten checken.“

„Dein Bruder hat es“, erwidert sie. „Er hat sich um deine ganzen Wertsachen gekümmert. Dein Vater und ich sind zu alt für so etwas.“

„Lüg mich nicht an, Mum. Ich habe doch gesehen, wie du neulich beim Marathon Fotos gemacht hast.“

Sie lacht, und ich sehe in ihrem lieben Gesicht, dass sie in den letzten paar Tagen schneller gealtert ist, als ich es mir jemals hätte vorstellen können.

Mein Herz ist dabei, aufzugeben, aber das Herz meiner armen Mutter ist dabei, zu brechen, genau wie das Herz meines Vaters. Mum hakt sich bei Dad ein, und er stützt sie leicht, während ich hinter ihnen gehe und stumm für sie beide weine.

KAPITEL 34

„Als wir jung waren, spielten wir dort drüben bei den Bäumen immer Blindekuh", erzähle ich Flo ein paar Tage später auf der Hochzeitsfeier. „Oder Cowboy und Indianer. Ich war immer ein Indianer ... Hier habe ich meine erste Geburtstagsparty gefeiert, und meine zweite, und meine dritte ... und zu meinem Achtzehnten, als ich noch mitten in meinem Genesungsprozess war, organisierte meine Familie ein Fest wie dieses hier, und das ganze Dorf kam vorbei. Wahrscheinlich nur aus purer Neugier, aber es war trotzdem eine tolle Party."

„Erzähl weiter, Maggie", sagt Flo. „Ich liebe deine Geschichten über Loch Tara."

„Ah, es gibt so viele davon", sage ich. „Ich kann nicht glauben, dass mein Bruder geheiratet hat. Ich bin so stolz auf ihn, Flo."

John Joe hat mir gesagt, dass ich alle meine Freunde zu seinem großen Tag einladen soll, und es ist kein Geheimnis, warum. Das hier ist mehr als nur eine Hochzeitsfeier. Das hier ist mein unausgesprochener großer Abschied, und habe ich nicht Glück, dass ich die Chance habe, in Feierlaune abzutreten?

„Und dann war da das eine Mal, als die Kuh direkt dort drüben kalbte. John Joe steckte mit seinem kompletten Unterarm in ihr fest. Ich habe in meinem ganzen Leben noch nie so viel Blut gesehen", sage ich zu Flo. „Ist das die Art von Geschichten, die du hören möchtest?"

Flo gibt mir scherzhaft einen Klaps auf den Arm.

„Du bist doof", sagt sie. „Du weißt genau, wie zart besaitet ich bin. Bleib lieber bei den Geburtstagspartys und den lustigen Sachen. Hach, es ist richtig idyllisch hier. Ich hoffe, ich kann Billie eines Tages so ein Zuhause bieten, statt für immer in einer Betonsiedlung eingepfercht zu sein."

Ich lasse meinen Blick über die offene Landschaft schweifen, über die grünen Felder, über das blaue Wasser des Sees in der Nähe, und ich verstehe genau, was Flo meint.

„Ich habe dir ein bisschen Geld vermacht", sage ich, und sie zuckt überrascht zusammen.

„Was?"

„Das Geld von der Scheidung", erkläre ich. „Es gehört dir. Alles. Bau dir ein hübsches Haus. Mach mit Billie einen Neuanfang."

„Maggie, ich weiß nicht, was ich sagen soll ..."

Flo wischt eine Träne aus ihrem Augenwinkel und umarmt mich dann. Sie hat es verdient – und mehr noch. Damien ist genauso rasch wieder verschwunden, wie er zurückgekehrt ist, und ich möchte Flo unabhängig von ihm machen, um ihr und Billie ein besseres Leben zu ermöglichen.

„Als der Arzt mir gesagt hat, dass ich nicht mehr lange zu leben habe", erkläre ich, „war mein erster Impuls, zum Flughafen zu rennen – na ja, nicht *rennen* im wörtlichen Sinn, denn seien wir ehrlich, darin bin ich nicht besonders gut, aber du weißt schon, was ich meine. Ich wollte nur noch fortlaufen, weiter und weiter und immer weiter, aber dies ist der Ort, an den ich gehöre. Hier auf Loch Tara werde ich meine letzten Tage verbringen. Bei meiner Familie. Ich kann sie nicht früher verlassen, als ich muss. Es würde meiner Mutter erst recht das Herz brechen, wenn ich sie hier zurücklassen würde und sie sich ständig fragen müsste, ob …"

Ich schaue über die Wiese zu meiner Mutter, die sich gerade um jemanden kümmert, der ihrer Meinung nach nicht genug zu essen hatte. Kleine Dinge wie Mums hartnäckige Gastfreundschaft werden mir fehlen. Ich frage mich, ob man Dinge vermissen kann, wenn man tot ist …

„Und was ist mit deiner Wohnung, Maggie?", fragt Flo. „Warst du noch mal da?"

Ich schüttle den Kopf und trinke einen Schluck Limonade durch meinen Strohhalm. Na ja, genau genommen ist es Gin mit Limonade. Es ist ausgeschlossen, dass ich von hier abtrete, ohne aus der Zeit, die mir noch bleibt, das Beste herauszuholen, und dazu gehört, dass ich essen und trinken kann, was ich will – natürlich innerhalb eines vernünftigen Rahmens. Ich plane keine wilden Besäufnisse mehr, bei denen ich dem Universum meine Probleme simse und aus dem Fenster brülle, wie sehr ich Belfast liebe …

„Kevin hat mir Sachen aus der Wohnung mitgebracht", erkläre ich meiner besten Freundin. „Nur das Wichtigste. Kevin ist ein unglaublicher Schatz. Der Nachmieter für meine Wohnung kann sich freuen, so einen tollen Nachbarn zu bekommen. Vielleicht hätte es mir dort eines Tages auch gefallen."

„Wenn man vom Teufel spricht", sagt Flo, als Kevin mit weiteren Drinks und einem Teller mit Hähnchenflügeln vom Grill wiederkommt. „Offenbar hast du unsere durstigen und hungrigen Gedanken gelesen!"

„Dein Bruder weiß wirklich, wie man eine Party schmeißt", sagt Kevin zu mir. „Das Buffet ist einfach himmlisch."

„O ja, das weiß er", bekräftige ich und versuche, John Joe in der Menge auf der Tanzfläche auszumachen.

Er tanzt gerade einen Walzer mit einer unserer Tanten. In seinem dunkelblauen Anzug und dem blütenweißen Hemd sieht er umwerfend aus.

Wir hatten heute Morgen nach dem Frühstück ein gutes Gespräch, und John Joe scherzte, dass ich ihm wieder einmal die Aufmerksamkeit gestohlen hätte, weil ich diesen ganzen Wirbel verursacht habe.

„Dafür sind kleine Schwestern da", sagte ich und grinste zurück.

„Und meine ist die beste", war seine Antwort, bevor er mich vorsichtig auf die Stirn küsste. Ich hatte ihn nämlich gewarnt, mein Make-up nicht mit irgendwelchen sentimentalen Umarmungen oder Tränen zu ruinieren.

Ich liebe meinen Bruder wirklich von ganzem Herzen. Ich habe mich heute an seinem großen Tag schon häufiger dabei ertappt, dass ich ihn einfach nur anstarre, obwohl natürlich Vivienne die unumstrittene Ballkönigin ist und die Nachbarn von ihrem französischen Akzent völlig hingerissen sind. Hier in der Gegend bekommen wir nämlich nicht oft Fremde zu Gesicht. Der letzte war unser Postbote, ein Amerikaner, der meinem Vater weismachen konnte, dass er mit Elvis Presley verwandt wäre, nur weil er früher einmal in Memphis, Tennessee, gelebt hatte.

„Coole Band", sagt Kevin und beißt in einen Hähnchenflügel. „Der Sänger sieht verdammt scharf aus. Hast du nicht gesagt, auf der Hochzeit wird nur Swing und Jazz gespielt?“

Ich zucke mit den Achseln und lache. Von der Bühne prostet Tiernan Quinn mir mit seinem Pint zu.

„John Joe und Roisin haben Tiernan als Special Guest eingeladen, extra für mich“, sage ich lächelnd. „Roisin fand das saukomisch.“

„Läuft da noch was mit euch?“

Kevins Kopf schnellt zu mir, und er macht ein Gesicht, als würde er sich angesichts der Möglichkeit gleich einnässen.

„Nein!“, wehre ich lachend ab. „Definitiv nicht! Tiernan ist mit seiner neuen Freundin hier, also benehmen wir uns anständig, aber es stimmt schon, er ist verdammt scharf.“

Meine Freunde lachen zustimmend, und wir schauen alle auf die Tanzfläche, wo Roisin und mein Dad gerade zu *Sweet Child of Mine* abrocken. Eine ältere Nachbarin hält sich die Ohren mit Pappbechern zu, während eine andere zu der Musik von Guns N' Roses abgeht, als wäre sie zum Rocken geboren. Das hier wird eine tolle Party.

„Da wir gerade von deinen Liebhabern sprechen, was ist eigentlich mit dem reizenden Gérard?“, fragt Flo mich, als der Song zu Ende ist. „Ich habe dich noch nie so verliebt gesehen, Mags. Bitte, sag mir, dass du ihn noch sehen wirst, bevor du … du weißt schon …“

„Bevor ich sterbe, meinst du. Du kannst es ruhig aussprechen, Flo.“

„Ich will es aber nicht aussprechen. Ich muss auch nicht, wenn ich nicht will“, erwidert sie.

Ich schüttle den Kopf und starre auf den Boden. Ich hätte alles für ein paar letzte Momente mit Gérard gegeben, aber ich habe es nicht übers Herz gebracht – sorry für das Wortspiel –, Gérard zu sagen, was mir widerfahren ist. Es wäre unfair, ihn einzuweihen, schließlich hasst er Abschiednehmen wie die Pest.

„Es ist besser, wenn ich mich einfach aus diesem Leben davonstehle. Und aus seinem“, sage ich zu Flo. „Vielleicht wird er eines Tages davon erfahren, obwohl ich nicht wüsste, wie. Er wird mich hoffentlich bald vergessen.“

Ich schließe meine Augen und sehe sein Gesicht vor mir. Ich kann Gérard nicht vergessen, und ich weiß, er wird mich auch nicht so einfach vergessen können. Wahrscheinlich ist er gerade in seinem Atelier und bewacht das Telefon, lässt seine schlechte Laune an Leinwänden aus, während er sich fragt, warum zum Teufel ich mich nicht zurückmelde. Mein Bedürfnis, ihn noch einmal festzuhalten, ist geradezu überwältigend, aber der bloße Gedanke daran wühlt mich zu sehr auf.

„Ich kann nicht über ihn sprechen, tut mir leid“, sage ich leise zu Flo, und sie legt ihren Arm um mich. „Es ist zu schmerzhaft.“

Sie hält meine Hand, und wir wiegen uns langsam zu den Anfangstakten des nächsten Songs, den Tiernan Quinn zu meiner Überraschung mir widmet, und ich muss trotz meines Schmerzes lächeln.

„Vor einer Weile habe ich in Dublin eine ganz außergewöhnliche Frau kennengelernt. Sie sagte, sie würde zu mir zurückkehren, aber das tat sie nie“, spricht er ins Mikrofon. „Alles, was sie mir hinterlassen hat, war ein Lied, darum ist das nächste Stück für dich, Maggie O'Hara. Wenn du das nächste Mal einem Mann versprichst, zurückzukommen, lass ihn nicht wieder hängen!"

Alle meine Verwandten und Freunde und Angehörigen schauen zu mir herüber, und ich reiße meine Augen auf, um meine Unschuld zu beteuern. Ein *Sorry* ist alles, was ich Tiernan in Lippensprache erwidern kann, aber natürlich hat er es nicht ganz ernst gemeint. Wenn man seine neue Freundin sieht mit ihren sexy Tattoos, ihrer prallen Oberweite und der winzigen Wespentaille, weiß man, dass er nur Spaß gemacht hat.

Er stimmt die ersten Akkorde von Eva Cassidys *Songbird* auf der Gitarre an, und ich schließe meine Augen, den Kopf an Flos Schulter gelehnt, und Tränen kullern über mein Gesicht, obwohl ich mich dagegen wehre. Ich möchte mich nicht bewegen. Ich möchte hierbleiben und den Worten lauschen und in all den guten Zeiten schwelgen, die ich zuletzt hatte.

Ich habe ein gutes Leben geführt. Es war vielleicht kein langes Leben, aber es hat Spaß gemacht. Ich habe meine Fahrprüfung bestanden, dank Lucy Harte. Ich habe mit achtzehn meine erste Oper gesehen. Ich habe eine Hochzeit ganz in Weiß gefeiert, mit allem Pipapo. Ich habe in meinen Flitterwochen den weißen Sand der Karibik gespürt. Ich habe gelacht, ich habe gesungen, ich habe getanzt – viel getanzt –, und vor allem habe ich geliebt, mit meinem ganzen kostbaren Herzen. Das alles verdanke ich Lucy, die mir zusätzliche, wenn auch nur geliehene Jahre schenkte. Und nun ist meine Zeit abgelaufen.

Aber ich will nicht, dass der Song endet. Ich will nicht aufhören zu tanzen. O bitte, lieber Gott, ich will ihn einfach nur wiedersehen.

Und als ich meine Augen öffne, steht er vor mir.

Ich höre Flo neben mir aufkeuchen und sehe sie an, dann wieder ihn. Sie weint, und er genauso.

„Gérard! O mein Gott, Gérard!“

Er nickt mir langsam zu, lächelnd, und seine schönen großen grünen Augen schwimmen in Tränen. Dann nimmt er mich zärtlich an die Hand und führt mich auf die Tanzfläche.

„Wie …“, sage ich, während ich darauf warte, dass der Schock nachlässt. Am liebsten würde ich immer wieder Gérards Gesicht berühren, nur um sicherzugehen, dass er real ist und dass das hier nicht irgendein grausamer Traum ist.

„Dein Bruder und ich haben lange miteinander gesprochen“, sagt er leise zu mir, während er über meine Haare streicht und mich ganz eng in seinem Arm hält, als wäre ich ein kostbares Juwel. „Ich habe dich an dem Tag angerufen, als du zusammengebrochen bist, weil ich wissen wollte, wie der Marathon war, und dein Bruder ist an dein Handy gegangen. Ich habe danach so viele Male versucht, dich zu erreichen, aber ich verstehe, dass es dir zu schwergefallen ist.“

Ich lege meinen Kopf an seine Schulter und atme seinen vertrauten Geruch ein. Er hält meine rechte Hand, und wir schaukeln im Takt der Musik. Ich habe das Gefühl, zu schweben. Das hier könnte der Himmel sein, soviel ich weiß.

„Du hast gesagt, du hasst Abschiede", sage ich zu ihm. „Ich wollte dir den Kummer ersparen. Und ich dachte, auch mein Herz kann keinen weiteren Kummer ertragen."

Gérard hebt sanft mein Kinn empor, genau wie an jenem Abend auf dem Steg am Fluss, und schaut mir tief in die Augen.

„Wir brauchen nicht voneinander Abschied zu nehmen, Maggie", sagt er leise. „Ich werde so lange hierbleiben, wie du mich brauchst. Direkt hier. Ich werde bei dir bleiben, bis es Zeit ist … zu gehen."

„Aber was ist mit …"

Was ist mit seiner Ausstellung, möchte ich fragen. Sie beginnt in wenigen Tagen.

„Sch, Maggie", flüstert er in mein Haar. „Schone dein Herz und lass mich dich lieben, solange wir noch Zeit haben."

Ich liege neben Gérard und betrachte ihn, wie er im Halbdunkel daliegt, hier in meinem Bett. Er wirkt so zufrieden, so perfekt.

Mein Leben ist vollkommen. Das ist alles, was ich denken kann, während ich ihn ansehe. Er ist wegen mir gekommen. Er liebt mich so sehr, dass er extra wegen mir gekommen ist, und er hat versprochen, zu bleiben. Egal, wie lange ich gelebt habe, egal, wo ich überall gewesen bin, ich kann voll und ganz behaupten, dass heute der beste Tag meines Lebens war.

Mein Herz ist voll. Mein Herz lächelt.

Ich gleite aus dem Bett, schlüpfe in meinen Bademantel und ein altes Paar Sandalen, die ich als Pantoffeln benutze, und schnappe mir mein Notizbuch und einen Stift, dann schleiche ich mich auf Zehenspitzen aus dem Zimmer.

Ich öffne vorsichtig und ganz leise die Tür, um sicherzugehen, dass ich Gérard nicht wecke. Lautlos bewege ich mich durch mein Elternhaus. Meine Eltern haben einen leichten Schlaf, den brauchten sie auch auf dem Hof, und John Joe und Vivienne schlummern ebenfalls noch tief und fest, und ich will sie auf keinen Fall stören.

Unten in der Diele komme ich an der großen Uhr vorbei. Zwanzig nach vier. Perfekt. Das ist meine Lieblingszeit an einem Sommermorgen, wenn es noch nicht richtig hell, aber auch nicht mehr richtig dunkel ist und man gerade genug sehen kann, um sich sicher zu fühlen, bis der Tag anbricht.

Ich gehe draußen über den kleinen Pfad durch den Garten und nehme mir einen Moment Zeit, um den Morgentau zu bewundern, der meine Zehen benetzt. Dann lege ich den Kopf in den Nacken und schaue in den dunkelblauen Himmel, wo die letzten Sterne der Nacht über mir glimmen.

Ich möchte an den See gehen. Ich möchte den Sonnenaufgang beobachten, den Beginn eines ganz neuen Tages, und das Schauspiel in mich aufsaugen, und ich möchte dabei einen Brief schreiben, an jemanden, den ich nicht kenne. Ich möchte mich dazu verpflichten, ein Geschenk weiterzugeben, das einem anderen Menschen die Chance gibt, neue Sonnenaufgänge zu erleben und zu fühlen, was ich gerade fühle, und das für eine viel längere Zeit, als dieser Mensch jemals für möglich gehalten hätte.

Ich möchte ein Geschenk hinterlassen. Ich möchte jemandem mehr Zeit schenken.

Ich erreiche die Stelle am See, wo ich früher als Kind immer saß, und ich muss an Lucy und ihre kleine Brücke denken. Das hier war meine Brücke. Mein Lieblingsplatz auf der ganzen weiten Welt, direkt neben Loch Tara.

Dies hier wird immer meine Heimat sein.

Loch Tara, Irland, 24. Juni

Lieber unbekannter Mensch,

vielleicht werden Sie diesen Brief niemals erhalten, aber falls Sie so neugierig sind wie ich, werden Sie ihn wahrscheinlich eines Tages finden, was ich hoffe, denn ich weiß, Sie werden viele Fragen haben, so wie ich damals vor siebzehn Jahren.

Mein Name ist Maggie, und ich gebe Ihnen einen Teil von mir, um Ihnen mehr Zeit mit den Menschen zu schenken, die Sie lieben. Ich habe keine Wunschliste für Sie, ich habe keine unerfüllten Lebensträume, die Sie verfolgen können. Ich kann Ihnen nicht sagen, wohin Sie gehen sollen oder was Sie tun sollen oder mit wem Sie es tun sollen. Das liegt alles bei Ihnen und nur bei Ihnen, und ich vertraue darauf, dass Sie gesunde Entscheidungen treffen werden.

Allerdings möchte ich gerne ein paar Dinge weitergeben, die ich gelernt habe, wenn auch vielleicht ein wenig später, als ich es mir gewünscht hätte …

Im Leben geht es um die Menschen. Manchmal vergessen wir, dass wir alles sind, was wir haben. Achtet aufeinander. Passt aufeinander auf. Kümmert euch ein bisschen mehr. Verzeiht ein bisschen öfter.

Im Leben geht es darum, zu geben. Gebt Umarmungen, gebt Küsse, gebt Respekt. Gebt, was ihr euch leisten könnt. Teufel, nein, gebt mehr, als ihr euch leisten könnt. Immer. Es wird euch in jeder Hinsicht zu einem besseren Menschen machen.

Im Leben geht es um Zeit. Schenkt anderen mehr Zeit, statt Geld für sie auszugeben. Zeit ist das größte Geschenk von allen. Manchmal ist die Zeit alles, was uns mit den Menschen, die wir am meisten lieben, bleibt. Ich bitte Sie, lieber Mensch, schalten Sie in Ihrem Leben einen Gang zurück. Lassen Sie sich Zeit, aber vergeuden Sie sie nicht.

Im Leben geht es vor allem um die Liebe. Folgen Sie Ihrem Herzen, leben Sie Ihre Träume, lächeln Sie, seien Sie fröhlich, sehen Sie das Gute in jedem Menschen, dem Sie begegnen, und stehen Sie über jenen, die versuchen, Ihnen ein schlechtes Gefühl zu geben. Lieben Sie sich selbst. Füllen Sie Ihr Herz und füllen Sie Ihre Seele – Liebe ist immer die Antwort, egal, was kommt.

Die Liebe wird Sie verletzen, sie wird Sie brechen, sie wird Sie ändern und sie wird Sie neu erschaffen. Lieben Sie mit Leib und Seele und vergessen Sie nie die Menschen, die Ihre Liebe erwidern.

Meine Zeit mag nun zu Ende sein, aber Ihre hat gerade erst begonnen. Ich hoffe, dass diese zusätzliche Zeit Ihnen die ganze Liebe in der Welt bringen wird.

Bitte verschwenden Sie keine einzige Sekunde davon.

Ihre Spenderin, Maggie O'Hara

Ich reiße die Seiten vorsichtig aus meinem Notizbuch und kehre dann ins Haus zurück, wo ich sofort von der Liebe umfangen werde, die aus den Wänden sickert. Mir wird bewusst, dass alles, was mir etwas bedeutet, genau hier ist. Ich schaudere bei dem Gedanken, wie sorglos ich mit dem Leben umging, bevor Lucy Harte mich ein zweites Mal rettete. Ich war im Begriff, mein Leben wegzuwerfen, ich war selbstsüchtig und selbstzerstörerisch. Ich war auf dem Weg ins Nichts, bis Lucy mich daran erinnerte, dass wir gar nicht so lange hier sind, keiner von uns, und dass es, während wir hier sind, schön ist, einen Unterschied zu machen.

Ich muss an den alten Spruch denken:

Lebe jeden Tag, als wäre es dein letzter, weil es eines Tages dein letzter sein wird.

Ich kehre in mein Zimmer zurück und schlüpfe wieder zu Gérard unter die Bettdecke.

„Du bist ja eiskalt“, sagt er. „Komm her, ich wärme dich auf.“

Ich kuschele mich an ihn, und mein Herz singt. Ich habe gelebt, und ich habe geliebt.

Oh, und wie ich geliebt habe …

EPILOG

4. August, 15:35 Uhr
Royal Liverpool University Hospital, England

„Mir ist so kalt, Josh. Mir ist so furchtbar kalt."

Claire Bryans umklammerte die Hand ihres Mannes. Zum dritten Mal in dieser Woche pumpte das Dialysegerät das Blut durch ihren Körper. Sie war mehr als erschöpft, sie war förmlich ausgelaugt, während sie dort lag und darauf wartete, dass die giftigen Stoffe in ihrem Blut von einer Maschine herausgefiltert wurden, die ihr half, ein bisschen länger zu leben.

„Na ja, das ist der englische Sommer, Baby", sagte Josh. „Was hast du erwartet? Tropische Temperaturen?"

„Oh, sei still", sagte Claire. Er wusste, was sie meinte. Seine Sprüche waren ganz besonders schlecht, wenn er nervös war.

„Spiel noch mal meinen Lieblingssong für mich", flüsterte sie, während sie auf dem Klinikbett lag, dasselbe Bett, auf dem sie seit nunmehr fast zwei Jahren an drei Tagen in der Woche für jeweils vier Stunden ausharrte. „Jedes Mal, wenn ich ihn höre, frage ich mich, ob es das letzte Mal sein wird."

„Jetzt solltest du zur Abwechslung mal still sein", erwiderte er, während er durch die Lieder auf dem iPod scrollte. „Sag nicht solche Sachen."

„Aber es ist wahr", sagte Claire. „Ich weiß nicht, wie lange ich das hier noch aushalte … Mir ist so schrecklich kalt …"

Sie versuchte, sich auf den Text des Elvis-Presley-Klassikers zu konzentrieren und zu ignorieren, wie es wirklich in ihr aussah.

„Sag das nicht, Claire, bitte nicht“, brummte Josh. Er ließ ihre Hand los und rieb seine müden Augen. „Ich meine, du willst doch nicht schon mit neunundzwanzig sterben, oder?“

Claire schaute aus dem Fenster, an dem Graupel und Regentropfen herunterrannen.

„Jeden Tag sterben Menschen in jedem möglichen Alter“, sagte sie mit einem Seufzen. „Das ist die einzige Möglichkeit, wie ich überleben kann – wenn jemand stirbt. Außerdem kann ich das hier nicht für immer machen.“

„Nein, kannst du nicht, aber wir müssen trotzdem weiterhoffen“, sagte Josh. „Schließ deine Augen und denk an die Geburtstagsparty der Zwillinge. Stell dir vor, wie sie ihre Geschenke aufmachen, wie sie das Haus auf den Kopf stellen, wie ich den Kuchen versaue, so wie letztes Jahr, und wie du sauer wirst. Denk an die Sprüche deines Vaters, die noch schlechter sind als meine. Glaubst du, wir könnten das alles ohne dich schaffen?“

Trotz der Bemühungen ihres Mannes, sie aufzuheitern, kannte Claire die Realität genauso gut wie er, und sie konnte sie nicht länger leugnen. Ein Nierenversagen konnte tödlich enden, und sie wartete schon so lange darauf, dass ein Spender ihr das Leben rettete. Ihre Zeit lief ab. Ohne einen Spender blieben ihr nur noch wenige Geburtstagspartys und Familienfeiern.

„Ihr würdet auch ohne mich klarkommen, wenn ihr müsstet“, sagte sie und setzte sich auf. Für heute hatte sie die Blutwäsche hinter sich gebracht. „Hast du nicht versprochen, heute für die Jungs Geschenke einzukaufen? Ich habe dir schon tausendmal gesagt, dass du nicht jedes Mal an meiner Seite wachen musst, wenn ich hier liege. Immerzu bangen und hoffen und wieder bangen …"

Josh zuckte mit den Achseln, und Claire wusste, sie konnte es noch so oft wiederholen, er würde nirgendwohin gehen. Er würde bis in alle Ewigkeit hier ausharren, wenn es sein musste.

Als die Schwester am Empfang sie beim Verlassen der Station aufhielt und sie informierte, dass der Arzt sie sprechen wollte, sah Claire an ihrer Miene, dass es kein gewöhnliches Gespräch sein würde.

„Ist alles okay?", fragte Claire voller Furcht vor der Antwort.

„Kommen Sie einfach mit", erwiderte die Frau und führte sie ins Behandlungszimmer, wo sie vor dem langen Schreibtisch aus Mahagoni Platz nahmen und warteten, dass Dr. Henry sein Telefonat mit einem Kollegen beendete. Claire hörte ihn über eine Klinik mit einer Adresse in Irland sprechen, während er sich nebenher Notizen machte. Sie dürfte das nicht hören, das wusste sie, und ihr Herz hob sich erwartungsvoll.

„Was geht da vor?", flüsterte Josh, aber Claire umklammerte bloß seine Hand. „Denkst du –"

„Sag es nicht", flüsterte sie zurück. „Warte einfach ab."

Konnte das wirklich wahr sein? Claire wollte nicht, dass ihr Mann sich Hoffnungen machte. Sie wollte sich selbst keine Hoffnungen machen, für den Fall, dass sie sich irrte. Aber sie hatte im Laufe der Jahre genügend Arztgespräche gehabt, um ein Gefühl dafür zu entwickeln, ob es sich um gute Neuigkeiten oder um schlechte handelte, und hier handelte es sich um gute.

Sie wusste es einfach.

Sie konnte es an der Atmosphäre ablesen. Sie konnte es daran ablesen, wie Dr. Henry sich die Hände rieb, bevor er sie und Josh mit einem Handschlag begrüßte. Sie konnte es daran ablesen, dass er nicht nervös herumzappelte. Sie wusste es einfach.

„Wir haben einen Spender für Sie gefunden“, eröffnete Dr. Henry ihnen, und Claire sah ihren Mann an, um sich zu vergewissern, dass das hier real war.

„O mein Gott!“, rief sie, und sie legte ungläubig die Hände vor ihr Gesicht. „Wirklich?“

Egal, wie sehr sie es „einfach gewusst hatte“, sie konnte es trotzdem nicht glauben, als es endlich passierte. Du lieber Himmel, endlich war es so weit.

„Sind Sie sicher?“, fragte sie. „Für mich? Sind Sie absolut sicher?“

„Ja, für Sie, Claire“, sagte der Arzt. „Ich bin absolut sicher. Mit etwas Glück werden Sie schon zur Geburtstagsparty Ihrer Zwillinge wieder zu Hause sein. Ende nächster Woche, richtig?“

Claire nickte und versuchte zu antworten, während Tränen über ihr Gesicht rollten.

„Nächste Woche Samstag“, sagte sie. „Sie werden nächsten Samstag sechs.“

Sie schluckte und schloss ihre Augen, und die Erschöpfung und die Übelkeit, die sie nach der Dialyse immer spürte, verblassten. Das alles würde nun bald der Vergangenheit angehören. Sie würde wieder ein normales Leben führen.

„Ich kann nicht glauben, dass das gerade passiert. Sind Sie auch wirklich ganz sicher?“, fragte sie Dr. Henry noch einmal.

„Ich bin wirklich ganz sicher, Claire“, erwiderte er mit einem sanften Lächeln. Er war in den letzten zwei Jahren zu einem wichtigen Teil ihres Lebens geworden, und nun überbrachte er ihnen die Neuigkeit, auf die sie immer gehofft hatten. „Also, es läuft folgendermaßen: Sie werden direkt auf der Station aufgenommen und …“

Claire schaute durch das Fenster hinter dem Arzt auf den klaren blauen Augusthimmel. Sie konnte die ganzen Informationen nicht verarbeiten, die Dr. Henry ihnen gab. Sie würde das Josh überlassen, der jedes einzelne Wort des Doktors in sich aufsog. Am liebsten wäre sie jetzt nach draußen gestürmt, um vor Glück zu tanzen und zu schreien und dem Himmel für ihre zweite Lebenschance zu danken. Sie wollte ihre Jungs an sich drücken und ihnen sagen, dass alles wieder gut würde. Dass Mami bald wieder gesund sein würde.

Zwei Vögel, die sich draußen auf die Fensterbank hockten, weckten ihre Aufmerksamkeit. Sie starrte die Vögel an, bis sie vor ihren Augen verschwammen. Die ganze Welt wurde langsamer, während Claire atmete und lächelte und die Neuigkeit, auf die sie so lange gewartet hatte, endlich richtig bei ihr ankam. Termine, Prozeduren, Risiken, Nebenwirkungen, Chancen, Erfolgsraten, Lebenserwartung … sie hatte von diesem Moment hier geträumt. Sie hatte sich für diesen Moment buchstäblich an ihr Leben geklammert. Und nun geschah es wirklich. Irgendwo hatte jemand beschlossen, ein Leben zu retten, und dieses Leben war ihres.

Ich, Claire Bryans von der Halbinsel Wirral im Norden von England, eine einfache Teilzeit-Reinigungskraft, Mutter von zwei kleinen Bengeln, Ehefrau, Tochter, Schwester, Freundin, die Besitzerin von Chico, dem Hund aus dem Tierheim, und von Penny, der entlaufenen Katze. Eine Hobbywissenschaftlerin, eine Elvis-Presley-Verehrerin, die im Dunkeln Angst hat, Kitschromane liebt und Schokoladeneis essen kann, bis ihr schlecht ist. Ich?

„Danke, wer immer du bist", flüsterte sie, während sie die Augen schloss und ein stummes Gebet für den Helden sprach, den sie niemals kennenlernen würde, aber der ihr das kostbarste Geschenk von allen gemacht hatte – das Leben. „Ich weiß nicht, wie ich mich jemals bei dir bedanken soll, aber ich hoffe wirklich sehr, dass ich eine Gelegenheit dazu bekomme."

Ihr Mann drückte sanft ihre Hand, und sie verschränkten ihre Finger fest ineinander.

„Ich habe dir ja gesagt, dass wir noch Zeit haben", sagte Josh, aber Claire konnte nicht sprechen, also nickte sie nur und umklammerte seine Hand noch fester.

„Wir haben das Jetzt", sagte sie, während sie ihre Augen abwischte. „Lass uns keine einzige Sekunde davon verschwenden. Ich muss es den Jungs sagen. Ich muss meinen Babys sagen, dass Mami wieder gesund wird und dass wir die beste Geburtstagsparty aller Zeiten feiern werden!"

Dann sah sie wieder aus dem Fenster, und die beiden Vögel flatterten davon.

DANKSAGUNG

Es hat viel länger gedauert als geplant, dieses Buch zu schreiben (sehr viel länger!), aber ich kann mit Sicherheit sagen, dass sich das ganze Blut und der Schweiß und die Tränen gelohnt haben, um dem sensiblen, emotionalen Thema Organspende genauer auf den Grund zu gehen.

Ich habe in den letzten zwei Jahren viel über dieses Thema gelernt, und ich möchte als Erstes Ciaran und Geraldine Campbell danken und auch Patricia Kelly, weil sie mir erlaubten, ihre Geschichte zu hören, und weil sie meine Fragen zu jeder Tages- und Nachtzeit beantworteten, als ich im Schreibrausch war.

Ich möchte außerdem der kleinen Juniper und ihrer Familie in den USA für den Einblick in ihr Leben danken und dafür, dass sie mir geholfen haben, das Wunder und das wunderbare Geschenk, das die Organspende ist, voll zu würdigen.

Ein Dank an meine Lektorin Emily Ruston, die mich richtig pushte, um sicherzustellen, dass jeder Tropfen Gefühl, den ich erübrigen konnte, in diesen Roman floss. Du bist einfach die Beste, und es war eine Ehre, mit dir zusammenzuarbeiten.

Ein Dank geht auch an Charlotte Ledger und Kimberley Young, die mir die Chance gaben, diese Erzählung mit *HarperImpulse* in die Welt hinauszutragen, und die viel Geduld mit mir hatten, weil ich in einer für mich und meine Familie sehr hektischen und holprigen Zeit schrieb.

Ein großer Dank an meine Leser, Facebook-Freunde und alle anderen netten Menschen, die mir aufmunternde

Worte schickten, während sie darauf warteten, dass *Zehn Wünsche bis zum Horizont* in die Regale kam, besonders an Grace Girvan und Kerry Davidson für die Lektüre früher Entwürfe und für ihr sehr konstruktives Feedback. Ein herzliches Dankeschön an meine Tante und Taufpatin Kathleen McCausland, weil sie immer für mich da war, um sich neue Story-Ideen anzuhören, und weil sie mir Sonny abnahm. Diesbezüglich auch ein Dank an meine Schwester Vanessa für ihre Babysitter-Dienste. Eure Unterstützung bedeutet mir wirklich viel.

Meine Cousine Charlene Greensword half mir, einen Titel für das Buch zu finden – das ist so lange her, dass sie es wahrscheinlich inzwischen vergessen hat, aber danke, Cousine! Deine Idee war gut!

Ein Dank an Sherry Perkins und Kerry Burak für ihre tolle Werbung für meine Arbeit bei ihren Freunden auf der anderen Seite des Atlantiks. Jedes bisschen hilft, und es ist super, so ein starkes Team wie euch an meiner Seite zu haben!

Ein Dank an alle Blogger und Presse- und Rundfunkjournalisten, die dafür sorgen, dass die Arbeit von uns Autoren in die Welt hinausgelangt, speziell an Annamay McNally, Jenny Lee, Gail Walker, Martin Breen, Ronan McSherry, Ian Greer, Kerry McKittrick, Laura McMullan, Cliodhna Fullen, Annette Kelly, Joanne Savage und Gillian McDade.

Ein Dank an die Buchhändler in Irland und Großbritannien für ihre freundliche Unterstützung, ganz besonders an meine Freunde bei Sheehys in Cookstown, bei Easons in Belfast, bei Easons in Craigavon und an Dean & Tom von *Kenny's Bookshop* in Galway.

Ein Dank an Keith Acheson vom Belfast Book Festival, weil er mir ein Podium gab, um aus meinem Werk vorzulesen, und auch an den Arts Council of Northern Ireland (speziell an Gilly Campbell, Damian Smyth und Angela Warren) für die finanzielle Unterstützung in den letzten Jahren.

Ein Dank an Catriona Corrigan von *Divine Photography* und an Eadoina McHugh von *In-Haus Make Up* für die fantastischen Werbefotos! Ihr habt mich mit vierzig wirklich blendend aussehen lassen!

Ein Dank an meine Familie und Freunde in Donaghmore und Umgebung für ihre anhaltende Unterstützung meiner Karriere als Autorin, speziell an meine Cousinen Kathie und Brenda, an meine Schwestern Vanessa, Rachel, Lynne, Rebecca und Niamh, an meinen Bruder David und natürlich an Hugh, Daddy Cool persönlich.

Schließlich ein Riesendank an meine Kinder Jordyn, Jade, Adam, Dualta und Sonny James, weil sie mir die Zeit und den Raum gaben, um zu schreiben, und weil sie einfach die besten Kinder der Welt sind. Ich habe euch alle unheimlich lieb.

Und ein Dank an meinen Partner Jim McKee fürs Zuhören, fürs Lesen, für die ganzen Ausflüge, Feiern, Aufmunterungen, Umarmungen, fürs Tränentrocknen, wenn es hart auf hart kam, und dafür, dass er an mich glaubte und Lucys Geschichte genauso sehr liebt wie ich. Ich liebe dich.

#donatelife